T0188336

Contemporánea

Raymond Thornton Chandler (1888-1959) es el gran maestro de la novela negra americana. Nació en Chicago, pero pasó la mayor parte de su infancia y juventud en Inglaterra, donde estudió en el Dulwich College y acabó trabajando como periodista freelance en *The Westminster Gazette* y *The Spectator*. Durante la Primera Guerra Mundial, se alistó en la Primera División Canadiense, que servía en Francia, y más adelante entró a formar parte de la Royal Air Force (RAF). En 1919 regresó a Estados Unidos y se instaló en California, donde ejerció como directivo de varias compañías petroleras independientes. Sin embargo, la Gran Depresión terminó con su carrera en dicho sector en 1933. Chandler tenía cuarenta y cinco años cuando empezó a escribir relatos detectivescos para revistas baratas de género negro, más conocidas como pulps: *Black Mask* y *Dime Detective*. Sus novelas destacan por el realismo duro y la mirada social crítica. En *El sueño eterno* (1939), su primera novela, presentó en sociedad al impetuoso pero noble Philip Marlowe. Pronto la siguieron *Adiós, muñeca* (1940), *La ventana alta* (1942), *La dama del lago* (1943), *La hermana menor* (1949), *El largo adiós* (1953) y *Playback* (1958). Mantuvo una relación estrecha y turbulenta con Hollywood, que llevó sus novelas a la gran pantalla y para cuya industria cinematográfica trabajó de guionista entre 1943 y 1950. En 1958 fue elegido presidente de la organización Mystery Writers of America. Murió en La Jolla, California, el 26 de marzo de 1959.

Raymond Chandler

El sueño eterno

seguido de
«Asesino bajo la lluvia» y «El telón»

Traducción de
José Luis López Muñoz
Juan Manuel Ibeas

DEBOLS!LLO

Papel certificado por el Forest Stewardship Council®

Título original: *The Big Sleep*, «Killer in the Rain», «The Curtain»

Primera edición: septiembre de 2013
Novena reimpresión: julio de 2023

© 1939, Herederos de Raymond Chandler por *The Big Sleep*
© 1935, 1936, Herederos de Raymond Chandler por
«Killer in the Rain» y «The Curtain»
© 2013, Penguin Random House Grupo Editorial, S. A. U.
Travessera de Gràcia, 47-49. 08021 Barcelona
© 2001, José Luis López Muñoz, por la traducción de
El sueño eterno, cedida por Alianza Editorial, S. A.
© Juan Manuel Ibeas Delgado, por la traducción de «Asesino
bajo la lluvia», cedida por Alianza Editorial, S. A., y «El telón»
Diseño de la cubierta: PRHGE
Ilustración de la cubierta: © Álvaro Domínguez
Fotografía del autor: © Cordon Press

Printed in Spain – Impreso en España

ISBN: 978-84-9032-573-5
Depósito legal: B-13.720-2013

Compuesto en Fotocomposición 2000, S. A.
Impreso en Prodigitalk, S. L.

P 3 2 5 7 3 C

1

Eran más o menos las once de un día nublado de mediados de octubre, y daba la sensación de que podía empezar a llover con fuerza pese a la limpidez del cielo en las estribaciones de la sierra. Me había puesto el traje azul añil, con camisa azul marino, corbata y pañuelo a juego en el bolsillo del pecho, zapatos negros, calcetines negros de lana con dibujos laterales de color azul marino. Iba bien arreglado, limpio, afeitado y sobrio y no me importaba nada que lo notase todo el mundo. Era sin duda lo que debe ser un detective privado bien vestido. Me disponía a visitar a cuatro millones de dólares.

El vestíbulo principal de la residencia Sternwood tenía una altura de dos pisos. Sobre la doble puerta de entrada, que hubiera permitido el paso de una manada de elefantes indios, había una amplia vidriera que mostraba a un caballero de oscura armadura rescatando a una dama atada a un árbol y sin otra ropa que una cabellera muy larga y conveniente. El adalid llevaba la visera del casco levantada para mostrarse sociable, y estaba tratando de deshacer los nudos que aprisionaban a la dama, pero sin conseguir ningún resultado práctico. Me quedé allí parado y pensé que, si viviera en la casa, antes o después tendría que trepar allí arriba para ayudarle. No daba la impresión de ponerle mucho empeño.

Había puertas de cristal al fondo del vestíbulo y, más allá, una amplia extensión de césped color esmeralda que llegaba hasta un garaje muy blanco, delante del cual un joven chófer, esbelto y moreno, con relucientes polainas negras, limpiaba un Packard descapotable de color granate. Más allá del garaje se alzaban algunos árboles ornamentales, arreglados con tanto cuidado como si fueran caniches. Y todavía quedaba sitio para un invernadero de grandes dimensiones con techo abovedado. Finalmente más árboles y, al fondo de todo, la línea sólida, desigual y reconfortante de las últimas estribaciones de la sierra.

En el lado este del vestíbulo una escalera exenta, de baldosas, se alzaba hasta una galería con una barandilla de hierro forjado y otro romántico elemento en forma de vitral. Por todo el perímetro, grandes sillas de respaldo recto con asientos redondos de felpa roja ocupaban espacios vacíos a lo largo de las paredes. No parecía que nadie se hubiera sentado nunca en ellas. En el centro de la pared orientada hacia el oeste había una gran chimenea vacía con una pantalla de bronce de cuatro hojas y, encima de la chimenea, una repisa de mármol con cupidos en los extremos. Sobre esta colgaba un retrato al óleo de grandes dimensiones y, encima del cuadro, cruzados en el interior de un marco de cristal, dos gallardetes de caballería agujereados por las balas o comidos por las polillas. El retrato era de un oficial en una postura muy rígida y con uniforme de gala, aproximadamente de la época de la guerra entre México y Estados Unidos. El militar tenía bigote y mosca negros, ojos duros y ardientes también negros como el carbón y el aspecto de alguien a quien no sería conveniente contrariar. Pensé que quizá fuera el abuelo del general Sternwood. Difícilmente podía tratarse del general en persona, incluso aunque me hubieran informado de que, pese a tener dos hijas veinteañeras, era un hombre muy mayor.

Todavía contemplaba los ardientes ojos negros del militar cuando se abrió una puerta, muy lejos, debajo de la escalera. No era el mayordomo que volvía. Era una jovencita de unos veinte años, pequeña y delicadamente proporcionada, pero con aspecto resistente. Llevaba unos pantalones de color azul pálido que le sentaban bien. Caminaba como si flotase. Su cabello —mucho más corto de lo que reclama la moda actual de corte a lo paje— era una magnífica onda leonada. Los ojos, gris pizarra, casi carecían de expresión cuando me miraron. Se me acercó y al sonreír abrió la boca, mostrándome afilados dientecitos de depredador —tan blancos como el interior de la piel de una naranja fresca y tan relucientes como porcelana—, que brillaban entre sus labios finos, demasiado tensos. A su cara le faltaba color y reflejaba cierta falta de salud.

—Eres alto, ¿eh? —dijo.

—No era esa mi intención.

Se le abrieron mucho los ojos, sorprendida. Estaba pensando. Comprendí, pese a lo breve de nuestra relación, que pensar sería siempre una cosa más bien molesta para ella.

—Además de guapo —añadió—. Seguro que lo sabe.

Dejé escapar un gruñido.

—¿Cómo se llama?

—Reilly —dije—. Doghouse Reilly.

—Un nombre curioso.

Se mordió el labio, torció la cabeza un poco y me miró de reojo. Bajó los párpados hasta que las pestañas casi le acariciaron las mejillas y luego los alzó muy despacio, como si fueran un telón teatral: un truco con el que llegaría a familiarizarme, destinado a lograr que cayera rendido a sus pies.

—¿Boxeador profesional? —me preguntó cuando no lo hice.

—No exactamente. Soy sabueso.

—Ah… —Enfadada, sacudió la cabeza, y el cálido color de sus cabellos resplandeció en la luz más bien escasa del enorme vestíbulo—. Me está tomando el pelo.

—Ajá.

—¿Cómo?

—No pierda el tiempo —dije—. Ya me ha oído.

—No ha dicho nada. No es más que un bromista. —Alzó un pulgar y se lo mordió. Era un pulgar con una forma peculiar, delgado y estrecho como un dedo corriente, sin curva en la segunda falange. Se lo mordió y lo chupó despacio, girándolo lentamente dentro de la boca, como un bebé con un chupete.

—Es usted terriblemente alto —dijo. Luego dejó escapar una risita, que revelaba un secreto regocijo. A continuación giró el cuerpo lenta y ágilmente, sin levantar los pies del suelo. Las manos le colgaron sin vida. Después se inclinó hacia mí hasta caer de espaldas sobre mis brazos. La sujeté para impedir que se rompiera la cabeza contra el suelo de mosaico. La cogí por las axilas y sus piernas se doblaron de inmediato. Tuve que hacer fuerza para que no se cayera. Ya con la cabeza sobre mi pecho, la volvió para mirarme y lanzó otra risita.

—Es usted muy atractivo —rió—. Yo también.

No dije nada. De manera que el mayordomo eligió aquel momento tan conveniente para regresar por la puerta que daba al jardín y verme con ella en los brazos.

No pareció preocuparle. Era un hombre alto, delgado y de pelo cano, de unos sesenta años, más o menos. Sus ojos azules eran tan remotos como pueden llegar a ser unos ojos. Tenía piel suave y reluciente y se movía como una persona con excelentes músculos. Atravesó lentamente el vestíbulo en dirección nuestra y la chica se apartó de mí precipitadamente. Luego corrió hasta el pie de la escalera y la subió como un gamo. Desapareció antes de que yo pudiera respirar hondo y soltar el aire.

El mayordomo dijo con voz totalmente neutra:

—El general le recibirá ahora, señor Marlowe.

Levanté discretamente la barbilla del pecho e hice un gesto de asentimiento.

—¿Quién era? —pregunté.

—La señorita Carmen Sternwood, señor.

—Deberían ustedes destetarla. Parece que ya tiene edad suficiente.

Me miró con cortés seriedad y repitió el anuncio que acababa de hacerme.

2

Salimos por la puerta de cristal que daba al jardín y avanzamos por un sendero muy uniforme de baldosas rojas que bordeaba el lado del césped más alejado del garaje. El chófer de aspecto juvenil había sacado un majestuoso sedán negro de llantas cromadas, y estaba limpiándole el polvo. El sendero nos llevó hasta un lateral del invernadero, donde el mayordomo abrió una puerta y se hizo a un lado. Me encontré con un vestíbulo donde hacía un calor de horno. El mayordomo entró detrás de mí, cerró la puerta exterior, abrió la interior y también atravesamos la segunda. Entonces empezó a hacer calor de verdad. El aire era denso, húmedo, lleno de vapor y perfumado con el empalagoso olor de orquídeas tropicales en plena floración. Las paredes y el techo de cristal estaban muy empañados, y grandes gotas de humedad caían ruidosamente sobre las plantas. La luz tenía un color verdoso irreal, como luz filtrada a través de un acuario. Las plantas lo llenaban todo, un verdadero bosque, con desagradables hojas carnosas y tallos como los dedos recién lavados de los muertos. Y olían de manera tan agobiante como alcohol en ebullición debajo de una manta.

El mayordomo se esforzó al máximo por guiarme sin que las hojas empapadas me golpearan la cara y, al cabo de un rato, llegamos a un claro en el centro de la jungla, bajo el techo abovedado. Allí, en una zona de baldosas exagonales, habían extendido una vieja alfombra turca de color rojo; sobre la alfombra se hallaba una silla de ruedas y, desde la silla de ruedas, nos observaba acercarnos un anciano a todas luces agonizante, con unos ojos muy negros de los que hacía ya tiempo que había desaparecido todo el fuego, pero que conservaban aún la franqueza de los del retrato que colgaba sobre la repisa de la chimenea en el gran vestíbulo. El resto de la cara era una máscara plomiza, de labios exangües, nariz afilada, sienes hundidas y el giro hacia fuera de los lóbulos que marca la cercanía de la desintegración. El cuerpo, largo y flaco, estaba envuelto —pese al calor sofocante— en una manta de viaje y un albornoz de color rojo desvaído. Las manos, semejantes a garras, de uñas moradas, estaban cruzadas sobre la manta de viaje. Algunos mechones de lacio pelo cano se aferraban a su cráneo, como flores silvestres luchando por la supervivencia sobre una roca desnuda.

El mayordomo se colocó delante de él y dijo:

—El señor Marlowe, mi general.

El anciano no se movió ni habló; no hizo siquiera un gesto de asentimiento. Se limitó a mirarme sin dar signo alguno de vida. El mayordomo empujó una húmeda silla de mimbre contra la parte posterior de mis piernas, obligándome a sentarme. Luego, con un hábil movimiento, se apoderó de mi sombrero.

El anciano sacó la voz del fondo de un pozo y dijo:

—Brandy, Norris. ¿Cómo le gusta el brandy, señor Marlowe?

—De cualquier manera —dije.

El mayordomo se alejó entre las abominables plantas. El general habló de nuevo, despacio, utilizando sus fuerzas con el mismo cuidado con que una corista sin trabajo usa las últimas medias presentables que le quedan.

—A mí me gustaba tomarlo con champán. El champán ha de estar tan frío como el invierno en Valley Forge antes de añadirlo a la tercera parte de una copa de brandy. Se puede quitar la chaqueta, señor Marlowe. Aquí hace demasiado calor para cualquier hombre que tenga sangre en las venas.

Me puse en pie, me desprendí de la americana, saqué un pañuelo del bolsillo y me sequé la cara, el cuello y las muñecas. Saint Louis en agosto no era nada comparado con aquel invernadero. Volví a sentarme, busqué maquinalmente un cigarrillo y luego me detuve. El anciano advirtió mi gesto y sonrió débilmente.

—Puede fumar. Me gusta el olor a tabaco.

Encendí el cigarrillo y arrojé una buena bocanada en dirección al anciano, que lo olisqueó como un terrier la madriguera de una rata. La débil sonrisa le distendió un poco las comisuras en sombra de la boca.

—Triste situación la de un hombre obligado a satisfacer sus vicios por tercero interpuesto —dijo con sequedad—. Contempla usted una reliquia muy descolorida de una existencia bastante llamativa; un inválido paralizado de ambas piernas y con solo medio vientre. Son muy escasas las cosas que puedo comer y mi sueño está tan cerca de la vigilia que apenas merece la pena darle ese nombre. Se diría que me nutro sobre todo de calor, como una araña recién nacida, y las orquídeas son una excusa para el calor. ¿Le gustan las orquídeas?

—No demasiado —dije.

El general cerró los ojos a medias.

—Son muy desagradables. Su carne se parece demasiado a la de los hombres. Y su perfume tiene la podredumbre dulzona del de una prostituta.

Me quedé mirándolo con la boca abierta. El calor húmedo y pegajoso era como un sudario a nuestro alrededor. El anciano hacía unos gestos de asentimiento tan medidos como si su cuello tuviera miedo del peso de la cabeza. Luego apareció el mayordomo, que salió de entre la jungla con el carrito de las bebidas, me preparó un brandy con soda, envolvió el cubo del hielo con una servilleta húmeda y volvió a desaparecer entre las orquídeas sin hacer ruido. Más allá de la jungla una puerta se abrió y se cerró.

Tomé un sorbo de brandy. Una y otra vez el anciano se pasó la lengua por los labios mientras me contemplaba, moviéndolos lentamente, uno sobre otro, con lúgubre concentración, como un empleado de pompas fúnebres secándose las manos después de habérselas lavado.

—Hábleme de usted, señor Marlowe. Supongo que tengo derecho a preguntar.

—Por supuesto, pero no hay mucho que contar. Tengo treinta y tres años, fui a la universidad una temporada y todavía sé hablar inglés si alguien me lo pide, cosa que no sucede con mucha frecuencia en mi oficio. Trabajé en una ocasión como investigador para el señor Wilde, el fiscal del distrito. Su investigador jefe, un individuo llamado Bernie Ohls, me llamó y me dijo que quería usted verme. Sigo soltero porque no me gustan las mujeres de los policías.

—Y cultiva una veta de cinismo —sonrió el anciano—. ¿No le gustó trabajar para Wilde?

—Me despidieron. Por insubordinación. Consigo notas muy altas en materia de insubordinación, mi general.

—A mí me sucedía lo mismo. Me alegra oírlo. ¿Qué sabe de mi familia?

—Se me ha dicho que es usted viudo y que tiene dos hijas jóvenes, las dos bonitas y alocadas. Una de ellas se ha casado en tres ocasiones; la última, con un antiguo contrabandista al que conocían en su círculo con el nombre de Rusty Regan. Eso es todo lo que he oído, mi general.

—¿Hay algo que le haya parecido peculiar?

—Quizá el capítulo de Rusty Regan. Pero siempre me he llevado bien con los contrabandistas.

Mi interlocutor me obsequió con otro de sus conatos de sonrisa, tan económicos.

—Parece que a mí me sucede lo mismo. Siento gran afecto por Rusty. Un irlandés grandote con el pelo rizado, natural de Clonmel, de ojos tristes y una sonrisa tan amplia como el Wilshire Boulevard. La primera vez que lo vi pensé lo mismo que probablemente piensa usted: que se trataba de un aventurero que había tenido la suerte de dar el braguetazo.

—Debe de haberle caído muy bien —dije—. Aprendió a expresarse como lo hubiera hecho él.

Escondió las afiladas manos exangües bajo el borde de la manta de viaje. Yo aplasté la colilla del pitillo y terminé mi copa.

—Fue un soplo de vida para mí… mientras duró. Pasaba horas conmigo, sudando como un cerdo, bebiendo brandy a litros y contándome historias sobre la revolución irlandesa. Había sido oficial del IRA. Ni siquiera estaba legalmente en Estados Unidos. Su boda fue una cosa ridícula, por supuesto, y es probable que no durase ni un mes como tal matrimonio. Le estoy contando los secretos de la familia, señor Marlowe.

—Siguen siendo secretos —dije—. ¿Qué ha sido de él?

El anciano me miró con rostro inexpresivo.

—Se marchó, hace un mes. Bruscamente, sin decir una palabra a nadie. Sin despedirse de mí. Eso me dolió un poco, pero fue educado en una escuela muy dura. Tendré noticias suyas cualquier día de estos. Mientras tanto vuelven a querer chantajearme.

—¿Vuelven? —dije yo.

Sacó las manos de debajo de la manta con un sobre marrón.

—Me habría compadecido sinceramente de cualquiera que hubiese tratado de chantajearme cuando Rusty andaba por aquí. No mucho antes de que él apareciera (es decir, hace nueve o diez meses) pagué cinco mil dólares a un individuo llamado Joe Brody para que dejara en paz a mi hija Carmen.

—Ah —dije.

El general alzó las finas cejas canas.

—¿Qué significa eso?

—Nada —respondí.

Siguió mirándome fijamente, frunciendo a medias el ceño.

—Coja este sobre y examine lo que hay dentro —dijo al cabo de un rato—. Y sírvase otro brandy.

Recogí el sobre de sus rodillas y volví a sentarme. Me sequé las palmas de las manos y le di la vuelta. Estaba dirigido al general Guy Sternwood, 3765 Alta Brea Crescent, West Hollywood, California. Habían escrito la dirección con tinta, utilizando el tipo de letra de imprenta inclinada que usan los ingenieros. El sobre había sido abierto. Saqué de dentro una tarjeta marrón y tres hojas de un papel muy poco flexible. La tarjeta era de fina cartulina marrón, impresa en oro: «Arthur Gwynn Geiger». Sin dirección. Y con letra muy pequeña en la esquina inferior izquierda: «Libros raros y ediciones de lujo». Le di la vuelta a la tarjeta. Más letra de imprenta, esta vez inclinada hacia el otro lado.

Muy señor mío: Pese a la imposibilidad de reclamar legalmente lo que aquí le incluyo (reconozco con toda sinceridad que se trata de deudas de juego) doy por sentado que preferirá usted pagarlas.

Respetuosamente,

A. G. Geiger

Examiné las tiesas hojas de papel blanco. Se trataba de pagarés impresos, completados con tinta, con distintas fechas de comienzos de septiembre, un mes antes.

Me comprometo a pagar a Arthur Gwynn Geiger, cuando lo solicite, la suma de mil dólares (1.000,00 $) sin intereses, por valor recibido.

Carmen Sternwood

La letra de la parte escrita a mano era desordenada e infantil, con muchas florituras y con círculos en lugar de puntos. Me preparé otro brandy, tomé un sorbo y dejé a un lado el sobre con su contenido.

—¿Sus conclusiones? —preguntó el general.

—Todavía no las tengo. ¿Quién es ese tal Arthur Gwynn Geiger?

—No tengo ni la más remota idea.

—¿Qué dice Carmen?

—No se lo he preguntado. Y no tengo intención de hacerlo. Si se lo preguntara, se chuparía el pulgar y se haría la inocente.

—Me encontré con ella en el vestíbulo. Y fue eso lo que hizo conmigo. Luego trató de sentárseme en el regazo.

Nada cambió en la expresión del general. Sus manos entrelazadas siguieron descansando, tranquilas, sobre el borde de la manta de viaje, y el calor, que a mí me hacía borbotear como un guiso puesto al fuego, no parecía proporcionarle siquiera un poco de tibieza.

—¿Tengo que mostrarme cortés? —pregunté—. ¿O basta que me comporte con naturalidad?

—No he advertido que le atenacen muchas inhibiciones, señor Marlowe.

—¿Salen juntas sus dos hijas?

—Creo que no. Me parece que las dos siguen caminos de perdición separados y un tanto divergentes. Vivian es una criatura malcriada, exigente, lista e implacable. Carmen es una niña a la que le gusta arrancarle las alas a las moscas. Ninguna de las dos tiene más sentido moral que un gato. Yo tampoco. Ningún Sternwood lo ha tenido nunca. Siga.

—Imagino que se las ha educado bien. Las dos saben lo que hacen.

—A Vivian se la envió a buenos colegios para las clases altas y luego a la universidad. Carmen fue a media docena de centros cada vez más liberales, y acabó donde había empezado. Supongo que ambas tenían, y todavía tienen, los vicios habituales. Si le resulto un tanto siniestro como progenitor, señor Marlowe, se debe a que mi control sobre la vida es demasiado reducido para dedicar espacio alguno a la hipocresía victoriana. —Echó la cabeza hacia atrás y cerró los ojos, que luego volvió a abrir con brusquedad—. No necesito añadir que el varón que se permite ser padre a los cincuenta y cuatro años se merece todo lo que le sucede.

Bebí otro sorbo de mi brandy e hice un gesto de asentimiento. El pulso le latía visiblemente en la gris garganta descarnada, pero era tan lento, al mismo tiempo, que apenas se le podía calificar de pulso. Un anciano muerto en dos terceras partes, pero todavía decidido a creer que podía mantener el rumbo.

—¿Sus conclusiones? —preguntó de repente.

—Yo pagaría.

—¿Por qué?

—Es cuestión de elegir entre muy poco dinero o muchas molestias. Ha de haber algo detrás. Pero nadie le va a romper el corazón si no lo han hecho ya antes. Y un número enorme de estafadores tendrían que robarle durante muchísimo tiempo para que llegara a darse cuenta.

—Me queda un poco de orgullo, señor Marlowe —respondió con frialdad.

—Alguien está contando con eso. Es la manera más fácil de engañarlos. Eso o la policía. Geiger podría cobrar esos pagarés, a no ser que usted demostrara que se trata de una estafa. En lugar de eso se los ofrece como regalo y reconoce que son deudas de juego, lo que le permite a usted defenderse, incluso aunque Geiger se hubiera quedado con los pagarés. Si se trata de un sinvergüenza, sabe lo que hace, y si es un tipo honrado con un pequeño negocio de préstamos para ayudarse, es normal que recupere su dinero. ¿Quién era ese Joe Brody al que pagó cinco mil dólares?

—Creo que un jugador de ventaja. Apenas lo recuerdo. Norris, mi mayordomo, lo sabrá.

—Sus hijas disponen de dinero propio, ¿no es eso, mi general?

—Vivian sí, pero no demasiado. Carmen es todavía menor, de acuerdo con las disposiciones del testamento de su madre. Las dos reciben una generosa asignación mía.

—Estoy en condiciones de quitarle de encima a ese tal Geiger, mi general, si es eso lo que quiere —dije—. Sea quien sea y tenga lo que tenga. Puede que le cueste algo de dinero, aparte de lo que me pague a mí. Y, por supuesto, no le servirá de gran cosa. Nunca se consigue nada dándoles dinero. Está usted en su lista de nombres productivos.

—Me hago cargo. —Bajo la descolorida bata roja, sus hombros, anchos pero descarnados, esbozaron un gesto de indiferencia—. Hace un momento ha hablado usted de pagar a ese Geiger. Ahora dice que no me servirá de nada.

—Quiero decir que quizá sea más barato y más fácil aceptar cierto grado de presión. Eso es todo.

—Mucho me temo que soy más bien una persona impaciente, señor Marlowe. ¿Cuáles son sus honorarios?

—Veinticinco dólares diarios más gastos…, cuando tengo suerte.

—Entiendo. Parece razonable tratándose de extirpar bultos patológicos de las espaldas ajenas. Una operación muy delicada. Espero que se dé cuenta de ello y que realice la intervención conmocionando lo menos posible al paciente. Quizá resulten ser varios, señor Marlowe.

Terminé el segundo brandy y me sequé los labios y la cara. El calor no resultaba menos intenso después de una bebida alcohólica. El general parpadeó y tiró del borde de la manta de viaje.

—¿Puedo llegar a un acuerdo con ese individuo si me parece remotamente sincero?

—Sí. El asunto está por completo en sus manos. Nunca hago las cosas a medias.

—Le libraré de ese individuo —dije—. Tendrá la impresión de que se le ha caído un puente encima.

—Estoy seguro de ello. Y ahora deberá disculparme. Estoy cansado. —Se inclinó y tocó un timbre en el brazo de su silla de ruedas. El hilo estaba enchufado a un cable negro que se perdía entre las amplias cajas de color verde oscuro donde las orquídeas crecían y se pudrían. El general cerró los ojos, volvió a abrirlos en una breve mirada penetrante, y se acomodó entre sus cojines. Los párpados bajaron de nuevo y ya no volvió a interesarse por mí.

Me puse en pie, recogí la chaqueta de la húmeda silla de mimbre, salí con ella entre las orquídeas, abrí las dos puertas del invernadero y, al encontrarme con el aire fresco de octubre, me llené los pulmones de oxígeno. El chófer que trabajaba junto al garaje había desaparecido. El mayordomo se acercó a buen paso por el camino de baldosas rojas con la espalda tan recta como una tabla de planchar. Me puse la chaqueta y lo contemplé mientras se acercaba.

Se detuvo a medio metro y me dijo con aire circunspecto:

—A la señora Regan le gustaría hablar con usted antes de que se marche. Y, por lo que respecta al dinero, el general me ha dado instrucciones para que le entregue un cheque por la cantidad que usted considere conveniente.

—¿Cómo le ha dado esas instrucciones?

Pareció sorprendido, pero luego sonrió.

—Ah, ya entiendo. Es usted detective, por supuesto. Por la manera de tocar el timbre.

—¿Es usted quien firma los cheques?

—Es mi privilegio.

—Eso debería evitarle la fosa común. No tiene que darme dinero ahora, gracias. ¿Por qué desea verme la señora Regan?

Sus ojos azules, honestos, me miraron calmosamente.

—Tiene una idea equivocada sobre el motivo de su visita, señor Marlowe.

—¿Quién la ha informado de mi visita?

—Las ventanas de la señora Regan dan al invernadero. Nos vio entrar. He tenido que decirle quién era usted.

—No me gusta eso —dije.

Sus ojos azules se helaron.

—¿Trata de decirme cuáles son mis deberes, señor Marlowe?

—No. Pero me estoy divirtiendo mucho tratando de adivinar en qué consisten.

Nos miramos durante unos instantes. Norris con ferocidad antes de darse la vuelta.

3

La habitación era demasiado grande, el techo y las puertas demasiado altas, y la alfombra blanca que cubría todo el suelo parecía nieve recién caída sobre el lago Arrowhead. Había espejos de cuerpo entero y chismes de cristal por todas partes. Los muebles de color marfil tenían adornos cromados, y las enormes cortinas del mismo color se derramaban sobre la alfombra blanca a un metro de las ventanas. El blanco hacía que el marfil pareciera sucio y el marfil hacía que el blanco resultara exangüe. Las ventanas daban a las oscurecidas estribaciones de la sierra. Llovería pronto. Ya se notaba la presión en el aire.

Me senté en el borde de un sillón muy blando y profundo y miré a la señora Regan, que era merecedora de atención, además de peligrosa. Estaba tumbada en una *chaise-longue* modernista, sin zapatos, de manera que contemplé sus piernas, con las medias de seda más transparentes que quepa imaginar. Parecían colocadas para que se las mirase. Eran visibles hasta la rodilla y una de ellas bastante más allá. Las rodillas eran redondas, ni huesudas ni angulosas. Las pantorrillas merecían el calificativo de hermosas, y los tobillos eran esbeltos y con suficiente línea melódica para un poema sinfónico. Se trataba de una mujer alta, delgada y en apariencia fuerte. Apoyaba la cabeza en un almohadón de satén de color marfil. Cabello negro y fuerte con raya al medio y los ojos negros ardientes del retrato del vestíbulo. Boca y barbilla bien dibujadas. Aunque los labios, algo caídos, denotaban una actitud malhumorada, el inferior era sensual.

Tenía una copa en la mano. Después de beber me miró fríamente por encima del borde de cristal.

—De manera que es usted detective privado —dijo—. Ignoraba que existieran, excepto en los libros. O, en caso contrario, creía que se trataba de hombrecillos grasientos que espiaban en los vestíbulos de los hoteles.

No me concernía nada de todo aquello, de manera que dejé que se lo llevara la corriente. La señora Regan abandonó la copa sobre el brazo plano de la *chaise-longue*, hizo brillar una esmeralda y se tocó el pelo.

—¿Le ha gustado mi padre? —preguntó, hablando muy despacio.

—Me ha gustado —respondí.

—A mi padre le gustaba Rusty. Supongo que sabe quién es Rusty.

—Ajá.

—Rusty era campechano y vulgar a veces, pero muy de carne y hueso, y papá se divertía mucho con él. No debería haber desaparecido como lo hizo. Papá está muy dolido, aunque no lo diga. ¿O sí se lo ha dicho?

—Dijo algo acerca de eso.

—A usted no se le va la fuerza por la boca, ¿verdad señor Marlowe? Pero papá quiere que se le encuentre, ¿no es cierto?

Me quedé mirándola cortésmente durante una pausa.

—Sí y no —respondí.

—No se puede decir que eso sea una respuesta. ¿Cree que lo podrá encontrar?

—No he dicho que fuese a intentarlo. ¿Por qué no probar con el Departamento de Personas Desaparecidas? Cuentan con una organización. No es tarea para un solo individuo.

—No, no; papá no querría por nada del mundo que interviniera la policía. —Desde el otro lado de la copa me miró de nuevo, muy segura de sí, antes de vaciarla y de tocar el timbre. Una doncella entró en la habitación por una puerta lateral. Era una mujer de mediana edad, de rostro largo y amable, algo amarillento, nariz larga, ausencia de barbilla y grandes ojos húmedos. Parecía un simpático caballo viejo al que hubieran soltado en un prado para que pastara después de muchos años de servicio. La señora Regan agitó la copa vacía en su dirección y la doncella le sirvió otra, se la entregó y salió de la habitación sin pronunciar una sola palabra, ni mirar una sola vez en mi dirección.

Cuando la puerta se hubo cerrado, la señora Regan dijo:

—Y bien, ¿qué es lo que se propone hacer?

—¿Cómo y cuándo se largó?

—¿Papá no se lo ha contado?

Le sonreí con la cabeza inclinada hacia un lado. La señora Regan enrojeció. Sus cálidos ojos negros manifestaron enfado.

—No entiendo qué razones puede tener para ser tan reservado —dijo con tono cortante—. Y no me gustan sus modales.

—Tampoco a mí me entusiasman los suyos —dije—. No he sido yo quien ha pedido verla. Me ha mandado usted a buscar. No me importa que se dé aires conmigo, ni que se saque el almuerzo de una botella de scotch. Tampoco me parece mal que me enseñe las piernas. Son unas piernas estupendas y es un placer contemplarlas. Como tampoco me importa que no le gusten mis modales. Son detestables. Sufro pensando en ellos durante las largas veladas del invierno. Pero no pierda el tiempo tratando de sonsacarme.

Dejó la copa con tanta violencia que el contenido se derramó sobre uno de los cojines de color marfil. Bajó las piernas al suelo y se puso en pie echando fuego por los ojos y con las ventanas de la nariz dilatadas. Tenía la boca abierta y vi cómo le brillaban los dientes. Apretó tanto los puños que los nudillos perdieron por completo el color.

—No consiento que nadie me hable de esa manera —dijo con la voz velada.

Seguí donde estaba y le sonreí. Muy despacio, la señora Regan cerró la boca y contempló la bebida derramada. Luego se sentó en el borde de la *chaise-longue* y apoyó la barbilla en una mano.

—¡Vaya! ¡Qué hombre tan sombrío, tan guapo y tan bruto! Debiera tirarle un Buick a la cabeza.

Froté una cerilla contra la uña del dedo gordo y, de manera excepcional, se encendió. Lancé al aire una nube de humo y esperé.

—Detesto a los hombres autoritarios —dijo—. No los soporto.

—¿De qué es de lo que tiene miedo exactamente, señora Regan?

Abrió mucho los ojos. Luego se le oscurecieron, hasta dar la impresión de que eran todo pupila. Incluso pareció que se le arrugaba la nariz.

—Mi padre no le ha mandado llamar por esa razón —dijo con voz crispada, de la que aún colgaban retazos de indignación—. No se trataba de Rusty, ¿no es cierto?

—Será mejor que se lo pregunte usted.

Estalló de nuevo.

—¡Salga! ¡Váyase al infierno!

Me puse en pie.

—¡Siéntese! —me gritó. Volví a sentarme. Tamborileé con los dedos de una mano en la palma de la otra y esperé.

—Por favor —dijo—. Se lo ruego. Usted podría encontrar a Rusty…, si papá quisiera que lo hiciese.

Tampoco aquello funcionó. Asentí con la cabeza y pregunté:

—¿Cuándo se marchó?

—Una tarde, hace un mes. Se marchó sin decir palabra. Encontraron el automóvil en un garaje privado en algún sitio.

—¿Quiénes lo encontraron?

Apareció en su rostro una expresión astuta y dio la impresión de que todo el cuerpo se le relajaba. Luego me sonrió cautivadoramente.

—Entonces es que no se lo ha contado. —Su voz sonaba casi exultante, como si se hubiera apuntado un tanto a mi costa. Quizá sí.

—Me ha hablado del señor Regan, es cierto. Pero no me ha hecho llamar para tratar de esa cuestión. ¿Era eso lo que quería oír?

—Le aseguro que me tiene sin cuidado lo que diga.

Volví a ponerme en pie.

—En ese caso me iré.

La señora Regan no dijo nada. Fui hasta la puerta blanca, muy alta, por la que había entrado. Cuando me volví para mirar, tenía el labio inferior entre los dientes y jugueteaba con él como un perrillo con los flecos de una alfombra.

Descendí por la escalera de baldosas hasta el vestíbulo, y el mayordomo, como sin quererlo, surgió de algún sitio con mi sombrero en la mano. Me lo encasqueté mientras él me abría la puerta principal.

—Se equivocó usted —dije—. La señora Regan no quería verme.

El mayordomo inclinó la plateada cabeza y dijo cortésmente:

—Lo siento, señor. Me equivoco con frecuencia. —Luego cerró la puerta a mis espaldas.

Desde el escalón de la entrada, mientras aspiraba el humo del cigarrillo, contemplé una sucesión de terrazas con parterres y árboles cuidadosamente podados hasta la alta verja de hierro con remates dorados en forma de hoja de lanza que rodeaba la finca. Una sinuosa avenida descendía entre taludes hasta las puertas abiertas de la entrada. Más allá de la verja, la colina descendía suavemente por espacio de varios kilómetros. En la parte más baja, lejanas y casi invisibles, apenas se distinguían algunas de las viejas torres de perforación —esqueletos de madera— de los yacimientos petrolíferos con los que los Sternwood habían amasado su fortuna. La mayoría de los antiguos yacimientos eran ya parques públicos, adecentados por el general Sternwood y donados a la ciudad. Pero en una pequeña parte aún seguía la producción, gracias a grupos de pozos que bombeaban cinco o seis barriles al día. Los Sternwood, después de mudarse colina arriba, no tenían ya que oler el aroma de los sumideros ni el del petróleo, pero aún podían mirar desde las ventanas de la fachada de su casa y ver lo que los había enriquecido. Si es que querían hacerlo. Supongo que no querían.

Descendí, de parterre en parterre, por un camino de ladrillos que me fue llevando, cerca de la verja, hasta las puertas de hierro y hasta donde había dejado mi coche en la calle, bajo un turbinto. Los truenos empezaban a crepitar por las estribaciones de la sierra, y el cielo, sobre ellas, había adquirido un color morado cercano al negro. Llovería con fuerza. El aire tenía el húmedo sabor anticipado de la lluvia. Levanté la capota de mi coche antes de ponerme en camino hacia el centro.

La señora Regan tenía unas piernas encantadoras. Eso había que reconocérselo. Y ella y su padre eran una pareja de mucho cuidado. Él, probablemente, solo estaba probándome; el trabajo que me había encargado era una tarea de abogado. Incluso aunque Arthur Gwynn Geiger, «Libros raros y ediciones de lujo», resultara ser un chantajista, seguía siendo tarea para un abogado. A no ser que fuese todo mucho más complicado. A primera vista me pareció que podría divertirme averiguándolo.

Fui en coche hasta la biblioteca pública de Hollywood e hice una primera investigación de poca monta en un libro muy pomposo titulado *Primeras ediciones célebres*. Media hora de aquel ejercicio me obligó a salir en busca del almuerzo.

4

El establecimiento de A. G. Geiger estaba en la parte norte de Hollywood Boulevard, cerca de Las Palmas. La puerta de entrada quedaba muy hundida con respecto a los escaparates, con molduras de cobre y cerrados por detrás con biombos chinos, de manera que no me permitían ver el interior. En los escaparates vi muchos cachivaches orientales. No estaba en condiciones de decir si se trataba de objetos de calidad, dado que no colecciono antigüedades, a excepción de facturas sin pagar. La puerta de entrada era de cristal, pero tampoco se podía ver mucho a través de ella porque apenas había luz en el interior. La tienda estaba flanqueada por el portal de un edificio y por una resplandeciente joyería especializada en la venta a plazos. El joyero había salido a la calle, y se balanceaba sobre los talones con cara de aburrimiento. Era un judío alto y de buena presencia, de pelo blanco, ropa oscura muy ajustada y unos nueve quilates de brillantes en la mano derecha. Una sonrisa de complicidad casi imperceptible apareció en sus labios al verme entrar en la tienda de Geiger. Dejé que la puerta se cerrase despacio a mi espalda y avancé sobre una gruesa alfombra azul que cubría todo el suelo. Me encontré con sillones tapizados de cuero azul flanqueados por altos ceniceros. Sobre estrechas mesitas barnizadas descansaban, entre sujetalibros, grupos de volúmenes encuadernados en piel. En distintas vitrinas había más volúmenes encuadernados de la misma manera. Mercancías con muy buen aspecto, del tipo que un rico empresario adquiriría por metros y luego contrataría a alguien para que les pegase su ex libris. Al fondo había una mampara de madera veteada con una puerta en el centro, cerrada. En la esquina que formaban la mampara y una de las paredes, una mujer, sentada detrás de un pequeño escritorio con una lámpara de madera tallada encima, se levantó despacio y se dirigió hacia mí balanceándose dentro de un ajustado vestido negro que no reflejaba la luz. Tenía largas las piernas y caminaba con un cierto no sé qué que yo no había visto con frecuencia en librerías. Rubia de ojos verdosos y pestañas maquilladas, se recogía el cabello, suavemente ondulado, detrás de las orejas, en las que brillaban grandes pendientes de azabache. Llevaba las uñas plateadas. A pesar de su apariencia anticipé que tendría un acento más bien plebeyo.

Se me acercó con suficiente sex-appeal para hacer salir de estampida a todos los participantes en una comida de negocios e inclinó la cabeza para colocarse un mechón descarriado, aunque no demasiado, de cabellos suavemente luminosos. Su sonrisa era indecisa, pero se la podía convencer para que resultara decididamente amable.

—¿En qué puedo ayudarle? —me preguntó.

Yo me había puesto las gafas de sol con montura de concha. Aflauté la voz y le añadí un trémolo de pájaro.

—¿Tendría usted por casualidad un *Ben Hur* de 1860?

No dijo «¿Eh?», pero era eso lo que le apetecía. Sonrió desoladamente.

—¿Una primera edición?

—Tercera —dije—. La que tiene la errata en la página 116.

—Mucho me temo que no…, por el momento.

—¿Qué me dice de un *Chevalier Audobon* 1840…?, la colección completa, por supuesto.

—No…, no de momento —dijo con aspereza. La sonrisa le colgaba ya de los dientes y las cejas y se preguntaba dónde iría a estrellarse cuando cayera.

—¿De verdad venden ustedes libros? —pregunté con mi cortés falsete.

Me miró de arriba abajo. La sonrisa desaparecida. Ojos entre desconfiados y duros. Postura muy recta y tiesa. Agitó dedos de uñas plateadas en dirección a las vitrinas.

—¿Qué le parece que son, pomelos? —me respondió, cortante.

—No, no, ese tipo de cosas no me interesa nada, compréndalo. Probablemente tienen grabados de segunda mano, de dos centavos los de colores y de uno los que estén en blanco y negro. La vulgaridad de siempre. No. Lo siento, pero no.

—Comprendo. —Trató de colocarse otra vez la sonrisa en la cara. Pero estaba tan molesta como un concejal con paperas.

—Quizá el señor Geiger…, aunque no está aquí en este momento. —Sus ojos me estudiaron cuidadosamente. Sabía tanto de libros raros como yo de dirigir un circo de pulgas.

—¿Quizá llegue un poco más tarde?

—Mucho me temo que será bastante más tarde.

—Qué lástima —dije—. Sí, una verdadera lástima. Me sentaré y fumaré un cigarrillo en uno de estos sillones tan cómodos. Tengo la tarde más bien vacía. Nada en que pensar excepto mi lección de trigonometría.

—Sí —dijo ella—. Sí…, claro.

Estiré las piernas en uno de los sillones y encendí un cigarrillo con el encendedor redondo de níquel vecino al cenicero. La chica de la tienda se quedó inmóvil, mordiéndose el labio inferior y con una expresión incómoda en los ojos. Asintió finalmente con la cabeza, se dio la vuelta despacio y regresó a su mesita en el rincón. Desde detrás de la lámpara se me quedó mirando. Crucé las piernas y bostecé. Sus uñas plateadas se movieron hacia el teléfono de mesa, no llegaron a tocarlo, descendieron y empezaron a tamborilear sobre el escritorio.

Silencio durante cerca de cinco minutos. Luego se abrió la puerta de la calle y entró con gran desparpajo un pájaro alto y de aspecto hambriento con bastón y una enorme nariz, cerró la puerta sin esperar a que lo hiciera el mecanismo, se llegó hasta el escritorio y dejó un paquete bien envuelto. Luego se sacó del bolsillo un billetero de piel de foca con adornos dorados en las esquinas y mostró algo a la rubia, que presionó un botón situado sobre la mesa. El pájaro alto se dirigió hacia la puerta situada en la mampara y la abrió apenas lo justo para deslizarse dentro.

Terminé mi primer cigarrillo y encendí otro. Los minutos siguieron arrastrándose. En el bulevar los claxons pitaban y gruñían. Un gran autobús rojo interurbano pasó por delante refunfuñando. Un semáforo sonó como un gong antes de cambiar de luz. La rubia se apoyó en un codo, se tapó los ojos con una mano y me observó disimuladamente. La puerta de la mampara se abrió de nuevo y el pájaro alto con el bastón salió deslizándose. Llevaba otro paquete bien envuelto, del tamaño de un libro grande. Se llegó hasta el escritorio y pagó en efectivo. Se marchó como había llegado, caminando casi de puntillas, respirando con la boca abierta y lanzándome una mirada penetrante de reojo al pasar a mi lado.

Me puse en pie, dediqué un sombrerazo a la rubia y salí detrás del tipo alto, que se dirigió hacia el oeste, describiendo con el bastón, al caminar, un breve arco, tan solo un poco por encima del zapato derecho. No era difícil seguirlo. La chaqueta estaba cortada de una pieza de tela estilo manta de caballo bastante llamativa, de hombros tan anchos que el cuello de su propietario asomaba por encima como si fuera un tallo de apio, con la cabeza bamboleándose mientras caminaba. Recorrimos manzana y media. En el semáforo de Highland Avenue me puse a su lado para que me viera. Me miró de reojo, primero con despreocupación, pero enseguida con alarma, y se apartó rápidamente de mí. Cruzamos Highland con la luz verde y recorrimos otra manzana. Luego estiró las largas piernas y ya me sacaba treinta metros al llegar a la esquina. Torció a la derecha. A unos treinta metros colina arriba se detuvo, se colgó el bastón del brazo y sacó una pitillera de cuero de un bolsillo interior. Después de colocarse un cigarrillo en la boca, dejó caer la cerilla, miró para atrás al agacharse para recogerla, me vio mirándolo desde la esquina, y se enderezó como si alguien le hubiera propinado una patada en el trasero. Casi levantó polvo subiendo calle arriba, al caminar con largas zancadas y clavar el bastón en la acera. De nuevo torció a la izquierda. Me llevaba por lo menos media manzana cuando llegué al sitio en donde había cambiado de dirección. Me había quedado casi sin aliento. Nos encontrábamos en una calle estrecha con árboles en las aceras, un muro de contención a un lado y tres patios de bungalows al otro.

El tipo alto había desaparecido. Recorrí con calma toda la manzana, mirando a izquierda y derecha. En el segundo patio vi algo. Se llamaba La Baba, un sitio tranquilo y poco iluminado con una doble hilera de bungalows bajo la sombra de los árboles. El camino central tenía a ambos lados cipreses italianos muy recortados y macizos, semejantes por su forma a las tinajas de aceite de «Alí Babá y los cuarenta ladrones». Detrás de la tercera tinaja se movió el borde de una manga con un dibujo bastante llamativo.

Me recosté en un turbinto del paseo y esperé. En las estribaciones de las montañas volvían a gruñir los truenos. El resplandor de los relámpagos se reflejaba sobre negras nubes apiladas, procedentes del sur. Algunas gotas vacilantes golpearon el suelo, dejando manchas del tamaño de monedas de dólar. El aire estaba tan quieto como el del invernadero donde el general Sternwood cultivaba sus orquídeas.

La manga tras el árbol reapareció y, a continuación, lo hizo una nariz monumental y un ojo y algo de pelo de color arena, sin un sombrero que lo cubriera. El ojo me miró y desapareció. Su compañero reapareció como un pájaro carpintero al otro lado del árbol. Pasaron cinco minutos. No pudo resistirlo. Las personas como él son mitad nervios. Oí rascar una cerilla y luego alguien empezó a silbar. A continuación una tenue sombra se deslizó por la hierba hasta el árbol siguiente. Luego salió de nuevo al camino, viniendo directamente hacia mí mientras agitaba el bastón y silbaba. Un silbido agrio lleno de nervios. Miré vagamente hacia el cielo oscurecido. El del bastón pasó a menos de tres metros de mí y no me miró una sola vez. Estaba a salvo. Se había desprendido del paquete.

Seguí mirándolo hasta que se perdió de vista, avancé por el camino central de La Baba y separé las ramas del tercer ciprés. Saqué un libro bien envuelto, me lo puse debajo del brazo y me marché de allí. Nadie me dijo nada.

5

De nuevo en el bulevar, entré en la cabina telefónica de un *drugstore* y busqué el número de teléfono del señor Arthur Gwynn Geiger. Vivía en Laverne Terrace, una calle muy empinada que salía del Laurel Canyon Boulevard. Puse mi moneda de cinco centavos en la ranura y marqué su teléfono solo para darme ese gusto. Nadie contestó. Pasé a las páginas amarillas y anoté la dirección de un par de librerías a poca distancia de donde me encontraba.

La primera a la que llegué estaba en el lado norte, un amplio piso bajo dedicado a artículos de escritorio y material de oficina, y libros abundantes en el entresuelo. No me pareció el sitio adecuado. Crucé la calle y recorrí dos manzanas en dirección este para llegar a la otra, que se parecía más a lo que yo necesitaba: una tiendecita estrecha y abarrotada, con libros desde el suelo hasta el techo y cuatro o cinco fisgones que se dedicaban calmosamente a dejar las huellas de sus pulgares en las sobrecubiertas nuevas. Nadie les hacía el menor caso. Me abrí camino hasta el fondo del establecimiento, pasé al otro lado de una mampara y encontré, detrás de una mesa, a una mujer morena y pequeña que leía un libro de derecho.

Coloqué mi billetero abierto encima de la mesa y le permití ver la placa de policía que estaba sujeta dentro. La mujer la miró, se quitó las gafas y se recostó en la silla. Me guardé el billetero. Mi interlocutora tenía el rostro, delicadamente dibujado, de una judía inteligente. Se me quedó mirando y no dijo nada.

—¿Me haría usted un favor, un favor insignificante? —le pregunté.

—No lo sé. ¿De qué se trata? —Tenía una voz suave pero un poco ronca.

—¿Conoce usted la tienda de Geiger, en la acera de enfrente, dos manzanas hacia el oeste?

—Creo que he pasado por delante alguna vez.

—Es una librería —dije—. Aunque no se parece a la suya. Eso no hace falta que se lo diga.

Torció la boca un poco y no respondió.

—¿Conoce usted a Geiger de vista? —pregunté.

—Lo siento. No conozco al señor Geiger.

—En ese caso no me puede decir qué aspecto tiene.

Torció la boca un poco más.

—¿Por qué tendría que hacerlo?

—Por nada. Si no quiere, no la voy a obligar.

Mi interlocutora miró hacia el exterior por la puerta abierta y volvió a recostarse en la silla.

—Era una estrella de sheriff, ¿no es cierto?

—Ayudante honorario. No significa nada. Vale lo que un puro de diez centavos.

—Entiendo. —Alcanzó el paquete de cigarrillos, lo agitó hasta soltar uno y lo cogió directamente con los labios. Le ofrecí una cerilla encendida. Me dio las gracias, volvió a recostarse en el asiento y me miró a través del humo. Luego dijo, midiendo muy bien las palabras—: ¿Quiere usted saber el aspecto que tiene, pero no desea entrevistarse con él?

—No está —dije.

—Supongo que aparecerá más pronto o más tarde. Después de todo es su librería.

—No deseo entrevistarme con él en este momento —dije.

Mi interlocutora miró de nuevo hacia el exterior.

—¿Sabe usted algo sobre libros raros? —le pregunté.

—Haga la prueba.

—¿Tendría usted un *Ben Hur* de 1860, tercera edición, con una línea repetida en la página 116?

Apartó a un lado el libro amarillo de derecho, se apoderó de un grueso volumen que tenía encima de la mesa, buscó una página y la estudió.

—No lo tiene nadie —dijo, sin alzar los ojos—. No existe.

—Efectivamente.

—¿Qué demonios es lo que intenta demostrar?

—La dependienta de Geiger no lo sabía.

Mi interlocutora alzó la vista.

—Entiendo. Me interesa usted. De manera más bien vaga.

—Soy detective privado y estoy trabajando en un caso. Quizá pregunto demasiado. A mí no me parece mucho de todos modos.

Lanzó al aire un blando anillo de humo gris y lo atravesó con el dedo. El anillo se deshizo en frágiles hilachas.

—Poco más de cuarenta, en mi opinión. Estatura media, tirando a gordo. Debe de pesar algo más de setenta kilos. Cara redonda, bigote a la Charlie Chan, cuello ancho y blando. Blando todo él. Bien vestido, no usa sombrero, pretende ser experto en antigüedades, pero no sabe nada. Sí, claro, se me olvidaba. El ojo izquierdo es de cristal —dijo con voz suave y tono indiferente.

—Serviría usted para policía.

Volvió a dejar el catálogo de libros en una estantería abierta al extremo de la mesa y se interesó de nuevo por el libro de derecho.

—Espero que no —dijo, poniéndose las gafas.

Le di las gracias y salí. Había empezado a llover. Eché a correr, con el libro envuelto debajo del brazo. Mi coche se hallaba en una bocacalle, mirando hacia el bulevar, casi frente a la librería de Geiger. Cuando llegué me había mojado a conciencia. Me metí a trompicones en el coche, subí los cristales de las ventanillas y sequé el paquete con el pañuelo. A continuación lo abrí.

Sabía lo que iba a encontrar dentro, como es lógico. Un libro pesado, bien encuadernado, impreso con cuidado, el texto compuesto a mano y en papel excelente. Y salpicado de fotografías artísticas de página entera. Fotos y textos tenían en común la indescriptible audacia de su pornografía. El libro no era nuevo. Había fechas, impresas con un sello de goma, en la guarda delantera, fechas de entrada y de salida. Era un ejemplar de una biblioteca circulante. Una biblioteca que prestaba libros de refinada indecencia.

Envolví de nuevo el volumen y lo escondí debajo del asiento. Un negocio como aquel, a plena luz del día en Hollywood Boulevard, parecía requerir muchísima protección. Me quedé allí, envenenándome con humo de tabaco mientras escuchaba el ruido de la lluvia y pensaba sobre todo aquello.

6

La lluvia llenaba las alcantarillas y salpicaba a los peatones hasta la altura de las rodillas al caer sobre la calzada. Fornidos policías con impermeables que brillaban como cañones de pistola se divertían mucho transportando en brazos a chicas con ataques de risa para evitar los sitios inundados. La lluvia tamborileaba con fuerza sobre el techo del automóvil y la capota empezó a tener goteras. En el suelo se formó un charco de agua que me permitía tener los pies en remojo. El otoño era aún demasiado joven para que lloviese de aquella manera. Me enfundé como pude en una gabardina y salí corriendo en busca del *drugstore* más cercano para comprarme medio litro de whisky. Al regresar al coche utilicé la bebida para conservar el calor y el interés. Llevaba estacionado mucho más tiempo del permitido, pero los policías estaban demasiado ocupados transportando a las chicas y tocando el silbato para darse cuenta.

Pese a la lluvia, o quizá incluso a causa de ella, a la tienda de Geiger no le faltaban clientes. Coches de muy buena calidad se paraban delante y personas de aspecto acomodado entraban y salían con paquetes muy bien envueltos. No todos varones.

El dueño apareció a eso de las cuatro. Un cupé color crema se detuvo delante de la librería y vislumbré apenas el rostro redondo y el bigote estilo Charlie Chan mientras el señor

Geiger tardaba el menor tiempo posible en trasladarse al interior del establecimiento. Iba sin sombrero y llevaba una gabardina verde de cuero provista de cinturón. Desde tan lejos no logré verle el ojo de cristal. Un muchacho muy joven, alto y bien parecido, con una chaqueta sin mangas, salió de la librería y desapareció con el cupé por la primera esquina. Después regresó a pie, brillándole el pelo negro, aplastado por la lluvia.

Pasó otra hora. Se hizo de noche y las luces de las tiendas, enturbiadas por la lluvia, fueron absorbidas por la negrura de la calle. Las campanas de los tranvías resonaban enfadadas. A eso de las cinco y cuarto el chico alto de la chaqueta sin mangas salió de la librería con un paraguas y fue en busca del cupé color crema. Después de situarlo delante de la puerta salió Geiger y el chico alto sostuvo el paraguas sobre la cabeza descubierta del dueño. Luego lo cerró, lo sacudió y se lo entregó al ocupante del vehículo. Acto seguido corrió a refugiarse en la tienda. Yo puse en marcha el motor de mi coche.

El cupé se dirigió hacia el oeste por el bulevar, lo que me forzó a hacer un giro a la izquierda y muchos enemigos, incluido un conductor de tranvía que, a pesar de la lluvia, sacó la cabeza fuera para chillarme. Iba ya con dos manzanas de retraso cuando empecé de verdad a seguir a Geiger. Tenía la esperanza de que se dirigiera hacia su domicilio. Divisé el coche a lo lejos en dos o tres ocasiones y volví a descubrirlo cuando torció hacia el norte por Laurel Canyon Drive. A mitad de la cuesta torció a la izquierda y tomó una sinuosa cinta de cemento húmedo llamada Laverne Terrace. Era una calle estrecha con un terraplén a un lado y, al otro, unas cuantas casas, con aspecto de cabañas, construidas en pendiente de manera que los tejados no quedaban muy por encima del nivel de la calzada. Setos y arbustos ocultaban las ventanas de las fachadas. Árboles empapados goteaban sobre todo el paisaje.

Geiger había encendido los faros y yo no. Aceleré y lo adelanté en una curva, me fijé en el número de una casa mientras pasaba, seguí adelante y torcí al final de la manzana. Geiger se había detenido. Sus faros iluminaban ya el garaje de una casita provista de un seto de boj cuadrado que ocultaba por completo la puerta principal. Le vi salir del garaje con el paraguas abierto y entrar por una abertura del seto. No actuaba como si temiera que alguien pudiese seguirlo. Se encendieron luces dentro de la casa. Descendí con el coche, quitando el freno de mano, hasta la casa contigua, que parecía desocupada, aunque sin cartel alguno indicando que estuviera en venta. Detuve el automóvil, lo aireé, bebí un trago de whisky y esperé. No sabía qué era lo que estaba esperando, pero algo me dijo que me convenía hacerlo. Otro ejército de lentísimos minutos pasó arrastrándose.

Dos coches subieron por la colina y pasaron del otro lado del cambio de rasante. Poco después de las seis las luces brillantes de otros faros aparecieron a través de la lluvia torrencial. Para entonces la noche era oscura como boca de lobo. Un coche se arrastró hasta detenerse delante de la casa de Geiger. Los filamentos de sus luces brillaron débilmente antes de apagarse. Se abrió la portezuela y salió una mujer del coche. Era pequeña y esbelta, y llevaba un sombrero de ala ancha y un impermeable transparente. Después de que atravesara el seto se oyó sonar un timbre débilmente, una luz entre la lluvia, una puerta que se cerraba y más silencio.

Saqué una linterna de la guantera, descendí la cuesta y examiné el coche de la recién llegada. Era un Packard descapotable, granate o marrón oscuro. El cristal de la ventanilla izquierda estaba bajado. Busqué a tientas el permiso de circulación y lo enfoqué con la linterna. La propietaria era Carmen Sternwood, 3765 Alta Brea Crescent, West Hollywood. Regresé a mi coche y seguí esperando. La capota me goteaba sobre las rodillas y el whisky me había dado ardor de estómago. No subieron más coches colina arriba. Tampoco se encendió ninguna luz en la casa donde yo estaba aparcado. Parecía un barrio muy conveniente para dedicarse a las malas costumbres.

A las siete y veinte un único fogonazo de violenta luz blanca salió de casa de Geiger como un relámpago veraniego. Mientras la oscuridad se cerraba de nuevo, devorándolo, resonó un grito agudo, tintineante, que se perdió entre los árboles empapados por la lluvia. Yo ya había salido del coche antes de que muriese el eco.

No había miedo en aquel grito. Parecía expresar una emoción casi placentera, a la que se añadía un acento de embriaguez, e incluso un toque de puro cretinismo. Un sonido muy desagradable. Me hizo pensar en individuos vestidos de blanco, en ventanas con barrotes y en estrechos catres duros con correas de cuero para las muñecas y los tobillos. El silencio era otra vez completo en la guarida de Geiger cuando alcancé la abertura del seto y superé el ángulo que ocultaba la puerta principal. El llamador era un anillo de hierro que colgaba de la boca de un león. En el instante mismo de empuñarlo, como si alguien estuviera esperando aquella señal, retumbaron en la casa tres disparos. Se oyó después algo que podría haber sido un largo suspiro áspero y, a continuación, el golpe poco preciso de un objeto blando al caer. Finalmente pasos rápidos dentro de la casa; pasos que se alejaban.

A la puerta principal se llegaba por un camino estrecho, como un puentecito sobre un cauce, que llenaba el hueco entre la pared de la casa y el límite del talud. No había porche, ni tierra firme; nada que permitiera dar la vuelta hasta la parte posterior. La puerta trasera estaba en lo alto de una escalera de madera que ascendía desde la calle inferior, semejante a un callejón. Me di cuenta porque oí ruido de pasos que descendían en los escalones. Luego me llegó el rugido inesperado de un coche que se ponía en marcha. Rápidamente se perdió en la distancia. Me pareció que a aquel ruido le seguía el eco de otro coche, pero no podría asegurarlo. La casa que tenía delante estaba tan en silencio como un panteón. No había ninguna prisa. Lo que allí estuviera, allí seguía.

Me senté a horcajadas sobre la valla lateral del caminito de la entrada y me incliné todo lo que pude hacia la amplia ventana con cortinas pero sin contraventana y traté de mirar por donde las cortinas se unían. Vi luz sobre una pared y el extremo de una estantería para libros. Volví al camino, retrocedí hasta meterme un poco en el seto y luego corrí hasta golpear la puerta con el hombro. Una tontería. En una casa de California, casi el único sitio que no se puede romper de una patada es la puerta principal. Todo lo que conseguí fue hacerme daño en el hombro y enfadarme. Volví a pasar por encima de la barandilla y di una patada a la ventana; después usé el sombrero a modo de guante y retiré la mayor parte del vidrio inferior. Ya me era posible meter la mano y correr el pasador que fijaba la ventana al suelo. El resto fue fácil. No había otro pasador arriba. El pestillo cedió. Trepé y me aparté la cortina de la cara.

Ninguno de los dos ocupantes de la habitación repararon en mi manera de entrar, aunque solo uno estaba muerto.

7

Era una habitación amplia, que ocupaba todo el ancho de la casa. Tenía un techo bajo con vigas en relieve y paredes de estuco marrón, adornadas con tiras de bordados chinos, además de grabados chinos y japoneses en marcos de madera veteada. Había estanterías bajas para libros, y una gruesa alfombra china de color rosado en la que una rata podría haberse pasado una semana sin necesidad de enseñar nunca el hocico. En el suelo abundaban los cojines y trozos de extrañas sedas, arrojados por todas partes, como si quienquiera que viviese allí siempre necesitara tener a mano un retazo para poder manosearlo. Había también un amplio diván de poca altura tapizado de color rosa viejo, sobre el que descansaba un montón de ropa, incluidas prendas interiores de seda de color lila. Vi, sobre un pedestal, una gran lámpara tallada y otras dos lámparas de pie con pantallas verde jade y largos flecos, así como un escritorio negro con gárgolas labradas en las esquinas y, detrás, un cojín amarillo de satén sobre un sillón negro barnizado y con los brazos y el respaldo tallados. La habitación albergaba además una extraña mezcla de olores, de los cuales el más sobresaliente en aquel momento parecía ser un acre resto de pólvora quemada y el aroma mareante del éter.

En un extremo de la habitación, sobre algo parecido a un estrado de poca altura, había un sillón de madera de teca y de respaldo recto en el que estaba sentada la señorita Carmen

Sternwood sobre un chal naranja con flecos. Permanecía muy erguida, con las manos sobre los brazos del sillón, las rodillas muy juntas, el cuerpo rígido, en la postura de una diosa egipcia, la barbilla horizontal, los resplandecientes dientecitos brillando entre los labios, ligeramente separados. Tenía los ojos completamente abiertos. El color pizarra del iris había devorado por completo la pupila. Eran ojos de loca. Parecía haber perdido el conocimiento, pero su postura no era la de una persona inconsciente. Daba la sensación de estar pensando que hacía algo muy importante y de que lo que fuera que hacía lo estaba haciendo muy bien. De la boca le brotaba un sonido apenas audible como de regocijo que no le cambiaba la expresión de la cara ni le hacía mover los labios.

Lucía unos largos pendientes de jade, muy bonitos, que probablemente habían costado un par de cientos de dólares. No llevaba nada más.

El cuerpo de Carmen Sternwood era hermoso, pequeño, compacto, firme, redondeado. A la luz de la lámpara, su piel tenía el brillo cálido de una perla. Las piernas no igualaban el encanto picante de las de su hermana, pero estaban muy bien. La contemplé de arriba abajo sin vergüenza ni salacidad. No estaba allí en calidad de chica desnuda. Era sencillamente una drogada. Para mí nunca fue otra cosa que una drogada.

Dejé de mirarla y examiné a Geiger. Estaba de espaldas en el suelo, más allá del fleco de la alfombra china, delante de algo que parecía un tótem, con un perfil muy semejante al de un águila: su ojo redondo muy abierto era la lente de una cámara, orientada hacia la chica desnuda del sillón. Había una bombilla de flash ennegrecida sujeta al lateral del tótem. Geiger calzaba zapatillas chinas con gruesas suelas de fieltro, llevaba un pantalón de pijama de satén negro y una chaqueta china con bordados, cuya parte delantera estaba ensangrentada casi en su totalidad. Su ojo de cristal me lanzaba brillantes destellos y era —con diferencia— lo más vivo de toda su persona. Me bastó una primera inspección para comprobar que los tres disparos habían dado en el blanco. Geiger estaba francamente muerto.

La bombilla de flash explicaba el fogonazo que yo había visto. El grito enloquecido fue la reacción de la muchacha drogada y desnuda. Los tres disparos habían sido, en cambio, la iniciativa de otra persona para dar un nuevo giro a la reunión. La iniciativa del tipo que había escapado por la escalera de atrás, había cerrado con fuerza la portezuela de un coche y se había alejado a toda velocidad. No era difícil entender las ventajas de su punto de vista.

Un par de frágiles copas veteadas de oro descansaban sobre una bandeja de laca roja en un extremo del escritorio negro, junto a una panzuda botella de líquido marrón. Retiré el tapón y olí el contenido. Olía a éter y a algo más, posiblemente láudano. Yo no había probado nunca aquella mezcla pero parecía estar muy de acuerdo con el ambiente de la casa.

Escuché el ruido de la lluvia que caía con fuerza sobre el tejado y las ventanas del lado norte. Más allá no había ningún otro ruido: ni coches, ni sirenas, tan solo el repiquetear de la lluvia. Me acerqué al diván, me quité la trinchera y revisé la ropa de la señorita Sternwood. Una de las prendas era un vestido de lana basta y de color verde pálido de los que se meten por la cabeza, con manga corta, y me pareció que podía estar en condiciones de utilizarlo con éxito. Decidí prescindir de la ropa interior, no por un sentimiento de pudor, sino porque no me veía poniéndole las bragas o abrochándole el sujetador. Llevé el vestido hasta el sillón de madera de teca sobre el estrado. También la señorita Sternwood olía a éter, incluso a más de un metro de distancia. El sonido casi metálico y apenas audible como de regocijo seguía saliendo de su boca y un poquito de espuma le caía por la barbilla. La abofeteé. Parpadeó y dejó de hacer ruido. Volví a abofetearla.

—Venga —le dije alegremente—. Ahora hay que portarse bien. Vamos a vestirnos.

Se me quedó mirando, con los ojos de color pizarra tan vacíos como los agujeros de una máscara.

—An..., an..., anda y que te... —dijo.

La abofeteé un poco más. No le importó. Las bofetadas no conseguían sacarla a flote. Me puse a trabajar con el vestido. Tampoco aquello le importó. Me permitió alzarle los brazos y luego extendió los dedos, como quien hace un gesto seductor. Conseguí meterle las manos por las mangas, tiré del vestido hacia abajo por la espalda y luego la obligué a levantarse. Entonces se echó en mis brazos entre risitas. La volví a colocar en el sillón y conseguí ponerle medias y zapatos.

—Vamos a dar un pequeño paseo —dije—. Un agradable paseo.

Nos dimos el paseo. Unas veces sus pendientes me chocaban contra el pecho y otras separábamos las piernas al mismo tiempo, como bailarines a cámara lenta. Fuimos hasta el cadáver de Geiger, ida y vuelta. Hice que lo mirase. Le pareció que estaba muy bien. Lanzó una risita y trató de decírmelo, pero solo consiguió mascullar. La llevé hasta el diván y la obligué a tumbarse. Le dio hipo un par de veces, lanzó un par de risitas y se quedó dormida. Me metí todas sus cosas en los bolsillos y me fui detrás del tótem. La cámara estaba allí, desde luego, colocada en el interior, pero faltaba el bastidor de la placa. Miré por el suelo, pensando que quizá Geiger lo hubiera sacado antes de los disparos. No lo encontré. Cogí al cadáver por una mano fláccida y helada y moví un poco el cuerpo. El bastidor tampoco estaba debajo. No me gustó el cariz que tomaba aquello.

Salí al vestíbulo, situado al fondo de la habitación, e investigué el resto de la casa. Había un baño a la derecha y una puerta cerrada con llave; una cocina en la parte de atrás. La ventana de la cocina había sido apalancada. Faltaba la pantalla exterior y en el alféizar se veía el sitio de donde había desaparecido el gancho. La puerta trasera no estaba cerrada con llave. La dejé tal cual y entré en un dormitorio en el lado izquierdo del vestíbulo. Estaba muy limpio, muy cuidado, con un toque de afeminamiento. La cama tenía una colcha con volantes. Sobre el tocador, con espejo triple, había un frasco de perfume al lado de un pañuelo, algún dinero suelto, varios cepillos de hombre y un llavero. En el armario, ropa de hombre y unas zapatillas masculinas bajo el borde de la colcha con volantes. La habitación del señor Geiger. Volví con el llavero al cuarto de estar y examiné el contenido del escritorio. Encontré una caja fuerte en el cajón más profundo. Utilicé una de las llaves para abrirla. Dentro solo había una libreta encuadernada en piel azul con un índice y muchas cosas escritas en clave; la letra inclinada era la misma de la nota enviada al general Sternwood. Me guardé la libreta en el bolsillo, limpié los sitios donde había tocado con los dedos la caja fuerte, cerré los cajones del escritorio, me guardé las llaves, apagué el gas que daba realismo a los falsos troncos de la chimenea, me puse la trinchera y traté de despertar a la señorita Sternwood. No hubo manera. Le encasqueté el sombrero de ala ancha, la envolví en su abrigo y la saqué hasta su coche. Luego volví a la casa, apagué todas las luces, cerré la puerta principal, encontré las llaves que mi dormida acompañante llevaba en el bolso y puse en marcha el Packard. Descendimos colina abajo sin encender los faros. El trayecto hasta Alta Brea Crescent fueron menos de diez minutos. Carmen los empleó en roncar y en echarme el éter de su aliento a la cara. Imposible que me quitase la cabeza del hombro. Era la única solución para evitar que acabara en mi regazo.

8

Había una luz muy tenue detrás de los vidrios emplomados en la puerta de servicio de la mansión Sternwood. Detuve el Packard junto a la *porte-cochère* y me vacié los bolsillos en el asiento. Carmen roncaba en el rincón, el sombrero desenfadadamente inclinado sobre la nariz, y las manos, sin vida, entre los pliegues del impermeable. Salí del coche y toqué el timbre. Oí pasos que se acercaban lentamente, como si vinieran de muy lejos. La puerta se abrió y el mayordomo de cabellos plateados y tan tieso como una estatua se me quedó mirando. La luz del vestíbulo hacía que su cabeza se adornara con un halo.

—Buenas noches, señor —dijo cortésmente antes de dirigir la mirada hacia el Packard. Luego sus ojos volvieron a encontrarse con los míos.

—¿Está en casa la señora Regan?

—No, señor.

—El general descansa, espero.

—Así es. De noche es cuando mejor duerme.

—¿Qué tal la doncella de la señora Regan?

—¿Mathilda? Está en casa, señor.

—Más valdrá que baje. La tarea que hay que hacer requiere un toque femenino. Eche una ojeada al coche y entenderá el porqué.

El mayordomo fue hasta el automóvil.

—Ya veo —dijo al regresar—. Voy a buscar a Mathilda.

—Mathilda sabrá cómo hacer las cosas —dije.

—Todos nos esforzamos por hacerlo bien —me respondió.

—Imagino que tienen ustedes práctica —observé.

Hizo caso omiso de aquel comentario mío.

—Buenas noches —continué—. La dejo en sus manos.

—Buenas noches, señor. ¿Quiere que llame a un taxi?

—En absoluto —dije—. En realidad no estoy aquí. Sufre usted una alucinación.

Esta vez sonrió. Hizo una inclinación de cabeza, me di la vuelta, recorrí en sentido contrario la avenida para los coches y salí de la finca.

Caminé diez manzanas de calles en curva y cuesta abajo, azotadas por la lluvia, bajo árboles que goteaban sin cesar, entre las ventanas iluminadas de grandes casas con enormes jardines fantasmales, conjuntos imprecisos de aleros y gabletes y ventanas iluminadas en lo más alto de la colina, remotas e inaccesibles, como casas de brujas en un bosque. Llegué por fin a una gasolinera deslumbrante de luz innecesaria, donde un aburrido empleado con una gorra blanca y una cazadora impermeable de color azul marino leía un periódico, encorvado sobre un taburete, en el interior de una jaula de cristal empañado. Iba a pararme, pero decidí seguir adelante. Era imposible que me mojase más de lo que estaba. Y en una noche así se podía conseguir que a uno le creciera la barba esperando un taxi. Los taxistas, además, tienen buena memoria.

Volví a casa de Geiger en poco más de media hora de caminar a buen paso. No había nadie: ningún coche en la calle a excepción del mío, estacionado una casa más allá y que despertaba tanta melancolía como un perro perdido. Saqué mi botella de whisky, me eché al coleto la mitad de lo que quedaba y entré en el coche para encender un cigarrillo. Fumé la mitad, tiré lo que quedaba, salí de nuevo y bajé hasta la casa de Geiger. Abrí la puerta, di un paso en la oscuridad, aún tibia, y me quedé allí, dejando que el agua goteara sobre el suelo mientras escuchaba el ruido de la lluvia. Luego busqué a tientas una lámpara y la encendí.

Lo primero que noté fue la desaparición de un par de tiras de seda bordada de la pared. No había contado cuántas había, pero las franjas de enlucido marrón destacaban con una desnudez demasiado evidente. Avancé un poco más y encendí otra luz. Examiné el tótem. Debajo, más allá del borde de la alfombra china, alguien había extendido otra alfombra sobre el suelo desnudo. Aquella alfombra no estaba allí antes, como sí lo estaba el cuerpo de Geiger, ahora desaparecido.

Aquello me dejó helado. Apreté los labios contra los dientes y miré con desconfianza el ojo de cristal del tótem. Recorrí de nuevo la casa. Todo seguía exactamente como antes. Geiger no estaba ni en su cama con la colcha de volantes, ni debajo de la cama, ni en el armario. Tampoco estaba en la cocina ni en el cuarto de baño. Solo quedaba la puerta cerrada con llave a la derecha del vestíbulo. Una de las llaves de Geiger encajaba en la cerradura. El dormitorio que encontré era interesante, pero tampoco estaba allí el cadáver. El interés radicaba en que era muy masculino, completamente distinto del otro, sin apenas mobiliario, con suelo de madera barnizada, un par de alfombritas con dibujos indios, dos sillas de respaldo recto, un buró de madera oscura veteada con un juego de tocador para hombre y dos velas negras en candelabros de bronce de treinta centímetros de altura. La cama, estrecha, parecía dura y tenía un batik marrón a modo de colcha. La habitación daba sensación de frío. Volví a cerrarla con llave, limpié el pomo de la puerta con el pañuelo y regresé junto al tótem. Me arrodillé y examiné la superficie de la alfombra hasta la puerta principal. Me pareció advertir dos surcos paralelos, como de talones arrastrados, que apuntaban en aquella dirección. Quienquiera que lo hubiese hecho era una persona decidida. Un muerto es más pesado que un corazón roto.

No se trataba de las fuerzas del orden. Aún estarían allí, y no habrían hecho más que empezar a entonarse con sus cintas métricas, sus trozos de tiza, sus cámaras, sus polvos de talco y sus tagarninas. Habrían estado por toda la casa. Tampoco se trataba del asesino, que se había marchado a toda velocidad. Sin duda había visto a la chica. Nada le garantizaba que estuviera tan grogui como para no enterarse. Iría de camino hacia el sitio más lejano posible. No adivinaba el motivo exacto, pero no me costaba trabajo imaginar que alguien prefiriese un Geiger desaparecido a un Geiger simplemente asesinado. Y a mí me daba la oportunidad de averiguar si podía contarlo sin mencionar a Carmen Sternwood. Cerré la casa de nuevo, puse mi coche en marcha y volví a mi apartamento en busca de una ducha, ropa seca y una cena tardía. Después me senté y bebí demasiados ponches calientes mientras trataba de descifrar la clave de la libreta azul de Geiger. Solo tuve la certeza de que se trataba de una lista de nombres y direcciones, clientes suyos probablemente. Había más de cuatrocientos. Eso lo convertía en un tinglado muy productivo, sin mencionar las posibilidades de chantaje, que probablemente abundaban. Cualquier nombre de aquella lista podía ser un candidato a asesino. Me compadecí de la policía al pensar en el trabajo que les esperaba cuando llegase a sus manos la libreta.

Me acosté lleno de whisky y de frustración y soñé con un individuo que llevaba una chaqueta oriental ensangrentada y perseguía a una chica desnuda con largos pendientes de jade mientras yo corría tras ellos y trataba de hacer una fotografía con una cámara sin película.

9

A la mañana siguiente el tiempo era luminoso, claro y soleado. Me desperté con sabor a guante de motorista en la boca, bebí un par de tazas de café y repasé los periódicos de la mañana. No encontré ninguna referencia al señor Arthur Gwynn Geiger en ninguno de ellos. Estaba intentando quitar las arrugas de mi traje húmedo cuando sonó el teléfono. Era Bernie Ohls, el investigador jefe del fiscal del distrito, la persona que me había puesto en contacto con el general Sternwood.

—Bueno, ¿cómo te va la vida? —empezó. Tenía voz de persona que ha dormido bien y que no debe demasiado dinero.

—Intentando que se me pase la resaca —le respondí.

—Vaya, vaya. —Rió distraídamente y luego su tono se hizo demasiado despreocupado, demasiado parecido al de un policía cauteloso—. ¿Has visto ya al general Sternwood?

—Sí.

—¿Has hecho algo para él?

—Demasiada lluvia —contesté, si es que aquello era una respuesta.

—Parece ser una familia a la que le pasan cosas. Un Buick muy grande que les pertenece ha aparecido esta mañana, arrastrado por la marea, no muy lejos del muelle pesquero de Lido.

Apreté el teléfono lo suficiente para romperlo. Y además contuve la respiración.

—Sí —dijo Ohls alegremente—. Un bonito Buick sedán muy nuevo, estropeado por la arena y el agua de mar... Ah, casi se me olvidaba. Hay un fiambre dentro.

Dejé que el aliento saliera tan despacio que se me quedó colgando de los labios.

—¿Regan? —pregunté.

—¿Cómo? ¿Quién? Ah; te refieres al ex contrabandista del que la chica mayor se encaprichó y con el que acabó casándose. No llegué a verlo nunca. ¿Qué se le podía haber perdido en medio del mar?

—Deja de marear la perdiz. ¿Qué se le podía haber perdido a nadie en medio del mar?

—No lo sé, muchacho. Voy a pasarme por allí para echar una ojeada. ¿Quieres venir conmigo?

—Sí.

—Pon la directa —dijo—. Estaré en mi guarida.

Afeitado, vestido y casi sin desayunar, me presenté en el palacio de justicia en menos de una hora. Subí al séptimo piso y me dirigí hacia el grupo de diminutas oficinas que ocupaban los subordinados del fiscal del distrito. La de Ohls no era mayor que las demás, pero no la compartía con nadie. Sobre la mesa solo había un secante, un juego barato de pluma y lapicero, el sombrero y uno de sus pies. Ohls era un individuo de tamaño medio, tirando a rubio, de cejas hirsutas completamente blancas, ojos calmosos y dientes bien cuidados. No era distinto de cualquier persona que uno se pueda cruzar por la calle. Aunque yo sabía que había matado a nueve delincuentes..., tres cuando lo tenían encañonado, o alguien creía que lo estaba.

Ohls se puso en pie, se metió en el bolsillo una lata muy plana de puros miniatura llamados Entreactos, movió arriba y abajo el que tenía en la boca y, con la cabeza echada hacia atrás, me miró detenidamente con cierto desprecio.

—No es Regan —dijo—. Lo he comprobado. Regan es un tipo grande. Tan alto como tú y con un poco más de peso. Se trata de un chico joven.

No dije nada.

—¿Por qué se largó Regan? —preguntó Ohls—. ¿Te interesa ese asunto?

—Me parece que no —respondí.

—Cuando un tipo salido del contrabando de bebidas se casa con la hija de una familia rica y luego dice adiós a una chica guapa y a un par de millones de dólares legales..., da que pensar incluso a alguien como yo. Supongo que creías que era un secreto.

—Más bien.

—De acuerdo, punto en boca, chico. Tan amigos como siempre. —Rodeó la mesa dándose golpecitos en los bolsillos y echando mano del sombrero.

—No estoy buscando a Regan —dije.

Cerró con llave la puerta del despacho, bajamos al aparcamiento para funcionarios y subimos a un pequeño sedán azul. Salimos por Sunset, utilizando de cuando en cuando la sirena para evitarnos un semáforo. Era una mañana tersa, y había en el aire el vigor suficiente para lograr que la vida pareciera sencilla y agradable si no tenías demasiadas cosas en la cabeza. Pero yo las tenía.

Eran casi cincuenta kilómetros hasta Lido por la carretera de la costa, los quince primeros con mucho tráfico. Ohls hizo el viaje en tres cuartos de hora. Al cabo de ese tiempo nos detuvimos derrapando delante de un descolorido arco de escayola, despegué los pies del suelo y nos apeamos. Desde el arco se extendía hacia el mar un muelle muy largo con un pretil blanco de poca altura. Un puñado de personas se había reunido en el extremo más distante y un policía motorizado, debajo del arco, impedía que otro grupo de gente avanzara por el muelle. Había coches aparcados —los habituales morbosos de ambos sexos— a ambos lados de la carretera. Ohls mostró su placa al agente motorizado y pasamos al muelle, entre un fuerte olor a pescado que la intensa lluvia de una noche no había conseguido suavizar en lo más mínimo.

—Allí está…, en la gabarra de motor —dijo Ohls, apuntando con uno de sus diminutos cigarros.

Una gabarra baja y negra con una timonera como la de un remolcador estaba agazapada junto a los pilares al final del muelle. Sobre su cubierta había algo que brillaba al sol de la mañana: un automóvil negro y cromado de gran tamaño, rodeado aún por las cadenas con las que lo habían izado a bordo. El brazo de la grúa estaba otra vez en su posición de reposo sobre cubierta. Había varias personas alrededor del coche. Ohls y yo descendimos hasta la gabarra por unos peldaños resbaladizos.

Mi acompañante saludó a un ayudante del sheriff que llevaba un uniforme marrón verdoso y a otro individuo vestido de paisano. Los tres tripulantes de la gabarra contemplaban la escena recostados en la timonera mientras mascaban tabaco. Uno de ellos se frotaba el pelo, todavía húmedo, con una sucia toalla de baño. Debía de ser el que se había lanzado al agua para ponerle las cadenas al automóvil.

Examinamos el coche. Tenía doblado el parachoques delantero, destrozado uno de los faros y torcido el otro, pero el cristal seguía intacto. La rejilla del radiador estaba abollada y la pintura y los cromados se veían arañados por todo el coche. La tapicería, empapada y negra. Ninguno de los neumáticos parecía tener desperfectos.

El conductor aún estaba caído sobre el volante, con la cabeza en un ángulo poco natural en relación con el cuerpo. Se trataba de un chico esbelto de cabellos oscuros, probablemente de lo más apuesto pocos días antes. Ahora su rostro tenía un color blanco azulado, en los ojos subsistía un tenue brillo opaco por debajo de los párpados medio cerrados y se le había metido arena en la boca abierta. Sobre la blancura de la piel destacaba un hematoma en el lado izquierdo de la frente.

Ohls retrocedió, hizo un ruido con la garganta y acercó una cerilla encendida a su purito de juguete.

—¿Cómo ha sido?

El policía de uniforme señaló a los curiosos al final del embarcadero. Uno de ellos estaba tocando el sitio donde faltaba un trozo bastante grande de pretil. Se veía el color amarillo y limpio de la madera astillada, como de pino recién cortado.

—Cayó por ahí. El golpe debió de ser bastante violento. Aquí dejó pronto de llover, a eso de las nueve de la noche. La madera rota está seca por dentro. Eso sitúa el accidente después de que cesara la lluvia. El automóvil cayó sobre agua abundante porque de lo contrario habría salido peor librado, aunque no más de media marea porque se hubiera alejado más de la costa, ni más de media marea descendente porque estaría pegado a los pilares del muelle. Lo que sitúa la caída a eso de las diez. Quizá nueve y media, pero no antes. Cuando los chicos llegaron a pescar esta mañana lo vieron bajo el agua, de manera que trajimos la gabarra para que lo sacase, y entonces descubrimos al muerto.

El policía de paisano frotaba la cubierta con la punta del zapato. Ohls me miró de reojo y sacudió el purito como si fuera un cigarrillo.

—¿Borracho? —preguntó, sin dirigirse a nadie en particular.

El tripulante de la gabarra que se había estado secando el pelo con la toalla se acercó a la borda y se aclaró la garganta con un ruido tan fuerte que todo el mundo se le quedó mirando.

—He tragado un poco de arena —dijo, antes de escupir—. No tanto como ese muchacho, pero sí algo.

—Puede que estuviera borracho —dijo el policía uniformado—. No es normal aparecer por aquí completamente solo cuando llueve. Y ya se sabe que los borrachos hacen cualquier cosa.

—Nada de borracho —dijo el que iba de paisano—. El

acelerador de mano estaba a mitad de recorrido y al muerto le dieron con una cachiporra en la cabeza. Si alguien me pregunta, yo a eso lo llamo asesinato.

Ohls miró al tipo con la toalla.

—¿Qué piensa usted, amigo?

Al de la toalla pareció gustarle que le preguntaran.

—Para mí es un suicidio. —Sonrió—. No es asunto mío, pero ya que me pregunta, yo digo suicidio. En primer lugar, ese sujeto ha dejado un surco bien recto en el muelle. Se reconocen las huellas de los neumáticos por todo el recorrido. Eso lo sitúa después de terminada la lluvia, como ha dicho el ayudante del sheriff. Luego golpeó el pretil con mucha fuerza: de lo contrario no lo hubiera atravesado ni caído de lado. Lo más probable es que diera un par de vueltas de campana. De manera que tenía que venir a buena velocidad y golpear el pretil de frente. Y se necesitaba algo más que el acelerador a medio gas. Podría haberlo tocado al caer y cabe que el golpe en la cabeza se lo diera entonces.

—Tiene usted buen ojo, amigo —dijo Ohls—. ¿Lo han registrado? —le preguntó al ayudante del sheriff que procedió a mirarme a mí y luego a la tripulación, junto a la timonera—. De acuerdo, lo dejamos para después.

Un individuo pequeño, con gafas, cara de cansancio y un maletín negro descendió desde el muelle por los peldaños de la escalera. Luego eligió un sitio relativamente seco de la cubierta y dejó allí el maletín. A continuación se quitó el sombrero, se frotó el cogote y se quedó mirando al mar, como si no supiera dónde estaba o qué era lo que tenía que hacer.

—Ahí está su cliente, doctor —dijo Ohls—. Se tiró desde el muelle anoche. Entre las nueve y las diez. Es todo lo que sabemos.

El hombrecillo contempló con aire taciturno al muerto. Le tocó la cabeza, se la movió en todas las direcciones con ambas manos, examinó el hematoma de la sien, le palpó las costillas. Alzó una mano exánime, totalmente relajada, y examinó las uñas. La dejó caer y siguió la trayectoria con la vista. A continuación dio un paso atrás, abrió el maletín, sacó un bloc de formularios para muertes por traumatismo y empezó a escribir poniendo debajo un papel carbón.

—La causa de la muerte es, a primera vista, la rotura del cuello —dijo, al tiempo que escribía—. Lo que quiere decir que no habrá tragado mucha agua. También significa que el rigor mortis no tardará en presentarse ahora que ya está en contacto con el aire. Será mejor sacarlo del automóvil antes de que eso suceda. No les gustará tener que hacerlo después.

Ohls asintió con un gesto.

—¿Cuánto tiempo lleva muerto, doctor?

—No sabría decirlo.

Ohls lo miró con severidad; luego se sacó el purito de la boca y también lo contempló indignado.

—Encantado de conocerle, doctor. Un forense incapaz de establecer la hora de la muerte con un margen de cinco minutos es algo que no entiendo.

El hombrecillo sonrió amargamente, volvió a meter el bloc en el maletín y se enganchó el lápiz en el bolsillo del chaleco.

—Si cenó anoche, se lo podré decir..., si sé a qué hora cenó. Pero no con un margen de cinco minutos.

—¿Cómo se hizo ese cardenal? ¿Pudo ser al caer?

El hombrecillo examinó de nuevo el moratón.

—No lo creo. Ese golpe procede de algo que estaba cubierto. Y la hemorragia subcutánea se produjo mientras aún vivía.

—¿Cachiporra, eh?

—Muy probablemente —contestó al tiempo que asentía con la cabeza. Luego recogió el maletín y regresó al muelle por la escalerilla.

Una ambulancia estaba avanzando marcha atrás para colocarse en posición al otro lado del arco de escayola. Ohls se me quedó mirando y dijo:

—Vayámonos. No merecía la pena venir hasta aquí, ¿no es cierto?

Regresamos por el muelle y subimos de nuevo al sedán. Ohls se las apañó para hacer un giro de ciento ochenta grados y regresamos a la ciudad por una autovía de tres carriles, reluciente gracias a la lluvia, dejando atrás una sucesión de insignificantes dunas coronadas de musgo rosado. Del lado del mar algunas gaviotas revoloteaban y se dejaban caer sobre algo que arrastraban las olas. Muy a lo lejos, un yate blanco parecía colgado del cielo.

Ohls me apuntó con la barbilla y dijo:

—¿Lo conocías?

—Claro. El chófer de los Sternwood. Lo vi ayer en la casa del general limpiando ese mismo coche.

—No quisiera presionarte, Marlowe, pero dime, ¿tenía algo que ver con el chófer el encargo que te han hecho?

—No. Ni siquiera sé cómo se llama.

—Owen Taylor. ¿Cómo lo sé? Es una historia curiosa. Hace cosa de un año lo pusimos a la sombra por una infracción de la ley Mann. Parece que se escapó a Yuma con la hija más joven de Sternwood, que es un bombón. La hermana mayor salió corriendo tras ellos, los trajo de vuelta e hizo meter a Owen en la fresquera. Al día siguiente se presenta ante el fiscal del distrito para suplicarle que retiren los cargos. Dice que el muchacho quería casarse con su hermana y estaba dispuesto a hacerlo, pero que su hermana lo ve de otra manera. La pequeña solo deseaba echar una cana al aire y pegarse una juerga. De manera que soltamos al chico y que me aspen si no lo ponen otra vez a trabajar para ellos. Poco después recibimos el informe habitual de Washington sobre sus huellas, y resulta que ya lo habían detenido en Indiana, un intento de atraco seis años antes. Solo le cayeron seis meses en la cárcel del distrito, la misma de donde se escapó Dillinger. Les pasamos el informe a los Sternwood, pero siguen con él de todos modos. ¿Lo encuentras normal?

—Parecen una familia de chiflados —dije—. ¿Saben algo de lo de anoche?

—No. Tengo que ir ahora a contárselo.

—No le digas nada al viejo, si puedes evitarlo.

—¿Por qué?

—Ya tiene suficientes problemas y además está enfermo.

—¿Te refieres a Regan?

Puse cara de pocos amigos.

—No sé nada de Regan, ya te lo he dicho antes. No estoy buscando a Regan. Regan no ha molestado a nadie, que yo sepa.

—Ah —dijo Ohls, que se puso a mirar al mar pensativamente y estuvo a punto de salirse de la carretera. Durante el resto del viaje de vuelta apenas dijo nada. Me dejó en Hollywood, cerca del Teatro Chino, y se volvió hacia Alta Brea Crescent. Almorcé en la barra de una cafetería y estuve viendo el periódico de la tarde, pero tampoco encontré nada sobre Geiger.

Después de almorzar caminé hacia el este por el bulevar para echar otra ojeada a su librería.

10

El joyero judío —un hombre esbelto de ojos negros— estaba a la entrada de su establecimiento en la misma postura que la tarde anterior, y me lanzó la misma mirada de complicidad cuando me vio entrar. La tienda de Geiger seguía exactamente igual. La misma lámpara brillaba en el mismo escritorio del rincón y la misma chica con el pelo color rubio ceniza y el mismo vestido negro imitación de ante se levantó y se acercó a mí con la misma sonrisa provisional en los labios.

—¿Era…? —empezó a decir antes de enmudecer. Le temblaron un poco los dedos de uñas plateadas. También había tensión en su sonrisa. No era una sonrisa, sino una mueca. Pero ella creía que era una sonrisa.

—Otra vez aquí —dije con despreocupación, agitando un cigarrillo—. ¿Ha venido hoy el señor Geiger?

—Me… me temo que no. No, mucho me temo que no. Veamos…, ¿qué era lo que…?

Me quité las gafas de sol y las utilicé para darme delicados golpecitos en la parte interior de la muñeca izquierda. Aunque es difícil pesar noventa kilos y parecer un mariquita, lo estaba haciendo lo mejor que podía.

—Aquello de las ediciones príncipe era solo una cortina de humo —susurré—. He de tener cuidado. Dispongo de algo que el señor Geiger querrá con toda seguridad. Algo que quiere desde hace mucho tiempo.

Las uñas plateadas tocaron cabellos rubios sobre una oreja adornada con un pendiente de azabache.

—Ah, agente de ventas —dijo—. Bien…, venga mañana, creo que el señor Geiger estará aquí mañana.

—Déjese de rodeos —respondí—. Yo también trabajo en este negocio.

Entornó los ojos hasta dejarlos reducidos a un débil resplandor verdoso, como un estanque en un bosque, muy lejos entre la sombra de los árboles. Se clavó las uñas en la palma de la mano. Me miró fijamente y contuvo un suspiro.

—¿Acaso está enfermo? Podría ir a su casa —dije con tono impaciente—. No me voy a pasar la vida esperando.

—Me… me… —se le obstruyó la garganta. Tuve la impresión de que se iba a caer de bruces. Le tembló todo el cuerpo y se le desmoronó la cara como un bizcocho mal cocido. Luego la recompuso poco a poco, como si levantara un peso enorme solo a fuerza de voluntad. Recuperó la sonrisa, aunque le quedaron abolladuras en un par de sitios.

—No —dijo—. No. Se ha marchado de la ciudad. Eso… no serviría de nada. ¿No puede… volver… mañana?

Tenía ya la boca abierta para decir algo cuando la puerta de la mampara se abrió treinta centímetros. El chico alto, moreno y bien parecido con el chaleco sin mangas se asomó, pálido y con cara de pocos amigos; al verme volvió a cerrar la puerta precipitadamente, pero no antes de que yo hubiera visto tras él, en el suelo, un buen número de cajas de madera forradas con periódicos y llenas de libros. Un individuo con un mono recién estrenado las estaba manipulando. Parte de las existencias de Geiger iban camino de otro sitio.

Cuando la puerta se cerró volví a ponerme las gafas de sol y me toqué el sombrero.

—Mañana, entonces. Me gustaría darle una tarjeta, pero usted ya sabe lo que pasa.

—Sí. Sé lo que pasa. —Se estremeció un poco más e hizo un ligero ruido como de succión con los labios, de un rojo intenso. Salí de la tienda, caminé hasta la esquina del bulevar en dirección este y luego hacia el norte por la calle que daba al callejón situado detrás de las tiendas. Una camioneta negra con laterales de tela metálica y sin letreros de ninguna clase se hallaba delante del edificio de Geiger. El individuo del mono recién estrenado alzaba una caja para meterla dentro. Regresé al bulevar y, en la manzana inmediata a la tienda de Geiger, encontré un taxi estacionado delante de una boca de incendios. Un muchacho de rostro lozano leía una revista de terror detrás del volante. Me incliné hacia él y le enseñé un billete de un dólar:

—¿Qué tal se te da seguir a otro coche?

Me miró de arriba abajo:

—¿Policía?

—Detective privado.

Sonrió.

—Eso es pan comido.

El chico metió la revista detrás del espejo retrovisor y me subí al taxi. Dimos la vuelta a la manzana y fue a pararse frente al callejón de Geiger, delante de otra boca de incendios.

Había cargado una docena de cajas más o menos cuando el tipo del mono cerró las puertas metálicas, enganchó la pared trasera de la camioneta y se colocó detrás del volante.

—No lo pierdas de vista —le dije al muchacho.

El tipo del mono lanzó una ojeada a izquierda y derecha, apretó a fondo el acelerador, y se alejó a toda velocidad. Al salir del callejón torció a la izquierda. Nosotros hicimos lo mismo. Solo vi un instante la camioneta cuando giraba en Franklin hacia el este, y le dije al taxista que se acercara un poco más. No lo hizo o no pudo hacerlo. La camioneta nos llevaba dos manzanas de ventaja cuando llegamos a Franklin. Seguimos viéndola hasta que llegó a Vine, la cruzó y también durante todo el camino hasta Western. Después de Western la vimos dos veces. Había mucho tráfico y mi joven taxista de rostro lozano la seguía desde demasiado lejos. Se lo estaba diciendo sin muchos miramientos cuando la camioneta, que nos sacaba ya mucha ventaja, torció una vez más hacia el norte. La calle por la que entró se llamaba Britanny Place. Cuando llegamos allí había desaparecido.

El taxista me obsequió con sonidos alentadores desde el asiento delantero y, a seis kilómetros por hora, seguimos colina arriba buscando la camioneta detrás de los setos. Dos manzanas más adelante, Britanny Place giraba hacia el este y se reunía con Randall Place en una lengua de tierra en la que se alzaba un edificio de apartamentos pintado de blanco, cuya fachada daba a Randall Place y el garaje tenía salida hacia Britanny. Estábamos pasando por delante y el chico de la cara simpática me decía que la camioneta no podía estar lejos cuando, al mirar por los arcos de la entrada al garaje, volví de nuevo a verla en la penumbra interior con las puertas traseras abiertas.

Nos dirigimos a la entrada principal del edificio de apartamentos y me apeé. No había nadie en el vestíbulo, tampoco una centralita. Un escritorio de madera estaba pegado a la pared, junto a un panel con casilleros dorados. Repasé los nombres. El apartamento 405 lo ocupaba un individuo llamado Joseph Brody. Tal vez el mismo Joe Brody que había recibido cinco mil dólares del general Sternwood para que dejara de jugar con Carmen y buscara alguna otra niñita con quien distraerse. Me sentí inclinado a apostar en favor de aquella posibilidad.

El vestíbulo torcía para llegar al pie de unas escaleras embaldosadas y al hueco del ascensor. La parte superior del ascensor se hallaba a la altura del suelo. En una puerta junto al hueco del ascensor se leía «Garaje». La abrí y descendí por unos escalones muy estrechos hasta el sótano. El ascensor tenía las puertas abiertas y el individuo del mono recién estrenado resoplaba con fuerza mientras amontonaba en su interior pesadas cajas de madera. Me puse a su lado, encendí un cigarrillo y me dediqué a verlo trabajar. No le gustó que lo estuviese mirando.

Al cabo de un rato dije:

—Cuidado con el peso, socio. Solo está calculado para media tonelada. ¿Adónde van esas cajas?

—Brody, cuatro-cero-cinco —me respondió—. ¿Encargado?

—Sí. Buena cosecha, por lo que parece…

Unos ojos claros rodeados de piel muy pálida me miraron indignados.

—Libros —gruñó—. Cincuenta kilos cada caja, seguro, y mi espalda solo está calculada para treinta.

—De acuerdo; tenga cuidado con el peso —le respondí.

Se metió en el ascensor con seis cajas y cerró las puertas. Regresé al vestíbulo por la escalera, salí a la calle y el taxi me devolvió al centro de la ciudad y a mi despacho. Al chico de la cara simpática le di demasiado dinero y él me correspondió con una tarjeta comercial bastante usada de la que por una vez no me desprendí dejándola caer en la vasija de cerámica llena de arena al lado del ascensor.

Yo alquilaba habitación y media en la parte trasera del séptimo piso. La media habitación era parte de un despacho que se había dividido para conseguir dos pequeñas salas de espera. En la puerta de la mía, que nunca cerraba con llave, por si acaso llegaba un cliente y estaba dispuesto a sentarse y a esperar, solo estaba escrito mi nombre.

En aquella ocasión tenía una cliente.

11

La señora Regan llevaba un traje de tweed de color marrón claro con topos, camisa y corbata de aspecto masculino y zapatos deportivos cosidos a mano. Las medias eran tan transparentes como el día anterior, pero la hija del general no enseñaba tanto las piernas. Sus cabellos negros brillaban bajo un sombrero marrón estilo Robin Hood que quizá le hubiera costado cincuenta dólares aunque diera la impresión de que cualquiera podía hacerlo con un secante sin el menor esfuerzo.

—Vaya, pero si resulta que también usted se levanta de la cama —dijo arrugando la nariz ante el sofá rojo descolorido, las dos extrañas aspirantes a butacas, los visillos que necesitaban un buen lavado y la mesa con material de lectura, tamaño infantil, con algunas venerables revistas para dar al despacho el toque profesional—. Empezaba a pensar que quizá trabajaba en la cama, como Marcel Proust.

—¿Quién es ese? —Me puse un cigarrillo en la boca y me quedé mirándola. Parecía un poco pálida y tensa, pero daba la sensación de ser una mujer capaz de funcionar bien bajo presión.

—Un escritor francés, experto en degenerados. No es probable que lo conozca.

Chasqueé la lengua desaprobadoramente.

—Pase a mi *boudoir* —dije.

La señora Regan se puso en pie.

—Ayer no nos entendimos demasiado bien —dijo—. Quizá me mostré descortés.

—Los dos fuimos descorteses —respondí.

Saqué la llave para abrir la puerta de comunicación y la mantuve abierta para que pasase. Entramos en el resto de mi despacho, que contenía una alfombra rojo ladrillo, no demasiado nueva, cinco archivadores verdes de metal, tres de ellos llenos únicamente del clima de California, un calendario de anuncio que mostraba a los Quins revolcándose sobre un suelo azul cielo, vestidos de rosa, con pelo de color marrón foca y penetrantes ojos negros tan grandes como ciruelas gigantes. También había tres sillas casi de nogal, la mesa de despacho habitual con el habitual secante, juego de pluma y lapicero, cenicero y teléfono, y detrás la acostumbrada silla giratoria que gime cuando se la mueve.

—No se preocupa demasiado de su imagen —dijo ella, sentándose en el lado de la mesa reservado a los clientes.

Fui hasta el buzón del correo y recogí seis sobres: dos cartas y cuatro anuncios. Puse el sombrero encima del teléfono y me senté.

—Tampoco lo hacen los Pinkerton —dije—. No se gana mucho dinero en este oficio si se es honrado. Cuidan las apariencias quienes hacen dinero…, o esperan hacerlo.

—Ah, ¿de manera que es usted honrado? —me preguntó mientras abría el bolso. Sacó un cigarrillo de una pitillera francesa de esmalte, lo encendió con un mechero y luego dejó caer pitillera y mechero en el interior del bolso sin molestarse en cerrarlo.

—Dolorosamente.

—¿Cómo es que se metió entonces en este negocio tan desagradable?

—¿Cómo es que usted se casó con un contrabandista?

—¡Dios santo!, no vamos a pelearnos otra vez, ¿verdad? Llevo toda la mañana al teléfono intentando hablar con usted. Aquí y en su apartamento.

—¿Acerca de Owen?

Se le contrajeron las facciones de manera muy brusca, pero su voz era dulce cuando habló:

—Pobre Owen. De manera que está enterado.

—Alguien de la oficina del fiscal del distrito me llevó a Lido. Pensaba que quizá yo supiera algo sobre el asunto. Pero era él quien sabía más. Que Owen, por ejemplo, quiso casarse en una ocasión con su hermana.

La señora Regan exhaló en silencio el humo del cigarrillo y me examinó, sin inmutarse, desde la negrura de sus ojos.

—Quizá no hubiese sido tan mala idea —dijo sin alzar la voz—. Estaba enamorado de Carmen. No encontramos mucho de eso en nuestro círculo.

—Owen tenía antecedentes penales.

Se encogió de hombros.

—No conocía a las personas adecuadas —dijo con desenfado—. Eso es todo lo que quiere decir tener antecedentes penales en este país podrido, infestado de delincuentes.

—Yo no iría tan lejos.

Se quitó el guante derecho y se mordió el índice a la altura de la primera articulación, mirándome fijamente.

—No he venido a hablar con usted de Owen. ¿Le parece que puede contarme ya para qué quería verle mi padre?

—No sin el permiso del general.

—¿Relacionado con Carmen?

—Ni siquiera le puedo decir eso. —Terminé de llenar la pipa y acerqué una cerilla. La señora Regan me contempló durante un momento mientras fumaba. Luego metió la mano en el bolso y la sacó con un sobre blanco que procedió a arrojar sobre el escritorio.

—Será mejor que lo mire de todos modos —dijo.

Lo recogí. La dirección, a máquina, decía «Señora Regan, 3765 Alta Brea Crescent, West Hollywood». Un servicio de mensajería había realizado la entrega y el sello de la empresa daba las 8.35 de la mañana como hora de salida. Lo abrí y saqué una lustrosa fotografía de doce por nueve que era todo lo que había dentro.

Se trataba de Carmen en casa de Geiger, sentada —sobre el estrado— en el sillón de madera de teca y respaldo recto, tan desnuda como Dios la trajo al mundo, a excepción de los pendientes de jade. Los ojos, incluso, parecían desvariar un poco más de lo que recordaba. No había nada escrito en el revés de la foto. Volví a meterla en el sobre.

—¿Cuánto piden? —pregunté.

—Cinco mil por el negativo y por el resto de las copias. El trato hay que cerrarlo esta noche misma, de lo contrario pasarán el material a algún periódico sensacionalista.

—¿Quién le ha hecho el encargo?

—Me ha telefoneado una mujer, cosa de media hora después de que llegase la fotografía.

—Lo del periódico sensacionalista es mentira. Los jurados condenan ya ese tipo de chantaje sin molestarse en abandonar la sala del tribunal. ¿Qué más han dicho?

—¿Tiene que haber algo más?

—Sí.

Se me quedó mirando, un poco sorprendida.

—Lo hay. La mujer que llamó dijo que la policía estaba interesada en un problema relacionado con la foto y que más me valía pagar, porque de lo contrario dentro de poco tendría que hablar con mi hermana pequeña a través de una reja.

—Eso ya está mejor —dije—. ¿Qué clase de problema?

—No lo sé.

—¿Dónde está Carmen?

—En casa. Se puso mala ayer. Creo que no se ha levantado.

—¿Salió anoche?

—No. Yo sí salí, pero los criados dicen que ella no. Estuve en Las Olindas, jugando a la ruleta en el club Cypress de Eddie Mars. Perdí hasta la camisa.

—De manera que le gusta la ruleta. No me sorprende.

Cruzó las piernas y encendió otro cigarrillo.

—Me gusta la ruleta, sí. A toda la familia Sternwood le gustan los juegos en los que pierde, como la ruleta, o casarse con hombres que desaparecen o participar en carreras de obstáculos a los cincuenta y ocho años para ser pisoteado por un caballo y quedar inválidos de por vida. Los Sternwood tienen dinero. Pero todo lo que el dinero les ha comprado ha sido la posibilidad de volver a intentarlo.

—¿Qué hacía Owen anoche con un automóvil de la familia?

—Nadie lo sabe. Se lo llevó sin pedir permiso. Siempre le dejamos que se lleve uno de los automóviles la noche que libra, pero anoche no era su día. —Torció el gesto—. ¿Cree que...?

—¿Estaba al tanto de la fotografía? ¿Cómo quiere que lo sepa? No lo descarto. ¿Puede usted conseguir a tiempo cinco mil dólares en efectivo?

—Tendría que contárselo a papá..., o pedirlos prestados. Es probable que Eddie Mars me los deje. Bien sabe Dios que debería ser generoso conmigo.

—Más vale que lo intente. Quizá los necesite enseguida.

Se recostó en el asiento y pasó un brazo por detrás del respaldo.

—¿Qué tal contárselo a la policía?

—Es una buena idea. Pero usted no lo va a hacer.

—¿No lo voy a hacer?

—No. Tiene que proteger a su padre y a su hermana. No sabe lo que la policía puede sacar a relucir. Tal vez algo que no sea posible ocultar. Aunque de ordinario lo intentan en casos de chantaje.

—¿Puede usted hacer algo?

—Creo que sí. Pero no estoy en condiciones de decirle por qué ni cómo.

—Me gusta usted —dijo, de repente—. Cree en los milagros. ¿No tendrá algo de beber?

Abrí el último cajón de la mesa y saqué la botella del despacho y dos vasitos. Los llené y bebimos. La señora Regan cerró el bolso y corrió la silla para atrás.

—Conseguiré esos cinco de los grandes —dijo—. He sido una buena cliente de Eddie Mars. Hay otra razón por la que debería tratarme bien que quizá usted no conozca. —Me obsequió con una de esas sonrisas que los labios han olvidado antes de que lleguen a los ojos—. La mujer de Eddie, una rubia, es la señora con la que Rusty se escapó.

No dije nada. La señora Regan me miró fijamente y añadió:

—¿Eso no le interesa?

—Debería hacer más fácil encontrarlo…, si lo estuviera buscando. Usted no cree que se haya metido en un lío, ¿no es cierto?

Empujó hacia mí el vaso vacío.

—Sírvame otro whisky. Nunca he conocido a una persona a la que costara tanto sonsacar información. Ni siquiera mueve las orejas.

Le llené el vaso.

—Ya ha conseguido todo lo que quería de mí… Estar casi segura de que no voy a buscar a su marido.

Al retirarse muy deprisa el vaso de la boca se atragantó o fingió que se atragantaba. Luego respiró muy despacio.

—Rusty no era un sinvergüenza. Y, desde luego, no se hubiera comprometido por unos céntimos. Llevaba encima quince mil dólares en efectivo. Lo llamaba su dinero loco. Los tenía cuando me casé con él y seguía teniéndolos cuando me dejó. No…, Rusty no está metido en un chantaje de tres al cuarto.

Recogió el sobre y se puso en pie.

—Seguiré en contacto con usted —dije—. Si quiere dejarme un mensaje, la telefonista del edificio donde vivo se encargará de recogerlo.

Fuimos juntos hasta la puerta. Dando golpecitos en el sobre blanco con los nudillos, tanteó una vez más:

—Todavía cree que no puede decirme lo que papá…

—He de hablar antes con él.

Sacó la foto del sobre y se la quedó mirando, junto a la puerta.

—Tiene un cuerpo precioso, ¿no es cierto?

—No está mal.

Se inclinó un poco en mi dirección.

—Tendría que ver el mío —dijo con mucha seriedad.

—¿Podríamos arreglarlo?

Se echó a reír bruscamente y con fuerza, cruzó a medias la puerta y luego volvió la cabeza antes de decir con descaro:

—Es usted el tipo con más sangre fría que he conocido nunca, Marlowe. ¿O puedo llamarte Phil?

—Claro.

—Llámame Vivian.

—Gracias, señora Regan.

—Váyase al infierno, Marlowe. —Terminó de salir sin volver la cabeza.

Dejé que la puerta se cerrase y seguí mirándome la mano, todavía en el tirador. Me ardía un poco la cara. Volví a la mesa del despacho, guardé la botella de whisky, lavé los dos vasos y también los puse en su sitio.

Retiré el sombrero del teléfono, llamé al despacho del fiscal del distrito y pregunté por Bernie Ohls.

Estaba otra vez en su minúscula guarida.

—Bueno, he dejado en paz al viejo —dijo—. El mayordomo me aseguró que él o una de las chicas se lo contaría. El tal Owen Taylor vivía encima del garaje y he estado viendo sus cosas. Padres en Dubuque, Iowa. He mandado un telegrama al jefe de policía de allí para que se entere de qué es lo que quieren hacer con el cadáver. La familia Sternwood pagará los gastos.

—¿Suicidio? —pregunté.

—Imposible decirlo. No ha dejado ninguna nota. No tenía permiso para llevarse el automóvil. Anoche todo el mundo estaba en casa a excepción de la señora Regan, que fue a Las Olindas con un playboy llamado Larry Cobb. Hice la comprobación. Conozco a un muchacho que trabaja en una de las mesas.

—Deberíais acabar con algunas de esas timbas elegantes —dije.

—¿Con lo bien organizadas que están en nuestro distrito? No seas ingenuo, Marlowe. Esa señal de cachiporra en la cabeza del chico me preocupa. ¿Estás seguro de que no me puedes ayudar?

Me gustó que me lo preguntase de aquel modo. Me permitía decir que no sin mentir de manera descarada. Nos despedimos, salí del despacho, compré los tres periódicos de la tarde y fui en taxi hasta el palacio de justicia para recoger mi coche, que se había quedado en el aparcamiento. Ninguno de los periódicos publicaba nada sobre Geiger. Eché otra ojeada a su libreta azul, pero el código —igual que la noche anterior— se me seguía resistiendo.

12

Los árboles en la parte más alta de Laverne Terrace tenían
nuevas hojas verdes después de la lluvia. A la fría luz del atardecer pude ver la marcada pendiente de la colina y la escalera
exterior por la que el asesino había escapado a todo correr
después de disparar tres veces en la oscuridad. En la calle de
más abajo había dos casitas casi enfrente. Sus ocupantes podían haber oído los disparos.

No se advertía actividad alguna delante de la casa de Geiger
ni en ningún otro sitio a lo largo de la manzana. El seto de boj
parecía muy verde y lleno de paz y las tejas aún estaban húmedas. Pasé despacio con el coche por delante, mientras daba vueltas a una idea. La noche anterior no había mirado en el garaje.
Al ver que el cuerpo de Geiger había desaparecido, no tuve en
realidad deseos de encontrarlo. Hacerlo me hubiera comprometido. Pero arrastrarlo hasta el garaje, meterlo en su propio
coche y llevarlo hasta alguna de las más de cien gargantas que
rodean Los Ángeles sería una manera excelente de librarse de él
durante días e incluso meses. Aquello suponía dos cosas: las llaves del coche y dos personas en el festejo, lo que facilitaba mucho la búsqueda, sobre todo teniendo en cuenta que las llaves de
Geiger estaban en mi bolsillo cuando sucedió todo aquello.

No tuve oportunidad de echar una ojeada al garaje. Las
puertas estaban cerradas y con el candado puesto, y algo se
movió detrás del seto cuando pasé a su altura. Una mujer con

un abrigo a cuadros verdes y blancos y un sombrero diminuto sobre suaves cabellos rubios salió de entre las plantas de boj y se quedó mirando mi coche con ojos desorbitados, como si no hubiera oído el ruido del motor subiendo la cuesta. Luego se dio la vuelta y desapareció de nuevo de mi vista. Era Carmen Sternwood, por supuesto.

Seguí calle arriba, aparqué el coche y regresé a pie. A la luz del día daba la sensación de ser una iniciativa expuesta y peligrosa. Pasé al otro lado del seto. Encontré a la hija menor del general, erguida y silenciosa, de espaldas a la puerta principal, que estaba cerrada. Alzó una mano lentamente hacia la boca para morderse el curioso pulgar, delgado y estrecho. Tenía ojeras considerables y el rostro marcado por una palidez nerviosa.

Me sonrió a medias.

—Hola —dijo con un frágil hilo de voz—. ¿Qué…?

No terminó nunca la frase y, al cabo de un momento, volvió a ocuparse del pulgar.

—¿No se acuerda de mí? —dije—. Doghouse Reilly, el hombre que creció demasiado. ¿Me sitúa?

Asintió con la cabeza y una sonrisa un tanto descoyuntada le atravesó el rostro por un momento.

—Vamos a entrar —dije—. Tengo una llave. ¿No es estupendo?

—¿Qué…?

La aparté, metí la llave en la cerradura, abrí la puerta y empujé a Carmen para que entrase. Volví a cerrar y me quedé allí olfateando. A la luz del día la casa tenía un aspecto horrible. Las tiras de seda en las paredes, la alfombra, las lámparas recargadas, los muebles de teca, el violento contraste de colores, el tótem, el frasco con éter y láudano…; todo aquello, a la luz del día, resultaba de una obscenidad vergonzante, como una fiesta de mariquitas.

Mi acompañante y yo nos miramos. La señorita Sternwood trató de mantener una sonrisita simpática, pero su cara estaba demasiado cansada para perseverar. La sonrisa se le borraba una y otra vez, le desaparecía como el agua sobre la arena, y su piel pálida tenía una áspera textura granular debajo de la estúpida vacuidad aturdida de los ojos. Con una lengua blanquecina se lamió las comisuras de la boca. Una guapa muchachita, mimada y no muy lista, que había seguido un pésimo camino sin que nadie hiciera gran cosa por evitarlo. Al infierno con los ricos. Me daban ganas de vomitar. Di vueltas a un cigarrillo entre los dedos, aparté unos cuantos libros y me senté en un extremo de la mesa de color negro. Encendí el pitillo, lancé una nube de humo y durante un rato contemplé en silencio el ritual del pulgar que los dientes mordisqueaban. Carmen seguía inmóvil delante de mí, como una alumna revoltosa en el despacho del director.

—¿Qué hace aquí? —le pregunté finalmente.

Dio un pellizco a la tela del abrigo y no respondió.

—¿Qué es lo que recuerda de anoche?

Aquella pregunta sí la contestó…, con el destello de astucia que le apareció en el fondo de los ojos.

—¿Qué quiere que recuerde? Anoche no me encontraba bien y me quedé en casa. —Hablaba con un hilo de voz, ronco y cauteloso, que apenas me llegaba a los oídos.

—Y un cuerno.

Los ojos le bailaron arriba y abajo muy deprisa.

—Antes de que volviera a casa —dije—. Antes de que yo la llevara. Ahí. En ese sillón —se lo señalé con el dedo—, sentada sobre el chal de color naranja. Eso lo recuerda perfectamente.

Una lenta ola de rubor le trepó por la garganta. Ya era algo. Todavía se sonrojaba. Un destello blanco apareció bajo los atascados iris grises. Se mordió el pulgar con fuerza.

—¿Fue usted el que…? —susurró.

—Yo. ¿Qué es lo que recuerda?

—¿Es usted de la policía? —preguntó distraídamente.

—No. Soy un amigo de su padre.

—¿No es de la policía?

—No.

Dejó escapar un débil suspiro.

—¿Qué... qué es lo que quiere?

—¿Quién mató a Geiger?

Los hombros se estremecieron, pero no hubo movimiento alguno en el rostro.

—¿Quién más... lo sabe?

—¿Que Geiger está muerto? Lo ignoro. La policía desde luego no, de lo contrario estarían acampados aquí. Puede que Joe Brody.

Era un palo de ciego, pero dio en el blanco.

—¡Joe Brody!

Los dos nos callamos. Yo aspiré el humo del cigarrillo y Carmen siguió comiéndose el pulgar.

—No se pase de lista, por el amor del cielo —le supliqué—. Es un momento para dedicarse a la sencillez a la antigua usanza. ¿Fue Brody quien lo mató?

—¿A quién?

—Cielo santo —dije.

Pareció dolida. Inclinó la barbilla un par de centímetros.

—Sí —dijo con tono solemne—. Fue Joe.

—¿Por qué?

—No lo sé. —Agitó la cabeza, convenciéndose de que no lo sabía.

—¿Lo ha visto con frecuencia últimamente?

Sus manos descendieron y formaron pequeños nudos blancos.

—Solo una o dos veces. Es un ser aborrecible.

—Entonces sabe dónde vive.

—Sí.

—¿Y ya ha dejado de gustarle?

—¡Lo aborrezco!

—Entonces no le importará que le aprieten las clavijas.

Otro breve instante de desconcierto. Iba demasiado deprisa para ella. Era difícil ir a su velocidad.

—¿Está dispuesta a decirle a la policía que fue Joe Brody? —investigué.

Un pánico repentino se apoderó de su rostro.

—Si consigo eliminar el problema de la foto sin ropa —añadí con voz tranquilizadora.

Carmen dejó escapar una risita. Aquello me produjo una sensación muy desagradable. Si hubiera lanzado un alarido o se hubiese echado a llorar o hubiera caído al suelo desmayada, me habría parecido lo más natural del mundo. Pero se limitó a reír tontamente. De repente se trataba de una cosa muy divertida. La habían fotografiado en pose de Isis, alguien había birlado la foto, alguien había liquidado a Geiger delante de ella, que estaba más borracha que una convención de excombatientes y, de repente, todo era una cosa muy divertida y simpática. De manera que reaccionaba con risitas. Encantador. Las risitas crecieron en volumen y empezaron a correr por los rincones de la habitación como ratas por detrás del revestimiento de madera. La señorita Sternwood estaba a punto de tener una crisis histérica. Me bajé de la mesa y le di un cachete.

—Lo mismo que anoche —dije—. Somos de lo más divertido los dos juntos. Reilly y Sternwood, dos comparsas en busca de un buen cómico.

Las risitas cesaron al instante, pero la bofetada le importó tan poco como la de la noche anterior. Probablemente todos sus novios acababan abofeteándola antes o después. No era difícil entender el porqué. Volví a sentarme en el extremo de la mesa.

—No se llama usted Reilly —dijo con mucha seriedad—, sino Philip Marlowe. Es detective privado. Me lo dijo Viv y me enseñó su tarjeta. —Se pasó la mano por la mejilla abofeteada y me sonrió, como si yo fuera una compañía muy agradable.

—Bueno, ya veo que se acuerda —dije—. Y ha vuelto aquí buscando la foto y no ha podido entrar en la casa. ¿Me equivoco?

La barbilla subió y bajó. Siguió trabajando con la sonrisa. Me estaba convirtiendo en el objeto de todas sus atenciones. Pronto iba a pasarme a su bando. En menos de un minuto empezaría a dar gritos de júbilo y a proponerle que nos fuésemos a Yuma.

—La foto ha desaparecido —le dije—. Ya la busqué anoche, antes de acompañarla a casa. Probablemente Brody se la llevó. ¿No me estará engañando respecto a Brody?

Negó con la cabeza enérgicamente.

—Eso es pan comido —le dije—. No tiene que volver a preocuparse. Pero no le diga a nadie que ha estado aquí, ni anoche ni hoy. Ni siquiera a Vivian. Olvídese de que ha estado aquí. Déjelo en manos de Reilly.

—Usted no se… —empezó a decir antes de detenerse y de mover la cabeza vigorosamente para manifestar su acuerdo con lo que yo había dicho o con lo que ella acababa de pensar. Sus ojos, entre los párpados semicerrados, se hicieron casi negros y tan inexpresivos como el esmalte de una bandeja de cafetería. Se le había ocurrido una idea—. Ahora tengo que irme a casa —afirmó, como si nos hubiésemos estado tomando do una taza de té.

—Claro.

No me moví. La señorita Sternwood me obsequió con otra mirada seductora y se dirigió hacia la puerta. Ya tenía la mano en el picaporte cuando los dos oímos un automóvil que se acercaba. Carmen me miró con ojos interrogadores. Yo me encogí de hombros. El coche se detuvo delante de la casa. El terror le deformó la cara. Se oyeron pasos y sonó el timbre. Carmen me miró por encima del hombro, la mano en el picaporte, casi babeando de miedo. El timbre dejó de sonar. Una llave rozó la puerta y Carmen se apartó de un salto, inmovilizándose después por completo. La puerta se abrió. Un individuo entró con paso decidido y se detuvo en seco, mirándonos calmosamente, sin perder en absoluto la compostura.

13

Era un individuo todo gris, de la cabeza a los pies, con la excepción de los relucientes zapatos negros y de dos piedras preciosas de color rojo escarlata —en la corbata gris de satén— que parecían los rombos del tapete de una mesa de ruleta. La camisa era gris y la chaqueta cruzada, de un corte muy elegante y de suave franela. Al ver a Carmen se quitó el sombrero gris; debajo, sus cabellos también eran grises y tan finos como si los hubieran colado a través de una gasa. Las espesas cejas grises poseían un indefinible aire deportivo. El recién llegado contaba además con una barbilla pronunciada, una nariz ganchuda y unos pensativos ojos grises de mirar sesgado, porque el pliegue de piel sobre el párpado superior bajaba hasta el rabillo mismo del ojo.

Nada más entrar se inmovilizó cortésmente, tocando con una mano la puerta que tenía a su espalda mientras sostenía con la otra el sombrero gris, al tiempo que se golpeaba suavemente el muslo. Parecía un tipo duro, pero no con la dureza de los matones, sino, más bien, con la dureza de un jinete muy curtido. Pero no era un jinete. Era Eddie Mars.

A continuación cerró la puerta y puso la mano —libre ya— en el bolsillo de la chaqueta, de solapa cosida, dejando fuera el pulgar, brillante a la luz más bien escasa de la habitación. Luego sonrió a Carmen con una sonrisa llena de naturalidad y muy agradable. Carmen se pasó la lengua por los labios y lo miró fijamente. El miedo desapareció de su rostro y procedió a devolverle la sonrisa.

—Perdonen que haya entrado así —dijo—. He pensado que no había nadie. ¿Podría hablar con el señor Geiger?

—No —respondí—. No sabemos dónde está exactamente. Hemos encontrado la puerta entreabierta.

Eddie Mars hizo un gesto de asentimiento y se tocó la prominente barbilla con el ala del sombrero.

—Son amigos suyos, como es lógico.

—Solo conocidos por motivos comerciales. Veníamos a por un libro.

—Un libro, ¿eh? —Lo dijo deprisa y alegremente, y también me pareció que con cierta picardía, como si estuviera al tanto del peculiar negocio de Geiger. Luego miró de nuevo a Carmen y se encogió de hombros.

Me dirigí hacia la puerta.

—Nos íbamos ya —dije, cogiendo del brazo a la señorita Sternwood, que se había quedado mirando a Eddie Mars. Era evidente que le gustaba.

—¿Algún recado…, si Geiger regresa? —preguntó amablemente el recién llegado.

—No hace falta que se moleste.

—Es una lástima —respondió él, cargando las palabras de sentido. Sus ojos grises brillaron primero y luego se endurecieron mientras yo pasaba a su lado para abrir la puerta. Enseguida añadió con tono despreocupado—: La chica se puede ir. Pero me gustaría hablar un momento con usted, capitán.

Solté el brazo de la señorita Sternwood y le contemplé con expresión perpleja.

—¿Le parece que bromeo? —dijo con tono cordial—. No se confunda. Ahí fuera tengo un coche con dos muchachos que siempre hacen exactamente lo que les digo.

Carmen emitió un sonido entrecortado y abandonó la casa a toda velocidad. Sus pasos se perdieron enseguida pendiente abajo. Yo no había visto su coche, de manera que debía de estar mucho más abajo.

—¡Qué demonios…! —empecé a decir.

—No me venga con esas —suspiró Eddie Mars—. Aquí hay algo que no cuadra y voy a descubrir qué es. Si lo que quiere es plomo en la tripa, interpóngase en mi camino.

—Vaya, vaya —dije—, un tipo duro.

—Solo cuando hace falta, capitán. —Había dejado de mirarme. Caminaba por la habitación, el ceño fruncido, sin hacerme el menor caso. Miré hacia la calle a través del cristal roto de la ventana. El techo de un automóvil asomaba por encima del seto, con el motor al ralentí.

Eddie Mars encontró sobre la mesa el frasco morado y las dos copas con vetas doradas. Olió una de las copas y luego el frasco. Una sonrisa de desaprobación le torció los labios.

—Condenado chulo —dijo sin pasión.

Examinó un par de libros, gruñó, dio la vuelta alrededor de la mesa y se detuvo delante del pequeño tótem con su objetivo. Lo estudió y luego bajó los ojos al trozo de suelo que tenía delante. Movió con el pie la alfombra pequeña y luego se inclinó rápidamente, el cuerpo en tensión, hasta apoyar su rodilla gris. Desde donde yo estaba, la mesa lo ocultaba en parte. Una seca exclamación se le escapó antes de incorporarse. Un brazo desapareció bajo la chaqueta para reaparecer con una Luger empuñada por largos dedos morenos, y con la que no me apuntaba a mi ni a nada en particular.

—Sangre —dijo—. Sangre ahí en el suelo, debajo de la alfombra. Mucha sangre.

—¡Qué me dice! —me asombré, con aire interesado.

Se sentó en la silla de detrás de la mesa, se acercó el teléfono de color morado y se pasó la Luger a la mano izquierda. Frunció el ceño en dirección al teléfono, juntando mucho las espesas cejas grises y haciendo un pliegue muy hondo en la curtida piel por encima de la ganchuda nariz.

—Creo que vamos a pedir ayuda a la policía —dijo.

Me acerqué a donde había estado el cuerpo de Geiger y empujé la alfombra con el pie.

—Es sangre antigua —dije—. Sangre seca.

—De todos modos vamos a pedir ayuda a la policía.

—¿Por qué no? —dije yo.

Entornó los ojos. Se le había caído el barniz y lo que quedaba era un tipo duro, bien vestido, con una Luger.

No le gustó que estuviese de acuerdo con él.

—Exactamente, ¿quién demonios es usted, capitán?

—Me llamo Marlowe. Detective privado.

—No le conozco de nada. ¿Quién es la chica?

—Una cliente. Geiger trataba de echarle el lazo con un poquito de chantaje. Veníamos a hablar del asunto, pero no le hemos encontrado. Al ver la puerta abierta, hemos entrado para esperar. ¿O eso ya se lo he dicho?

—Muy conveniente —respondió él—. Dado que la puerta estaba abierta y que no tiene llave.

—Sí. ¿Cómo es que usted sí la tiene?

—Me parece que eso no es de su incumbencia, capitán.

—Podría conseguir que lo fuera.

Me obsequió con una sonrisa tensa y se echó el sombrero para atrás sobre los cabellos también grises.

—Y yo que sus asuntos fuesen los míos.

—No creo que le gustara. Se gana muy poco dinero.

—De acuerdo, tío listo. Soy el dueño de esta casa. Geiger es mi inquilino. Dígame ahora qué piensa de eso.

—Que trata usted con gente encantadora.

—Tomo lo que me viene. Y vienen de todas clases. —Bajó la vista hacia la Luger, se encogió de hombros y volvió a guardársela en la funda sobaquera—. ¿Tiene alguna idea que merezca la pena, capitán?

—Montones. Alguien se cargó a Geiger. Geiger se cargó a alguien y luego salió corriendo. O se trata de otras dos personas. O Geiger dirigía una secta y hacía sacrificios con derramamiento de sangre delante de ese tótem. O solía cenar pollo y le gustaba matarlos en el cuarto de estar.

El hombre de gris hizo una mueca.

—Me rindo —dije—. Será mejor que llame a sus amigos de la ciudad.

—No lo entiendo —dijo Eddie Mars—. No entiendo a qué está jugando.

—Vamos, a qué espera, llame a los polis. Armarán una buena.

Se lo estuvo pensando sin moverse del sitio. Apretó los labios contra los dientes.

—Tampoco entiendo eso —dijo con sequedad.

—Quizá no sea hoy su día. Le conozco, señor Mars. El club Cypress en Las Olindas. Juego llamativo para personas ostentosas. Tiene a la policía local en el bolsillo y una comunicación con Los Ángeles que funciona como la seda. En pocas palabras, protección. Geiger estaba metido en un tinglado en el que también se necesita. Quizá le echaba usted una mano de cuando en cuando, dado que era su inquilino.

Su boca se convirtió en una dura línea blanca.

—¿En qué tinglado estaba Geiger?

—En el de la pornografía.

Se me quedó mirando fijamente durante más de un minuto.

—Alguien le ha dado un repaso —dijo con suavidad—. Y usted sabe algo. Hoy no ha aparecido por la librería. No saben dónde está. No ha contestado al teléfono cuando le han llamado aquí. He venido a ver qué pasaba. Encuentro sangre en el suelo, debajo de una alfombra. Y a usted y a una chica aquí.

—Poca cosa —dije—. Pero quizá le pueda vender esa historia a un comprador bien dispuesto. Se le ha escapado un pequeño detalle, sin embargo. Alguien se ha llevado hoy los libros de Geiger, los simpáticos volúmenes que alquilaba.

Chasqueó los dedos con fuerza y dijo:

—Debería de haber pensado en eso, capitán. Parece que tiene usted buenos contactos. ¿Cómo lo interpreta?

—Creo que han acabado con Geiger. Y que eso de ahí es su sangre. Y el hecho de que se hayan llevado los libros es un buen motivo para ocultar el cadáver. Alguien se va a quedar con el negocio y necesita algún tiempo para organizarse.

—No se van a salir con la suya —comentó Eddie Mars con aire decidido.

—¿Quién dice eso? ¿Usted y un par de pistoleros en su coche ahí fuera? Vivimos en una ciudad que se ha hecho ya muy grande, Eddie. Últimamente se han apuntado algunos tipos muy duros. Es el castigo por crecer.

—Habla usted más de la cuenta —dijo Eddie Mars. Luego me enseñó los dientes y silbó un par de veces con fuerza. La portezuela del coche se cerró con violencia y se oyeron pasos apresurados que cruzaban el seto. Mars sacó de nuevo la Luger y me apuntó al pecho.

—Abra esa puerta.

El picaporte hizo ruido y se oyó una voz que llamaba. No me moví. La boca de la Luger parecía la entrada del túnel de la Segunda Avenida, pero no me moví. Hacía ya tiempo que me había acostumbrado a la idea de que no era invulnerable.

—Ábrala usted, Eddie. ¿Quién demonios se cree que es para darme órdenes? Sea amable conmigo y quizá le eche una mano.

Se puso en pie como un autómata, bordeó la mesa y llegó hasta la puerta. La abrió sin quitarme los ojos de encima. Dos individuos entraron de golpe en la habitación, y se echaron mano al sobaco de inmediato. Uno de ellos era sin duda boxeador, un chico pálido y bien parecido con la nariz en mal estado y una oreja como un medallón de solomillo. El otro era esbelto, rubio, con cara de póquer y ojos muy juntos e incoloros.

—Comprobad si lleva armas —dijo Eddie Mars.

El rubio sacó rápidamente una pistola de cañón corto y se

inmovilizó apuntándome. El de la nariz torcida me metió la mano en el bolsillo interior de la chaqueta y me sacó el billetero. Lo abrió y estudió su contenido.

—Se llama Philip Marlowe, Eddie. Vive en Hobart Arms, en la calle Franklin. Licencia de detective privado, placa de ayudante y todo lo demás. Un sabueso. —Volvió a meterme la cartera en el bolsillo, me abofeteó sin ensañarse y se dio la vuelta.

—Fuera —dijo Eddie Mars.

Los dos pistoleros salieron de nuevo y cerraron la puerta. Se les oyó cuando volvieron a entrar en el automóvil. Pusieron el motor en marcha y lo mantuvieron una vez más al ralentí.

—De acuerdo. Hable —dijo Eddie Mars. Las cejas, al alzarse, formaron ángulos muy agudos contra la frente.

—Todavía no estoy preparado. Matar a Geiger para quedarse con su tinglado sería una cosa muy tonta y no estoy seguro de que haya sucedido así, suponiendo que hayan acabado con él. Pero estoy seguro de que quien se llevó los libros sabe de qué va, y también estoy seguro de que la rubia de la tienda está muerta de miedo por alguna razón. Y no me faltan ideas sobre quién se ha llevado los libros.

—¿Quién?

—Eso es parte de lo que no estoy dispuesto a contar. Tengo un cliente, compréndalo.

Eddie Mars arrugó la nariz.

—Esa... —pero se detuvo muy deprisa.

—Yo pensaba que conocería usted a la chica —dije.

—¿Quién se ha llevado los libros, capitán?

—No estoy en disposición de hablar, Eddie. ¿Por qué tendría que hacerlo?

Dejó la Luger sobre la mesa y la golpeó con la palma de la mano.

—Esta —dijo—. Y quizá pueda hacer que le merezca la pena.

—Eso ya me gusta más. Deje fuera la artillería. El sonido del dinero siempre me parece agradable. ¿Cuánto me está ofreciendo?

—¿Por hacer qué?

—¿Qué quiere que haga?

Eddie Mars golpeó la mesa con fuerza.

—Escuche, capitán. Le hago una pregunta y me responde con otra. No estamos llegando a ningún sitio. Por razones personales quiero saber dónde está Geiger. No me gustaba su tinglado y no lo protegía. Sucede que soy propietario de esta casa. No es algo que me haga muy feliz en este momento. Estoy dispuesto a creer que lo que usted sabe acerca de todo esto es todavía confidencial, porque de lo contrario habría un puñado de polis gastando suela por los alrededores de esta madriguera. Pero no tiene nada que vender. Mi impresión es que también necesita protección. De manera que escupa.

Eddie Mars estaba en lo cierto, pero no estaba dispuesto a confesárselo. Encendí un cigarrillo, soplé la cerilla para apagarla y la arrojé contra el ojo de cristal del tótem.

—No le falta razón —dije—. Si a Geiger le ha pasado algo, lo que sé he de contárselo a la policía. Y eso hará que pase a ser de dominio público y me quede sin nada que vender. De manera que, con su permiso, me voy a marchar.

Su rostro palideció debajo del bronceado. Por un instante me pareció amenazador, duro y capaz de tomar decisiones en una fracción de segundo. Hizo un movimiento para alzar la pistola.

—Por cierto —añadí con tono despreocupado—, ¿qué tal está la señora Mars últimamente?

Por un instante pensé que me había pasado de la raya. Su mano, temblorosa, se crispó sobre el arma y se le acentuó la tensión en los músculos de la cara.

—Lárguese —dijo con considerable suavidad—. Me tiene sin cuidado dónde vaya o lo que haga cuando llegue allí. Pero déjeme darle un consejo, capitán. No haga planes contando conmigo o acabará deseando llamarse Murphy y vivir en Limerick.

—Bueno; eso no está demasiado lejos de Clonmel —respondí—. Según he oído uno de sus compinches procede de ahí.

Eddie Mars se inclinó sobre la mesa, los ojos helados, indiferente. Fui hacia la puerta, la abrí y me volví para mirarlo. Me había seguido con los ojos, pero su cuerpo —gris, esbelto— seguía inmóvil. Su mirada estaba llena de odio. Salí de la casa, atravesé el seto, me dirigí calle arriba hasta mi automóvil y me metí dentro. Hice un giro de ciento ochenta grados y subí hasta lo más alto de la colina. Nadie disparó contra mí. Algunas manzanas después apagué el motor y esperé unos instantes. Nadie me había seguido, de manera que emprendí el regreso hacia Hollywood.

14

Eran las cinco menos diez cuando estacioné el coche cerca del edificio de apartamentos de Randall Place. Había luz detrás de algunas ventanas y radios que se lamentaban a grandes voces de que cayera la tarde. Subí en el ascensor hasta el cuarto piso y caminé por un largo corredor alfombrado de moqueta verde y con las paredes de color marfil. Una brisa fresca recorría el pasillo, procedente de la escalera de incendios, cuya puerta de acceso estaba abierta.

Había un pequeño timbre, también de color marfil, junto a la puerta con el número «405». Llamé y esperé un tiempo que se me antojó larguísimo. Luego la puerta se abrió en silencio unos treinta centímetros, de manera un tanto cautelosa y furtiva. El individuo que apareció delante de mí era una persona de piernas y torso largos, hombros atléticos y ojos de color marrón oscuro en el rostro moreno e inexpresivo de quien ha aprendido hace mucho tiempo a controlar sus emociones. El pelo, semejante a lana de acero, que le empezaba muy atrás, dejaba al descubierto una gran extensión de bronceada frente que, en apariencia, podría albergar un cerebro de considerables proporciones. Sus ojos oscuros me examinaron de manera impersonal. Sus largos dedos, delgados y morenos, sujetaban el borde de la puerta. No dijo nada.

—¿Geiger? —pregunté yo.

En su rostro no se produjo ningún cambio que yo pudiera advertir. Desde detrás de la puerta hizo aparecer un cigarrillo del que extrajo, al aspirar, una reducida cantidad de humo que dirigió hacia mí en una bocanada perezosa y despreciativa a la que siguieron palabras pronunciadas con voz fría, reposada, sin más entonación que la voz de un crupier.

—¿Qué es lo que ha dicho?

—Geiger. Arthur Gwynn Geiger. El tipo de los libros.

Mi interlocutor dio vueltas a aquellas palabras sin apresuramiento. Bajó la vista para contemplar el extremo del cigarrillo. La otra mano, con la que había estado sujetando la puerta, dejó de verse. Su hombro dio la impresión de que la mano escondida podría estar moviéndose.

—No conozco a nadie que se llame así —dijo—. ¿Vive cerca de aquí?

Sonreí. No le gustó mi sonrisa. Apareció en sus ojos un brillo desagradable.

—¿Es usted Joe Brody? —pregunté.

El rostro moreno se tensó.

—¿Y qué? ¿Tiene algo que contarme, hermano, o solo se está divirtiendo?

—De manera que es usted Joe Brody —dije—. Y no conoce a nadie llamado Geiger. Eso es muy divertido.

—¿Sí? Quizá sea usted quien tiene un curioso sentido del humor. Lléveselo y juegue con él en otro sitio.

Me apoyé en la puerta y le obsequié con una sonrisa soñadora.

—Usted tiene los libros, Joe. Y yo la lista de pardillos. Creo que deberíamos hablar.

No apartó los ojos de mi cara. Se oía un débil ruido procedente de la habitación que tenía detrás, como si el anillo de una cortina metálica golpease apenas una varilla también de metal. Brody miró de reojo hacia el interior de la habitación. Luego abrió más la puerta.

—¿Por qué no…, si cree que tiene algo? —dijo con frialdad. Se apartó dejando la puerta libre y entré en la habitación.

Era un cuarto alegre con muebles buenos y sin ningún exceso. En la pared del fondo, una puerta de cristal daba a una terraza de piedra y al atardecer, sobre las estribaciones de la sierra. Al lado había una puerta cerrada en la pared oeste y otra más en la misma pared, cerca de la puerta de entrada. Esta última estaba cubierta por una cortina de felpa suspendida, por debajo del dintel, de una delgada varilla de bronce.

Solo quedaba la pared este, donde no había ninguna puerta, pero sí un sofá situado en el centro, de manera que me senté en él. Brody cerró la puerta y caminó estilo cangrejo hasta una alta mesa de madera de roble decorada con tachuelas de cabeza cuadrada. Una caja de madera de cedro con goznes dorados descansaba sobre la mesa. Brody llevó la caja hasta un sillón a mitad de camino entre las otras dos puertas y se sentó. Dejé el sombrero sobre el sofá y esperé.

—Bien, le escucho —dijo Brody. Abrió la caja para cigarros y dejó caer la colilla del pitillo en un cenicero que tenía al lado. Luego se colocó en la boca un puro delgado y largo—. ¿Un cigarro? —Acto seguido arrojó uno en mi dirección.

Al recogerlo yo, Brody sacó un revólver de la caja de cigarros y me apuntó con él a la nariz. Me quedé mirándolo. Era negro, de calibre 38, como los que usa la policía. En aquel momento me faltaban argumentos en contra.

—¿No ha estado mal, eh? —dijo Brody—. Bastará con que se levante un minuto. Avance unos dos metros. Puede llenarse los pulmones de aire mientras tanto. —Su voz era la voz exageradamente despreocupada de los tipos duros de las películas. El cine los ha hecho a todos así.

—Vaya, vaya —dije, sin moverme en absoluto—. Tanta artillería por toda la ciudad y tan pocos cerebros. En el espacio de muy pocas horas es usted el segundo personaje convencido de que un revólver en la mano es lo mismo que tener al mundo sujeto por el rabo. Baje el arma y no haga el tonto, Joe.

Se le juntaron las cejas y adelantó la barbilla en mi dirección. Me miraba otra vez desagradablemente.

—El otro personaje es Eddie Mars —dije—. ¿No ha oído hablar de él?

—No. —Seguía apuntándome con la pistola.

—Si alguna vez llega a enterarse de dónde estaba usted anoche durante el aguacero, lo borraría con la facilidad con que un falsificador cambia el importe de un cheque.

—¿Qué represento yo para Eddie Mars? —preguntó Brody fríamente. Pero bajó el revólver hasta la rodilla.

—Ni siquiera un recuerdo —dije.

Nos miramos el uno al otro. Procuré no ver el puntiagudo zapato negro que asomaba bajo la cortina de felpa a mi izquierda.

—No se equivoque conmigo —dijo Brody sin alzar la voz—. No soy un tipo duro, tan solo procuro tener cuidado. No tengo ni la más remota idea de quién es usted. Podría ser un asesino.

—No es usted lo bastante cuidadoso —dije—. El jueguecito con los libros de Geiger fue terrible.

Aspiró aire muy despacio durante mucho tiempo y luego lo dejó salir en silencio. A continuación se recostó en el asiento, cruzó las piernas y se colocó el Colt sobre la rodilla.

—No cometa el error de pensar que no voy a usar la artillería si tengo que hacerlo —dijo—. ¿Qué es lo que quiere contarme?

—Haga que su amiguita de zapatos puntiagudos salga de ahí detrás. Se cansa de contener la respiración.

Brody se dirigió a ella sin apartar los ojos de mi estómago.

—Sal, Agnes.

La cortina se corrió, y la rubia de ojos verdes y andares sinuosos que ya había encontrado en la tienda de Geiger se reunió con nosotros. Me miró con odio impotente. Tenía dilatadas las ventanas de la nariz y bastante acentuada la negrura de las pupilas. Parecía muy desgraciada.

—Supe desde el primer momento que iba a traernos problemas —me ladró con odio—. Le dije a Joe que se fijase en dónde ponía los pies.

—No se trata de los pies, sino del sitio donde la espalda pierde su bello nombre —respondí.

—Imagino que eso le parece gracioso —contraatacó la rubia.

—Lo fue —dije—. Pero probablemente ya no.

—Ahórrese los chistes —me advirtió Brody—. Joe sabe muy bien dónde pone los pies. Enciende alguna luz para que pueda liquidar a este tipo si es eso lo que hay que hacer.

La rubia encendió una gran lámpara cuadrada de pie. Luego se dejó caer en una silla junto a la lámpara y se quedó muy rígida, como si la faja le apretara demasiado. Me puse el cigarro en la boca y mordí el extremo. El Colt de Brody me vigiló muy de cerca mientras sacaba las cerillas y lo encendía. Saboreé el humo y dije:

—La lista de pardillos de la que hablaba está en clave. Todavía no la he descifrado, pero hay alrededor de quinientos nombres. Por lo que yo sé, tiene usted doce cajones de libros. En total, unos quinientos como mínimo. Habrá un buen montón más en préstamo, pero supongamos que quinientos es toda la cosecha, para que nadie nos acuse de exagerar. Si se trata de una lista activa que funciona bien e incluso aunque solo se la pueda hacer funcionar al cincuenta por ciento, aún nos situaríamos en ciento veinticinco mil préstamos. Su amiguita está al corriente de todo eso; yo no paso de hacer suposiciones. Pongamos el precio medio del alquiler todo lo bajo que se quiera, pero no será menos de un dólar. Esa mercancía cuesta dinero. A dólar el alquiler, se recogen ciento veinticinco de los grandes y el capital sigue íntegro. Me refiero al capital de Geiger. Eso es suficiente para liquidar a un tipo.

—¡Está loco! —dijo la rubia—. ¡Maldito sabelotodo!

Brody torció la boca y le gritó:

—¡Cierra el pico, joder!

La rubia se hundió en una indignada mezcla de angustia

desconcertada e indignación reprimida al tiempo que se arañaba las rodillas con las uñas plateadas.

—No es un tinglado para muertos de hambre —le dije a Brody casi con afecto—. Se necesita un tipo como usted, Joe, con mucha mano izquierda. Hay que inspirar confianza y conservarla. La gente que gasta dinero en experiencias sexuales de segunda mano está tan nerviosa como señoras de edad que no encuentran un aseo. Personalmente me parece que mezclarlo con el chantaje es una terrible equivocación. Soy partidario de prescindir de todo eso y dedicarse exclusivamente a las ventas y a los alquileres.

Los ojos sombríos de Brody examinaban mi cara, rasgo a rasgo. Su Colt seguía interesándose por mis órganos vitales.

—Es usted un tipo curioso —dijo, sin expresión en la voz—. ¿Quién es el propietario de ese tinglado tan productivo?

—Usted —dije—. Casi.

La rubia se atragantó y se echó mano a una oreja. Brody no dijo nada. Se limitó a seguir mirándome.

—¿Qué dice? —intervino la rubia—. ¿Se sienta ahí tan campante y nos quiere hacer creer que el señor Geiger llevaba un negocio así en la calle más importante de la ciudad? ¡Está como una cabra!

La miré de reojo cortésmente:

—Sin duda. Todo el mundo sabe que el negocio existe. Hollywood está hecho a la medida. Si una cosa así tiene que funcionar, todos los polis con sentido práctico quieren que funcione precisamente donde mejor se vea. Por la misma razón que están a favor de los barrios de tolerancia. Saben dónde levantar la liebre cuando quieren hacerlo.

—Dios del cielo —dijo la rubia—. ¿Dejas que ese anormal se siente ahí y me insulte? ¿Tú con una pistola en la mano y él solo con un puro y el pulgar?

—Me gusta —dijo Brody—. Tiene buenas ideas. Cierra el pico y no lo vuelvas a abrir o te lo cerraré con esto. —Agitó la pistola de una manera que cada vez era más descuidada.

La rubia, muda de indignación, volvió la cara hacia la pared. Brody me miró y dijo, con tono malicioso:

—¿Cómo he logrado hacerme con ese tinglado tan apetitoso?

—Mató a Geiger para conseguirlo. Anoche, mientras llovía. Un tiempo de lo más apropiado para pegar unos cuantos tiros. El problema es que no estaba solo cuando mandó a Geiger al otro barrio. O no se dio cuenta, lo que parece poco probable, o le silbaron los oídos y salió por pies. Pero tuvo la presencia de ánimo suficiente para sacar la placa de la cámara y para regresar, más tarde, y esconder el cadáver, de manera que pudiera hacer limpiamente el traslado de los libros antes de que la policía encontrase el fiambre.

—Claro —dijo Brody lleno de desprecio. El Colt le tembló sobre la rodilla. Su rostro moreno tenía la rigidez de una talla de madera—. Le gusta jugar con fuego, amigo. Tiene más suerte de la que se merece, porque no fui yo quien acabó con Geiger.

—Puede dar un paso al frente de todos modos —le dije alegremente—. Esa acusación le viene que ni pintada.

La voz de Brody se volvió agresiva.

—¿Cree que me tiene entre la espada y la pared?

—Del todo.

—¿Cómo así?

—Hay alguien que no tendría inconveniente en afirmarlo. Ya le dije que había un testigo. No se haga el ingenuo conmigo, Joe.

Aquello le hizo explotar.

—¡Esa condenada perra en celo! —gritó—. ¡Claro que sí, maldita sea! ¡Por supuesto que sí!

Me recosté en el asiento y le sonreí.

—Estupendo. Pensaba que era usted quien tenía las fotos en las que está desnuda.

No respondió. La rubia tampoco. Les dejé que lo rumiaran. El rostro de Brody se fue serenando poco a poco, con una expresión de alivio un tanto gris. Dejó el Colt sobre la mesita que tenía al lado, pero mantuvo cerca la mano derecha. Quitó la ceniza del puro sin importarle que cayera en la alfombra y me escudriñó con ojos que no eran más que una línea brillante entre párpados casi cerrados.

—Imagino que le parezco idiota —dijo.

—Solo lo normal, tratándose de un estafador. Páseme las fotos.

—¿Qué fotos?

Hice un gesto negativo con la cabeza.

—Jugada en falso, Joe. La pretensión de inocencia no le llevará a ningún sitio. O usted estaba allí anoche, o alguien que estuvo allí le dio las fotos. Sabe que la señorita Sternwood estaba allí porque ha hecho que su amiguita amenace a la señora Regan con informar a la policía. Solo hay dos maneras de que sepa lo suficiente para hacer eso: o presenció lo sucedido o ha podido, con la foto en la mano, saber dónde y cuándo se hizo. Sea sensato y entregue lo que tiene.

—Necesitaría algún dinero —dijo Brody. Volvió un poco la cabeza para mirar a la rubia de ojos verdes, que ya no tenía los ojos verdes y solo era rubia en apariencia. Se había quedado tan mustia como un conejo recién muerto.

—Nada de dinero —dije.

Brody torció el gesto con amargura.

—¿Cómo me ha localizado?

Saqué el billetero y le mostré la placa.

—Me interesa Geiger…, encargo de un cliente. Anoche estaba allí fuera, mojándome bajo la lluvia. Oí los disparos. Entré como pude. No vi al asesino pero sí todo lo demás.

—Y ha tenido la boca bien cerrada —dijo Brody con sorna.

Me guardé la cartera.

—Así es —reconocí—. Hasta ahora. ¿Me entrega las fotos?

—Quedan los libros —dijo Brody—. Eso no lo entiendo.

—Los seguí hasta aquí desde la tienda de Geiger. Tengo un testigo.

—¿Ese mocoso?

—¿Qué mocoso?

Torció otra vez el gesto.

—El chico que trabaja en la tienda. Desapareció después de que saliera el camión. Agnes ni siquiera sabe dónde duerme.

—Interesante —dije, sonriéndole—. Ese detalle me tenía un poco preocupado. ¿Han visitado, cualquiera de los dos, la casa de Geiger antes de anoche?

—Ni siquiera anoche —dijo Brody con tono cortante—. De manera que la chica dice que yo disparé contra Geiger, ¿no es eso?

—Con las fotos en la mano quizá pueda convencerla de que se equivoca. Bebieron con cierto entusiasmo.

Brody lanzó un suspiro.

—No me puede ver. Tuve que quitármela de encima. Me pagaron, es cierto, pero hubiera tenido que hacerlo de todos modos. Está demasiado chiflada para un tipo corriente como yo. —Se aclaró la garganta—. ¿Qué tal un poco de pasta? Estoy en las últimas. Agnes y yo tenemos que marcharnos.

—No de mi cliente.

—Escuche…

—Las fotos, Brody.

—Maldita sea —dijo—. Usted gana.

Se puso en pie y se metió el Colt en el bolsillo. Con la mano izquierda se buscó dentro de la chaqueta. Aún la tenía allí, la cara torcida por la indignación, cuando el timbre de la puerta empezó a sonar y siguió sonando durante un rato.

15

A Brody no le gustó. El labio inferior le desapareció debajo de los dientes y se le cayeron los extremos de las cejas. Todos sus rasgos se afilaron y adquirieron una expresión de astucia y de maldad.

El timbre siguió sonando. Tampoco a mí me gustó. Si la visita resultara ser Eddie Mars y sus muchachos, quizá acabasen conmigo por el simple hecho de estar allí. Si era la policía, me pillaban sin nada que darles a excepción de una sonrisa y una promesa. Y si era alguno de los amigos de Brody —suponiendo que tuviera alguno— podían resultar más duros de pelar que él.

Y menos que a nadie, a la rubia. Se puso en pie de un salto y golpeó el aire con una mano. La tensión nerviosa hacía que pareciese vieja y fea.

Sin dejar de vigilarme, Brody abrió de golpe un cajoncito de la mesa y sacó una pistola automática con cachas de hueso que le ofreció a la rubia. Ella se deslizó hasta donde él estaba y la tomó, temblando.

—Siéntate a su lado —dijo Brody—. Tenlo encañonado, pero sin que se te vea desde la puerta. Si hace alguna tontería usa tu buen juicio. Todavía no hemos dicho la última palabra, cariño.

—Oh, Joe —gimió la rubia. Luego se acercó a donde yo estaba, se sentó en el sofá y me apuntó con la pistola a la femoral. No me gustó nada la expresión de descontrol en sus ojos.

El timbre dejó de sonar y le siguió un golpeteo rápido e impaciente sobre la madera de la puerta. Brody metió la mano en el bolsillo y, con la pistola bien sujeta, se dirigió hacia la puerta y la abrió con la mano izquierda. Carmen Sternwood lo empujó hacia el interior de la habitación por el procedimiento de ponerle un revólver pequeño sobre los delgados labios morunos.

Brody retrocedió moviendo la boca y con expresión de pánico en el rostro. Carmen cerró la puerta sin mirarnos ni a Agnes ni a mí. Se acompasó cuidadosamente al ritmo de retroceso de Brody, mostrando apenas la lengua entre los dientes. Brody se sacó las dos manos de los bolsillos e hizo un gesto apaciguador. Sus cejas dibujaron una extraña sucesión de curvas y ángulos. Agnes dejó de apuntarme y dirigió el arma contra Carmen. Intervine sujetándole la mano y metiendo el pulgar en el seguro. Comprobé que estaba puesto y lo dejé como estaba. Hubo un breve forcejeo silencioso, al que ni Brody ni Carmen prestaron la menor atención. La pistola con cachas de hueso pasó a mi poder. Agnes respiró hondo y todo su cuerpo se estremeció. El rostro de Carmen había adquirido un aspecto huesudo, de calavera, y su boca hacía un ruido silbante al respirar. Cuando habló, lo hizo sin entonación:

—Quiero las fotos, Joe.

Brody tragó saliva e intentó sonreír.

—Claro, muñeca, claro. —Lo dijo con una vocecita inocua que se parecía tanto a la que había utilizado conmigo como un patinete a un camión de diez toneladas.

—Disparaste contra Arthur Geiger. Te vi. Quiero las fotos.

El rostro de Brody adquirió una tonalidad verdosa.

—Eh, Carmen, espere un minuto —exclamé.

La rubia Agnes entró en acción con gran rapidez. Bajó la

cabeza y me clavó los dientes en la mano derecha. Yo hice un poco de ruido y conseguí soltarme.

—Escucha, muñeca —dijo Brody—. Escucha un momento...

La rubia me escupió, se lanzó sobre mi pierna y trató de morderme de nuevo. Le di en la cabeza con la pistola, no demasiado fuerte, y traté de ponerme en pie. Ella se abrazó a mis piernas y me desequilibró. Caí hacia atrás sobre el sofá. La furia del amor o del miedo, o una mezcla de las dos cosas, le dio alas; aunque puede que fuera una mujer fuerte.

Brody trató de apoderarse del pequeño revólver tan cercano a su cara, pero falló. El arma hizo un ruido seco, como el de un martillazo, no muy intenso. El proyectil rompió un panel de una ventana que estaba abierta. Brody gimió horriblemente y, al derrumbarse, se abrazó a los pies de Carmen, que cayó hecha un ovillo, mientras el revólver salía disparado hacia una esquina. Brody logró ponerse de rodillas y echó mano al bolsillo.

Volví a golpear a Agnes en la cabeza con menos cuidado que la vez anterior, la aparté de una patada y me puse en pie. Brody me miró de reojo. Le enseñé la pistola automática y renunció a meterse la mano en el bolsillo.

—¡Jesús! —gimió—. ¡No deje que me mate!

Me eché a reír. Reí como un idiota, incapaz de controlarme. Agnes estaba sentada en el suelo con las palmas de las manos sobre la alfombra, la boca completamente abierta y un mechón de cabellos de color rubio platino sobre el ojo derecho. Carmen caminaba a cuatro patas y seguía haciendo un ruido silbante. El metal de su diminuto revólver brillaba contra el rodapié del rincón y hacia allí se dirigía ella sin desfallecer.

Agité mi parte de la artillería en dirección a Brody y le dije:

—No se mueva. No corre ningún peligro.

Pasé por encima de Carmen, que seguía arrastrándose, y

recogí el revólver. La señorita Sternwood me miró y empezó a reír tontamente. Me guardé su arma en el bolsillo y le di unos golpecitos en la espalda.

—Levántese, cariño. Parece usted un perro pequinés.

Fui hasta Brody, le puse la automática en la tripa y le saqué el Colt del bolsillo. Había reunido ya todas las armas esgrimidas por los contendientes. Me las guardé en los bolsillos y extendí la mano.

—Démelas.

Asintió con la cabeza y se pasó la lengua por los labios, todavía con miedo en los ojos. Luego sacó un voluminoso sobre del bolsillo interior del pecho y me lo entregó. Dentro había una placa revelada y cinco copias en papel brillante.

—¿Seguro que están todas?

Asintió de nuevo con la cabeza. Me guardé el sobre en el bolsillo del pecho y me di la vuelta. Agnes había vuelto al sofá y se arreglaba el pelo. Sus ojos devoraban a Carmen con un verde destilado de odio. La señorita Sternwood también había recobrado la verticalidad y se dirigía hacia mí con la mano extendida, todavía entre risitas y ruidos silbantes. Tenía las comisuras de la boca ligeramente manchadas de espuma. Y le brillaban los dientes, pequeños y muy blancos, entre los labios.

—¿No me las da? —me preguntó con una sonrisa tímida.

—Las guardaré yo por usted. Váyase a casa.

—¿A casa?

Fui hasta la puerta y miré fuera. El aire fresco de la noche soplaba suavemente por el pasillo. No había ningún vecino inquisitivo asomado a la puerta de su apartamento. Un arma de poco calibre se había disparado y había roto un cristal, pero ruidos como ese no significan ya gran cosa. Mantuve la puerta abierta e hice un gesto con la cabeza a Carmen, que vino hacia mí, sonriendo insegura.

—Vuelva a casa y espéreme —dije con tono tranquilizador.

La señorita Sternwood recurrió una vez más al pulgar. Luego asintió y pasó a mi lado para salir al vestíbulo. Pero me rozó la mejilla con los dedos al hacerlo.

—Cuidará usted de Carmen, ¿no es cierto? —dijo.

—Claro.

—Es usted un encanto.

—Pues lo que se ve no es nada —respondí—. Llevo una bailarina de Bali tatuada en el muslo derecho.

Abrió mucho los ojos.

—¡Qué pillo! —dijo, agitando un dedo en mi dirección. Luego susurró—: ¿Me da el revólver?

—Ahora no. Más tarde. Se lo llevaré a casa.

De repente me sujetó por el cuello y me besó en la boca.

—Me gusta —dijo—. A Carmen le gusta usted muchísimo.

Echó a correr pasillo adelante, tan alegre como una alondra, me saludó al llegar a la escalera y empezó a bajarla a toda prisa.

Cuando dejé de verla regresé al apartamento de Brody.

16

Me acerqué a la vidriera y examiné el pequeño panel de cristal que se había roto en la parte alta. El proyectil del revólver de Carmen no lo había agujereado sino hecho añicos. Había un orificio en el yeso que un ojo perspicaz no tardaría en descubrir. Corrí las cortinas sobre el cristal roto y saqué del bolsillo el revólver de Carmen. Era un Banker's Special de calibre 22, con proyectiles de punta hueca. Tenía las cachas de nácar y en una plaquita redonda de plata en la culata estaba grabado: «Para Carmen de Owen». La hija pequeña del general conseguía poner en ridículo a todos los hombres de su vida.

Después de guardarme el revólver me senté junto a Brody y le miré a los ojos, llenos de desolación. Pasó un minuto. La rubia se arregló el maquillaje con ayuda de un espejo de bolsillo. Brody jugueteó con un pitillo y finalmente preguntó con brusquedad:

—¿Satisfecho?

—De momento. ¿Por qué le enseñó el cebo a la señora Regan en lugar de al general?

—A él ya le pedí dinero hará unos seis o siete meses. Temí que se enfadara lo bastante como para llamar a la policía.

—¿Qué le hizo pensar que la señora Regan no acudiría a su padre?

Se lo pensó con cierto cuidado, fumando el cigarrillo y sin quitarme los ojos de encima.

—¿La ha tratado mucho? —preguntó finalmente.

—La he visto dos veces. Usted debe conocerla mucho mejor que yo para arriesgarse a chantajearla con esa foto.

—Anda bastante de picos pardos. Se me ocurrió que quizá tenga un par de puntos débiles de los que no quiere que se entere el viejo. Imagino que puede conseguir cinco de los grandes sin despeinarse.

—No muy convincente —dije—. Pero lo dejaremos pasar. Está usted sin blanca, ¿no es eso?

—Llevo un mes meneando un par de monedas para ver si consigo que se reproduzcan.

—¿Cómo se gana la vida?

—Seguros. Tengo un despacho en las oficinas de Puss Walgreen, edificio Fulwider, Western y Santa Mónica.

—Cuando se decide a hablar, habla. ¿Los libros están en el apartamento?

Chasqueó los dientes y agitó una mano morena. Volvía a sentirse lleno de confianza.

—Ni hablar. En el almacén.

—¿Hizo que un tipo se los trajera aquí e inmediatamente después llamó a una empresa de almacenaje para que se los llevaran?

—Claro. No quería que desde el local de Geiger fueran directamente allí, ¿no le parece?

—Es usted listo —dije con tono admirativo—. ¿Algo comprometedor aquí ahora mismo?

Volvió a tener aire preocupado, pero negó enérgicamente con la cabeza.

—Eso está bien —le dije. Me volví para mirar a Agnes. Había terminado de arreglarse la cara y miraba hacia la pared, los ojos vados, sin escuchar apenas. Su rostro tenía el aire de estupor que provocan la tensión y el shock nervioso.

Brody parpadeó indeciso.

—¿Qué más quiere saber?

—¿Cómo tiene esa foto en su poder?

Hizo una mueca.

—Escuche: ha conseguido lo que vino a buscar y le ha salido muy barato. Ha hecho un buen trabajo. Ahora vaya a vendérselo a su jefe. Yo estoy limpio. No sé nada acerca de ninguna foto, ¿no es cierto, Agnes?

La rubia abrió los ojos y lo miró haciendo unos cálculos poco precisos pero que nada tenían de admirativos.

—Tipos que solo son listos a medias —dijo con un cansado resoplido—. Eso es lo único que consigo. Nunca un tipo que sea listo de principio a fin. Ni una sola vez.

La obsequié con una sonrisa.

—¿Le he hecho mucho daño?

—Usted y todos los hombres que he conocido.

Me volví a mirar a Brody. Su manera de apretar el cigarrillo tenía algo de tic nervioso. Parecía que le temblaba un poco la mano. Pero su rostro moreno de jugador de póquer se mantenía sereno.

—Hemos de ponernos de acuerdo acerca de la historia que vamos a contar —dije—. Carmen, por ejemplo, no ha estado aquí. Eso es muy importante. No ha estado aquí. Usted ha tenido una visión.

—¡Vaya! —dijo Brody con tono despectivo—. Si usted lo dice, amigo, y si… —Extendió la mano con la palma hacia arriba y procedió a frotar suavemente el pulgar contra los dedos índice y corazón.

Asentí con la cabeza.

—Veremos. Quizá haya una pequeña recompensa. Pero no piense en contarla por miles. Ahora dígame, ¿cómo consiguió la foto?

—Me la pasó un tipo.

—Claro. Un tipo con el que se cruzó casualmente por la calle. No sería capaz de reconocerlo. No lo había visto nunca.

Brody bostezó.

—Se le cayó del bolsillo —dijo.

—Ya. ¿Dispone de una coartada para ayer por la noche, cara de póquer?

—Claro. Estuve aquí. Y Agnes conmigo. ¿No es cierto, Agnes?

—Está empezando a darme pena otra vez —dije.

Se le dilataron mucho los ojos y se le abrió la boca, el pitillo en equilibrio sobre el labio inferior.

—Se cree listo cuando en realidad es más tonto que mandado a hacer de encargo —le dije—. Incluso aunque no lleguen a colgarlo en San Quintín, le esperan unos años muy largos y muy solitarios.

El cigarrillo sufrió una sacudida y parte de la ceniza se le cayó sobre el chaleco.

—En los que tendrá tiempo para pensar en lo listo que es —dije.

—Váyase al diablo —gruñó de repente—. Con la música a otra parte. Ya hemos hablado más que suficiente. Ahueque el ala.

—De acuerdo. —Me puse en pie, fui hasta la mesa de roble, saqué del bolsillo las dos pistolas que le pertenecían y las coloqué una al lado de otra sobre el secante, de manera que los dos cañones estuvieran perfectamente paralelos. Recogí mi sombrero del suelo, al lado del sofá, y me dirigí hacia la puerta.

—¡Eh! —me llamó Brody.

Me volví hacia él y esperé. Su pitillo se movía como una marioneta al extremo de un muelle.

—Todo en orden, ¿no es cierto? —preguntó.

—Sí, claro. Estamos en un país libre. No tiene por qué seguir fuera de la cárcel si no quiere. Es decir, si tiene la nacionalidad. ¿La tiene?

Se me quedó mirando, moviendo el pitillo. La rubia Agnes volvió la cabeza y también me miró de la misma manera. Sus ojos albergaban casi exactamente la misma mezcla de astucia, duda y cólera contenida. Alzó bruscamente las uñas plateadas, se arrancó un cabello y lo rompió entre los dedos con un tirón brutal.

—No va a ir con el cuento a los polis, hermano. No lo va a hacer si está trabajando para los Sternwood. Sé demasiadas cosas de esa familia. Ya tiene las fotos y la promesa de que no vamos a hablar. Vaya a vender lo que ha conseguido.

—Aclárese de una vez —dije—. Me ha dicho que me vaya y ya estaba saliendo cuando me ha llamado; y ahora estoy otra vez camino de la calle. ¿Es eso lo que quiere?

—No tiene nada contra mí —dijo Brody.

—Solo un par de asesinatos. Nada importante en su círculo.

No saltó más allá de dos centímetros, pero parecieron treinta. El blanco de la córnea apareció ampliamente en torno a los iris de color tabaco. La piel morena de su rostro adquirió una tonalidad verdosa a la luz de la lámpara.

La rubia Agnes dejó escapar un ronco gemido animal y enterró la cabeza en un cojín al extremo del sofá. Por mi parte seguí donde estaba y admiré la larga silueta de sus muslos.

Brody se humedeció lentamente los labios y dijo:

—Siéntese, amigo. Quizá tenga un poquito más que ofrecer. ¿Qué significa ese chiste sobre dos asesinatos?

Me apoyé contra la puerta.

—¿Dónde estaba anoche hacia las siete y media, Joe?

Se le cayó la boca, incapaz de ocultar el mal humor, y se puso a mirar al suelo.

—Estaba vigilando a un tipo; un tipo con un tinglado muy apetitoso y que, en mi opinión, necesitaba un socio. Geiger. Lo vigilaba de cuando en cuando para ver si tenía relaciones con algún pez gordo. Supuse que no le faltaban amigos porque, de lo contrario, no llevaría el negocio de una manera tan pública. Pero esos amigos no aparecían por su casa. Solo iban rameras.

—No le vigiló lo bastante —comenté—. Siga.

—Estuve allí anoche, una calle por debajo de la casa de

Geiger. Diluviaba, me puse a cubierto en mi cupé y no veía nada. Había un coche delante de la casa de Geiger y otro un poco más arriba. Por eso me quedé abajo. También había un Buick de gran tamaño estacionado en el mismo sitio que yo, y al cabo de un rato fui a echarle una ojeada. Matrícula a nombre de Vivian Regan. No pasó nada, de manera que me largué. Eso es todo. —Agitó el cigarrillo. Sus ojos se arrastraron arriba y abajo por mi cara.

—Podría ser —dije—. ¿Sabe dónde se encuentra ahora ese Buick?

—¿Por qué tendría que saberlo?

—En el garaje del sheriff. Lo sacaron esta mañana del agua; estaba cerca del muelle de pesca de Lido a cuatro metros de profundidad. Dentro había un muerto. Le atizaron con una cachiporra, colocaron el coche para que saltara al agua y bloquearon el acelerador de mano.

Brody empezó a respirar mal. Con un pie golpeó el suelo nerviosamente.

—Dios santo, hermano, no me puede colgar eso a mí —dijo con dificultad.

—¿Por qué no? Ese Buick estaba muy cerca de la casa de Geiger según su propio testimonio. Lo cierto es que no lo sacó la señora Regan. Lo hizo su chófer, un muchacho llamado Owen Taylor, que se acercó al domicilio de Geiger para tener unas palabras con él, porque Owen Taylor estaba colado por Carmen y no le gustaba la clase de pasatiempos a los que Geiger jugaba con ella. Gracias a una ganzúa consiguió entrar por la puerta trasera con una pistola en la mano y sorprendió a Geiger haciendo una foto de Carmen en cueros. De manera que se le disparó el arma, como suele suceder en esos casos, Geiger cayó muerto y Owen salió corriendo, pero no sin llevarse antes el negativo de la foto que Geiger acababa de hacer. De manera que usted corrió tras él y le quitó la foto. ¿Cómo, si no, pudo llegar a su poder?

Brody se humedeció los labios.

—Sí —dijo—. Pero eso no quiere decir que lo mandara al otro barrio. Es cierto; oí los disparos y vi al asesino que bajaba corriendo las escaleras, se metía en el Buick y arrancaba. De manera que lo seguí. Fue a toda velocidad hasta el final de la pendiente y siguió hacia el oeste por Sunset. Más allá de Beverly Hills se salió de la carretera y tuvo que pararse; yo me acerqué y me hice pasar por poli. El chico tenía un arma, pero estaba muy nervioso, de manera que lo puse fuera de combate. Lo registré, me enteré de quién era y le quité el bastidor con la placa fotográfica por pura curiosidad. Estaba preguntándome a qué venía todo aquello y poniéndome como una sopa cuando revivió de repente y me tiró del coche. Ya había desaparecido cuando me levanté. No volví a verlo.

—¿Cómo supo que había disparado contra Geiger? —le pregunté, poco convencido.

Brody se encogió de hombros.

—Fue lo que pensé, aunque podría haberme equivocado. Cuando hice revelar la placa y vi de quién era la fotografía, no me quedaron muchas dudas. Y al no presentarse Geiger en la tienda por la mañana, ni responder al teléfono, tuve la seguridad total. De manera que me pareció un buen momento para llevarme los libros, dar un toque rápido a los Sternwood para el dinero del viaje y desaparecer durante una temporada.

Asentí con la cabeza.

—Parece razonable. Quizá no asesinara usted a nadie después de todo. ¿Dónde escondió el cuerpo de Geiger?

Brody alzó las cejas. Luego sonrió.

—Y qué más. ¡Olvídelo! ¿Le parece que iba a volver allí para hacerme cargo del cadáver, sin saber cuándo un par de coches de la pasma llenos a reventar iban a aparecer dando la vuelta a la esquina a toda velocidad? Ni hablar.

—Alguien escondió el cuerpo —dije.

Brody se encogió de hombros. No se le borró la sonrisa de la cara. No me creía. Aún seguía sin creerme cuando el timbre de la puerta empezó a sonar otra vez. Brody se puso en pie al instante, el gesto endurecido. Lanzó una mirada a las pistolas, encima de la mesa.

—De manera que ha vuelto —gruñó.

—Si es la señorita Sternwood está sin revólver —lo consolé—. ¿No podría ser algún otro amigo suyo?

—Solo uno que yo sepa —gruñó—. Ya está bien de jugar al escondite. —Se dirigió al escritorio y se apoderó del Colt. Se lo pegó al costado y fue hacia la puerta. Puso la mano izquierda en el pomo, lo giró, abrió unos treinta centímetros y se asomó, manteniendo el arma pegada al muslo.

—¿Brody? —dijo una voz.

El aludido dijo algo que no oí. Las dos rápidas detonaciones quedaron ahogadas. El arma debía de presionar con fuerza el cuerpo de Brody al hacer los disparos. La víctima se inclinó hacia delante contra la puerta; el cuerpo, con su peso, la cerró de golpe, deslizándose luego hasta el suelo de madera. Los pies empujaron la alfombra, apartándola. La mano izquierda soltó el pomo y el brazo golpeó el suelo con un ruido sordo. La cabeza permaneció erguida contra la puerta. No hizo ningún otro movimiento. El Colt le colgaba de la mano derecha.

Salté, atravesando la habitación, y aparté el cuerpo lo suficiente para poder abrir la puerta y salir con dificultad fuera. Una mujer estaba asomada casi enfrente. Su rostro reflejaba un miedo muy intenso y —con una mano que tenía algo de garra— señaló el extremo del pasillo.

Corrí hacia la escalera, oí un fuerte ruido de pasos que descendían los escalones de baldosines y me lancé en su persecución. Cuando llegué a la planta baja la puerta principal se estaba cerrando sin ruido y en el exterior resonaba sobre la acera un ruido de pies. Llegué a la puerta antes de que terminara de cerrarse, la abrí de nuevo como pude y salí a paso de carga.

Una figura alta y sin sombrero, con una chaqueta de cuero sin mangas, corría en diagonal por la calle entre los coches estacionados. La figura se volvió y escupió fuego. Dos pesados martillos golpearon la pared de estuco a mi lado. La figura corrió de nuevo, se deslizó entre dos coches y desapareció.

Un individuo se me acercó y preguntó:

—¿Qué ha sucedido?

—Están disparando —respondí.

—¡Dios santo! —Se escabulló de inmediato, refugiándose en el edificio de apartamentos.

Me dirigí rápidamente por la acera hasta mi automóvil, lo puse en marcha y empecé a descender colina abajo, sin apresurarme. No arrancó ningún vehículo más al otro lado de la calle. Me pareció oír pasos, pero no podría asegurarlo. Descendí manzana y media colina abajo, di la vuelta al llegar al cruce y volví a subir. Desde la acera me llegó débilmente la melodía de alguien que silbaba. Luego un ruido de pasos. Aparqué en doble fila, me deslicé entre dos coches, me agaché todo lo que pude y saqué del bolsillo el diminuto revólver de Carmen.

El ruido de los pasos se hizo más intenso y los silbidos continuaron alegremente. Al cabo de un momento apareció la chaqueta sin mangas. Salí de entre los dos coches y dije:

—¿Me da fuego, amigo?

El muchacho se volvió hacia mí y su mano derecha se alzó rápidamente hacia el interior de la chaqueta. Sus ojos tenían un brillo acuoso bajo el resplandor de las redondas lámparas eléctricas. Húmedos ojos oscuros y almendrados, un rostro pálido y bien parecido y pelo negro ondulado que crecía desde muy abajo en la frente, sobre todo en dos puntos. Un chico muy apuesto, desde luego, el dependiente de la tienda de Geiger.

Se inmovilizó, mirándome en silencio, la mano derecha en el borde de la chaqueta, pero sin ir más allá. Yo mantenía pegado al costado el revólver de Carmen.

—Debías de tener muy buena opinión de esa loca —dije.

—Váyase a tomar por el… —dijo el muchacho sin alzar la

voz, inmóvil entre los coches aparcados y el muro de metro y medio de altura que cerraba la acera por el otro lado.

Una sirena ululó a lo lejos mientras subía la prolongada cuesta de la colina. La cabeza del chico se volvió bruscamente hacia el ruido. Me acerqué más y apoyé el revólver en su chaqueta sin mangas.

—¿Los polis o yo? —le pregunté.

La cabeza se le torció un poco, como si le hubiera dado una bofetada.

—¿Quién es usted? —preguntó.

—Un amigo de Geiger.

—Apártese de mí, hijo de puta.

—Lo que tengo en la mano es un revólver pequeño, hijo mío. Si te meto una bala en la tripa tardarás tres meses en recuperarte lo bastante para poder andar. Pero te curarás. De manera que podrás ir andando a la nueva cámara de gas que han instalado en San Quintín.

—Váyase a tomar por el… —Metió la mano dentro de la chaqueta. Aumenté la presión del revólver contra su estómago. Dejó escapar un larguísimo suspiro, retiró la mano y la dejó caer sin vida. También se le cayeron los hombros.

—¿Qué es lo que quiere? —susurró.

Con un movimiento rápido le quité la pistola automática.

—Entra en el coche, hijo.

Pasó delante de mí y lo empujé desde detrás hasta meterlo en el automóvil.

—Ponte al volante. Conduces tú.

Hizo lo que le decía y me situé a su lado.

—Vamos a esperar a que el coche patrulla suba colina arriba. Pensarán que nos hemos apartado al oír la sirena. Luego darás la vuelta y nos iremos a casa.

Guardé el revólver de Carmen y apoyé la pistola automática en las costillas del chico. Después miré por la ventanilla. El ulular de la sirena era muy fuerte ya. En el centro de la calle, dos luces rojas se hicieron cada vez mayores hasta fundirse en una, y el automóvil de la policía pasó a toda velocidad envuelto en un desenfrenado torrente de sonidos.

—En marcha —dije.

El chico dio la vuelta con el coche y descendimos colina abajo.

—A casa —dije—. A Laverne Terrace.

Se le crisparon los labios. En Franklin torció hacia el oeste.

—Eres demasiado ingenuo, muchacho. ¿Cómo te llamas?

—Carol Lundgren —dijo con voz apagada.

—Te has equivocado de blanco, Carol. Joe Brody no mató a tu loca.

Repitió la misma frase con la que ya me había obsequiado dos veces y siguió conduciendo.

17

La luna, en cuarto menguante, brillaba a través de un halo de neblina entre las ramas más altas de los eucaliptos de Laverne Terrace. En una casa al pie de la colina sonaba con fuerza una radio. El chico acercó el coche al seto de boj delante de la casa de Geiger, apagó el motor y se quedó inmóvil, mirando al frente, las dos manos sobre el volante.

—¿Hay alguien en casa, hijo? —pregunté.

—Usted debería saberlo.

—¿Por qué?

—Váyase a tomar por el…

—Hay personas que consiguen dientes postizos de ese modo.

Me enseñó los suyos en una tensa sonrisa. Luego abrió la puerta de un empellón y salió fuera. Le seguí lo más deprisa que pude. Carol Lundgren se quedó con los puños apoyados en las caderas, mirando en silencio la casa por encima del borde del seto.

—De acuerdo —dije—. Tienes una llave. Entremos.

—¿Quién ha dicho que tuviera una llave?

—No me tomes el pelo, hijo. El mariquita te dio una llave. Ahí dentro dispones de una habitacioncita muy limpia y muy masculina. Cuando recibía visitas de señoras, Geiger te echaba de casa y cerraba con llave la puerta de tu habitación. Era como César, un marido para las mujeres y una esposa para los hombres. ¿Piensas que no soy capaz de entenderos a personas como él y como tú?

Aunque más o menos seguía apuntándole con su automática, me lanzó un puñetazo que me alcanzó en la barbilla. Retrocedí con la rapidez suficiente para no llegar a caerme, pero encajé buena parte del golpe. Aunque la intención era hacerme daño, un invertido no tiene hierro en los huesos, cualquiera que sea su aspecto.

Le tiré la pistola a los pies y dije:

—Quizá sea esto lo que necesitas.

Se agachó a por ella con la velocidad del rayo. No había lentitud en sus movimientos. Le golpeé con un puño en el cuello y cayó de lado, todavía intentando alcanzar la automática, pero sin conseguirlo. La recogí y la lancé dentro del coche. El chico se acercó a cuatro patas, con los ojos muy abiertos y llenos de odio. Tosió y sacudió la cabeza.

—No quieres luchar —le dije—. Te sobran demasiados kilos.

Pero sí quería luchar. Se lanzó en mi dirección como un avión proyectado por una catapulta, tratando de sujetarme por las rodillas. Me hice a un lado y conseguí aferrarlo por el cuello. El chico resistió como pudo y logró recuperar el equilibrio lo suficiente para usar las manos contra mí en sitios donde hacía daño. Le hice girar y conseguí levantarlo del suelo un poco más. Le sujeté la muñeca derecha con la mano izquierda, lo empujé con la cadera derecha y por un momento el peso de los dos se equilibró. Nos inmovilizamos bajo la neblinosa luz de la luna, convertidos en dos criaturas grotescas cuyos pies raspaban el asfalto y cuya respiración entrecortaba el esfuerzo.

Yo tenía el antebrazo derecho apoyado en su tráquea, junto con toda la fuerza de mis dos brazos. Los pies del muchacho iniciaron una frenética agitación y dejó de jadear. No se podía mover. Extendió hacia un lado la pierna izquierda y se le aflojó la rodilla. Aún lo retuve un minuto más. Se desmoronó sobre mi brazo, un peso enorme que a duras penas conseguía sostener. Luego lo solté. Cayó a mis pies cuan largo era, inconsciente. Fui al coche, saqué unas esposas de la guantera y se las coloqué, juntándole las muñecas a la espalda. Luego lo alcé por las axilas y logré arrastrarlo hasta detrás del seto, de manera que no fuese visible desde la calle. Regresé al coche, lo moví unos treinta metros colina arriba y volví a cerrarlo con llave.

Aún estaba sin sentido cuando regresé. Abrí la puerta de la casa, lo arrastré dentro y volví a cerrar. El chico empezaba a respirar entrecortadamente. Encendí una lámpara. Parpadeó varias veces antes de abrir los ojos y de fijarlos lentamente en mí.

Me incliné, manteniéndome fuera del alcance de sus rodillas, y dije:

—No te muevas o tendrás una repetición del mismo tratamiento y un poco más. Quédate quieto y no respires. Sigue sin respirar hasta que no puedas más y reconoce entonces que no tienes otro remedio, que se te ha puesto morada la cara, que se te están saliendo los ojos de las órbitas y que vas a respirar ya, aunque estás bien atado en el sillón de la cámara de gas de San Quintín, bien limpia, eso así, y que, cuando te llenes los pulmones, aunque estás luchando con toda tu alma para no hacerlo, no será aire lo que entre, sino cianógeno. Y que eso es lo que en nuestro estado llaman ahora una ejecución humanitaria.

—Váyase a tomar por el... —dijo, acompañando sus palabras con un suave suspiro de aflicción.

—Te vas a declarar culpable de un delito menos grave, hermanito, y ni se te ocurra pensar que está en tu mano evitarlo. Dirás exactamente lo que queramos y nada que no queramos que digas.

—Váyase a tomar por el...

—Repite eso y te pondré una almohada debajo de la cabeza.

Le tembló la boca. Lo dejé tumbado en el suelo con las muñecas esposadas a la espalda, la mejilla sobre la alfombra y un brillo animal en el ojo visible. Encendí otra lámpara y salí al vestíbulo situado detrás de la sala de estar. No parecía que nadie hubiera tocado el dormitorio de Geiger. Abrí la puerta, que ya no estaba cerrada con llave, del dormitorio situado frente al suyo. Había una débil luz parpadeante y olor a sándalo. Dos conos de cenizas de incienso descansaban, uno junto a otro, sobre una bandejita de bronce en la mesa. La luz procedía de dos altas velas negras encajadas en los candeleros de treinta centímetros, colocados en sillas de respaldo recto, una a cada lado de la cama.

Geiger estaba tumbado en el lecho. Las dos tiras de bordados chinos desaparecidas formaban una cruz de san Andrés sobre el centro de su cuerpo, ocultando la pechera manchada de sangre de la chaqueta china. Debajo de la cruz, las perneras del pijama negro aparecían rígidas y perfectamente rectas. El cadáver llevaba unas zapatillas con gruesas suelas de fieltro blanco. Por encima de las tiras de bordados, los brazos estaban cruzados a la altura de las muñecas y las manos descansaban abiertas sobre los hombros, las palmas hacia abajo, los dedos muy juntos y ordenadamente extendidos. Tenía la boca cerrada y su bigote a lo Charlie Chan resultaba tan irreal como un tupé. La nariz, ancha, había perdido color al contraerse. Los ojos estaban casi cerrados, pero no por completo. El de cristal emitió un débil resplandor al reflejar la luz y tuve la impresión de que me hacía un guiño.

No lo toqué. Ni siquiera me acerqué mucho. Tendría la frialdad del hielo y estaría tan tieso como una tabla.

La corriente provocada por la puerta abierta hizo que parpadearan las velas negras. Gotas de cera igualmente negra se deslizaron por sus costados. El aire del cuarto era venenoso e irreal. Salí, cerré la puerta de nuevo y volví a la sala de estar. El chico no se había movido. Me quedé quieto, tratando de oír las sirenas. Todo dependía de lo pronto que Agnes hablara y de lo que dijese. Si hablaba de Geiger, la policía aparecería en cualquier momento. Pero podía tardar horas en hacerlo. Podía incluso haber escapado.

Miré al chico.

—¿Quieres sentarte, hijo?

Cerró los ojos y fingió estar dormido. Me llegué hasta la mesa, cogí el teléfono de color morado y marqué el número de la oficina de Bernie Ohls. Se había marchado a las seis a su casa. Marqué el número de su casa y allí estaba.

—Aquí Marlowe —dije—. ¿Encontraron tus muchachos esta mañana un revólver en el cadáver de Owen Taylor?

Le oí aclararse la garganta y también advertí cómo trataba de que no se le notara la sorpresa en la voz.

—Eso entraría en el capítulo de información reservada a la policía —dijo.

—Si lo encontraron, tenía tres cartuchos vacíos.

—¿Cómo demonios lo sabes? —preguntó Ohls sin alzar la voz.

—Ven al 7244 de Laverne Terrace, una bocacalle del Laurel Canyon Boulevard. Te enseñaré dónde fueron a parar los proyectiles.

—Así de sencillo, ¿eh?

—Así de sencillo.

—Si miras por la ventana me verás torcer la esquina de la calle. Ya me pareció que estabas siendo un tanto cauteloso con este asunto.

—Cauteloso no es la palabra adecuada —dije.

18

Ohls se quedó mirando al muchacho, que estaba recostado en el diván y vuelto más bien hacia la pared. Lo contempló en silencio, con las cejas —de un color muy claro— tan hirsutas, despeinadas y redondas como los cepillitos para limpiar patatas y zanahorias que regala el representante de la casa Fuller.

—¿Reconoces haber disparado contra Brody? —le preguntó.

El chico, con voz apagada, utilizó una vez más su frase favorita.

Ohls suspiró y me miró.

—No hace falta que lo reconozca. Tengo su pistola.

—¡Si me hubieran dado un dólar por cada vez que me han dicho eso! —dijo Ohls—. ¿Qué tiene de divertido?

—No pretende ser divertido —respondí.

—Bien, eso ya es algo —dijo Ohls. Luego se volvió—: He llamado a Wilde. Iremos a verlo y le llevaremos a ese niñato. Vendrá conmigo, pero tú nos sigues, no sea que intente patearme.

—¿Qué te ha parecido lo que hay en el dormitorio?

—Me ha parecido muy bien —dijo Ohls—. Hasta cierto punto, me alegro de que Taylor se cayera al mar desde el muelle. No me hubiera gustado nada contribuir a mandarlo a la cámara de gas por cargarse a esa mofeta.

Volví al dormitorio pequeño, apagué las velas de color

negro y las dejé que humearan. Cuando regresé a la sala de estar Ohls había puesto en pie al muchacho, que se esforzaba por fulminarlo con unos penetrantes ojos negros en el interior de un rostro tan duro y tan blanco como sebo frío de cordero.

—Vamos —dijo Ohls, cogiéndolo por los brazos como si le desagradara mucho tocarlo. Apagué las lámparas y salí tras ellos de la casa. Subimos a nuestros automóviles respectivos y seguí las luces traseras de Ohls mientras descendíamos la larga colina en curva. Deseé no tener que aparecer nunca más por la casa de Laverne Terrace.

Taggart Wilde, el fiscal del distrito, vivía en la esquina de la Cuarta Avenida con Lafayette Park, en una casa blanca de madera, del tamaño de un garaje de grandes dimensiones, con una *porte-cochère* de piedra arenisca roja construida en uno de los laterales y una hectárea de suave césped delante de la casa. Era una de esas sólidas construcciones antiguas que, siguiendo la moda de una determinada época, se trasladó entera a un nuevo emplazamiento cuando la ciudad creció hacia el oeste. Wilde pertenecía a una destacada familia de Los Ángeles y probablemente había nacido en aquella casa cuando aún se alzaba en West Adams, Figueroa o Saint James's Park.

Había ya dos automóviles estacionados delante de la mansión. Un sedán muy grande de un particular y un coche de la policía cuyo chófer uniformado había salido a fumar y contemplaba la luna apoyado en el guardabarros posterior. Ohls se acercó a hablar con él para que vigilara al chico.

Nos dirigimos a la entrada y tocamos el timbre. Un individuo rubio muy peinado nos abrió la puerta y, después de atravesar el vestíbulo, nos hizo cruzar una enorme sala de estar, situada a un nivel más bajo que el resto de la casa y llena de pesados muebles oscuros, hasta un nuevo vestíbulo. Nuestro acompañante llamó a una puerta y entró, luego mantuvo la puerta abierta y nos hizo pasar a un estudio con revestimiento de madera, una vidriera al fondo, abierta, que daba a un jardín oscuro y a árboles misteriosos. También llegaba olor a tierra húmeda y a flores. Las paredes estaban adornadas con grandes cuadros al óleo de temas apenas discernibles, y había además sillones, libros y el aroma de un buen habano que se mezclaba con el olor a tierra húmeda y a flores.

Taggart Wilde, sentado detrás de su escritorio, era una persona rolliza de mediana edad y ojos de color azul claro que conseguían una expresión amistosa sin tener en realidad expresión alguna. Tenía delante una taza de café solo, y sostenía un delgado cigarro veteado entre los cuidados dedos de la mano izquierda. Otro individuo estaba sentado en una esquina de la mesa en un sillón de cuero azul, un sujeto de ojos fríos, rostro muy estrecho y rasgos muy acusados, tan flaco como una ganzúa y tan duro como el gerente de una casa de empeño. Su rostro, impecable, se diría recién afeitado. Llevaba un traje marrón muy bien planchado y una perla negra en el alfiler de la corbata. Tenía los dedos largos y nerviosos de alguien con una inteligencia rápida. Y parecía preparado para pelear.

Ohls tomó una silla, se sentó y dijo:

—Buenas noches, Cronjager. Le presento a Philip Marlowe, un detective privado con un problema. —A continuación sonrió.

Cronjager me miró sin hacer gesto alguno de saludo, como si estuviera contemplando una fotografía. Luego bajó la barbilla un par de centímetros.

—Siéntese, Marlowe —dijo Wilde—. Trataré de que el capitán Cronjager se muestre considerado, pero ya sabe las dificultades con que tropezamos. La ciudad ha crecido mucho.

Me senté y encendí un cigarrillo. Ohls miró a Cronjager y preguntó:

—¿Hay novedades sobre el homicidio de Randall Place?

Cronjager se tiró de un dedo hasta que le crujieron los nudillos. Habló sin levantar los ojos.

—Un muerto con dos heridas de bala. Dos pistolas que

nadie había utilizado. En la calle encontramos a una rubia intentando poner en marcha un automóvil que no le pertenecía. El suyo estaba al lado y era del mismo modelo. Parecía muy nerviosa, de manera que los muchachos la trajeron a la comisaría y lo contó todo. Estaba presente cuando dispararon contra Brody. Asegura que no vio al asesino.

—¿Eso es todo? —preguntó Ohls.

Cronjager alzó levemente una ceja.

—Solo ha transcurrido una hora desde los hechos. Qué esperaba, ¿una película del asesinato?

—Quizá una descripción del asesino —dijo Ohls.

—Un tipo alto con una chaqueta de cuero sin mangas…, si a eso le llama usted una descripción.

—Lo tengo ahí fuera en mi tartana —dijo Ohls—. Esposado. Aquí está la pistola que utilizó. Marlowe les ha hecho el trabajo. —Se sacó del bolsillo la automática del chico y la depositó en un rincón de la mesa de Wilde. Cronjager contempló el arma pero no hizo ademán de cogerla.

Wilde rió entre dientes. Se había recostado en el asiento y lanzaba bocanadas de humo sin sacarse el cigarro de la boca. Luego se inclinó para beber un sorbo de la taza de café. A continuación se sacó un pañuelo de seda del bolsillo del esmoquin, se lo pasó por la boca y volvió a guardarlo.

—Hay otras dos muertes que están relacionadas con esa última —dijo Ohls, pellizcándose la barbilla.

Cronjager se tensó visiblemente. Sus ojos hoscos se convirtieron en puntos de luz acerada.

—¿Están enterados de que esta mañana hemos sacado un coche del mar, cerca del muelle de Lido, con un muerto dentro? —preguntó Ohls.

—No —dijo Cronjager, con la misma expresión desagradable.

—El muerto era chófer de una familia rica —dijo Ohls—. Una familia a la que se estaba haciendo chantaje en relación con una de las hijas. El señor Wilde recomendó a Marlowe a la familia por mediación mía. Y se puede decir que Marlowe ha seguido el asunto muy de cerca.

—Me encantan los sabuesos que siguen asesinatos muy de cerca —dijo Cronjager—. No tiene por qué ser tan condenadamente circunspecto.

—Claro —dijo Ohls—. No tengo por qué ser tan condenadamente circunspecto. Es un privilegio del que no disfruto con demasiada frecuencia cuando trato con policías de ciudad. Me paso la mayor parte del tiempo diciéndoles dónde poner los pies para que no se rompan los tobillos.

Cronjager palideció alrededor de las ventanillas de su afilada nariz. Su respiración hizo un suave ruido silbante en la habitación en silencio.

—A mis hombres no ha tenido que decirles nunca dónde poner los pies, tío listo —dijo Cronjager sin levantar la voz.

—Eso ya lo veremos —dijo Ohls—. El chófer del que he hablado y que hemos sacado del mar frente a Lido mató a un tipo anoche en el territorio de ustedes. Un individuo llamado Geiger que tenía montado un puesto de libros pornográficos en un establecimiento de Hollywood Boulevard. Geiger vivía con el mocoso que tengo en el coche. Hablo de vivir con él, no sé si capta usted la idea.

Cronjager lo miraba ahora de hito en hito.

—Todo eso parece que podría llegar a convertirse en una historia muy sucia —dijo.

—Según mi experiencia, eso es lo que sucede con la mayoría de las historias policíacas —gruñó Ohls, antes de volverse hacia mí, las cejas más hirsutas que nunca—. Estás en directo, Marlowe. Cuéntaselo.

Se lo conté.

Me callé dos cosas, aunque sin saber exactamente, en aquel momento, por qué dejaba fuera la segunda. No hablé de la visita de Carmen al apartamento de Brody, pero tampoco de la visita de Eddie Mars a la casa de Geiger. Conté todo lo demás como había sucedido.

Cronjager nunca apartó los ojos de mi cara, y su rostro no se inmutó en lo más mínimo durante todo el relato. Cuando hube terminado, permaneció en completo silencio más de un minuto. Tampoco Wilde dijo nada, bebiendo sorbos de café y lanzando suaves bocanadas de humo de su cigarro veteado. Ohls, mientras tanto, se contemplaba uno de los pulgares.

Cronjager se recostó despacio en el asiento, cruzó un tobillo sobre la rodilla y se frotó el hueso del tobillo con una mano delgada y nerviosa. El ceño muy fruncido, dijo con cortesía glacial:

—De manera que todo lo que ha hecho ha sido no comunicar un asesinato cometido anoche y luego emplear el día de hoy en husmear, permitiendo que el chico de Geiger cometiera un segundo asesinato.

—Eso ha sido todo lo que he hecho —dije—. Me hallaba en una situación bastante apurada. Imagino que hice mal, pero quería proteger a mi cliente y no tenía ningún motivo para pensar que al chico le diera por deshacerse de Brody a balazos.

—Ese tipo de cálculo es privilegio de la policía, Marlowe. Si hubiera informado anoche de la muerte de Geiger, nadie se habría llevado las existencias de la librería al apartamento de Brody. El chico no habría tenido esa pista y no hubiera matado a Brody. Digamos que Brody estaba viviendo con tiempo prestado. Los de su especie siempre lo están. Pero una vida es una vida.

—De acuerdo —dije—. Dígaselo a sus muchachos la próxima vez que acaben a tiros con algún ladronzuelo de poca monta que escapa por un callejón después de robar una rueda de repuesto.

Wilde puso las dos manos sobre el escritorio dando una fuerte palmada.

—Ya es más que suficiente —dijo con voz cortante—. ¿Qué le hace estar tan seguro, Marlowe, de que Taylor, el chófer, fue quien disparó contra Geiger? Aunque el arma que mató a Geiger la llevara Taylor encima y estuviera en el coche, no significa por ello que sea el asesino. Alguien habría podido colocarle la pistola para inculparlo..., Brody, por ejemplo, el verdadero asesino.

—Es posible físicamente —dije—, pero no moralmente. Sería aceptar demasiadas coincidencias y demasiadas cosas que no concuerdan con la manera de ser de Brody y de su chica, y que tampoco están de acuerdo con lo que se proponían hacer. Estuve hablando con Brody durante un buen rato. Era un sinvergüenza, pero no encaja como asesino. Tenía dos armas, pero no llevaba encima ninguna de las dos. Buscaba un modo de meter la cuchara en el tinglado de Geiger, del que, como es lógico, estaba informado por la chica. Me dijo que vigilaba a Geiger para ver si tenía protectores importantes. Creo que decía la verdad. Suponer que mató a Geiger para quedarse con sus libros, que luego se escabulló con la foto de Carmen Sternwood desnuda hecha por Geiger y que finalmente colocó la pistola para comprometer a Owen Taylor antes de tirarlo al mar cerca de Lido es suponer muchísimas más cosas de las necesarias. Taylor tenía el motivo, rabia provocada por los celos, y la oportunidad de matar a Geiger. Sacó sin permiso uno de los coches de la familia. Mató a Geiger delante de la chica, cosa que Brody nunca hubiera hecho, incluso aunque fuera un asesino. No veo por qué alguien con un interés puramente comercial en Geiger haría una cosa así. Pero Taylor sí. La foto de la chica desnuda es exactamente lo que le habría llevado a hacerlo.

Wilde rió entre dientes y miró de reojo a Cronjager. El policía se aclaró la garganta con un resoplido.

—¿Por qué molestarse en esconder el cadáver? —preguntó Wilde—. No le veo ningún sentido.

—El chico no lo ha confesado, pero debió de hacerlo él —respondí—. Brody no hubiera vuelto a la casa después de la muerte de Geiger. El chico debió llegar después de que yo saliera con la señorita Sternwood. Se asustó al pensar en la policía, por supuesto, siendo lo que es, y probablemente le pareció una buena idea esconder el cuerpo hasta que se hubiera llevado sus efectos personales de la casa. Luego lo sacó a rastras por la puerta principal, a juzgar por las señales en la alfombra, y lo más probable es que lo metiera en el garaje. A continuación recogió sus pertenencias y se las llevó a otro sitio. Y más adelante, en algún momento de la noche y antes del rigor mortis, le dominó el sentimiento de culpabilidad al pensar que no había tratado nada bien a su amigo muerto. De manera que volvió y lo llevó a la cama. Todo esto no son más que suposiciones, como es lógico.

Wilde asintió.

—Hoy por la mañana ha ido a la librería como si nada hubiera sucedido y con los ojos bien abiertos. Al llevarse Brody los libros se entera de dónde van y concluye que la persona que se dispone a quedárselos ha matado a Geiger precisamente con ese fin. Cabe incluso que supiera más sobre Brody y la chica de lo que ellos sospechaban. ¿Qué te parece a ti, Ohls?

—Nos enteraremos —dijo Ohls—, pero eso no disminuye los problemas de Cronjager. Lo que le parece mal es todo lo que sucedió anoche y que solo se le haya informado ahora.

—Creo que también yo conseguiré acostumbrarme a la idea —dijo Cronjager con acritud. Luego me miró con dureza y apartó la vista de inmediato.

Wilde agitó su cigarro y dijo:

—Veamos las pruebas, Marlowe.

Me vacié los bolsillos y coloqué los objetos sobre la mesa: los tres pagarés y la tarjeta de Geiger dirigida al general Sternwood, las fotos de Carmen y la libreta de pastas azules con la lista de nombres y direcciones en clave. Ya le había dado a Ohls las llaves del apartamento de Geiger.

Wilde lo examinó todo entre suaves bocanadas. Ohls encendió uno de sus diminutos puros y lanzó tranquilamente el humo hacia el techo. Cronjager se inclinó sobre la mesa y contempló las pruebas.

El fiscal del distrito dio unos golpecitos sobre los tres recibos firmados por Carmen y dijo:

—Imagino que esto no era más que un señuelo. Si el general Sternwood pagó, fue por miedo a algo peor. Llegado el momento Geiger le hubiera apretado los tornillos. ¿Sabe de qué tenía miedo? —Me estaba mirando.

Negué con la cabeza.

—¿Nos ha contado la historia completa con todos los detalles pertinentes?

—He omitido un par de cuestiones personales. Y tengo intención de seguir haciéndolo, señor Wilde.

—¡Ajá! —dijo Cronjager, lanzando al mismo tiempo un resoplido lleno de sentimiento.

—¿Por qué? —preguntó Wilde sin alzar la voz.

—Porque mi cliente tiene derecho a esa protección, siempre que no se enfrente con un jurado de acusación. Dispongo de una licencia para trabajar como detective privado. Imagino que la palabra «privado» significa algo. Aunque la policía de Hollywood se enfrenta con dos asesinatos, los dos están resueltos. Tiene además a los dos asesinos. Y motivo y arma en ambos casos. Hay que eliminar el aspecto del chantaje, al menos en lo referente a los nombres de las víctimas.

—¿Por qué? —preguntó Wilde de nuevo.

—No hay nada que objetar —dijo Cronjager secamente—. Es una satisfacción hacer de comparsa cuando se trata de un sabueso de tanta categoría.

—Se lo voy a enseñar —dije yo. Me levanté, salí de la casa, fui hasta mi coche y saqué el libro procedente de la tienda de Geiger. El chófer uniformado se hallaba junto al coche de Ohls. El muchacho seguía dentro, recostado de lado en un rincón.

—¿Ha dicho algo? —pregunté.

—Me ha hecho una sugerencia —dijo el policía, escupiendo a continuación—. Pero la voy a ignorar.

Volví a la casa y puse el libro sobre el escritorio de Wilde después de desenvolverlo. Cronjager estaba usando un teléfono en el extremo de la mesa. Colgó y se sentó cuando entré yo.

Wilde hojeó el libro con cara de palo, lo cerró y lo empujó en dirección a Cronjager. El capitán lo abrió, miró una o dos páginas y lo cerró rápidamente. Un par de manchas rojas del tamaño de monedas le aparecieron en las mejillas.

—Mire las fechas impresas en la guarda delantera.

Cronjager abrió de nuevo el libro y las examinó.

—¿Y bien?

—Si es necesario —dije—, testificaré bajo juramento que ese libro procede del establecimiento de Geiger. Agnes, la rubia, reconocerá qué clase de negocio se hacía allí. Resulta evidente para cualquiera que tenga ojos en la cara que esa librería no era más que una fachada para otra cosa. Pero la policía de Hollywood le permitía trabajar, por razones que ellos sabrán. Me atrevo a decir que el jurado de acusación estará interesado en conocer esas razones.

Wilde sonrió.

—Los jurados de acusación —dijo— hacen a veces preguntas muy embarazosas…, en un esfuerzo bastante ineficaz para descubrir precisamente por qué las ciudades funcionan como lo hacen.

Cronjager se puso en pie de repente y se encajó el sombrero.

—Estoy en minoría de uno contra tres —dijo con voz cortante—. Yo soy de Homicidios. Si ese tal Geiger prestaba o vendía libros pornográficos es algo que me tiene sin cuidado. Pero estoy dispuesto a reconocer que no sería de ninguna ayuda para nuestro trabajo que saliera a relucir en los periódicos. ¿Qué es lo que quieren, señores?

Wilde miró a Ohls, que dijo con calma:

—Lo que yo quiero es hacerle entrega del detenido. Vamos.

Se puso en pie. Cronjager lo miró con ferocidad y salió a grandes zancadas del estudio. Ohls lo siguió y la puerta se cerró de nuevo. Wilde tamborileó con los dedos sobre la mesa y me miró con sus ojos de color azul claro.

—Debería comprender los sentimientos de cualquier policía acerca de una maniobra de encubrimiento como esta —dijo—. Tendrá usted que redactar informes acerca de todo ello…, al menos para los archivos. Creo que quizá sea posible mantener separados los dos asesinatos y no mezclar el apellido del general con ninguno de los dos. ¿Sabe por qué no le estoy arrancando una oreja?

—No. Temía que fuera a arrancarme las dos.

—¿Qué es lo que saca en limpio de todo esto?

—Veinticinco dólares al día más gastos.

—Lo que, hasta el momento, supone cincuenta dólares y un poco de gasolina.

—Más o menos.

Inclinó la cabeza hacia un lado y se pasó el dedo meñique de la mano izquierda por el borde de la barbilla.

—¿Y por esa cantidad de dinero está dispuesto a enemistarse con la mitad de las fuerzas de policía de este país?

—No me gusta nada —dije—. Pero ¿qué demonios voy a hacer si no? Trabajo en un caso. Vendo lo que tengo que vender para ganarme la vida. Las agallas y la inteligencia que Dios me ha dado y la disponibilidad para dejarme maltratar si con ello protejo a mis clientes. Va contra mis principios contar todo lo que he contado esta noche sin consultar antes al general. Por lo que respecta a encubrimientos, también yo he trabajado para la policía, como usted sabe. Se encubre sin descanso en cualquier ciudad importante. La pasma se pone muy solemne y virtuosa cuando alguien de fuera trata de ocultar cualquier cosa, pero ellos hacen lo mismo un día sí y otro también para contentar a sus amigos o a cualquier persona con un poco de influencia. Y todavía no he terminado. Sigo en el caso. Y volveré a hacer lo mismo si tengo que hacerlo.

—Con tal de que Cronjager no le retire la licencia —sonrió Wilde—. Ha dicho que había omitido un par de cuestiones personales. ¿De qué trascendencia?

—Todavía sigo en el caso —dije, mirándole directamente a los ojos.

Wilde me sonrió. Tenía la sonrisa franca y audaz de los irlandeses.

—Déjeme contarle algo, hijo. Mi padre era amigo íntimo del viejo Sternwood. He hecho todo lo que me permite mi cargo (y tal vez bastante más) para evitar amarguras al general. Pero a la larga resulta imposible. Esas hijas suyas están destinadas a tropezar con algo que no habrá manera de silenciar, sobre todo la rubita malcriada. No deberían andar por ahí tan descontroladas, y de eso creo que tiene la culpa el viejo. Imagino que no se da cuenta de cómo es el mundo en la actualidad. Y aún hay otra cosa que quizá no esté de más mencionar ahora que hablamos de hombre a hombre y que no tengo que reñirle. Me apostaría un dólar contra diez centavos canadienses a que el general teme que su yerno, el antiguo contrabandista, esté mezclado en todo esto de algún modo y que lo que en realidad esperaba era que usted descubriera que eso no es cierto. ¿Cuál es su opinión?

—No me parece que Regan fuese un chantajista, por lo que he oído de él. Podía llevar una vida regalada con la familia Sternwood, y sin embargo se marchó.

Wilde resopló.

—Ni usted ni yo estamos en condiciones de juzgar sobre lo regalado de esa vida. Si Regan tenía una determinada manera de ser, quizá no le resultase tan regalada. ¿Le ha dicho el general que estaba buscando a Regan?

—Me dijo que le gustaría saber dónde se encuentra y tener la seguridad de que no le van mal las cosas. Regan le caía bien y le dolió la manera que tuvo de dar la espantada sin despedirse.

Wilde se recostó en el asiento y frunció el ceño.

—Entiendo —dijo con una voz distinta. Luego procedió a cambiar de sitio las cosas que tenía sobre la mesa, colocando a un lado la libreta azul de Geiger y empujando en mi dirección las otras pruebas—. Más valdrá que se quede con esas —dijo—. Ya no las necesito.

19

Eran cerca de las once cuando dejé el coche y me dirigí hacia el portal del Hobart Arms. La puerta de cristal se cerraba a las diez, de manera que tuve que sacar mis llaves. Dentro, en el impersonal vestíbulo cuadrado, un individuo dejó un periódico de la tarde en el suelo, junto a una maceta con una palmera, y tiró una colilla dentro. Luego se levantó, me saludó quitándose el sombrero y dijo:

—El jefe quiere hablar con usted. Desde luego sabe hacer esperar a los amigos, socio.

Me quedé quieto y contemplé la nariz hundida y la oreja como un medallón de solomillo.

—¿Sobre qué?

—¿Qué más le da? Pórtese como un buen chico y todo irá de perlas. —Mantenía la mano cerca de la parte alta de la chaqueta, que llevaba sin abrochar.

—Me huele la ropa a policías —dije—. Estoy demasiado cansado para hablar, demasiado cansado para comer, demasiado cansado para pensar. Pero si cree que no lo estoy para aceptar órdenes de Eddie Mars, trate de sacar la artillería antes de que le arranque la oreja buena de un disparo.

—Y un cuerno. No va armado. —Me miró desapasionadamente. Sus hirsutas cejas oscuras formularon una interrogación y la boca se le curvó hacia abajo.

—Eso fue entonces —le dije—. No siempre estoy en cueros.

132

Agitó la mano izquierda.

—De acuerdo. Usted gana. No me han dicho que me líe a tiros con nadie. Ya tendrá noticias suyas.

—Demasiado tarde será demasiado pronto —dije, y me volví lentamente mientras él se cruzaba conmigo de camino hacia la puerta. Luego la abrió y salió sin mirar atrás. Sonreí ante mi propia insensatez, llegué hasta el ascensor y subí a mi apartamento. Saqué del bolsillo el diminuto revólver de Carmen y me eché a reír. Luego lo limpié concienzudamente, lo engrasé, lo envolví en un trozo de franela y lo guardé bajo llave. Preparé un whisky y me lo estaba bebiendo cuando sonó el teléfono. Me senté junto a la mesa donde lo tenía instalado.

—De manera que esta noche se hace el duro —dijo la voz de Eddie Mars.

—Grande, rápido, duro y lleno de espinas. ¿En qué puedo ayudarle?

—La bofia en aquella casa…, ya sabe dónde. ¿Ha tenido a bien no mezclarme en el asunto?

—¿Por qué tendría que mostrarme tan considerado?

—Da buenos resultados ser amable conmigo, capitán. Y lo contrario también es cierto.

—Escuche con atención y oirá cómo me castañetean los dientes.

Rió sin ganas.

—¿Lo ha hecho o no lo ha hecho?

—Lo he hecho. Que me aspen si sé por qué. Imagino que ya era bastante complicado sin necesidad de usted.

—Gracias, capitán. ¿Quién lo mandó al otro barrio?

—Léalo mañana en los periódicos…, quizá.

—Quiero saberlo ahora.

—¿Consigue todo lo que quiere?

—No. ¿Es eso una respuesta, capitán?

—Alguien de quien usted no ha oído hablar nunca acabó con él. Dejémoslo así.

—Si eso es verdad, quizá algún día esté en condiciones de hacerle un favor.

—Cuelgue y deje que me acueste.

Se rió de nuevo.

—Está buscando a Rusty Regan, ¿no es cierto?

—Mucha gente lo piensa, pero no es cierto.

—En el caso de que lo estuviera buscando, podría darle alguna idea. Pásese a verme por la playa. A la hora que quiera. Me alegraré de saludarlo.

—Quizá.

—Hasta pronto, entonces. —Se cortó la comunicación y seguí sosteniendo el auricular con una paciencia que tenía algo de salvaje. Luego marqué el número de Sternwood, que sonó cuatro o cinco veces antes de que se oyera la impecable voz del mayordomo diciendo: «Residencia del general Sternwood».

—Aquí Marlowe. ¿Se acuerda de mí? Nos conocimos hace unos cien años…, ¿o fue ayer?

—Sí, señor Marlowe. Me acuerdo de usted, por supuesto.

—¿Está en casa la señora Regan?

—Sí, creo que sí. Le importa…

Le interrumpí porque había cambiado repentinamente de idea.

—No. Basta con que le dé un recado. Dígale que tengo todas las fotos y que todo lo demás está en orden.

—Sí, sí… —La voz pareció temblar un poco—. Tiene las fotos…, y todo lo demás está en orden… Sí, señor. ¿Me permite decirle que… muchísimas gracias, señor Marlowe?

El teléfono volvió a sonar cinco minutos después. Para entonces había terminado mi whisky, lo que hizo que recordara la cena que había olvidado casi por completo; salí del apartamento dejando sonar el teléfono. Seguía sonando cuando regresé. Volvió a sonar de rato en rato hasta las doce y media. A esa hora apagué las luces, abrí la ventana y amortigüé el timbre del teléfono con un trozo de papel antes de meterme en la cama. Estaba hasta la coronilla de la familia Sternwood.

Al día siguiente leí los tres periódicos de la mañana mientras me tomaba unos huevos con beicon. Los tres relatos de lo sucedido estaban tan cerca de la verdad como cabe esperar de la prensa: tan cerca como Marte de Saturno. Ninguno de los tres relacionaba a Owen Taylor, chófer del coche suicida del muelle de Lido, con el Asesinato en el Exótico Bungalow de Laurel Canyon. Ninguno de ellos mencionaba ni a los Sternwood, ni a Bernie Ohls ni a mí. Owen Taylor era el «chófer de una familia acaudalada». El capitán Cronjager, de la policía de Hollywood, se apuntaba un éxito por haber resuelto dos muertes ocurridas en su distrito, consecuencia de conflictos surgidos, al parecer, acerca de las recaudaciones de un servicio de teletipo instalado por un tal Geiger en la trastienda de su librería en Hollywood Boulevard. Brody había disparado contra Geiger y Carol Lundgren, para vengarse, había acabado con Brody. Carol Lundgren estaba detenido y había confesado. Tenía antecedentes penales (probablemente de cuando estudiaba secundaria). La policía había detenido también a una tal Agnes Lozelle, secretaria de Geiger, como testigo presencial.

Era un reportaje bien escrito. Daba la impresión de que Geiger había sido asesinado la noche anterior, de que Brody había muerto —más o menos— una hora después y de que el capitán Cronjager había resuelto los dos asesinatos en el tiempo que se necesita para encender un cigarrillo. El suicidio de Taylor aparecía en la primera página de la Sección II. Había una foto del sedán en la gabarra, con la placa de la matrícula oscurecida, y un bulto sobre cubierta, cerca de la barandilla, tapado con una sábana. Owen Taylor estaba deprimido y mal de salud. Su familia vivía en Dubuque, adonde se procedería a enviar sus restos mortales. No se llevarían a cabo pesquisas judiciales.

20

El capitán Gregory, del Departamento de Personas Desaparecidas, puso mi tarjeta sobre su amplia mesa y la colocó de tal manera que sus bordes quedaran exactamente paralelos a los lados del escritorio. La estudió con la cabeza inclinada hacia un lado, resopló, se dio la vuelta en la silla giratoria y contempló las ventanas enrejadas del último piso del Palacio de Justicia, que estaba a media manzana de distancia. Era un hombre fornido de ojos cansados y con los movimientos lentos y precisos de un vigilante nocturno. Su voz resultaba monótona y desinteresada.

—Detective privado, ¿eh? —dijo, sin mirarme en absoluto, absorto en el panorama que se veía desde la ventana. Un hilo de humo se alzó de la ennegrecida cazoleta de la pipa de brezo que le colgaba del colmillo—. ¿Qué puedo hacer por usted?

—Trabajo para el general Guy Sternwood, de 3765 Alta Brea Crescent, West Hollywood.

El capitán Gregory expulsó un poco de humo por una comisura, sin quitarse por ello la pipa de la boca.

—¿Sobre qué?

—No se trata exactamente de lo mismo que hacen ustedes, pero su trabajo me interesa. He pensado que podrían ayudarme.

—¿Ayudarle acerca de qué?

—El general Sternwood es un hombre rico —dije—. Amigo fraternal del padre del fiscal del distrito. El hecho de que decida contratar para los recados a una persona con dedicación exclusiva no significa que le haga ningún reproche a la policía. Se trata tan solo de un lujo que se puede permitir.

—¿Qué le hace pensar que estoy haciendo algo por él?

No contesté a su pregunta. Gregory se dio la vuelta en su sillón giratorio lenta y pesadamente y apoyó los pies —que eran grandes— en el linóleo que cubría el suelo. Aquel despacho tenía el olor mohoso de muchos años de rutina. El capitán me miró sombríamente.

—No quiero hacerle perder el tiempo —dije, echando un poco para atrás la silla…, unos diez centímetros.

Gregory no se movió. Siguió mirándome con ojos descoloridos y cansados.

—¿Conoce al fiscal del distrito?

—He hablado con él varias veces y en otro tiempo trabajé para él. Conozco bien a Bernie Ohls, su investigador jefe.

El capitán Gregory descolgó un teléfono y murmuró:

—Póngame con Ohls en el despacho del fiscal del distrito.

Dejó el teléfono en su soporte sin soltarlo. Pasaron los segundos. Siguió saliendo humo de la pipa. Los ojos permanecieron tan cansinos e inmóviles como la mano. Sonó el teléfono y el capitán cogió mi tarjeta con la mano izquierda.

—¿Ohls? Al Gregory, de jefatura. Tengo en mi despacho a un individuo llamado Philip Marlowe. Su tarjeta dice que es investigador privado. Quiere que le dé información… ¿Sí? ¿Qué aspecto tiene?… De acuerdo, gracias.

Dejó el teléfono, se sacó la pipa de la boca y apretó el tabaco con la contera de latón de un grueso lápiz. Lo hizo con mucho cuidado y de manera solemne, como si fuera una operación tan importante o más que cualquier otra cosa que tuviera que hacer a lo largo del día. Luego se recostó en el sillón y siguió mirándome algún tiempo más.

—¿Qué es lo que quiere?

—Tener una idea de los progresos que han hecho, si los ha habido.

Estuvo pensándoselo.

—¿Regan? —preguntó por fin.

—Efectivamente.

—¿Lo conoce?

—No lo he visto nunca. Según he oído es un irlandés bien parecido, con menos de cuarenta años, que se dedicó en otro tiempo al contrabando de bebidas, que se casó con la hija mayor del general Sternwood y que el matrimonio no funcionó. También me dijeron que desapareció hace cosa de un mes.

—Sternwood debería considerarse afortunado, en lugar de contratar a un hombre tan capaz como usted como ojeador.

—El general le tomó mucho cariño. Son cosas que pasan. El general es un inválido y está muy solo. Regan se sentaba con él y le hacía compañía.

—¿Qué cree usted que va a conseguir que nosotros no podamos?

—Nada en absoluto, por lo que se refiere a encontrar a Regan. Pero también existe un componente más bien misterioso de chantaje. Quisiera tener la seguridad de que Regan no está mezclado en eso. Saber dónde está, o dónde no está, podría ayudar.

—Hermano, me gustaría ayudarle, pero no sé dónde está. Regan bajó el telón y de ahí no hemos pasado.

—Resulta muy difícil hacer eso cuando se tiene enfrente a una organización como la suya, ¿no es cierto, capitán?

—Cierto…, pero se puede hacer…, durante una temporada. —Tocó un timbre situado a un lado del escritorio. Una mujer de mediana edad asomó la cabeza por una puerta lateral.

—Tráigame el expediente sobre Terence Regan, Abba.

La puerta se cerró. El capitán y yo nos miramos, inmersos en un silencio todavía más denso. La puerta se abrió de nuevo y la mujer dejó sobre la mesa una carpeta verde con una etiqueta. Gregory hizo un gesto con la cabeza para despedirla, se puso unas pesadas gafas con montura de concha sobre una nariz en la que se marcaban las venas y fue pasando lentamente los papeles del expediente. Yo me dediqué a dar vueltas entre los dedos a un pitillo.

—Se esfumó el 16 de septiembre —dijo—. Lo único importante es que era el día libre del chófer y nadie vio a Regan sacar su coche. Fue a última hora de la tarde, de todos modos. Encontramos el automóvil cuatro días después en el garaje de una lujosa urbanización de bungalows cercana a Sunset Towers. Uno de los empleados llamó al destacamento de coches robados, explicando que no era de allí. El sitio se llama la Casa de Oro. Hay un detalle curioso del que le hablaré dentro de un momento. No conseguimos averiguar nada sobre quién había dejado allí el coche. Buscamos huellas, pero no encontramos ninguna que estuviera fichada en ningún sitio. El coche en el garaje no cuadra con la posibilidad de actos delictivos, aunque sí hay un motivo para sospechar juego sucio. Cuadra, en cambio, con otra posibilidad de la que le hablaré dentro de un momento.

—Cuadra con el hecho de que la esposa de Eddie Mars figure en la lista de personas desaparecidas.

Gregory pareció contrariado.

—Sí. Investigamos a los inquilinos, descubrimos que la señora Mars vivía allí y que se marchó más o menos al mismo tiempo que Regan, una diferencia de dos días como máximo. Se la había visto con un tipo cuya descripción casi coincide con la de Regan, aunque nunca logramos una identificación completa. Quizá lo más curioso en este condenado negocio de la policía es comprobar cómo una anciana puede asomarse a una ventana, ver a un individuo corriendo y reconocerlo en una rueda de identificación seis meses después, y cómo nosotros, en cambio, aunque mostremos a cualquier empleado de hostelería una fotografía nítida nunca llega a estar seguro.

—Es uno de los requisitos para ser un buen empleado de hostelería —dije yo.

—Sí, claro. Eddie Mars y su mujer no vivían juntos, pero mantenían una relación amistosa, dice Eddie. Le enumero algunas de las posibilidades. La primera es que Regan siempre llevaba encima quince de los grandes. Dinero en efectivo, me dicen. No solo un billete de muestra y algo de calderilla. Es mucha pasta junta, pero quizá el tal Regan lo tenía para sacarlo y contemplarlo cuando alguien le estaba mirando. Aunque quizá, por otra parte, le importara un comino. Su mujer dice que nunca le sacó un centavo al viejo Sternwood, si se exceptúa la comida y el alojamiento y un Packard 120 que le regaló su mujer. ¿Cómo se compagina todo eso con un antiguo contrabandista metido en una salsa tan apetitosa?

—No logro entenderlo —dije.

—Bien; de manera que nos encontramos con un tipo que se esfuma, lleva quince de los grandes encima y la gente lo sabe. Es mucho dinero. Tampoco a mí me importaría desaparecer con quince de los grandes, y eso que tengo un par de chavales en secundaria. De manera que la primera idea es que alguien le roba, pero le atiza un poco más de la cuenta y tienen que llevárselo al desierto y plantarlo entre los cactus. Pero esa hipótesis no me gusta demasiado. Regan llevaba un arma y tenía experiencia más que suficiente sobre cómo usarla, y no solo con la gente de tres al cuarto de la mafia de las bebidas. Según me han contado dirigió toda una brigada durante el conflicto irlandés de 1922 o cuando quiera que fuese. Un tipo así no sería presa fácil para un atracador. Por otra parte, el que su coche estuviera en ese garaje demuestra que quien le robó sabía que estaba a partir un piñón con la mujer de Eddie Mars, cosa cierta, creo yo, pero no algo que pudiera saber cualquier muerto de hambre de sala de billar.

—¿Tiene una foto? —pregunté.

—De él, de ella no. También eso es curioso. Hay muchas cosas curiosas en este caso. Aquí la tiene. —Empujó hacia mí una fotografía brillante desde el otro lado de la mesa, y pude contemplar un rostro irlandés que me pareció más triste que alegre y más reservado que excesivamente desenvuelto. No era la cara de un tipo duro ni tampoco la de una persona que se dejara avasallar por nadie sin oponer resistencia. Cejas rectas y oscuras con huesos sólidos debajo. Una frente más ancha que alta, una copiosa mata de pelo oscuro, nariz delgada y breve, boca ancha. Una barbilla con líneas muy definidas pero pequeña para la boca. Un rostro que parecía un poco en tensión, el rostro de un hombre que se mueve deprisa y hace las cosas en serio. Sin duda reconocería aquella cara si alguna vez llegaba a verla.

El capitán Gregory vació la pipa, volvió a llenarla y prensó el tabaco con el pulgar. Luego la encendió, lanzó una bocanada de humo y tomó de nuevo la palabra.

—Quizá otras gentes supieran que Regan se entendía con la *frau* de Eddie Mars. Además del mismo Eddie Mars. Porque lo sorprendente es que él lo sabía. Pero no parecía importarle lo más mínimo. Lo investigamos muy a fondo por aquel entonces. Por supuesto, Eddie no lo habría eliminado por celos. Las circunstancias hubieran estado demasiado en contra de él.

—Depende de lo listo que sea —dije—. Podría intentar un doble farol.

El capitán Gregory negó con la cabeza.

—Si es lo bastante listo para llevar adelante su tinglado, quiere decirse que es demasiado listo para una cosa así. No crea que no entiendo lo que quiere usted decir. Hace la tontería porque piensa que nosotros no esperamos que haga una tontería. Desde el punto de vista de la policía eso no funciona. Porque estaríamos tan encima de él que resultaría perjudicial para su negocio. Quizá usted piense que hacerse el tonto puede tomarse como una demostración de astucia. Quizá lo piense también yo. Pero el policía corriente y moliente, no. Le haría la vida imposible. He descartado esa hipótesis. Si me equivoco y puede usted demostrar lo contrario, le prometo comerme el cojín de mi sillón. Hasta entonces seguiré pensando que Eddie está libre de sospechas. Los celos son una razón desastrosa para personas como él. Los mafiosos de alto nivel tienen cabeza para los negocios. Aprenden a hacer las cosas que son buena política económica y dejan que sus sentimientos personales se las apañen como puedan. No contemplo esa posibilidad.

—¿Quién le queda entonces?

—La esposa de Eddie y el mismo Regan. Nadie más. La señora Mars era rubia por entonces, aunque no lo será ya. No encontramos su coche, de manera que lo más probable sea que se marcharan en él. Nos sacaron una ventaja considerable: catorce días. De no ser por el coche de Regan, no creo que nos hubieran asignado el caso. Por supuesto estoy acostumbrado a que las cosas sean así, sobre todo cuando se trata de buenas familias. Y por supuesto todo lo que he hecho ha sido estrictamente confidencial.

Se recostó en el asiento y golpeó los brazos del sillón con los pulpejos de las manos, grandes y pesadas.

—No veo que se pueda hacer otra cosa que esperar —dijo—. Hemos desplegado las antenas, pero es demasiado pronto para pensar en resultados. Sabemos que Regan tenía quince de los grandes. La chica también contaba con algo, quizá bastante, en piedras preciosas. Pero algún día se les acabará el dinero. Regan cobrará un talón, dejará una señal, escribirá una carta. Están en una ciudad nueva para ellos y se han cambiado de nombre, pero siguen teniendo los mismos apetitos de siempre. Acabarán por volver a entrar en el sistema financiero.

—¿Qué hacía la chica antes de casarse con Eddie Mars?

—Cantante.

—¿No puede usted conseguir alguna foto profesional?

—No. Eddie debe de haber tenido alguna, pero no las suelta. Quiere que la dejen tranquila. No le puedo obligar.

Cuenta con buenos amigos en la ciudad; de lo contrario no sería lo que es. —Resopló—. ¿Le resulta útil algo de esto?

—No los encontrarán nunca a ninguno de los dos —dije—. El océano Pacífico está demasiado cerca.

—Lo que he dicho sobre el cojín de mi silla sigue en pie. A él lo encontraremos. Puede que lleve tiempo. Tal vez incluso un año o dos.

—Es posible que el general Sternwood no viva tanto tiempo —dije.

—Hemos hecho todo lo que hemos podido, hermano. Si está dispuesto a ofrecer una recompensa y a gastar dinero, quizá obtengamos resultados. Pero la ciudad no me da la cantidad de dinero que haría falta. —Se me quedó mirando con mucha fijeza y alzó las cejas hirsutas—. ¿De verdad cree que Eddie Mars acabó con los dos?

Me eché a reír.

—No. Solo bromeaba. Creo lo mismo que usted, capitán. Que Regan se escapó con una mujer que significaba para él más que una esposa rica con la que no se llevaba bien. Además su mujer todavía no es rica.

—¿La ha conocido, supongo?

—Sí. Estupenda para un fin de semana con mucho ritmo, pero un poco cansada como dieta estable.

El capitán lanzó un gruñido. Le di las gracias por su tiempo y la información que me había proporcionado y me marché. Un Plymouth sedán de color gris me siguió cuando dejé el ayuntamiento. Le di la posibilidad de alcanzarme en una calle tranquila. Como rechazó el ofrecimiento me lo quité de encima y me dediqué a mis asuntos.

21

Me mantuve a distancia de la familia Sternwood. Regresé a mi despacho, me senté en la silla giratoria y traté de recuperar todo el atraso acumulado en materia de balanceo de pies. Había un viento racheado que entraba por las ventanas y las carbonillas de los quemadores de gasoil del hotel vecino venían a parar a mi despacho y corrían por encima de la mesa como plantas rodadoras moviéndose sin rumbo por un solar vacío. Estaba pensando en salir a almorzar y en que la vida tenía muy pocos alicientes y en que probablemente no mejoraría si me tomaba un whisky y en que tomarme un whisky completamente solo a aquella hora del día no me iba a resultar, en cualquier caso, nada divertido, cuando llamó Norris. Con su habitual tono cortés y cuidadoso dijo que el general Sternwood no se sentía muy bien, que se le habían leído determinados artículos de la prensa diaria y que había llegado a la conclusión de que mi investigación estaba terminada.

—Sí, por lo que se refiere a Geiger —respondí—. No sé si hace falta decirlo, pero no fui yo quien disparó contra él.

—El general nunca ha supuesto que lo haya hecho usted, señor Marlowe.

—¿Sabe el general algo acerca de las fotografías que preocupaban a la señora Regan?

—No, señor. Nada en absoluto.

—¿Está usted al corriente de lo que el general me entregó?

—Sí, señor. Tres pagarés y una tarjeta, creo recordar.

—Exacto. Se los devolveré. En cuanto a las fotos, creo que será mejor que me limite a destruirlas.

—Muy bien, señor. La señora Regan trató en varias ocasiones de hablar con usted anoche...

—Había salido a emborracharme —dije.

—Sí. Muy necesario, señor, no me cabe la menor duda. El general me ha dado instrucciones para que le envíe un talón por valor de quinientos dólares. ¿Le parece adecuado?

—Más que generoso.

—¿Y puedo aventurarme a pensar que consideramos cerrado el incidente?

—Sí, claro. Seré tan hermético como una cámara acorazada a la que se le ha estropeado el mecanismo de relojería que sirve para abrirla.

—Muchas gracias, señor. Todos se lo agradecemos mucho. Cuando el general se sienta un poco mejor, mañana, posiblemente, querrá darle las gracias personalmente.

—Estupendo —dije—. Aprovecharé la ocasión para beber un poco más de su brandy, tal vez con champán.

—Me ocuparé de poner a enfriar una botella —dijo el bueno del mayordomo con la sombra de una sonrisita en la voz.

Eso fue todo. Nos despedimos y colgamos. El olor de la cafetería vecina me llegó por las ventanas junto con las carbonillas, pero no consiguió despertarme el apetito. De manera que eché mano de la botella del despacho, me bebí un whisky y dejé que mi conciencia se ocupara de sus problemas.

Luego empecé a hacer cuentas con los dedos. Rusty Regan había abandonado dinero a espuertas y una guapa esposa para irse a vagabundear con una rubia imprecisa que estaba más o menos casada con un mafioso llamado Eddie Mars. Se había marchado de repente, sin decir adiós a nadie, y podía haber varias razones distintas para ello. O al general le había pesado demasiado el orgullo o se había pasado de prudente en nuestra primera entrevista, y no me había dicho que el Departamento de Personas Desaparecidas se estaba ocupando del asunto. La gente del departamento había llegado a un punto muerto y, a todas luces, no pensaba que mereciese la pena molestarse más. Regan había hecho lo que había hecho y era asunto suyo. Yo coincidía con el capitán Gregory en que era muy poco probable que Eddie Mars hubiera participado en un doble asesinato solo porque otro hombre se había marchado con una rubia con la que él ni siquiera vivía ya. Puede que le hubiese molestado, pero los negocios son los negocios y, en un sitio como Hollywood, hay que llevar los dientes bien apretados para evitar que se le atraganten a uno por el gaznate las rubias sin dueño. Con mucho dinero de por medio quizá las cosas hubieran sido diferentes. Pero quince de los grandes no serían mucho dinero para Eddie Mars. No era un estafador de tres al cuarto como Brody.

Geiger había muerto y Carmen tendría que encontrar algún otro personaje turbio con quien beber exóticas mezclas de licores. No me parecía que fuera a resultarle difícil. Le bastaría con quedarse parada cinco minutos en una esquina y adoptar aire tímido. Esperaba que el próximo sinvergüenza que le echara el anzuelo lo hiciera con un poco más de suavidad y para un recorrido más largo y no cuestión de pocos momentos.

La señora Regan conocía a Eddie Mars lo bastante bien como para pedirle dinero prestado. Lógico, dado que jugaba a la ruleta y era buena perdedora. Cualquier propietario de casino prestaría dinero a un buen cliente en apuros. Tenían además un interés común en Regan, el marido de Vivian que se había escapado con la esposa de Eddie Mars.

Carol Lundgren, el homicida de pocos años y con un vocabulario muy limitado, iba a quedar fuera de circulación para una larga, larguísima temporada, incluso aunque no lo ataran a una silla en la cámara de gas. No lo harían, porque se declararía culpable de un delito menos grave, ahorrándole dinero al país. Todos lo hacen cuando no pueden pagar a un abogado de prestigio. Agnes Lozelle estaba detenida como testigo fundamental. No iban a necesitarla si se llegaba a un acuerdo y Carol se declaraba culpable en la primera comparecencia ante el juez, momento en que dejarían en libertad a mi amiga rubia. La justicia tampoco querría explorar otras posibilidades del negocio de Geiger, único campo en el que podían tener algo contra ella.

Solo quedaba yo, que había ocultado, durante veinticuatro horas, un asesinato y las pruebas con él relacionadas, pero nadie me había detenido y estaba a punto de recibir un talón por valor de quinientos dólares. Lo más sensato por mi parte habría sido tomarme otro whisky y olvidarme de todo aquel lío.

Como eso era con toda claridad lo más sensato, llamé a Eddie Mars y le dije que iría a Las Olindas por la noche para hablar con él. Así de sensato fui.

Me presenté allí hacia las nueve, bajo una luna de octubre brillante y muy alta que acabó perdiéndose en las capas superiores de una niebla costera. El club Cypress, situado en el extremo más alejado de la ciudad, era una laberíntica mansión de madera, en otro tiempo residencia de verano de un creso llamado De Cazens, convertida después en hotel. En la actualidad era un lugar grande, oscuro, exteriormente destartalado y rodeado por un denso bosquecillo de cipreses de Monterrey, retorcidos por el viento, que eran los que le daban nombre. Tenía amplios porches decorados con volutas, torrecillas por todas partes, adornos de vidrios de colores alrededor de los amplios ventanales, grandes establos vacíos en la parte de atrás, y un aire general de nostálgica decadencia. Eddie Mars había dejado el exterior casi como lo había encontrado, en lugar de remodelarlo para que pareciese un decorado a la Metro Goldwyn Mayer. Dejé el coche en una calle con chisporroteantes lámparas de arco y penetré en el recinto siguiendo un húmedo camino de grava que me llevó hasta la entrada principal. Un portero ataviado con un abrigo cruzado de aspecto militar me hizo pasar a un enorme vestíbulo silencioso y con poca luz del que nacía una majestuosa escalera de caracol blanca de roble hasta perderse en la oscuridad del piso superior. Me desprendí del sombrero y del abrigo y esperé, escuchando música y voces indistintas que me llegaban desde detrás de pesadas puertas dobles. Todo aquello parecía estar lejísimos y no pertenecer del todo al mismo mundo que el edificio. Luego el individuo rubio, esbelto y pálido, que había estado en casa de Geiger con Eddie Mars y con el boxeador, apareció por una puerta debajo de la escalera, me sonrió sombríamente y me llevó con él a lo largo de un pasillo alfombrado hasta el despacho del jefe.

Entramos en una habitación cuadrada con una antigua ventana en saliente muy profunda y una chimenea de piedra en la que ardía perezosamente un fuego de madera de enebro. El revestimiento de las paredes era de madera de nogal, con un friso por encima de damasco desvaído. El techo más que alto era remoto. Y había olor a frialdad marina.

El escritorio de Eddie Mars, oscuro y sin brillo, no encajaba en la habitación, pero lo mismo sucedía con todos los objetos posteriores a 1900. La alfombra mostraba un bronceado propio de Florida. Había una combinación de radio y bar en un rincón y un juego de té de porcelana de Sèvres sobre una bandeja de cobre al lado de un samovar. Me pregunté quién lo usaría. En otro rincón, se distinguía la puerta de una caja fuerte que tenía conectado un mecanismo de relojería.

Eddie Mars me sonrió amablemente, nos estrechamos la mano y enseguida me señaló la cámara acorazada con un gesto de la barbilla.

—Resultaría pan comido para cualquier banda de atracadores si no fuera por ese artilugio —dijo alegremente—. La policía local se presenta todas las mañanas y vigilan mientras lo abro. Tengo un acuerdo con ellos.

—Me dio usted a entender que disponía de algo que estaba dispuesto a ofrecerme —dije—. ¿De qué se trata?

—¿Por qué tanta prisa? Siéntese y tómese una copa.

—Ninguna prisa. Pero usted y yo no tenemos nada de que hablar, excepto negocios.

—Se tomará la copa y además le gustará —dijo. Preparó un par de whiskies, puso el mío junto a un sillón de cuero rojo y él se quedó de pie, las piernas cruzadas, recostado en el borde de la mesa, y una mano en el bolsillo lateral de su esmoquin azul marino, con el pulgar fuera y la uña reluciente. Vestido de etiqueta parecía un poco más duro que con el traje gris de franela, pero seguía teniendo aspecto de deportista. Bebimos y nos hicimos mutuas inclinaciones de cabeza.

—¿Ha estado alguna vez aquí? —me preguntó.

—Durante la prohibición. No me divierte nada jugar.

—No es lo mismo cuando se dispone de dinero —sonrió—. Tendría que echar una ojeada en este momento. Una de sus amigas está ahí fuera apostando a la ruleta. Me han dicho que hoy se le da muy bien. Vivian Regan.

Bebí otro sorbo de mi whisky y encendí uno de los cigarrillos con monograma que Eddie me ofrecía.

—Me gustó bastante su manera de maniobrar ayer —dijo—. En aquel momento consiguió irritarme, pero después he podido ver cuánta razón tenía. Usted y yo deberíamos llevarnos bien. ¿Qué le debo?

—¿Por hacer qué?

—Todavía cauteloso, ¿eh? Tengo mis contactos con jefatura; de lo contrario no seguiría aquí. Me entero de las cosas tal como suceden, no como luego se leen en los periódicos. —Me mostró los dientes, grandes y muy blancos.

—¿Qué es lo que me ofrece?

—¿No se refiere a dinero?

—He entendido que nos referíamos a información.

—¿Información acerca de qué?

—Tiene usted muy mala memoria. Acerca de Regan.

—Ah, eso. —Agitó las uñas resplandecientes ante la luz discreta de una de las lámparas de bronce que lanzaban sus rayos hacia el techo—. Me han dicho que ya la tiene. Y considero que le debo una recompensa. Estoy acostumbrado a pagar cuando me tratan bien.

—No he venido hasta aquí para darle un sablazo. Me pagan por lo que hago. No mucho, según las tarifas de usted, pero me defiendo. Un único cliente en cada momento es una buena norma. No liquidó usted a Regan, ¿verdad?

—No. ¿Es eso lo que pensaba?

—No lo consideraría imposible.

Se echó a reír.

—Bromea.

Reí yo también.

—Claro que bromeo. No he visto nunca a Regan, pero sí su foto. No tiene usted gente para un trabajo así. Y ya que estamos hablando de ese tema, no me vuelva a mandar a sus matones para que me den órdenes. Podría darme un ataque de histeria y acabar con alguno.

Miró al fuego a través de la copa, la dejó al borde de la mesa y se limpió los labios con un pañuelo transparente de batista.

—Sabe usted hablar —dijo—. Pero seguro que también podría batir cualquier marca. Regan en realidad no le interesa, ¿no es cierto?

—No; al menos de manera profesional. Nadie me ha pedido que lo haga. Pero sé de alguien a quien le gustaría saber dónde está.

—A su mujer le tiene sin cuidado —dijo Eddie Mars.

—Me refiero al padre de su mujer.

Volvió a limpiarse los labios y contempló el pañuelo casi como si esperase encontrar una mancha de sangre. Unió las espesas cejas grises en un gesto de interrogación y se pasó un dedo por un lado de la curtida nariz.

—Geiger trataba de chantajear al general —dije—. El general no me lo confesó, pero mi impresión fue que le asustaba la posibilidad de que Regan estuviese metido en ello.

Eddie Mars se echó a reír de nuevo.

—Claro. Geiger intentaba ese truco con todo el mundo. Era estrictamente idea suya. Conseguía de la gente pagarés que parecían legales…, que eran legales, me atrevería a decir, aunque nunca se hubiera arriesgado a presentarse con ellos ante un tribunal. Lo que hacía era enviarlos, con un toque amable para mejor efecto, quedándose con las manos vacías. Si la respuesta era positiva, había conseguido asustar a alguien y se ponía a trabajar. Si no le hacían caso, dejaba el asunto.

—Un tipo listo —dije—. En este caso está bien claro que lo dejó. Lo dejó y dio un buen traspié. ¿Cómo es que está usted enterado de todo eso?

Se encogió de hombros en un gesto de impaciencia.

—Ya me gustaría no estar enterado de la mitad de los asuntos que llegan a mis manos. Conocer los negocios de otras personas es la peor inversión que puede hacer una persona en mi posición. En ese caso, si era únicamente Geiger quien le interesaba, ha liquidado el asunto.

—Liquidado y sin recibos pendientes.

—Lo siento. Me gustaría que el viejo Sternwood contratase a un experto como usted y le pusiera un sueldo fijo para ocuparse de esas chicas suyas al menos unas cuantas noches a la semana.

—¿Por qué?

Su boca hizo una mueca hosca.

—No causan más que problemas. La morena, por ejemplo. Aquí no hace más que dar la lata. Si pierde, se hunde, y yo acabo con un puñado de pagarés que nadie descuenta a ningún precio. No dispone de dinero propio, si se exceptúa una asignación, y el testamento del viejo es un secreto. Pero si gana, se lleva a casa mi dinero.

—Lo recupera usted a la noche siguiente.

—Algo sí recupero. Pero a la larga salgo perdiendo.

Me miró con mucha seriedad, como si lo que decía tuviera que importarme mucho. Me pregunté por qué consideraba siquiera necesario contármelo. Bostecé y me terminé el whisky.

—Voy a salir a echar una ojeada al local —dije.

—Hágalo, por favor. —Señaló una puerta cercana a la de la cámara acorazada—. Por ahí se sale muy cerca de las mesas.

—Prefiero entrar por donde lo hacen los que se dejan aquí la camisa.

—De acuerdo. Como prefiera. Amigos, ¿no es cierto, capitán?

—Claro. —Me puse en pie y nos dimos la mano.

—Quizá le pueda hacer un verdadero favor algún día —dijo—. Gregory le dijo todo lo que sabe.

—De manera que también lo tiene usted bajo control.

—No hasta ese punto. Solo somos amigos.

Me quedé mirándolo un momento y luego me dirigí hacia la puerta por donde había entrado. Me volví para mirarlo cuando la hube abierto.

—¿No tiene por casualidad a alguien siguiéndome en un Plymouth sedán de color gris?

Se le abrieron mucho los ojos. Dio la impresión de haber recibido un golpe.

—Caramba, no. ¿Por qué tendría que hacerlo?

—No sabría decírselo —le respondí antes de salir. Me pareció que su sorpresa era lo bastante espontánea para ser auténtica. Pensé incluso que estaba un poquito preocupado, pero no se me ocurrieron razones que lo justificaran.

22

Eran más o menos las diez y media cuando la orquestina mexicana que lucía llamativas fajas amarillas se cansó de interpretar en voz baja una rumba excesivamente americanizada con la que nadie bailaba. El músico que tocaba los tambores hechos con calabazas se frotó las puntas de los dedos como si le dolieran y, casi con el mismo movimiento, se puso un pitillo en la boca. Los otros cuatro, agachándose simultáneamente con un gesto que pareció cronometrado, sacaron de debajo de las sillas vasos de los que —con chasquidos de lengua y un brillo repentino en los ojos— procedieron a beber. Tequila, parecía decir su actitud. Probablemente, se trataba de agua mineral. La simulación era tan innecesaria como la música. Nadie los estaba mirando.

La habitación fue en otro tiempo sala de baile y Eddie Mars solo la había cambiado hasta donde lo exigían las necesidades de su negocio. Nada de cromados, nada de luces indirectas desde detrás de cornisas angulares, nada de cuadros hechos con vidrio fundido, ni sillas de cuero de colores violentos y armazón de tubos de metal reluciente, nada del circo seudomodernista del típico antro nocturno de Hollywood. La luz procedía de pesadas arañas de cristal y los paneles de damasco rosa de las paredes eran todavía del damasco rosa original —un poco desvaído por el tiempo u oscurecido por el polvo— que se colocara hacía mucho tiempo para combinarlo con el suelo de parquet, del que únicamente quedaba al descubierto un pequeño espacio, tan pulido que parecía de cristal, delante de la orquestina mexicana. El resto lo cubría una pesada moqueta de color rosa oscuro que debía de haber costado mucho dinero. Formaban el parquet una docena de maderas nobles diferentes, desde la teca de Birmania hasta la palidez del lila silvestre de las colinas de California, pasando por media docena de tonalidades de roble y madera rojiza que parecía caoba, todas mezcladas en complicados dibujos de regularidad matemática.

Seguía siendo un hermoso salón aunque ahora se jugase a la ruleta en lugar de bailar reposadamente a la antigua usanza. Junto a la pared más alejada había tres mesas. Una barandilla baja de bronce las separaba del resto del salón y formaba una valla alrededor de los crupieres. Las tres mesas funcionaban, pero la gente se amontonaba en la del centro. Desde mi posición al otro lado de la sala, donde estaba apoyado contra la barra y daba vueltas sobre el mostrador de caoba a un vasito de ron, veía los cabellos oscuros de Vivian Regan muy cerca de la mesa.

El barman se inclinó hacia mí, contemplando el grupo de gente bien vestida de la mesa central.

—Hoy se lo lleva todo, no falla ni una —dijo—. Esa tipa alta y morena.

—¿Quién es?

—No sé cómo se llama. Pero viene mucho.

—No me creo que no sepa cómo se llama.

—Solo trabajo aquí, caballero —me respondió sin enfadarse—. Además se ha quedado sola. El individuo que la acompañaba se desmayó y lo sacaron hasta su coche.

—La llevaré a casa —dije.

—No creo que pueda. Pero le deseo buena suerte de todos modos. ¿Quiere que le rebaje el ron o le gusta como está?

—Me gusta como está, dentro de que no me gusta demasiado —dije.

—Yo preferiría irme antes que beber esa medicina contra la difteria —dijo él.

El grupo compacto se abrió para dar paso a dos individuos vestidos de etiqueta y tuve ocasión de ver la nuca y los hombros descubiertos de la señora Regan. Llevaba un vestido escotado de terciopelo de color verde apagado que parecía demasiado de vestir para aquel momento. La multitud se volvió a cerrar ocultándolo todo excepto su cabeza morena. Los dos hombres cruzaron la sala, se apoyaron contra el bar y pidieron whiskies con soda. Uno de ellos tenía el rostro encendido y estaba entusiasmado y para secarse el sudor utilizó un pañuelo con una orla negra. Las dobles tiras de satén a los lados de su pantalón eran tan anchas como huellas de neumáticos.

—Chico, no he visto nunca una serie como esa —dijo con voz llena de nerviosismo—. Ocho aciertos y dos empates seguidos con el rojo. Eso es la ruleta, muchacho, precisamente eso.

—Me pone a cien —dijo el otro—. Está apostando un billete grande cada vez. No puede perder. —Se aplicaron a beberse lo que habían pedido y regresaron junto a la mesa.

—Los que no se juegan nada siempre tan sabios —dijo el barman—. Mil dólares cada vez, vaya. Una vez, en La Habana, vi a un viejo con cara de caballo…

El ruido se hizo más intenso en la mesa central y una voz extranjera, bien modulada, se alzó para decir:

—Tenga la amabilidad de esperar unos instantes, señora. La mesa no puede igualar su apuesta. El señor Mars estará aquí dentro de un momento.

Dejé el ron y atravesé la sala. La orquestina empezó a tocar un tango con más fuerza de la necesaria. Nadie bailaba ni tenía intención de hacerlo. Avancé entre diversas personas vestidas con esmoquin, o totalmente de etiqueta, o con ropa deportiva o traje de calle, reunidas alrededor de la última mesa de la izquierda. Nadie jugaba ya. Detrás, dos crupieres, con las cabezas juntas, miraban de reojo. Uno movía el rastrillo adelante y atrás sin objeto alguno. Los dos estaban pendientes de Vivian Regan.

A la hija del general Sternwood le temblaban las pestañas y su rostro estaba increíblemente pálido. Se hallaba en la mesa central, frente a la rueda de la ruleta. Tenía delante un desordenado montón de dinero y de fichas que parecía ser una cantidad importante.

—Me gustaría saber qué clase de local es este —le dijo al crupier con tono insolente, frío y malhumorado—. Póngase a trabajar y hágale dar vueltas a la rueda, larguirucho. Quiero jugar una vez más y apostar todo lo que hay en la mesa. Ya me he fijado en lo deprisa que recoge el dinero cuando perdemos los demás, pero si se trata de pagar, lloriquea.

El crupier le respondió con una sonrisa fría y cortés, muchas veces utilizada contra miles de pelmazos y millones de tontos. Reforzado por su estatura, su comportamiento indiferente resultaba impecable.

—La mesa no puede igualar su apuesta, señora. Tiene usted más de dieciséis mil dólares.

—Es dinero suyo —se burló Vivian—. ¿No quiere recuperarlo?

Un individuo que estaba a su lado trató de decirle algo. Ella se volvió con rabia y le soltó algo que le sonrojó y le obligó a desaparecer entre los espectadores. En el extremo más distante del espacio acotado por la barandilla de bronce se abrió una puerta, en la pared tapizada de damasco, por la que salió Eddie Mars con una estudiada sonrisa indiferente y las manos en los bolsillos del esmoquin, a excepción de los pulgares, con sus uñas relucientes. Parecía gustarle aquella pose. Avanzó por detrás de los crupieres y se detuvo en la esquina de la mesa central. Habló con tranquilidad casi indolente y de manera menos cortés que su subordinado.

—¿Algún problema, señora Regan?

La hija del general volvió el rostro en su dirección como

si se dispusiera a arremeter contra él. Vi cómo se tensaba la curva de su mejilla, resultado de una tirantez interior casi insoportable. No le contestó.

—Si no va a jugar más —dijo Eddie Mars con tono más serio—, tendrá que permitirme que busque a una persona para acompañarla a casa.

La muchacha se ruborizó, aunque sin perder la palidez de los pómulos. Luego rió desafinadamente.

—Una apuesta más, Eddie —dijo con tono glacial—. Lo he colocado todo al rojo. Me gusta el rojo. Es el color de la sangre.

Eddie Mars esbozó una sonrisa, hizo un gesto de asentimiento, metió la mano en el bolsillo interior del pecho y extrajo un voluminoso billetero de piel de foca con cantos dorados que lanzó descuidadamente a lo largo de la mesa en dirección al crupier.

—Iguale su apuesta con billetes de mil —dijo—, si nadie se opone a que este juego sea solo para la señora.

Nadie se opuso. Vivian Regan se inclinó y, casi con ferocidad y con las dos manos, empujó todas sus ganancias hasta colocarlas sobre el gran rombo rojo del tapete.

El crupier se inclinó sin prisa sobre la mesa. Contó y apiló el dinero y las fichas de la señora Regan, hasta colocarlo todo, menos una pequeña cantidad, en un montón muy pulcro; luego, con el rastrillo, sacó el resto del tapete. A continuación abrió el billetero de Eddie Mars y extrajo dos paquetes con billetes de mil dólares. Rompió uno, contó seis billetes, los añadió al otro paquete intacto, puso los cuatro restantes que habían quedado sueltos en el billetero, que a continuación procedió a apartar tan descuidadamente como si se tratara de una caja de cerillas. Eddie Mars no tocó el billetero. Nadie se movió a excepción del crupier, que hizo girar la rueda con la mano izquierda y lanzó la bola de marfil por el borde superior con un tranquilo movimiento de muñeca. Luego retiró las manos y cruzó los brazos.

Los labios de Vivian se separaron lentamente hasta que sus dientes reflejaron la luz y brillaron como cuchillos. La bola se deslizó perezosamente pendiente abajo y rebotó en los resaltes cromados por encima de los números. Después de mucho tiempo, pero con una trayectoria final muy rápida, cayó definitivamente con un seco clic. La rueda perdió velocidad, llevándose la bola consigo. El crupier no extendió los brazos hasta que la rueda se detuvo por completo.

—El rojo gana —dijo ceremoniosamente, sin interés. La bolita de marfil descansaba sobre el 25 rojo, el tercer número desde el doble cero. Vivian Regan echó la cabeza hacia atrás y rió triunfalmente.

El crupier alzó el rastrillo, empujó lentamente el montón de billetes de mil dólares, los añadió a la apuesta, y lo empujó todo con la misma lentitud hasta sacarlo de la zona de juego.

Eddie Mars sonrió, se guardó el billetero en el bolsillo, giró en redondo y desapareció por la puerta de la pared del fondo.

Una docena de personas respiró simultáneamente y se dirigió hacia el bar. Me puse en movimiento con ellos y llegué al otro extremo del salón antes de que Vivian hubiera recogido sus ganancias y se diera la vuelta para separarse de la mesa. Pasé al amplio vestíbulo tranquilo, recogí el sombrero y el abrigo de manos de la encargada del guardarropa, dejé una moneda de veinticinco centavos en la bandeja y salí al porche. El portero se me acercó y dijo:

—¿Desea que le traiga el coche?

—Solo voy a dar un paseo —le respondí.

Las volutas a lo largo del borde del porche estaban humedecidas por la niebla, una niebla que goteaba de los cipreses de Monterrey, que se perdían en la nada en dirección al acantilado suspendido sobre el océano. No se veía más allá de tres o cuatro metros en cualquier dirección. Bajé los escalones del porche y me perdí entre los árboles, siguiendo un sendero apenas marcado hasta que oí el ruido de la marea lamiendo la niebla, muy abajo, al pie del acantilado. No brillaba ninguna luz. Desde cualquier sitio se veía una docena de árboles con claridad, otra docena de manera muy borrosa y luego nada en absoluto, a excepción de la niebla. Di la vuelta hacia la izquierda y retomé la senda de grava que rodeaba los establos donde se estacionaban los coches. Cuando empecé a distinguir la silueta de la casa me detuve. Por delante de mí había oído toser a alguien.

Mis pasos no habían hecho el menor ruido sobre el suave césped húmedo. La misma persona volvió a toser y luego sofocó la tos con un pañuelo o una manga. Mientras estaba así ocupado me acerqué más y pude distinguirlo ya, una vaga sombra cerca del sendero. Algo me hizo esconderme detrás de un árbol y agacharme. El individuo de las toses volvió la cabeza. Su rostro debería de habérseme presentado como una mancha blanca. Pero no fue así. Vi una mancha oscura. Llevaba la cara cubierta por una máscara.

Esperé detrás del árbol.

23

Pasos ligeros, los pasos de una mujer, se acercaban por el camino invisible. El individuo delante de mí avanzó y pareció apoyarse en la niebla. En un primer momento yo no veía a la mujer, luego empecé a distinguir su silueta. La manera arrogante de mover la cabeza me pareció familiar. El enmascarado avanzó muy deprisa. Las dos figuras se fundieron, dando la impresión de formar parte de la niebla. El silencio fue total durante un momento. Luego el enmascarado dijo:

—Lo que tengo en la mano es una pistola, señora. No haga ruido. Las voces llegan lejos con la niebla. Limítese a pasarme el bolso.

La señora Regan no hizo el menor ruido. Di un paso adelante. De repente vi pelusa húmeda en el ala del sombrero del atracador. Su víctima permanecía inmóvil. Luego su respiración empezó a producir un sonido rasposo, como una lima pequeña sobre madera blanda.

—Grite —dijo el enmascarado— y la hago picadillo.

Vivian ni gritó ni se movió. El atracador actuó y dejó escapar después una risita seca.

—Más le valdrá que el dinero esté aquí —dijo. El cierre del bolso hizo clic y llegó hasta mí el ruido de alguien que buscaba a tientas. El enmascarado se dio la vuelta y se dirigió hacia mi árbol. Después de dar tres o cuatro pasos dejó escapar otra risita. Una risita que formaba parte de mis recuerdos. Me saqué una pipa del bolsillo y la empuñé a modo de pistola.

—Hola, Lanny —dije sin alzar mucho la voz.

El otro se detuvo en seco y empezó a alzar la mano que no sujetaba el bolso.

—No —exclamé—. Te dije que no hicieras nunca eso. Te tengo encañonado.

Nada se movió. Vivian, un poco más allá, en el camino, no se movió. Lanny tampoco.

—Deja el bolso entre los pies, muchacho —le dije—. Despacio y tranquilo.

Lanny se agachó. Salté y le alcancé cuando todavía estaba agachado. Se incorporó junto a mí y respirando con fuerza. Tenía las manos vacías.

—Di que no me saldrá bien. —Me incliné y le quité la pistola que llevaba en el bolsillo del abrigo—. Siempre hay alguien dispuesto a darme un arma —le dije—. Acaban pesándome tanto que camino torcido. Lárgate.

Nuestros alientos se encontraron y se mezclaron y nuestros ojos eran como los ojos de dos gatos encima de un muro. Di un paso atrás.

—Sigue tu camino, Lanny. Sin rencor. Si tú no dices nada tampoco lo haré yo. ¿De acuerdo?

—De acuerdo —dijo él con dificultad.

La niebla se lo tragó. El sonido cada vez más débil de sus pasos y luego nada. Recogí el bolso, palpé el interior y me dirigí hacia el sendero. La señora Regan seguía inmóvil, con el abrigo gris de piel muy cerrado en torno a la garganta por una mano desenguantada en la que brillaba débilmente una sortija. No llevaba sombrero. Sus cabellos oscuros con raya en el centro eran parte de la negrura de la noche. También sus ojos.

—Buen trabajo, Marlowe. ¿Se ha convertido en mi guardaespaldas? —Había en su voz una nota discordante.

—Eso es lo que parece. Tome el bolso.

La señora Regan lo recogió.

—¿Tiene coche? —le pregunté.

Se echó a reír.

—He venido con acompañante. ¿Qué hace usted aquí?

—Eddie Mars quería verme.

—No sabía que lo conociera. ¿Para qué?

—No me importa decírselo. Creía que buscaba a alguien que, según pensaba él, se había escapado con su mujer.

—¿Es eso cierto?

—No.

—En ese caso, ¿por qué ha venido?

—Para averiguar por qué creía que yo buscaba a alguien que, en opinión suya, se había escapado con su mujer.

—¿Lo ha averiguado?

—No.

—Da usted información con la misma parsimonia que un locutor de radio —dijo—. Supongo que no es cosa mía, incluso aunque esa persona fuese mi marido. Creía que no le interesaba.

—La gente no se cansa de hablarme de Rusty Regan.

La señora Regan hizo ruido con los dientes para manifestar su desagrado. El incidente del atracador no parecía haberle hecho la menor impresión.

—Lléveme al garaje —dijo—. He de recoger a mi acompañante.

Caminamos por el sendero, torcimos por una esquina del edificio y vimos claridad delante de nosotros; luego volvimos a torcer otra esquina y llegamos al patio cerrado de un establo, muy bien iluminado por dos reflectores. Seguía pavimentado con los ladrillos primitivos y el suelo descendía hasta una rejilla en el centro. Los automóviles brillaban y un individuo con un guardapolvo marrón se levantó de un taburete y vino hacia nosotros.

—¿Todavía no se le ha pasado la borrachera a mi amigo? —preguntó Vivian despreocupadamente.

—Mucho me temo que no, señorita. Le eché encima una

manta de viaje y subí los cristales de las ventanillas. Imagino que está bien. Descansando un poco.

Nos dirigimos hacia un Cadillac y el individuo del guardapolvo marrón abrió una de las portezuelas traseras. Sobre el amplio asiento, más o menos tumbado, y cubierto hasta la barbilla por una manta a cuadros, había un hombre joven que roncaba con la boca abierta. Rubio, alto y fuerte, parecía capaz de aguantar grandes cantidades de bebidas alcohólicas.

—Le presento al señor Larry Cobb —dijo Vivian—. Señor Cobb, el señor Marlowe.

Dejé escapar un gruñido.

—El señor Cobb era mi acompañante. Un acompañante muy agradable, el señor Cobb. Muy atento. Debería verlo cuando no ha bebido. Alguien debiera verlo cuando está sereno. Solo para poner las cosas en su sitio. De manera que pueda pasar a la historia el breve momento deslumbrante, pronto enterrado por el tiempo, pero nunca olvidado, en el que Larry Cobb no estaba bebido.

—Claro —dije yo.

—Llegué incluso a pensar en casarme con él —continuó la señora Regan con voz muy alta y tensa, como si el sobresalto del atraco empezara ya a dejarse sentir—. En momentos peculiares en los que nada agradable se me pasaba por la cabeza. Todos tenemos esos malos ratos. Significa mucho dinero, compréndalo. Un yate, casa en Long Island, casa en Newport, casa en las Bermudas, fincas repartidas aquí y allá, probablemente por todo el mundo…, a la distancia, unas de otras, de una botella de buen whisky. Y para el señor Cobb una botella de whisky nunca supone una gran distancia.

—Claro —dije yo—. ¿Tiene un chófer que lo lleve a casa?

—No diga «claro» de esa manera tan despectiva. —Me miró arqueando las cejas. El tipo de la bata marrón se estaba mordiendo con fuerza el labio inferior—. Sin duda dispone de todo un pelotón de chóferes. Probablemente pasan revista delante del garaje todas las mañanas, botones relucientes, correajes brillantes, guantes blancos inmaculados…, con una elegancia a lo WestPoint.

—De acuerdo, ¿dónde demonios está ese chófer? —pregunté.

—Esta noche conducía el señor Cobb —dijo el individuo de la bata marrón, casi como si se disculpara—. Se podría llamar a su casa y conseguir que alguien viniera a buscarlo.

Vivian se volvió y le sonrió como si acabara de regalarle una tiara de diamantes.

—Eso sería estupendo —dijo—. ¿Le importaría hacerlo? No me gustaría nada que el señor Cobb muriese así…, con la boca abierta. Quizá alguien podría pensar que había muerto de sed.

—No si le olían, señorita —dijo el de la bata.

Vivian abrió el bolso, sacó un puñado de billetes y se los puso en la mano.

—Estoy segura de que cuidará de él.

—¡Caray! —dijo el otro, abriendo mucho los ojos—. Claro que sí, señorita.

—Mi apellido es Regan —dijo Vivian con mucha dulzura—. Señora Regan. Es probable que me vuelva a ver. No lleva mucho tiempo aquí, ¿verdad?

—No, se… —Sus manos no sabían qué hacer con el puñado de billetes.

—Le gustará mucho este sitio —dijo ella. Luego me cogió del brazo—. Vayamos en su coche, Marlowe.

—Está fuera, en la calle.

—Me parece perfecto. Me encantan los paseos entre la niebla. Se tropieza una con gente muy interesante.

—¡Ya vale! —dije.

La señora Regan se agarró con fuerza a mi brazo y empezó a temblar. Se apretó contra mí durante todo el trayecto, pero había dejado de temblar cuando subimos al automóvil. Conduje por una calle sinuosa bordeada de árboles, por detrás de la casa, que desembocaba en el De Cazens Boulevard, la arteria principal de Las Olindas. Pasamos bajo unas antiquísimas y chisporroteantes lámparas de arco y después de algún tiempo apareció una pequeña ciudad, edificios, tiendas cerradas, una gasolinera con una luz sobre un timbre para llamar al encargado del turno de noche y, finalmente, un *drugstore* que todavía estaba abierto.

—Será mejor que se tome una copa —dije.

Movió la barbilla, un punto de palidez en el rincón del asiento. Torcí en diagonal hacia el bordillo de la acera y aparqué.

—Un café con una pizca de whisky le sentará bien —dije.

—Podría emborracharme como dos marineros y disfrutar muchísimo.

Le abrí la portezuela y se apeó pasando muy cerca de mí y rozándome la mejilla con el pelo. Entramos en el *drugstore*. Compré medio litro de whisky de centeno en el mostrador de las bebidas alcohólicas, lo llevé hasta donde estaban los taburetes y dejé la botella sobre el agrietado mostrador de mármol.

—Dos cafés —dije—. Solos, cargados y hechos este año.

—No se puede beber licor aquí —dijo el camarero. Llevaba una bata azul descolorida, le clareaba el pelo, tenía ojos de persona honrada y su barbilla nunca se tropezaría con una pared antes de que él la viera.

Vivian Regan sacó un paquete de cigarrillos del bolso y lo zarandeó hasta dejar suelto un par, igual que habría hecho un varón. Luego me los ofreció.

—Es ilegal beber licores aquí —repitió el camarero.

Encendí los cigarrillos y no le hice ningún caso. El de la bata azul llenó dos tazas con el contenido de una deslustrada cafetera de níquel y nos las puso delante. Contempló la botella de whisky, murmuró algo de manera inaudible y dijo finalmente con voz cansada:

—De acuerdo; miraré hacia la calle mientras se lo sirven.

Fue a colocarse delante del escaparate, de espaldas a nosotros y con las orejas más bien gachas.

—Tengo el corazón en un puño —dije, al destapar la botella y añadir whisky al café—. Es fantástico como se cumplen las leyes en esta ciudad. Durante la prohibición el local de Eddie Mars era un club nocturno y todas las noches dos individuos uniformados se aseguraban en el vestíbulo de que los clientes no trajeran sus propias bebidas y tuvieran que comprar las de la casa.

El camarero se volvió de repente, regresó detrás del mostrador y luego cruzó la puerta de cristal que lo separaba del sitio donde se despachaban las medicinas.

Bebimos nuestro café reforzado con whisky. Contemplé el rostro de Vivian en el espejo situado detrás de la cafetera. Estaba tenso y pálido y era hermoso y un poco salvaje, con labios rojos y crueles.

—Hay algo perverso en esos ojos suyos —dije—. ¿Con qué le aprieta las clavijas Eddie Mars?

No me miró a mí, sino a mi imagen en el espejo.

—Esta noche he ganado mucho a la ruleta…, y empecé con cinco de los grandes que le pedí prestados ayer y que no he necesitado utilizar.

—Quizá eso le haya molestado. ¿Cree que Eddie le ha mandado al buchantero?

—¿Qué es un buchantero?

—Un tipo con una pistola.

—¿Es usted buchantero?

—Claro —reí—. Pero estrictamente hablando un buchantero está en el lado equivocado de la valla.

—A menudo me pregunto si existe un lado equivocado.

—Nos estamos apartando del tema. ¿Con qué le aprieta las clavijas Eddie Mars?

—¿Quiere decir que tiene sobre mí poder de algún tipo?

—Sí.

Sus labios esbozaron una mueca de desprecio.

—Tiene que ser más ingenioso, Marlowe. Mucho más ingenioso.

—¿Qué tal está el general? No pretendo ser ingenioso.

—No demasiado bien. Hoy no se ha levantado. Podría al menos dejar de interrogarme.

—Recuerdo una ocasión en la que pensé lo mismo de usted. ¿Hasta qué punto está enterado el general?

—Probablemente lo sabe todo.

—¿Se lo ha contado Norris?

—No. Ha venido a verlo Wilde, el fiscal del distrito. ¿Quemó usted esas fotos?

—Claro. A usted le preocupa su hermana menor, ¿no es cierto? De cuando en cuando.

—Creo que es lo único que me preocupa. También me preocupa papá en cierta manera, tratar de que sepa lo menos posible.

—El general no se hace muchas ilusiones —dije—. Pero imagino que todavía le queda algo de orgullo.

—Somos de su sangre. Eso es lo peor. —Me miró en el espejo con ojos distantes, sin fondo—. No quiero que se muera despreciando a su propia sangre. Siempre ha sido sangre sin freno, pero no necesariamente podrida.

—¿Es eso lo que sucede ahora?

—¿No es eso lo que piensa usted?

—La suya no. Usted solo representa su papel.

Bajó los ojos. Bebí un poco más de café y encendí otro cigarrillo para los dos.

—De manera que dispara contra la gente —dijo con mucha calma—. Es un homicida.

—¿Yo? ¿Cómo es eso?

—Los periódicos y la policía lo arreglaron de manera muy conveniente. Pero no me creo todo lo que leo.

—Ah. Cree que acabé con Geiger, o con Brody, o quizá con los dos.

No respondió.

—No fue necesario —dije—. Podría haber tenido que hacerlo, supongo, sin consecuencias desagradables. Ninguno de los dos hubiera vacilado a la hora de llenarme de plomo.

—Eso le hace ser asesino por vocación, como todos los polis.

—¡Ya vale!

—Una de esas criaturas oscuras, mortalmente tranquilas, sin más sentimientos que los que tiene un carnicero por las reses que despedaza. Lo supe la primera vez que lo vi.

—Tiene usted suficientes amigos poco recomendables para saber que eso no es cierto.

—Son unos blandos comparados con usted.

—Gracias, duquesa. Tampoco usted es una perita en dulce.

—Salgamos de este poblachón podrido.

Pagué la cuenta, me metí la botella de whisky en el bolsillo y nos fuimos. Al camarero no acababa de caerle en gracia.

Nos alejamos de Las Olindas pasando por una serie de fríos y húmedos pueblecitos playeros; había casas, con aspecto de chozas, construidas sobre la arena, cerca del ruido sordo de la marea, y otras de mayor tamaño, edificadas sobre las laderas de detrás. En alguna ventana brillaba una luz de cuando en cuando, pero la mayoría estaban a oscuras. El olor a algas llegaba desde el mar y se pegaba a la niebla. Los neumáticos cantaban sobre el cemento del bulevar. El mundo no era más que una húmeda desolación.

Estábamos ya cerca de Del Rey cuando Vivian Regan habló por primera vez desde que salimos del *drugstore*. Su voz tenía una extraña resonancia, como si, por debajo, algo palpitara muy en lo hondo.

—Siga hasta el club náutico en Del Rey. Quiero contemplar el mar. Tome la próxima calle a la izquierda.

En el cruce había una luz amarilla intermitente. Torcí con el coche y me deslicé por una cuesta con un risco a un lado, vías férreas interurbanas a la derecha, una acumulación de luces a poca altura mucho más lejos, al otro lado de las vías, y luego, todavía más lejos, el brillo de las luces del muelle y una neblina en el cielo por encima de los edificios. En aquella dirección la niebla había desaparecido casi por completo. La carretera cruzó las vías en el sitio donde torcían para pasar por debajo del risco; luego penetró en un segmento pavimentado de paseo marítimo que bordeaba una playa abierta y despejada. Había automóviles aparcados a lo largo de la acera, mirando hacia el mar, oscuro. Las luces del club náutico quedaban a unos cientos de metros de distancia.

Detuve el automóvil pegándolo al bordillo, apagué las luces y me quedé quieto con las manos sobre el volante. Bajo la niebla, cada vez menos espesa, las olas se ondulaban y se llenaban de espuma, casi sin hacer ruido, como una idea que tratara de tomar forma de manera independiente en el límite de la conciencia.

—Acérquese más a mí —dijo ella con voz casi pastosa.

Me aparté del volante para situarme en el centro del asiento. Vivian giró un poco el cuerpo en la dirección contraria a mí, como para mirar por la ventanilla. A continuación se dejó caer hacia atrás, en mis brazos, sin emitir sonido alguno. Casi se golpeó la cabeza con el volante. Su rostro quedaba a oscuras y había cerrado los ojos. Luego vi que los abría y parpadeaba, su brillo bien visible incluso en la oscuridad.

—Estréchame en sus brazos, bruto —dijo.

Al principio la abracé sin apretar en absoluto. Sus cabellos tenían un tacto áspero contra mi cara. Luego la estreché de verdad y la levanté. Lentamente coloqué su rostro a la altura del mío. Sus párpados se abrían y cerraban muy deprisa, como alas de mariposas nocturnas.

Primero la besé con fuerza y deprisa. Después le di un beso largo y despacioso. Sus labios se abrieron bajo los míos. Su cuerpo empezó a temblar entre mis brazos.

—Asesino —dijo con suavidad, su aliento entrándome en la boca.

La apreté contra mí hasta que los estremecimientos de su cuerpo casi me hicieron temblar a mí. Seguí besándola. Después de mucho tiempo aparté la cabeza lo suficiente para preguntar:

—¿Dónde vives?

—Hobart Arms. Franklin cerca de Kenmore.

—No he visto nunca tu casa.

—¿Quieres verla?

—Sí.

—¿Con qué te aprieta las clavijas Eddie Mars?

Su cuerpo se tensó en mis brazos y su respiración hizo un ruido áspero. Apartó la cabeza hasta que sus ojos, muy abiertos, mostrando una gran cantidad de córnea, me miraron fijamente.

—De manera que así es como están las cosas —dijo con voz suave y apagada.

—Así es como están. Besarte es muy agradable, pero tu padre no me contrató para que me acostara contigo.

—Hijo de puta —dijo tranquilamente, sin moverse.

Me reí en sus narices.

—No creas que soy un témpano —repliqué—. No estoy ciego ni privado de sentidos. Tengo la sangre tan caliente como cualquier hijo de vecino. Eres fácil de conseguir…, demasiado fácil, si quieres saber la verdad. ¿Con qué te aprieta las clavijas Eddie Mars?

—Si dices eso otra vez, gritaré.

—Por mí no te cortes.

Se apartó bruscamente, enderezándose, hasta situarse lo más lejos que pudo en el asiento del coche.

—Hay hombres que han muerto por pequeñeces como esa, Marlowe.

—Hay hombres que han muerto prácticamente por nada. La primera vez que nos vimos te dije que era detective. Métetelo de una vez en esa cabeza tuya tan encantadora. Trabajo en eso, encanto. No me dedico a jugar.

Vivian buscó en el bolso, sacó un pañuelo y empezó a morderlo, la cabeza vuelta hacia la ventanilla. Me llegó el sonido de la tela al rasgarse. Lo estaba rompiendo con los dientes, una y otra vez.

—¿Qué te hace pensar que Eddie Mars tiene algo para presionarme? —susurró, la voz ahogada por el pañuelo.

—Te deja ganar un montón de dinero y luego manda un sicario para recuperarlo y tú apenas te sorprendes. Ni siquiera me has dado las gracias por impedirlo. Creo que todo el asunto no ha sido más que una representación. Y si quisiera hacerme ilusiones diría que, al menos en parte, la comedia me estaba destinada.

—Crees que Eddie gana o pierde según le apetece.

—Claro. En apuestas iguales, cuatro de cada cinco veces.

—¿Tengo que decirte que me inspiras una profunda repugnancia, señor detective?

—No me debes nada. Ya me han pagado lo que me correspondía.

La hija del general arrojó el pañuelo destrozado por la ventanilla del coche.

—Tienes una manera encantadora de tratar a las mujeres.

—He disfrutado besándote.

—No pierdes la cabeza por nada del mundo. Eso es muy de agradecer. ¿Debo felicitarte yo o será mejor que lo haga mi padre?

—He disfrutado besándote.

Su voz se hizo glacial:

—Haz el favor de sacarme de aquí, si eres tan amable. Estoy completamente segura de que me gustaría volver a casa.

—¿No vas a ser una hermana para mí?

—Si tuviera una navaja de afeitar te rebanaría el cuello…, solo para ver lo que sale.

—Sangre de oruga —dije.

Puse el coche en marcha, di la vuelta, crucé de nuevo las vías interurbanas para regresar a la carretera principal, y luego seguí adelante hasta nuestra ciudad y West Hollywood. Vivian no me dirigió la palabra ni una sola vez. Apenas se movió durante todo el camino. Atravesé las puertas de la verja principal y ascendí por la avenida para los automóviles hasta llegar a la *porte-cochère* de la casa grande. Vivian abrió con un gesto brusco la portezuela y estaba fuera del coche antes de que se detuviera por completo. Tampoco habló entonces. Contemplé su espalda mientras permanecía inmóvil después de tocar el timbre. La puerta se abrió y fue Norris quien se asomó. Vivian lo empujó para apartarlo y desapareció. La puerta se cerró de golpe y yo me quedé allí mirándola.

Di la vuelta para recorrer en sentido inverso la avenida y regresar a casa.

24

Esta vez el vestíbulo del edificio estaba vacío. Junto a la maceta con su palmera no me esperaba ningún pistolero para darme órdenes. Tomé el ascensor hasta mi piso y avancé por el pasillo al ritmo de una radio que tocaba en sordina detrás de una puerta. Necesitaba una copa y me faltaba tiempo para servírmela. No encendí la primera luz al entrar en el apartamento. Me dirigí directamente a la cocina, pero me detuve a los tres o cuatro pasos. Había algo que no cuadraba. Algo en el aire, un olor. Las persianas estaban echadas y la luz de la calle que lograba entrar por las rendijas apenas diluía la oscuridad. Me inmovilicé y escuché. El olor que había en el aire era un perfume; un perfume denso, empalagoso.

No se oía ningún ruido, ninguno en absoluto. Luego mis ojos se fueron acostumbrando a la oscuridad y vi que, en el suelo, delante de mí, había algo que no debería estar allí. Retrocedí, busqué el interruptor de la pared con el pulgar y encendí la luz.

La cama plegable estaba bajada. Lo que había dentro dejó escapar una risita. Una cabeza rubia descansaba sobre la almohada. Vi alzados unos brazos desnudos y unidas, en lo más alto de la rubia cabeza, las manos en las que terminaban. Carmen Sternwood, tumbada en mi cama, me obsequiaba con sus estúpidas risitas. La onda leonada de su cabello se extendía sobre la almohada de manera muy cuidadosa y nada natural. Sus ojos color pizarra me miraban y conseguían dar la impresión, como de ordinario, de mirar desde detrás del cañón de un arma de fuego. Sonrió y le brillaron los puntiagudos dientecitos.

—Soy muy atractiva, ¿no es cierto? —preguntó.

—Tan atractiva como una filipina endomingada —dije con aspereza.

Me llegué hasta la lámpara de pie y la encendí; volví para apagar la luz del techo y atravesé una vez más la habitación hasta el tablero de ajedrez colocado sobre una mesita debajo de la lámpara. Las piezas estaban colocadas para tratar de resolver un problema en seis jugadas. Aún no había sido capaz de encontrar la solución, como me sucede con otros muchos de mis asuntos. Extendí la mano y moví un caballo, luego me quité el sombrero y el abrigo y los dejé caer en algún sitio. Durante todo aquel tiempo me seguían llegando de la cama suaves risitas, un sonido que me hacía pensar en ratas detrás del revestimiento de madera en una casa vieja.

—Apuesto a que ni siquiera se imagina cómo he conseguido entrar.

Saqué un cigarrillo y la miré sombríamente.

—Ya lo creo que sí. Ha entrado por el ojo de la cerradura, igual que Peter Pan.

—¿Quién es ese?

—Bah. Un tipo con el que solía coincidir en una sala de billar.

Carmen Sternwood dejó escapar otra risita.

—Es usted muy atractivo, ¿no es cierto? —comentó.

Empecé a decir: «En cuanto a ese pulgar...», pero se me adelantó. No tuve que recordárselo. Retiró la mano derecha de detrás de la cabeza y empezó a chupárselo mientras me miraba con ojos muy abiertos y llenos de picardía.

—Estoy completamente desnuda —dijo, después de que yo dejara pasar un par de minutos fumando y clavando mi mirada en ella.

—Vaya —dije—; la idea me estaba rondando por la cabeza y quería atraparla. Casi lo había conseguido. Un minuto más y hubiera dicho: «Apuesto a que está completamente desnuda». Yo no me quito nunca los chanclos para meterme en la cama, por si acaso me despierto con mala conciencia y tengo que salir por piernas.

—Es usted muy atractivo. —Torció un poco la cabeza, juguetonamente. Luego retiró la mano izquierda de detrás de la cabeza, la puso sobre las sábanas, hizo una pausa dramática y procedió a apartarlas. Era verdad que estaba desnuda. Tumbada en la cama a la luz de la lámpara, tan desnuda y resplandeciente como una perla. Las chicas Sternwood estaban dándome lo mejor de sí mismas aquella noche.

Me quité una hebra de tabaco del labio inferior.

—Encantador —dije—. Pero ya lo había visto todo. ¿Se acuerda? Soy el tipo que insiste en encontrarla sin ropa encima.

Carmen dejó escapar algunas risitas más y volvió a taparse.

—Bien, ¿cómo ha conseguido entrar? —le pregunté.

—Me dejó pasar el encargado. Le enseñé su tarjeta. Se la había robado a Vivian. Le he contado que me había dicho que viniera y que le esperase. Me he comportado... muy misteriosamente. —Se la veía encantada consigo misma.

—Perfecto —dije—. Los encargados son así. Ahora que ya sé cómo ha entrado, dígame cómo se va a marchar.

Otra risita.

—Me voy a quedar mucho tiempo... Me gusta este sitio. Y usted es muy atractivo.

—Escuche —dije, apuntándola con el cigarrillo—. No me obligue a vestirla. Estoy cansado. Valoro todo lo que me está ofreciendo. Pero sucede que es más de lo que puedo aceptar. Doghouse Reilly nunca ha traicionado a un amigo de esa manera. Y yo soy su amigo. No voy a traicionarla..., a pesar suyo. Usted y yo tenemos que seguir siendo amigos, y esa no es la manera. ¿Me hará el favor de vestirse como una niña buena?

Carmen movió la cabeza negativamente.

—Escuche —volví a la carga—; yo, en realidad, no le interesó lo más mínimo. Solo está haciendo una demostración de lo atrevida que puede ser. Pero no me lo tiene que demostrar. Ya lo sabía. Soy el individuo que…

—Apague la luz —dijo con otra risita.

Tiré el pitillo al suelo y lo pisé con fuerza. Saqué el pañuelo y me sequé las palmas de las manos. Lo intenté una vez más.

—No se trata de los vecinos —le expliqué—. A decir verdad no les importa demasiado. Hay un montón de fulanas descarriadas en cualquier edificio de apartamentos y una más no hará que la casa se tambalee. Es una cuestión de orgullo profesional. ¿Sabe lo que es orgullo profesional? Trabajo para su padre. Es un hombre enfermo, muy frágil, muy indefenso. Puede decirse que cuenta con que yo no le gaste bromas pesadas. ¿Me hará el favor de vestirse, Carmen?

—Usted no se llama Doghouse Reilly —dijo—, sino Philip Marlowe. A mí no me puede engañar.

Miré el tablero del ajedrez. La jugada con el caballo no era la correcta. Volví a ponerlo donde estaba antes. Ni los caballos ni los caballeros tenían ningún valor en aquel momento. No era un juego para caballeros.

La contemplé de nuevo. Se había quedado quieta, la palidez del rostro sobre la almohada, los ojos grandes y oscuros y vacíos como barriles para lluvia en época de sequía. Una de sus manitas de cinco dedos sin pulgares pellizcaba inquieta la sábana. Un vago atisbo de duda empezaba a nacerle en algún lugar. Aún no lo sabía. Es difícil para las mujeres —incluso las prudentes— darse cuenta de que su cuerpo no es irresistible.

—Voy a la cocina a prepararme una copa. ¿Me quiere acompañar? —dije.

—Bueno. —Oscuros ojos silenciosos y desconcertados me miraban solemnemente, la duda creciendo en ellos sin cesar, introduciéndoseles sin ruido, como un gato acechando a un mirlo joven entre hierbas altas.

—Si se ha vestido cuando vuelva, le daré su whisky. ¿De acuerdo?

Abrió la boca y un leve sonido silbante brotó de su interior. No me contestó. Fui a la cocina y preparé dos whiskies con soda. No tenía nada realmente emocionante para beber, ni nitroglicerina ni aliento de tigre destilado. Carmen no se había movido cuando regresé con los vasos. Había cesado el ruido que hacía con la boca. Sus ojos estaban otra vez muertos. Sus labios empezaron a sonreírme. Luego se incorporó de repente, apartó las sábanas y extendió un brazo.

—Deme.

—Cuando se haya vestido. Solo cuando se haya vestido.

Dejé los dos vasos en la mesa de juego, me senté y encendí otro cigarrillo.

—Adelante. No voy a mirar.

Aparté los ojos. Pero enseguida tomé conciencia del ruido silbante que había empezado a hacer. Me sorprendió tanto que la miré de nuevo. Seguía desnuda en la cama, apoyada en las manos, la boca un poco abierta, la cara como un cráneo descarnado. El ruido silbante le brotaba de la boca como si no tuviera nada que ver con ella. Había algo detrás de sus ojos, a pesar del vacío, que yo no había visto nunca en los ojos de una mujer.

Luego sus labios se movieron muy despacio y con mucho cuidado, como si fueran labios artificiales y hubiera que manejarlos con muelles, y me obsequió con el insulto más indecente que se le ocurrió.

No me importó. No me importaba lo que me llamase, ni lo que nadie pudiera llamarme. Porque aquella era la habitación en la que yo vivía. No tenía otra cosa que pudiera llamarse hogar. Allí estaba todo lo que era mío, todo lo que tenía alguna relación conmigo, todo lo que podía recibir el nombre de pasado, todo lo que podía hacer las veces de fami-

177

lia. No era mucho; unos cuantos libros, fotografías, radio, piezas de ajedrez, cartas viejas, cosas así. Nada. Pero tales como eran contenían todos mis recuerdos.

No podía soportarla por más tiempo en aquella habitación. Su insulto solo sirvió para recordármelo.

—Le doy tres minutos para vestirse y salir de aquí —dije pronunciando con mucho cuidado todas las palabras—. Si no se ha marchado para entonces, la echaré…, por la fuerza. Tal como esté, desnuda si hace falta y después le tiraré la ropa al corredor. Ahora, empiece.

Los dientes le castañetearon y el ruido silbante adquirió fuerza y animalidad. Bajó los pies al suelo y alcanzó su ropa, en una silla junto a la cama. Se vistió. La estuve mirando. Se vistió con dedos rígidos y torpes —para tratarse de una mujer— pero deprisa de todos modos. Tardó poco más de dos minutos. Los cronometré.

Luego se quedó quieta junto a la cama, apretando fuerte el bolso verde contra el abrigo con adornos de piel. Llevaba, además, un sombrero verde torcido con bastante desenfado. Estuvo allí un momento, lanzándome el sonido silbante, el rostro todavía como un cráneo descarnado, los ojos siempre vacíos, pero llenos, sin embargo, de alguna emoción de la jungla. Luego se dirigió rápidamente hacia la puerta, la abrió y salió sin hablar, sin mirar atrás. Oí la sacudida del ascensor al ponerse en marcha y el ruido mientras descendía.

Fui hasta las ventanas y, después de alzar las persianas, las abrí todo lo que pude. Entró en el apartamento el aire de la noche, arrastrando consigo algo así como un dulzor añejo que todavía traía el recuerdo de los tubos de escape y de las calles de la ciudad. Busqué mi whisky con soda y empecé a bebérmelo despacio. Debajo de mí se cerró la puerta principal del edificio y se oyó un tintineo de pasos sobre la tranquilidad de la acera. Un automóvil se puso en marcha no muy lejos, lanzándose a la noche con un áspero entrechocar de marchas. Volví junto a la cama y la contemplé. Aún quedaba la marca de su cabeza sobre la almohada y de su corrompido cuerpo sobre las sábanas.

Me desprendí del vaso vacío y rasgué la ropa de la cama con ensañamiento.

25

Volvió a llover a la mañana siguiente, en grises ráfagas inclina-
das, semejantes a cortinas de cuentas de cristal en movimiento. Me levanté sintiéndome deprimido y cansado y me quedé
un rato mirando por la ventana, con el áspero sabor amargo
de los Sternwood todavía en la boca. Estaba tan vacío de vida
como los bolsillos de un espantapájaros. En la cocina me bebí
dos tazas de café solo. Se puede tener resaca con cosas distintas del alcohol. Resaca de mujeres. Las mujeres me ponían
enfermo.

Me afeité, me duché y me vestí, saqué la gabardina, bajé al
portal y miré fuera. Al otro lado de la calle, unos treinta metros más arriba, estaba aparcado un Plymouth sedán de color
gris. Era el mismo que había tratado de seguirme el día anterior, el mismo que había motivado mi pregunta a Eddie Mars.
Quizá hubiera dentro un policía, si es que había policías con
tantísimo tiempo disponible y dispuestos a perderlo siguiéndome. O un tipo con labia y buenas maneras, detective de
profesión, que procuraba meter la nariz en el caso de un cole-
ga para tratar de apropiárselo. O tal vez el obispo de las Bermudas, en desacuerdo con mi vida nocturna.

Salí por la puerta de atrás, recogí mi descapotable en el
garaje y di la vuelta a la casa hasta pasar por delante del
Plymouth gris. Dentro había un hombrecillo, solo, que puso
su coche en marcha para seguirme. Trabajaba mejor con llu-

via. Se mantuvo lo bastante cerca como para evitar perderme en una manzana corta y lo bastante lejos para que casi siempre hubiera otros automóviles entre los dos. Bajé por el bulevar, aparqué en el solar vecino a mi edificio y salí de allí con el cuello de la gabardina levantado, el ala del sombrero baja y, entre ambas cosas, las gotas de lluvia, heladas, golpeándome la cara. El Plymouth estaba al otro lado de la calle, delante de una boca de incendios. Fui andando hasta el cruce, atravesé el paso de peatones con la luz verde y luego regresé por el mismo camino, pegado al borde de la acera y a los coches estacionados. El Plymouth no se había movido. No salió nadie de él. Extendí la mano y abrí de golpe la portezuela que daba al bordillo de la acera.

Un hombrecillo de ojos brillantes estaba muy acurrucado en el rincón de detrás del volante. Me quedé quieto y lo miré, con la lluvia golpeándome la espalda. Sus ojos parpadearon detrás de la espiral del humo de un cigarrillo y las manos tamborilearon inquietas sobre el volante.

—¿No es capaz de decidirse? —dije.

Tragó saliva y le tembló el cigarrillo entre los labios.

—Creo que no le conozco —dijo con un tenso hilo de voz.

—Me apellido Marlowe y soy el tipo al que intenta seguir desde hace un par de días.

—No estoy siguiendo a nadie, caballero.

—Pues este cacharro sí. Quizá no pueda controlarlo. Como usted quiera. Me voy a desayunar a la cafetería del otro lado de la calle, zumo de naranja, huevos con beicon, tostada, miel, tres o cuatro tazas de café y un palillo. Luego subiré a mi despacho, que está en el piso séptimo del edificio que tiene usted enfrente. Si hay algo que le preocupa por encima de su capacidad de resistencia, pase a verme y cuéntemelo. Solo estaré engrasando la ametralladora.

Lo dejé parpadeando y me marché. Veinte minutos más tarde empecé a airear mi despacho para eliminar el aroma a Soirée d'Amour de la mujer de la limpieza y abrí un grueso sobre, áspero al tacto, con la dirección escrita en una agradable letra picuda pasada de moda, en cuyo interior había una breve nota protocolaria y un talón de color malva por un importe de quinientos dólares, a nombre de Philip Marlowe, y firmado Guy de Brisay Sternwood, por Vincent Norris. Aquello dio un tono muy agradable a la mañana. Estaba rellenando el impreso para ingresarlo en el banco cuando el timbre me hizo saber que alguien había entrado en mi diminuta sala de recepción. Se trataba del hombrecillo del Plymouth.

—Estupendo —dije—. Pase y quítese el abrigo.

Se deslizó junto a mí mientras le sostenía la puerta, y lo hizo con tantas precauciones como si temiera un puntapié en su diminuto trasero. Nos sentamos frente a frente, a los dos lados de la mesa. Era un individuo muy pequeño, que medía menos de un metro sesenta y difícilmente pesaría tanto como el proverbial pulgar del carnicero. Tenía ojos muy juntos y brillantes, que querían mirar con dureza, pero que resultaban tan duros como ostras sobre su media concha. Llevaba un traje gris oscuro cruzado, con hombros excesivamente anchos y solapas demasiado grandes. Encima, y sin abrochar, un abrigo de tweed irlandés demasiado gastado en algunos sitios. Una excesivamente grande corbata de seda, mojada por la lluvia, se desbordaba de las solapas cruzadas.

—Tal vez me conozca —dijo—. Soy Harry Jones.

Dije que no lo conocía. Empujé en su dirección una lata plana de cigarrillos. Sus dedos, pequeños y cuidados, se apoderaron de uno como lo haría una trucha mordiendo el anzuelo. Lo encendió con el encendedor de mesa y agitó la mano con la que lo sostenía.

—He visto bastante mundo —dijo—. Conozco a los muchachos y todo lo demás. Hice un poco de contrabando de bebidas desde Hueneme Point. Un tinglado muy duro, hermano. Ir en el coche de reconocimiento con un arma en las rodillas y en la cintura un fajo de billetes que bastaría para atascar el desagüe de una presa. Muchas veces teníamos que sobornar a cuatro retenes de la pasma antes de llegar a Beverly Hills. Un trabajo muy duro.

—Terrible —dije.

Se recostó en el asiento y lanzó humo hacia el cielo por la estrecha comisura de una boca igualmente mínima.

—Quizá no me cree —dijo.

—Tal vez no —dije—. O quizá sí. O más bien puede que no me haya molestado en decidirlo. Exactamente, ¿qué es lo que trata de conseguir con estos rodeos?

—Nada —dijo Harry Jones con aspereza.

—Me ha estado siguiendo por espacio de dos días —dije—. Como un individuo que quiere ligar con una chica pero le falta valor para dar el último paso. Quizá vende usted seguros. Tal vez conocía a un sujeto llamado Joe Brody. Son muchísimos «tal vez», pero es una moneda que abunda mucho en mi profesión.

Mi visitante abrió mucho los ojos y el labio inferior casi se le cayó en el regazo.

—Dios santo, ¿cómo sabe eso? —dijo.

—Soy adivino. Abra el saco y enséñeme lo que lleva dentro. No dispongo de todo el día.

El brillo de sus ojos casi desapareció entre los párpados repentinamente entornados. Se produjo un silencio. La lluvia golpeaba con fuerza el tejado plano alquitranado sobre el vestíbulo de Mansion House, situado debajo de mis ventanas. Los ojos de Harry Jones se abrieron un poco, brillaron de nuevo, y cuando me habló, lo hizo con tono pensativo:

—Trataba de hacerme una idea sobre usted, es cierto —dijo—. Tengo algo que vender..., barato, por un par de cientos. ¿Cómo me ha relacionado con Joe?

Abrí una carta y la leí. Me ofrecía un curso por correspondencia de seis meses sobre todo lo relacionado con la recogida de huellas dactilares, con un descuento especial para profesionales. La tiré a la papelera y miré de nuevo al hombrecillo.

—No me haga caso. Solo ha sido una suposición. No es usted de la policía. No pertenece al equipo de Eddie Mars. Se lo pregunté anoche. No se me ocurría nadie más que pudiera interesarse por mí hasta ese punto, excepto algún amigo de Joe Brody.

—Dios del cielo —dijo, antes de pasarse la lengua por el labio inferior. Se había quedado tan pálido como el papel al oírme mencionar a Eddie Mars. La boca se le abrió y el pitillo se le quedó colgando de la comisura como por arte de magia, como si le hubiera crecido allí—. Vaya, se está quedando conmigo —dijo por fin, con una sonrisa como las que se ven en los quirófanos.

—De acuerdo. Me estoy quedando con usted. —Abrí otra carta. Alguien se ofrecía a enviarme un boletín diario desde Washington, todo información privilegiada, directamente desde donde se cocía—. Supongo que han puesto en libertad a Agnes —añadí.

—Sí. Me envía ella. ¿Está interesado?

—Bueno…, es rubia.

—¡Ya vale! Hizo usted un comentario cuando estuvo en el piso aquella noche, la noche que se cargaron a Joe. Dijo que Brody tenía que saber algo importante sobre los Sternwood, porque de lo contrario no se habría atrevido a mandarles la fotografía.

—Uh-hum. ¿Así que era cierto? ¿De qué se trataba?

—Eso es lo que compran los doscientos billetes.

Dejé caer en la papelera más correo de admiradores y encendí otro cigarrillo.

—Agnes y yo tenemos que marcharnos —dijo mi interlocutor—. Es una buena chica. No le podían echar la culpa de lo que ha pasado. No es fácil para una ramera salir adelante en los tiempos que corren.

—Demasiado grande para usted —dije—. Si le rueda encima podría asfixiarlo.

—Eso es un golpe bajo, hermano —dijo con algo que estaba lo bastante cerca de la dignidad como para obligarme a mirarlo.

—Tiene razón —reconocí—. He tratado con gente muy poco recomendable últimamente. Dejémonos de palique y vayamos al grano. ¿Qué es lo que me ofrece por ese dinero?

—¿Está dispuesto a pagarlo?

—¿Si me proporciona qué?

—Si le ayuda a encontrar a Rusty Regan.

—No estoy buscando a Rusty Regan.

—Eso es lo que dice. ¿Quiere oírlo, sí o no?

—Adelante, póngase a piar. Pagaré por lo que utilice. Dos billetes de cien sirven para comprar mucha información en mi círculo.

—Eddie Mars hizo que liquidaran a Regan —dijo muy despacio; luego se recostó en el asiento como si acabaran de hacerlo vicepresidente.

Agité una mano en dirección a la puerta.

—No tengo intención de discutir con usted —dije—. No voy a malgastar oxígeno. Por la puerta se va a la calle. Andando.

Se inclinó sobre el escritorio, líneas de palidez en las comisuras de la boca. Aplastó el cigarrillo con cuidado, una y otra vez, sin mirarlo. Desde detrás de una puerta de comunicación llegó el ruido de una máquina de escribir, tableteando monótonamente hasta llegar a la campana y al movimiento del carro, línea tras línea.

—No bromeo —dijo.

—Lárguese. No me moleste. Tengo cosas que hacer.

—No, no es cierto —dijo con tono cortante—. No es tan fácil librarse de mí. He venido aquí a decir lo que tengo que decir y no me iré sin hacerlo. Conocí a Rusty. No bien, pero sí lo bastante para decir «¿Cómo te va, muchacho?» y él me contestaba o no, según de qué humor estuviera. Un buen tipo de todos modos. Siempre me cayó bien. Tenía debilidad por una cantante llamada Mona Grant. Luego esa chica cambió de apellido; ahora se llama Mars. A Rusty no le hizo ninguna gracia y se casó con una ramera con mucho dinero que andaba siempre rondando por los garitos como si no durmiera bien en su casa. Usted la conoce perfectamente, alta, morena, tan vistosa como un ganador del Derby, pero del tipo que hace difícil la vida de un hombre. Un manojo de nervios. Rusty no se llevaba bien con ella. Aunque, cielo santo, ¿qué trabajo le costaba llevarse bien con la pasta del viejo? Eso es lo que pensaría cualquiera. Pero el tal Regan era un pájaro peculiar y un poco disparatado. Veía muy lejos. Todo el tiempo mirando más allá, al valle siguiente. Casi nunca estaba donde estaba. Creo que el dinero le importaba un comino. Y eso es todo un elogio viniendo de mí, hermano.

El hombrecillo no era tan tonto después de todo. A un estafador de tres al cuarto nunca se le hubieran ocurrido semejantes ideas, y aún menos habría sido capaz de expresarlas.

—De manera que se escapó —dije.

—Pretendió escaparse, quizá. Con esa chica, Mona, que ya no vivía con Eddie Mars porque no le gustaban sus tinglados. Especialmente las actividades complementarias, como el chantaje, los coches robados, los refugios para fugitivos procedentes del este, y todo lo demás. Lo que se cuenta es que Regan le dijo una noche a Eddie, delante de otras personas, que si mezclaba a Mona en algún proceso criminal se las tendría que ver con él.

—La mayor parte de lo que me cuenta es información más que conocida, Harry —dije yo—. No espere que le pague por eso.

—Estoy llegando a lo que sí vale dinero. De manera que Regan desapareció. Yo solía verlo todas las tardes en Vardi's bebiendo whisky irlandés y mirando a la pared. No hablaba mucho ya. Me daba dinero para alguna apuesta de cuando en cuando, que era por lo que estaba yo allí; iba a recoger apuestas para Puss Walgreen.

—Creía que Walgreen trabajaba en el negocio de los seguros.

—Eso es lo que dice en la puerta. Aunque imagino que le vendería seguros si le presiona usted mucho. Bien, hacia mediados de septiembre dejé de ver a Regan. Al principio no me di cuenta. Ya sabe cómo es. Un tipo está allí y lo ves y luego no está y no lo notas hasta que algo hace que te acuerdes de él. Lo que me hizo pensar fue que oí decir riendo a un fulano que la mujer de Eddie Mars se las había pirado con Rusty Regan y que Mars se comportaba como si fuese el padrino, en lugar de cabrearse. De manera que se lo conté a Joe Brody, que era un tipo listo.

—Y un cuerno —dije yo.

—No listo a la manera de los polis, pero listo de todos modos. Sabía dónde buscar la pasta. A Joe se le ocurre que si descubre dónde están los dos tortolitos, quizá pueda cobrar dos veces, una de Eddie Mars, y otra, de la mujer de Regan. Joe conocía un poco a la familia.

—Por valor de cinco de los grandes —dije—. Consiguió sacarles ese dinero hace algún tiempo.

—¿Sí? —Harry Jones pareció sorprenderse, pero no demasiado—. Agnes me lo tendría que haber contado. Las mujeres. Siempre callándose algo. Bueno, Joe y yo estamos atentos a los papeles y no vemos nada, de manera que comprendemos que el viejo Sternwood ha echado encima un tupido velo. Y luego, un buen día, veo a Lash Canino en Vardi's. ¿Lo conoce?

Negué con la cabeza.

—Canino es todo lo duro que otros creen ser. Hace trabajos para Eddie Mars cuando Mars lo necesita…, es el que le resuelve los problemas. Puede eliminar a quien sea mientras se toma unas copas. Cuando Mars no lo necesita lo mantiene lejos. Y no se queda en Los Ángeles. Bien; puede ser algo y puede no serlo. Quizá haya descubierto dónde está Regan, y lo que hacía Mars mientras tanto, con su sonrisa de oreja a oreja, era esperar su oportunidad. Aunque también podría ser algo completamente distinto. De todos modos yo se lo digo a

Joe y Joe se pone a seguir a Canino. Es una cosa que sabe hacer. Yo no. Esa información la doy gratis. No cobro nada. Joe sigue a Canino hasta la casa de los Sternwood. Canino aparca fuera. Sale un coche que se pone a su lado con una chica dentro. Hablan durante un rato y Joe piensa que la chica entrega algo a Canino, quizá pasta. La chica se marcha. Es la mujer de Regan. De acuerdo, conoce a Canino y Canino conoce a Mars. De manera que Joe deduce que Canino sabe algo de Regan y que está tratando de exprimir a la familia por su cuenta y riesgo. Canino se marcha y Joe lo pierde. Fin del primer acto.

—¿Qué aspecto tiene ese tal Canino?

—Bajo, fornido, pelo castaño y ojos marrones. Y siempre, siempre, lleva traje y sombrero marrones. Incluso usa una gabardina de ante marrón. Conduce un cupé marrón. Todo marrón para el señor Canino.

—Pasemos al segundo acto.

—Si no suelta algo de pasta, eso es todo.

—No veo que eso valga dos billetes de cien. La señora Regan se casa con un antiguo contrabandista salido de la cárcel. Conoce a otra gente parecida. Trata bastante con Eddie Mars. Si creyera que a Regan le había sucedido algo, Eddie sería la persona a la que acudiría, y Canino el enlace que Eddie elegiría para ocuparse del encargo. ¿Es todo lo que tiene?

—¿Daría los doscientos por saber dónde está la mujer de Eddie? —preguntó calmosamente el hombrecillo.

Había conseguido que le prestara toda mi atención. Casi rompí los brazos del sillón al apoyarme en ellos.

—¿Incluso aunque estuviera sola? —añadió Harry Jones con un tono confidencial más bien siniestro—. ¿Incluso aunque nunca llegara a escaparse con Regan, y la tuvieran ahora escondida a sesenta kilómetros de Los Ángeles, de manera que la bofia siguiera pensando que había volado con él? ¿Pagaría usted doscientos dólares por esa noticia, sabueso?

Me pasé la lengua por los labios, secos y con sabor a sal.

—Creo que sí —dije—. ¿Dónde?

—Agnes la encontró —dijo Harry Jones con tono sombrío—. Pura suerte. La vio en un coche y consiguió seguirla hasta su casa. Agnes le dirá dónde es…, cuando le ponga el dinero en la mano.

Endurecí el gesto.

—Quizá se lo tenga que contar a los polis por nada, Harry. En jefatura no faltan buenos expertos en conseguir confesiones. Y si acabaran con usted en el intento, aún les quedaría Agnes.

—Que lo hagan —dijo—. No soy tan frágil.

—Agnes debe de tener algo en lo que no me fijé.

—Es una estafadora, sabueso. Yo también lo soy. Y como todos somos estafadores nos vendemos unos a otros por unas monedas, ¿no es eso? De acuerdo. Pruebe a ver si lo consigue conmigo. —Alcanzó otro de mis cigarrillos, se lo puso cuidadosamente entre los labios e intentó encenderlo como lo hago yo, pero falló dos veces con la uña del pulgar y tuvo que recurrir finalmente a la suela del zapato. Aspiró el humo con tranquilidad y me miró seguro de sí mismo, un curioso hombrecillo que apenas me serviría de aperitivo si llegáramos a un enfrentamiento. Un hombre pequeño en un mundo de grandullones. Había algo en él que me gustaba.

—No me he tirado ningún farol —dijo con voz firme—. He empezado hablando de dos billetes de cien y el precio sigue siendo el mismo. He venido porque pensaba que iba a conseguir, de hombre a hombre, un «lo tomo o lo dejo». Pero ahora me amenaza con los polis. Debería darle vergüenza.

—Le daré los dos billetes por esa información —dije—. Pero primero tengo que conseguir el dinero.

Harry Jones se puso en pie, asintió con la cabeza y se apretó contra el pecho el gastado abrigo de tweed irlandés.

—Eso no es problema. Y, en cualquier caso, mejor hacerlo después de anochecer. No es buena idea contrariar a tipos como Eddie Mars. Pero la gente tiene que comer. Las apuestas han producido muy poco últimamente. Creo que los peces gordos le han dicho a Puss Walgreen que vaya pensando en retirarse. Supongamos que viene usted mañana al edificio Fulwider, Western y Santa Mónica, oficina 428, por la parte de atrás. Traiga el dinero y yo le llevaré a donde está Agnes.

—¿No me lo puede decir usted mismo? A Agnes la he visto ya.

—Se lo he prometido —dijo con sencillez. Se abrochó el abrigo, colocó con gracia el sombrero, hizo un gesto con la cabeza y se dirigió hacia la puerta. Salió y sus pasos se perdieron por el corredor.

Bajé al banco, deposité mi talón de quinientos dólares y retiré doscientos en efectivo. Subí otra vez al despacho y me senté a pensar en Harry Jones y en su historia. Parecía demasiado fácil. Poseía la austera sencillez de la ficción en lugar de la retorcida complejidad de la realidad. El capitán Gregory tendría que haber sido capaz de encontrar a Mona Mars si es que estaba tan cerca de su territorio. Suponiendo, claro está, que lo hubiera intentado.

Pensé sobre aquel asunto casi todo el día. Nadie apareció por el despacho. Nadie me llamó por teléfono. Y siguió lloviendo.

26

A las siete la lluvia nos había dado un respiro, pero los sumideros seguían desbordados. En Santa Mónica el agua cubría la calzada y una delgada capa había superado el bordillo de la acera. Un policía de tráfico, cubierto de lustroso caucho negro de pies a cabeza, chapoteó al abandonar el refugio de un alero empapado. Mis tacones de goma resbalaron sobre la acera cuando entré en el estrecho vestíbulo del edificio Fulwider. Una única bombilla —colgada del techo— lucía muy al fondo, más allá de un ascensor abierto, dorado en otro tiempo. Vi una escupidera deslustrada —en la que muchos usuarios no conseguían acertar— sobre una alfombrilla de goma bastante desgastada. Una vitrina con muestras de dentaduras postizas colgaba de la pared color mostaza, semejante a una caja de fusibles en un porche cerrado. Sacudí el agua de lluvia del sombrero y consulté el directorio del edificio, junto a la vitrina de las dentaduras postizas. Números con nombre y números sin nombre. Muchos apartamentos vacíos y muchos inquilinos que preferían el anonimato. Dentistas que garantizaban las extracciones sin dolor, agencias de detectives sin escrúpulos, pequeños negocios enfermos que se habían arrastrado hasta allí para morir, academias de cursos por correspondencia que enseñaban cómo llegar a ser empleado de ferrocarriles o técnico de radio o escritor de guiones cinematográficos..., si los inspectores de correos no les cerraban antes el negocio. Un edificio muy desagradable. Un edificio donde el olor a viejas colillas de puros sería siempre el aroma menos ofensivo.

Un anciano dormitaba en el ascensor, en un taburete desvencijado, sobre un cojín con el relleno medio salido. Tenía la boca abierta y sus sienes de venas prominentes brillaban bajo la débil luz. Llevaba una chaqueta azul de uniforme, en la que encajaba como un caballo encaja en la casilla de una cuadra, y, debajo, unos pantalones grises con los dobladillos deshilachados, calcetines blancos de algodón y zapatos negros de cabritilla, uno de ellos con un corte sobre el correspondiente juanete. En su asiento, el viejo ascensorista dormía sin reposo, esperando clientes. Pasé de largo sin hacer ruido, inspirado por el aire clandestino del edificio. Al encontrar la puerta de la salida contra incendios procedí a abrirla. Hacía un mes que nadie barría la escalera. En sus escalones habían comido y dormido vagabundos, y habían dejado un rastro de cortezas y trozos de periódicos grasientos, cerillas, una cartera destripada de imitación de cuero. En un ángulo oscuro, junto a la pared llena de garabatos, descansaba un preservativo usado que nadie se había molestado en retirar. Un edificio encantador.

Llegué jadeante al cuarto piso. El descansillo tenía las mismas sucia escupidera y alfombrilla desgastada, las mismas paredes color mostaza, los mismos recuerdos abandonados por alguna marea baja. Seguí hasta el fondo del corredor y torcí. El nombre «L. D. Walgreen: Seguros» se leía sobre dos puertas de cristal esmerilado que estaban a oscuras, y sobre una tercera detrás de la cual había una luz. En una de las puertas que estaban a oscuras decía: «Entrada».

Encima de la puerta iluminada había un montante de cristal abierto. A través de él me llegó la aguda voz pajaril de Harry Jones, que decía:

—¿Canino?… Sí, le he visto a usted por ahí en algún sitio. Claro que sí.

Me inmovilicé. Habló la otra voz, que producía un fuerte ronroneo, como una dinamo pequeña detrás de una pared de ladrillo. «Pensé que se acordaría», dijo la otra voz, con una nota vagamente siniestra.

Una silla chirrió sobre el linóleo, se oyeron pasos, el montante situado encima de mí se cerró con un crujido y una sombra se disolvió detrás del cristal esmerilado.

Regresé hasta la primera puerta en la que se leía «Walgreen». Probé a abrirla cautelosamente. Estaba cerrada con llave, pero el marco le venía un poco ancho; era una puerta con muchos años, de madera curada solo a medias, que había encogido con el tiempo. Saqué el billetero y retiré, del permiso de conducir, el duro protector de celuloide donde lo guardaba. Una herramienta de ladrón que la ley se había olvidado de prohibir. Me puse los guantes, me apoyé suave y amorosamente contra la puerta y empujé el pomo lo más que pude para separarla del marco. Introduje la funda de celuloide en la amplia abertura y busqué el bisel del pestillo de resorte. Se oyó un clic muy seco, como la rotura de un pequeño carámbano. Me inmovilicé, como un pez perezoso dentro del agua. Dentro no sucedió nada. Giré el pomo y empujé la puerta hacia la oscuridad. Después de entrar, la cerré con tanto cuidado como la había abierto.

Tenía enfrente el rectángulo iluminado de una ventana sin visillos, interrumpida por la esquina de una mesa. Sobre la misma tomó forma una máquina de escribir cubierta con una funda, luego distinguí también el pomo metálico de una puerta de comunicación. Esta última estaba abierta. Pasé al segundo de los tres despachos. La lluvia golpeteó de repente la ventana cerrada. Al amparo de aquel ruido crucé la habitación. Una abertura de un par de centímetros en la puerta que daba al despacho iluminado creaba un delgado abanico de luz. Todo muy conveniente. Caminé —como un gato sobre la repisa de una chimenea— hasta situarme detrás de las bisagras de la puerta, miré por la abertura y no vi más que una superficie de madera que reflejaba la luz de una lámpara.

La voz que era como un ronroneo decía con gran cordialidad:

—Aunque un tipo no haga más que calentar el asiento, puede estropear lo que otro fulano ha hecho si sabe de qué va el asunto. De manera que fuiste a ver a ese sabueso. Bien, esa ha sido tu equivocación. A Eddie no le gusta. El sabueso le dijo a Eddie que alguien con un Plymouth gris lo estaba siguiendo. Eddie, como es lógico, quiere saber quién y por qué.

Harry Jones rió sin demasiado entusiasmo.

—¿Qué más le da a él?

—Esa actitud no te llevará a ningún sitio.

—Usted ya sabe por qué fui a ver al sabueso. Ya se lo he dicho. Se trata de la chica de Joe Brody. Tiene que pirárselas y está sin blanca. Calcula que el tipo ese podría conseguirle algo de pasta. Yo no tengo un céntimo.

La voz que era como un ronroneo dijo amablemente:

—¿Pasta a cambio de qué? Los sabuesos no regalan dinero a los inútiles.

—Marlowe podía conseguirlo. Conoce a gente de posibles. —Harry Jones rió, con una risa breve llena de valor.

—No me busques las cosquillas, hombrecito. —En el ronroneo había surgido un chirrido, como arena en un cojinete.

—De acuerdo. Ya sabe lo que pasó cuando liquidaron a Brody. Es cierto que lo hizo ese chico al que le falta un tornillo, pero la noche que sucedió el tal Marlowe estaba en el apartamento.

—Eso, todo el mundo lo sabe, hombrecito. Se lo contó él mismo a la policía.

—Claro, pero hay algo que no se sabe. Brody trataba de vender una foto con la pequeña de las Sternwood desnuda. Marlowe se enteró. Mientras discutían se presentó la chica Sternwood en persona…, con un arma. Disparó contra Brody. Falló y rompió una ventana. Pero el sabueso no le dijo nada a la policía. Agnes tampoco. Y ahora piensa que puede sacar de ahí su billete de ferrocarril.

—¿Y eso no tiene nada que ver con Eddie?

—Dígame cómo.

—¿Dónde está la tal Agnes?

—Eso es harina de otro costal.

—Me lo vas a decir, hombrecito. Aquí o en la trastienda donde cantan los canarios.

—Ahora es mi chica, Canino. Y a mi chica no la pongo en peligro por nada ni por nadie.

Se produjo un silencio. Oí el azotar de la lluvia contra las ventanas. El olor a humo de cigarrillo me llegó por la abertura de la puerta. Tuve ganas de toser. Mordí con fuerza el pañuelo.

La voz que era como un ronroneo dijo, todavía amable:

—Por lo que he oído esa rubia no era más que un señuelo para Geiger. Lo hablaré con Eddie. ¿Cuánto le has pedido al sabueso?

—Dos de cien.

—¿Te los ha dado?

Harry Jones rió de nuevo.

—Voy a verlo mañana. Tengo esperanzas.

—¿Dónde está Agnes?

—Escuche…

—¿Dónde está Agnes?

Silencio.

—Mírala, hombrecito.

No me moví. No llevaba pistola. No me hacía falta utilizar la rendija de la puerta para saber que era un arma lo que Harry Jones tenía que mirar. Pero no creía que el señor Canino fuese a hacer nada con el arma aparte de mostrarla. Esperé.

—La estoy mirando —dijo Harry Jones, con voz muy tensa, como si a duras penas lograra que le atravesase los dientes—. Y no veo nada que no haya visto antes. Siga adelante y dispare, a ver qué es lo que consigue.

—Un abrigo de los que hacen en Chicago es lo que vas a conseguir tú, hombrecito.

Silencio.

—¿Dónde está Agnes?

Harry Jones suspiró.

—De acuerdo —dijo cansinamente—. Está en un edificio de apartamentos en el 28 de la calle Court, Bunker Hill arriba. Apartamento 301. Supongo que soy tan cobarde como el que más. ¿Por qué tendría que hacer de pantalla para esa ramera?

—Ningún motivo. No te falta sentido común. Tú y yo vamos a ir a hablar con ella. Solo quiero saber si te está tomando el pelo, hombrecito. Si las cosas son como dices, todo irá sobre ruedas. Puedes echar el anzuelo para el sabueso y ponerte en camino. ¿Sin rencor?

—Claro —dijo Harry Jones—. Sin rencor, Canino.

—Estupendo. Vamos a mojarlo. ¿Tienes un vaso? —La voz ronroneante era ya tan falsa como las pestañas de una corista y tan resbaladiza como una pipa de sandía. Se oyó tirar de un cajón para abrirlo. Un roce sobre madera. Chirrió una silla. Arrastraron algo por el suelo—. De la mejor calidad —dijo la voz ronroneante.

Se oyó un gorgoteo.

—A la salud de las polillas en la estola de visón, como dicen las señoras.

—Suerte —respondió Harry Jones en voz baja.

Oí una breve tos muy aguda. Luego violentas arcadas y un impacto de poca importancia contra el suelo, como si hubiera caído un recipiente de cristal grueso. Los dedos se me agarrotaron sobre la gabardina.

La voz ronroneante dijo con suavidad:

—¿No irás a decir que te ha sentado mal un solo trago?

Harry Jones no contestó. Se oyó una respiración estertorosa durante algunos segundos. Un denso silencio se apoderó de todo hasta que chirrió una silla.

—Con Dios, hombrecito —dijo el señor Canino.

Pasos, un clic, la cuña de luz desaparecida a mis pies y una puerta abierta y cerrada en silencio. Los pasos se alejaron, sin prisa, seguros de sí.

Abrí por completo la puerta de comunicación y contemplé la oscuridad, un poco menos intensa por el tenue resplandor de una ventana. La esquina de una mesa brillaba débilmente. Detrás, en una silla, tomó forma una silueta encorvada. En el aire inmóvil había un olor denso, pegajoso, que era casi un perfume. Llegué hasta el pasillo y escuché. Oí el distante ruido metálico del ascensor.

Encontré el interruptor junto a la puerta y brilló la luz en una polvorienta pantalla de cristal que colgaba del techo por tres cadenas de latón. Harry Jones me miraba desde el otro lado de la mesa, los ojos completamente abiertos, el rostro helado en un tenso espasmo, la piel azulada. Tenía la cabeza —pequeña, oscura— torcida hacia un lado. Mantenía el tronco erguido, apoyado en el respaldo de la silla.

La campana de un tranvía resonó a una distancia casi infinita: un sonido amortiguado por innumerables paredes. Sobre el escritorio descansaba, destapada, una botella marrón de cuarto de litro de whisky. El vaso de Harry Jones brillaba junto a una de las patas de la mesa. El segundo vaso había desaparecido.

Respirando de manera superficial, solo con la parte alta de los pulmones, me incliné sobre la botella. Detrás del olor a whisky se ocultaba otro, apenas perceptible, a almendras amargas. Harry Jones, agonizante, había vomitado sobre su chaqueta. Se trataba sin duda de cianuro.

Di la vuelta a su alrededor cuidadosamente y retiré el listín de teléfonos de un gancho en el marco de madera de la ventana. Pero lo dejé caer de nuevo y procedí a apartar el teléfono lo más lejos que pude del hombrecillo muerto. Marqué información.

—¿Puede darme el número del apartamento 301, en el 28 de la calle Court? —pregunté cuando me respondieron.

—Un momento, por favor. —La voz me llegaba envuelta en el olor a almendras amargas. Silencio—. El número es Wentworth 2528. En la guía figura como Apartamentos Glendower.

Di las gracias a mi informadora y marqué. El teléfono sonó tres veces y luego alguien lo descolgó. Una radio atronó la línea y fue reducida al silencio.

—¿Sí? —preguntó una voz masculina y robusta.

—¿Está Agnes ahí?

—Aquí no hay ninguna Agnes, amigo. ¿A qué número llama?

—Wentworth dos-cinco-dos-ocho.

—Número correcto, chica equivocada. ¿No es una lástima? —La voz rió socarronamente.

Colgué, cogí de nuevo la guía de teléfonos y busqué los Apartamentos Wentworth. Marqué el número del encargado. Tenía una imagen borrosa del señor Canino conduciendo a toda velocidad a través de la lluvia hacia otra cita con la muerte.

—Apartamentos Glendower. Schiff al habla.

—Aquí Wallis, del Servicio de Identificación de la Policía. ¿Vive en su edificio una joven llamada Agnes Lozelle?

—¿Quién ha dicho usted que era?

Se lo repetí.

—Si me dice dónde llamarle, enseguida…

—No me haga el numerito —respondí con tono cortante—. Tengo prisa. ¿Vive o no vive ahí?

—No. No vive aquí. —La voz era tan tiesa como un colín.

—¿No vive en ese antro de mala muerte una rubia alta, de ojos verdes?

—Oiga, esto no es un…

—¡No me dé la matraca! —le reprendí con voz de policía—. ¿Quiere que mande a la Brigada Antivicio y les den un buen repaso? Sé todo lo que pasa en los edificios de apartamentos de Bunker Hill, amigo. Sobre todo los que tienen en la guía un número de teléfono para cada apartamento.

—Escuche, agente, no es para tanto. Estoy dispuesto a cooperar. Aquí hay un par de rubias, desde luego. ¿Dónde no? Apenas me he fijado en sus ojos. ¿La suya está sola?

—Sola, o con un hombrecillo que no llega al metro sesenta, cincuenta kilos, ojos oscuros penetrantes, traje gris oscuro con chaqueta cruzada y un abrigo de tweed irlandés, sombrero gris. Según mis datos se trata del apartamento 301, pero allí solo consigo que se burlen de mí.

—No, no; esa chica no está ahí. En el tres-cero-uno viven unos vendedores de automóviles.

—Gracias, me daré una vuelta por ahí.

—Venga sin alborotar, ¿me hará el favor? ¿Directamente a mi despacho?

—Muy agradecido, señor Schiff —le dije antes de colgar.

Me sequé el sudor de la frente. Fui hasta la esquina más distante del despacho y, con la cara hacia la pared, le di unas palmadas. Luego me volví despacio y miré a Harry Jones, en su silla y la horrible mueca de su rostro.

—Bien, Harry, conseguiste engañarlo —dije hablando alto, con una voz que me sonó bien extraña—. Le contaste un cuento y te bebiste el cianuro como un perfecto caballero. Has muerto envenenado como una rata, Harry, pero para mí no tienes nada de rata.

Había que registrarle. Una tarea muy poco agradable. Sus bolsillos no me dijeron nada acerca de Agnes, nada de lo que yo quería. No tenía muchas esperanzas, pero había que asegurarse. Quizá volviera el señor Canino, una persona con el aplomo suficiente para no importarle en lo más mínimo regresar a la escena del crimen.

Apagué la luz y me dispuse a abrir la puerta. El timbre del teléfono empezó a sonar de manera discordante junto al zócalo. Lo estuve escuchando, apretando las mandíbulas hasta que me dolieron. Finalmente cerré la puerta y encendí la luz.

—¿Sí?

Una voz de mujer. Su voz.

—¿Está Harry ahí?

—No en este momento, Agnes.

Eso hizo que tardara un poco en volver a hablar. Luego preguntó despacio:

—¿Con quién hablo?

—Marlowe, el tipo que solo le causa problemas.

—¿Dónde está Harry? —preguntó con voz cortante.

—He venido a darle doscientos dólares a cambio de cierta información. El ofrecimiento sigue en pie. Tengo el dinero. ¿Dónde está usted?

—¿Harry no se lo ha dicho?

—No.

—Será mejor que se lo pregunte a él. ¿Dónde está?

—No se lo puedo preguntar. ¿Conoce a un sujeto llamado Canino?

Su exclamación me llegó con tanta claridad como si estuviera a mi lado.

—¿Quiere los dos billetes de cien o no? —le pregunté.

—Me… me hacen muchísima falta.

—Entonces estamos de acuerdo. Dígame dónde tengo que llevarlos.

—No…, no… —Se le fue la voz y, cuando la recobró, estaba dominada por el pánico—. ¿Dónde está Harry?

—Se asustó y puso pies en polvorosa. Reúnase conmigo en algún sitio…, cualquier sitio… Tengo el dinero.

—No le creo… lo que me dice de Harry. Es una trampa.

—No diga tonterías. A Harry podría haberle echado el guante hace mucho tiempo. No hay ninguna razón para una trampa. Canino se enteró de lo que Harry iba a hacer y su amigo salió por pies. Yo quiero tranquilidad, usted quiere tranquilidad y lo mismo le pasa a Harry. —Harry la tenía ya. Nadie se la podía quitar—. No irá a creer que hago de soplón para Eddie Mars, ¿verdad, encanto?

—No…, supongo que no. Eso no. Me reuniré con usted dentro de media hora. Junto a Bullocks Wilshire, en la entrada este del aparcamiento.

—De acuerdo —dije.

Colgué el teléfono. El olor a almendras amargas y el agrio del vómito se apoderaron otra vez de mí. El hombrecillo muerto seguía silencioso en su silla, más allá del miedo, más allá del cambio.

Salí del despacho. Nada se movía en el deprimente corredor. Ninguna puerta con cristal esmerilado estaba iluminada. Bajé por la escalera de incendios hasta el primer piso y desde allí vi el techo iluminado del ascensor. Apreté el botón. Muy despacio, el aparato se puso en marcha. Corrí de nuevo escaleras abajo. El ascensor estaba por encima de mí cuando salí del edificio.

Seguía lloviendo con fuerza. Al echar a andar, gruesas gotas me golpearon la cara. Cuando una de ellas me acertó en la lengua supe que tenía la boca abierta; y el dolor a los lados de la mandíbula me dijo que la llevaba bien abierta y tensada hacia atrás, imitando el rictus que la muerte había esculpido en las facciones de Harry Jones.

27

—Deme el dinero.

El motor del Plymouth gris vibraba en contrapunto con la voz de Agnes. La lluvia golpeaba con fuerza el techo. La luz violeta, en lo alto de la torre verde de Bullocks, quedaba muy por encima de nosotros, serena y apartada de la ciudad, oscura y empapada. Agnes extendió una mano enguantada en negro y cuando le entregué los billetes se inclinó para contarlos bajo la tenue luz del salpicadero. Su bolso hizo clic al abrirse e inmediatamente volvió a cerrarse. Después dejó que un suspiro se le muriera en los labios antes de inclinarse hacia mí.

—Me marcho, sabueso. Ya estoy de camino. Me ha dado el dinero para irme. Solo Dios sabe lo mucho que lo necesitaba. ¿Qué le ha pasado a Harry?

—Ya le he dicho que se fue. Canino se enteró, no sé cómo, de lo que se traía entre manos. Olvídese de Harry. He pagado y quiero mi información.

—La va a tener. Hace dos domingos Joe y yo paseábamos en coche por Foothill Boulevard. Era tarde, se estaban encendiendo las luces y los coches se amontonaban como de costumbre. Adelantamos a un cupé marrón y vi quién era la chica que lo conducía. A su lado iba un hombre, un individuo bajo y moreno. A la chica, una rubia, la había visto antes. Era la mujer de Eddie Mars y Canino el tipo que la acompañaba.

Tampoco usted se olvidaría de ninguno de los dos si los hubiera visto. Joe siguió al cupé precediéndolo. Eso lo sabía hacer bien. Canino, el perro guardián, la había sacado a que le diera el aire. A kilómetro y medio al este de Realito, poco más o menos, una carretera tuerce hacia las estribaciones de la sierra. Hacia el sur es país de naranjos, pero hacia el norte la tierra está tan yerma como el patio trasero del infierno; pegada a las colinas hay una fábrica de cianuro donde hacen productos para fumigaciones. Nada más salir de la carretera principal se tropieza uno con un pequeño garaje y taller de chapa que lleva un tipo llamado Art Huck. Probablemente un sitio donde compran coches robados. Detrás del garaje hay una casa de madera y más allá de la casa solo quedan las estribaciones de la sierra, las rocas que afloran y la fábrica de cianuro tres kilómetros más allá. Ese es el sitio donde la tienen escondida. Canino y la chica se metieron por esa carretera, Joe dio la vuelta y vimos cómo se dirigían hacia la casa de madera. Nos quedamos allí media hora viendo pasar los coches. Nadie salió de la casa. Cuando fue completamente de noche Joe se acercó sin ser visto y echó una ojeada. Dijo que había luces y una radio encendida y solo un coche delante, el cupé. De manera que nos marchamos.

Agnes dejó de hablar y yo escuché el rumor de los neumáticos sobre el bulevar.

—Puede que se hayan mudado de sitio mientras tanto —dije—, pero lo que usted tiene para vender es eso y no hay más. ¿Está segura de haberla reconocido?

—Si llega a verla tampoco usted se equivocará la segunda vez. Hasta siempre, sabueso; deséeme suerte. La vida ha sido muy injusta conmigo.

—Y un cuerno —dije antes de cruzar la calle para volver a mi automóvil.

El Plymouth gris se puso en movimiento, fue ganando velocidad, y torció muy deprisa por Sunset Place. Pronto dejó de oírse el ruido del motor, y con él la rubia Agnes desapareció para siempre de la escena, al menos por lo que a mí se refería. A pesar de tres muertos —Geiger, Brody y Harry Jones—, la mujer que había tenido que ver con los tres se alejaba bajo la lluvia con mis doscientos dólares en el bolso y sin un rasguño. Apreté a fondo el acelerador y me dirigí hacia el centro para cenar. Comí bien. Más de sesenta kilómetros bajo la lluvia es toda una excursión y yo esperaba hacer en el mismo día el viaje de ida y vuelta.

Me dirigí hacia el norte cruzando el río, llegué hasta Pasadena, la atravesé, y casi de inmediato me encontré entre naranjales. La lluvia incansable era sólido polvo blanco delante de los faros. El limpiaparabrisas apenas era capaz de mantener el cristal lo bastante limpio para ver. Pero ni siquiera la oscuridad saturada de agua podía esconder la línea impecable de los naranjos, que se alejaban en la noche girando como una interminable sucesión de radios en una rueda.

Los coches pasaban emitiendo un silbido desgarrador y lanzando en oleadas agua sucia pulverizada. La carretera atravesó un pueblo que era todo fábricas de conservas y cobertizos, rodeados de instalaciones ferroviarias. Los naranjales se hicieron más escasos y terminaron por desaparecer hacia el sur; luego la carretera empezó a trepar y descendió la temperatura; hacia el norte se agazapaban cercanas las oscuras estribaciones de la sierra, y un viento cortante descendía por sus laderas. Por fin, saliendo de la oscuridad, dos luces amarillas de vapor de sodio brillaron en lo alto y entre ellas un cartel en neón que anunciaba: «Bienvenido a Realito».

Casas de madera edificadas a considerable distancia de la amplia calle principal, luego un inesperado puñado de tiendas, las luces de un *drugstore* detrás de cristales empañados, la acumulación de coches delante de un cine, un banco a oscuras en una esquina con un reloj que sobresalía por encima de la acera y un grupo de personas bajo la lluvia que contemplaban sus ventanales como si ofrecieran algún espectáculo. Seguí adelante. Campos vacíos volvieron a dominar el paisaje.

El destino lo orquestó todo. Más allá de Realito, a menos de dos kilómetros, al describir la carretera una curva, la lluvia me engañó y me acerqué demasiado al arcén. La rueda delantera derecha se empezó a deshinchar con un violento silbido. Antes de que pudiera detenerme la trasera del mismo lado decidió acompañarla. Frené el coche con fuerza para detenerlo, la mitad en la calzada y la otra mitad en el arcén; me apeé y encendí la linterna. Tenía dos pinchazos y un solo neumático de repuesto. La cabeza plana de una recia tachuela galvanizada me miraba fijamente desde la rueda delantera. El límite de la calzada estaba sembrado de tachuelas. Las habían apartado, pero no lo suficiente.

Apagué la linterna y me quedé allí, tragando lluvia, mientras contemplaba, en una carretera secundaria, una luz amarilla que parecía proceder de un tragaluz. El tragaluz podía pertenecer a un garaje, el garaje podía estar regentado por un individuo llamado Art Huck y quizá hubiera muy cerca una casa de madera. Metí la barbilla en el pecho y eché a andar en aquella dirección, pero regresé para retirar el permiso de circulación del árbol del volante y guardármelo en el bolsillo. Luego me agaché aún más por debajo del volante. Detrás de una solapa de cuero, directamente debajo de la portezuela derecha cuando me sentaba en el asiento del conductor, había un compartimento oculto que contenía dos armas. Una pertenecía a Lanny, el chico de Eddie Mars, y la otra era mía. Escogí la de Lanny. Mucho más práctica que la mía. Con el cañón hacia abajo la metí en un bolsillo interior y empecé a subir por la carretera secundaria.

El garaje se hallaba a unos cien metros de la vía principal, dirección en la que solo mostraba una pared lateral ciega. La recorrí rápidamente con la linterna: «Art Huck - Reparación de motores y pintura». Reí entre dientes; luego el rostro de Harry Jones se alzó delante de mí y dejé inmediatamente de reír. Las puertas del garaje estaban cerradas, pero rayos de luz se filtraban por debajo y también en el lugar donde las dos hojas se unían. Seguí adelante. La casa de madera —luz en dos ventanas de la fachada y persianas echadas— estaba a considerable distancia de la carretera, detrás de un reducido grupo de árboles. Delante, en el camino de grava, había un automóvil aparcado. Dada la oscuridad era difícil reconocerlo, pero se trataba sin duda del cupé marrón propiedad del señor Canino, descansando pacíficamente delante del estrecho porche de madera.

El señor Canino dejaría que la chica lo utilizase para dar una vuelta de cuando en cuando; él se sentaría junto a la chica, probablemente con una pistola en la mano. La chica con la que Rusty Regan debería haberse casado, la que Eddie Mars no había sido capaz de conservar, la chica que no se había escapado con Regan. Encantador, el señor Canino.

Regresé como pude al garaje y golpeé la puerta de madera con el extremo de mi linterna. Se produjo un prolongado instante de silencio, tan ominoso como un trueno. La luz de dentro se apagó. Me quedé allí, sonriendo y apartando con la lengua la lluvia que me caía encima del labio superior. Dirigí la luz de la linterna al centro de las puertas. Sonreí al ver el círculo blanco que acababa de crear. Estaba donde quería estar.

Una voz habló a través de la puerta, una voz malhumorada:

—¿Qué es lo que quiere?

—Abran. Me he quedado tirado en la carretera con dos pinchazos y solo una rueda de repuesto. Necesito ayuda.

—Lo siento, caballero. Estamos cerrados. Realito queda a kilómetro y medio hacia el este. Será mejor que lo intente allí.

Aquello no me gustó. Me dediqué a dar violentas patadas a la puerta. Y seguí haciéndolo durante un rato. Otra voz se hizo oír, una voz ronroneante, como una dinamo pequeña detrás de una pared. La segunda voz sí me gustó.

—Un tipo que se las sabe todas, ¿eh? —dijo—. Abre, Art.

Chilló un pestillo y la mitad de la puerta se dobló hacia

dentro. Mi linterna iluminó brevemente un rostro descarnado. Luego cayó un objeto que brillaba, quitándome la linterna de la mano. Alguien me tenía encañonado con una pistola. Me agaché hasta donde la linterna seguía brillando sobre la tierra húmeda y la recogí.

—Fuera esa luz, jefe —dijo la voz malhumorada—. A veces la gente se puede hacer daño si no tiene cuidado.

Apagué la linterna y recuperé la vertical. Dentro del garaje se encendió una luz, recortando la figura de un individuo alto, vestido con mono, que se alejó de la puerta abierta y siguió apuntándome con la pistola.

—Pase y cierre la puerta, forastero. Veremos lo que se puede hacer.

Entré en el garaje y cerré la puerta. Miré al tipo del rostro demacrado, pero no al otro, que permanecía silencioso en la sombra, junto a un banco de trabajo. El aliento del garaje resultaba dulce y siniestro al mismo tiempo por el olor a pintura caliente con piroxilina.

—¿Ha perdido la cabeza? —me riñó el individuo demacrado—. Hoy al mediodía han atracado un banco en Realito.

—Lo siento —dije, recordando al grupo que contemplaba bajo la lluvia los escaparates de un banco—. No he sido yo. Voy de paso.

—Pues sí, eso es lo que ha sucedido —dijo mi interlocutor, con aire taciturno—. Hay quien dice que no eran más que un par de gamberros y que los tienen acorralados en las colinas por aquí cerca.

—Buena noche para esconderse —dije—. Supongo que han sido ellos los que han esparcido las tachuelas. A mí me han tocado algunas. Pensé que a usted no le vendría mal un poco de trabajo.

—Nunca le han partido la cara, ¿no es cierto? —me preguntó sin más rodeos el tipo demacrado.

—De su peso, nadie, desde luego.

—Deja de amenazar, Art —intervino la voz ronroneante

desde la sombra—. Este señor está en un aprieto. Lo tuyo son los coches, ¿no es cierto?

—Gracias —dije, y ni siquiera entonces lo miré.

—De acuerdo —refunfuñó el del mono. Se guardó la pistola entre la ropa y procedió a morderse un nudillo, sin dejar de mirarme con gesto malhumorado. El olor a pintura con piroxilina resultaba tan mareante como el éter. En una esquina, bajo una luz colgada del techo, había un sedán de grandes dimensiones y aspecto nuevo; sobre el guardabarros delantero descansaba una pistola para aplicar pintura.

Miré al individuo junto al banco de trabajo. Era bajo, robusto y de hombros poderosos. Tenía un rostro impasible y fríos ojos oscuros. Vestía una gabardina marrón de ante —sujeta por un cinturón— con signos evidentes de haberse mojado. El sombrero marrón lo llevaba inclinado con desenvoltura. Apoyó la espalda en el banco de trabajo y me examinó sin prisa, sin interés, como si estuviera viendo un trozo de carne ya frío. Quizá era esa su opinión de la gente.

Movió los ojos arriba y abajo lentamente y luego se examinó las uñas de los dedos una a una, colocándolas a contraluz y estudiándolas con cuidado, como Hollywood ha enseñado que se debe hacer. No se quitó el cigarrillo de la boca para hablar.

—Dos pinchazos, ¿no es eso? Mala suerte. Creía que habían barrido las tachuelas.

—Derrapé un poco en la curva.

—¿Forastero?

—Voy de paso. Camino de Los Ángeles. ¿Me queda mucho?

—Sesenta kilómetros. Se le harán más largos con este tiempo. ¿De dónde viene, forastero?

—Santa Rosa.

—Dando un rodeo, ¿eh? ¿Tahoe y Lone Pine?

—Tahoe no. Reno y Carson City.

—Dando un rodeo de todos modos. —Una fugaz sonrisa le curvó los labios.

—¿Algún problema con ello? —le pregunté.

—¿Cómo? No, claro que no. Supongo que le parecemos entrometidos. Pero es a causa del atraco. Coge un gato y ocúpate de los pinchazos, Art.

—Estoy ocupado —gruñó el del mono—. Tengo trabajo que hacer. Pintar ese coche. Y además está lloviendo, no sé si te has dado cuenta.

—Demasiada humedad para trabajar bien con la pintura —dijo con tono jovial el individuo vestido de marrón—. Muévete, Art.

—Son las dos ruedas de la derecha, delante y detrás. Podría usar la rueda de repuesto para uno de los cambios si está muy ocupado.

—Llévate dos gatos, Art —dijo el hombre de marrón.

—Escucha… —Art adoptó un tono bravucón.

El tipo de marrón movió los ojos, miró a Art con una suave mirada tranquila y luego volvió a bajar los ojos casi con timidez. No llegó a hablar. Art se estremeció como si lo hubiera zarandeado una ráfaga de viento. Fue hasta el rincón pisando con fuerza, se puso un impermeable de caucho sobre el mono y un sueste en la cabeza. Agarró una llave de tubo y un gato de mano y empujó otro sobre ruedas hasta la puerta.

Salió en silencio, dejando la puerta entreabierta. La lluvia empezó a meterse dentro y el individuo de marrón la cerró, regresó junto al banco de trabajo y puso las caderas exactamente en el mismo sitio donde habían estado antes. Podría haberme hecho con él entonces. Estábamos solos. Canino no sabía quién era yo. Me miró despreocupadamente, tiró el pitillo sobre el suelo de cemento y lo aplastó sin mirar.

—Seguro que no le vendría mal un trago —dijo—. Mojar el interior e igualar las cosas un poco. —Alcanzó una botella que estaba tras él en el banco de trabajo, la colocó cerca del borde y puso dos vasos al lado. Sirvió una considerable cantidad en ambos y me ofreció uno.

Caminando como un sonámbulo me acerqué y acepté el

whisky. El recuerdo de la lluvia aún me enfriaba el rostro. El olor a pintura caliente dominaba el aire inmóvil del garaje.

—Ese Art —dijo el hombre de marrón—. Todos los mecánicos son iguales. Siempre agobiado por un encargo que tendría que haber acabado la semana pasada. ¿Viaje de negocios?

Olí con cuidado el vaso. El aroma era normal. Esperé a que mi interlocutor bebiera del suyo antes de tomar el primer sorbo. Me paseé el whisky por la boca. No contenía cianuro. Vacié el vaso, lo dejé sobre el banco y me alejé.

—En parte —dije. Me llegué hasta el sedán pintado a medias, con la voluminosa pistola descansando sobre el guardabarros. La lluvia golpeaba con violencia el tejado plano del garaje. Art la padecía en el exterior; por supuesto nos enterábamos de ello por las maldiciones que lanzaba.

El individuo de marrón contempló el automóvil.

—En principio solo había que pintar un trozo —dijo con desenvoltura, la voz ronroneante suavizada aún más por la bebida—. Pero el dueño es un tipo con dinero y el chófer necesitaba unos pavos. Ya conoce el tinglado.

—Solo hay uno más antiguo —dije. Tenía los labios secos. No deseaba hablar. Encendí un cigarrillo. Quería que me arreglaran los neumáticos. Los minutos pasaron de puntillas. El individuo de marrón y yo éramos dos desconocidos que se habían encontrado por casualidad y que se miraban por encima de un hombrecillo muerto llamado Harry Jones. Si bien el de marrón no lo sabía aún.

Se oyó el crujido de unos pasos fuera y la puerta se abrió. La luz iluminó hilos de lluvia transformándolos en alambres de plata. Art metió malhumoradamente dentro del garaje dos ruedas embarradas, cerró la puerta de una patada y dejó que uno de los neumáticos pinchados cayera de lado. Me miró con ferocidad.

—Elige bien los sitios para mantener derecho un gato —rugió.

El de marrón se echó a reír, se sacó del bolsillo un cilindro de monedas envueltas en papel y empezó a tirarlo al aire con la palma de la mano.

—No rezongues tanto —dijo con sequedad—. Arregla esos pinchazos.

—¿No es eso lo que estoy haciendo?

—Bien, pero no le eches tanto teatro.

—¡Claro! —Art se quitó el impermeable de caucho y el sueste y los tiró lejos. Levantó uno de los neumáticos hasta colocarlo sobre un separador y soltó el borde con extraordinaria violencia. Luego sacó la cámara y le puso un parche en un instante. Todavía con cara de pocos amigos, se aproximó a la pared más cercana a donde yo estaba, echó mano del tubo del aire comprimido, puso en la cámara el suficiente para que adquiriese cuerpo y dejó que la boquilla del aire fuera a estrellarse contra la pared encalada.

Yo estaba viendo cómo el rollo de monedas envueltas en papel bailaba en la mano de Canino. El momento de tensión expectante había pasado ya para mí. Volví la cabeza y contemplé cómo el mecánico, a mi lado, lanzaba al aire la cámara hinchada y la recogía con las manos bien abiertas, una a cada lado de la cámara. La contempló malhumoradamente, miró hacia un gran barreño de hierro galvanizado lleno de agua sucia y situado en un rincón y dejó escapar un gruñido.

El trabajo en equipo fue, sin duda, excelente. No advertí ninguna señal, ni mirada significativa, ni gesto de especial trascendencia. Art tenía la cámara hinchada por encima de la cabeza y la estaba mirando. Giró a medias el cuerpo, dio una zancada con rapidez, y me embutió la cámara sobre la cabeza y los hombros, un acierto total en el juego del herrón.

Luego saltó detrás de mí y tiró con fuerza de la goma, presionándome el pecho y sujetándome los brazos a los costados. Podía mover las manos, pero no alcanzar la pistola que llevaba en el bolsillo.

Canino se acercó casi con paso de bailarín. Su mano se

tensó sobre el rollo de monedas. Vino hacia mí sin ruido alguno y también sin expresión en el rostro. Me incliné hacia delante, tratando de levantar a Art del suelo.

El puño con el peso añadido del metal pasó entre mis manos extendidas como una piedra a través de una nube de polvo. Recuerdo el momento inmóvil del impacto cuando las luces bailaron y el mundo visible se desdibujó, aunque siguiera presente. Canino volvió a golpearme. La cabeza no recogió sensación alguna. El brillante resplandor se hizo más intenso. Solo quedó una violenta y dolorosa luz blanca. Luego oscuridad en la que algo rojo se retorcía como un microorganismo bajo la lente del microscopio. Luego nada brillante ni nada que se retorciera; tan solo oscuridad y vacío, un viento huracanado y un derrumbarse como de grandes árboles.

28

Parecía que había una mujer y que estaba sentada cerca de una lámpara: sin duda donde le correspondía estar, bien iluminada. Otra luz me daba con fuerza en la cara, de manera que cerré los ojos y traté de verla a través de las pestañas. Era tan rubia platino que su cabello brillaba como un frutero de plata. Llevaba un vestido verde de punto con un ancho cuello blanco. A sus pies descansaba un bolso reluciente lleno de aristas puntiagudas. Fumaba y, cerca del codo, tenía un vaso —alto y pálido— de líquido ambarino.

Moví la cabeza un poco, con cuidado. Dolía, pero no más de lo que esperaba. Me habían atado como a un pavo listo para el horno. Unas esposas me sujetaban las muñecas a la espalda y una cuerda iba desde los brazos a los tobillos y luego al extremo del sofá marrón en el que estaba tumbado. La cuerda se perdía de vista por encima del sofá. Me moví lo suficiente para comprobar que estaba bien sujeta.

Abandoné aquellos movimientos furtivos, abrí de nuevo los ojos y dije:

—Hola.

La joven apartó la vista de alguna lejana cumbre montañosa. Volvió despacio la barbilla, pequeña pero decidida. El azul de sus ojos era de lagos de montaña. La lluvia aún seguía cayendo con fuerza por encima de nuestras cabezas, aunque con un sonido remoto, como si fuese la lluvia de otras personas.

—¿Qué tal se siente? —Era una suave voz plateada que hacía juego con el pelo. Había en ella un pequeño tintineo como de campanas en una casa de muñecas. Pero me pareció una tontería tan pronto como lo pensé.

—Genial —dije—. Alguien ha construido una gasolinera en mi mandíbula.

—¿Qué esperaba, señor Marlowe, orquídeas?

—Solo una sencilla caja de pino —dije—. No se molesten en ponerle asas ni de bronce ni de plata. Y no esparzan mis cenizas sobre el azul del Pacífico. Prefiero los gusanos. ¿Sabía usted que los gusanos son hermafroditas y que cualquier gusano puede amar a cualquier otro gusano?

—Me parece que está usted un poco ido —dijo, mirándome con mucha seriedad.

—¿Le importaría mover esa luz?

Se levantó y pasó detrás del sofá. La luz se apagó. La penumbra me pareció una bendición.

—No creo que sea usted tan peligroso —dijo. Era más alta que baja, pero sin el menor parecido con un espárrago. Esbelta, pero no una corteza seca. Volvió a sentarse en la silla.

—De manera que sabe cómo me llamo.

—Dormía usted a pierna suelta. Han tenido tiempo para registrarle los bolsillos. Han hecho de todo menos embalsamarlo. Así que es detective.

—¿No saben nada más de mí?

La mujer guardó silencio. Un hilo de humo se le escapó del cigarrillo al agitarlo en el aire. Su mano, pequeña, tenía curvas delicadas, y no era la habitual herramienta huesuda de jardín que hoy en día se ve en tantas mujeres.

—¿Qué hora es? —pregunté.

Se miró de reojo la muñeca, más allá de la espiral de humo, en el límite del brillo tranquilo de la lámpara.

—Diez y diecisiete. ¿Tiene una cita?

—No me sorprendería. ¿Es esta la casa cercana al garaje de Art Huck?

—Sí.

—¿Qué hacen los muchachos? ¿Cavar una tumba?

—Tenían que ir a algún sitio.

—¿Me está diciendo que la han dejado sola?

Giró otra vez despacio la cabeza. Sonrió.

—No tiene usted aspecto peligroso.

—La creía prisionera.

No pareció sorprendida; más bien un tanto divertida.

—¿Qué le hace pensar eso?

—Sé quién es usted.

Sus ojos, muy azules, brillaron con tanta fuerza que casi capté el movimiento de su mirada, semejante a una estocada. Su boca se tensó. Pero la voz no cambió.

—En ese caso me temo que está en una situación muy poco conveniente. Y aborrezco los asesinatos.

—¿Siendo la esposa de Eddie Mars? Debería avergonzarse.

Aquello no le gustó. Me miró indignada. Sonreí.

—A no ser que esté dispuesta a quitarme estas pulseras, cosa que no le recomiendo, quizá no le importe cederme un poco de ese líquido del que hace tan poco uso.

Acercó el vaso a donde yo estaba y de él brotaron burbujas semejantes a falsas esperanzas. La joven se inclinó sobre mí. Su aliento era tan delicado como los ojos de un cervatillo. Bebí con ansia del vaso. Luego lo apartó de mi boca y vio cómo parte del líquido me caía por el cuello.

—Tiene la cara como un felpudo —dijo.

—Pues aprovéchela al máximo. No va a durar mucho en tan buenas condiciones.

Giró bruscamente la cabeza para escuchar. Durante un instante su rostro palideció. El ruido que se oía era solo el de la lluvia deslizándose por las paredes. Cruzó otra vez la habitación y se colocó a mi lado, un poco inclinada hacia delante, mirando al suelo.

—¿Por qué ha venido aquí a meter las narices? —preguntó sin alzar la voz—. Eddie no le estaba haciendo ningún daño. Sabe perfectamente que si no me hubiera escondido aquí, la policía habría creído a pies juntillas que asesinó a Rusty Regan.

—Lo hizo —dije.

No se movió; no cambió de posición ni un centímetro, pero produjo un ruido áspero al respirar. Recorrí la habitación con la vista. Dos puertas, las dos en la misma pared, una de ellas abierta a medias. Una alfombra a cuadros rojos y pardos, visillos azules en las ventanas y en las paredes papel pintado con brillantes pinos verdes. Los muebles parecían salidos de uno de esos almacenes que se anuncian en las paradas de autobús. Alegres, pero muy resistentes.

—Eddie no le tocó un pelo de la ropa —dijo con suavidad la señora Mars—. Hace meses que no he visto a Rusty. Eddie no es un asesino.

—Usted abandonó su lecho y su casa. Vivía sola. Inquilinos del sitio donde se alojaba identificaron la foto de Regan.

—Eso es mentira —dijo con frialdad.

Intenté recordar si era el capitán Gregory quien había dicho aquello. Estaba demasiado atontado y era incapaz de sacar conclusiones.

—Además no es asunto suyo —añadió.

—Toda esta historia es asunto mío. Me han contratado para descubrir lo que pasó realmente.

—Eddie no va por ahí asesinando.

—Ah, a usted le encantan los mafiosos.

—Mientras la gente quiera jugarse las pestañas habrá sitios para hacerlo.

—Eso no pasa de ser una disculpa sin sentido. Cuando se sale uno de la ley, queda completamente fuera. Cree que Eddie no es más que jugador. Pues yo estoy convencido de que es pornógrafo, chantajista, traficante de coches robados, asesino por control remoto y sobornador de policías corruptos. Eddie es cualquier cosa que le produzca beneficios, cualquier cosa que tenga un billete colgado. No trate de venderme a ningún mafioso de alma grande. No los fabrican en ese modelo.

—No es un asesino. —Frunció el ceño.

—No lo es en persona. Tiene a Canino. Canino ha matado hoy a un hombre, un hombrecillo inofensivo que trataba de ayudar a alguien. Casi vi cómo lo mataba.

La señora Mars rió cansinamente.

—De acuerdo —gruñí—. No me crea. Si Eddie es una persona tan estupenda, me gustaría hablar con él sin que esté presente Canino. Ya sabe lo que va a hacer su guardián: dejarme sin dientes a puñetazos y luego patearme el estómago por farfullar.

Echó la cabeza para atrás y se quedó quieta, pensativa y retraída, dando vueltas a alguna idea.

—Creía que el pelo rubio platino estaba pasado de moda —proseguí, solo para mantener un sonido vivo en la habitación, solo para no tener que escuchar.

—Es una peluca, tonto. Hasta que me crezca el pelo. —Se llevó la mano a la cabeza y se la quitó. Llevaba el cabello muy corto, como un muchacho. Enseguida se la volvió a colocar.

—¿Quién le ha hecho eso?

Pareció sorprendida.

—Fue idea mía. ¿Por qué?

—Eso. ¿Por qué?

—Pues para demostrar a Eddie que estaba dispuesta a hacer lo que quería que hiciese, esconderme. Que no necesitaba vigilarme. Que no le fallaría. Le quiero.

—Dios del cielo —gemí—. Y me tiene aquí, en la misma habitación que usted.

Dio la vuelta a una mano y se la quedó mirando. Luego salió bruscamente de la habitación y regresó con un cuchillo de cocina. Se inclinó y cortó la cuerda que me sujetaba.

—Canino tiene la llave de las esposas —dijo—. Ahí no puedo hacer nada.

Dio un paso atrás, respirando con fuerza. Había cortado todos los nudos.

—Es usted increíble —dijo—. Bromeando cada vez que respira..., a pesar del aprieto en que se encuentra.

—Creía que Eddie no era un asesino —dije.

Se dio la vuelta muy deprisa, regresó a su silla junto a la lámpara, se sentó y escondió la cara entre las manos. Bajé los pies al suelo y me levanté. Me tambaleé un poco, tenía las piernas entumecidas. El nervio del lado izquierdo de la cara se estremecía en todas sus ramificaciones. Di un paso. Aún era capaz de andar. Podría correr, si resultaba necesario.

—Supongo que quiere que me vaya —dije.

La chica asintió sin levantar la cabeza.

—Será mejor que venga conmigo..., si quiere seguir viva.

—No pierda tiempo. Canino volverá en cualquier momento.

—Enciéndame un cigarrillo.

Me puse a su lado, tocándole las rodillas. Se incorporó con una brusca sacudida. Nuestros ojos quedaron a pocos centímetros.

—Qué tal, Peluca de Plata —dije en voz baja.

Retrocedió un paso, luego dio la vuelta alrededor de la silla, y se apoderó de un paquete de cigarrillos que estaba sobre la mesa. Consiguió separar uno y me lo puso en la boca casi con violencia. Le temblaba la mano. Con un ruido seco encendió un mechero de cuero verde y lo acercó al cigarrillo. Aspiré el humo contemplando sus ojos color azul lago. Mientras aún estaba muy cerca de mí, le dije:

—Un pajarillo llamado Harry Jones me trajo hasta usted. Un pajarillo que iba de bar en bar recogiendo por unos céntimos apuestas para las carreras de caballos. También recogía información. Y ese pajarillo se enteró de algo acerca de Canino. De una forma o de otra él y sus amigos descubrieron dónde estaba la mujer de Eddie Mars. Vino a mí para venderme la información porque sabía (cómo, es una larga historia) que yo trabajaba para el general Sternwood. Conseguí la información, pero Canino se ocupó del pajarillo. Ahora está muerto, con las plumas alborotadas, el cuello roto y una perla de sangre en el pico. Canino lo ha matado. Pero Eddie Mars no haría una cosa así, ¿no es cierto, Peluca de Plata? Nunca ha matado a nadie. Solo contrata a otro para que lo haga.

—Váyase —dijo con brusquedad—. Salga de aquí cuanto antes.

Su mano apretó en el aire el mechero verde. Tensos los dedos y los nudillos blancos como la nieve.

—Pero Canino ignora —dije— que estoy enterado de la historia del pajarillo. Solo sabe que he venido a husmear.

En aquel momento se echó a reír. Una risa casi incontrolable, que la sacudió como el viento agita un árbol. Me pareció que había desconcierto en la risa, más que sorpresa, como si una nueva idea se hubiera añadido a algo ya conocido y no encajara. Luego pensé que era deducir demasiado de una risa.

—Es muy divertido —dijo, casi sin aliento—. Muy divertido, porque, ¿sabe? Todavía le quiero. Las mujeres… —Empezó otra vez a reír.

Agucé el oído, y el corazón me dio un vuelco en el pecho.

—Vayámonos —dije—. Deprisa.

Retrocedió dos pasos y su expresión se endureció.

—¡Váyase usted! ¡Salga! Llegará andando a Realito. Lo conseguirá…, y, como mínimo, mantenga la boca cerrada una o dos horas. Me debe eso por lo menos.

—Vayámonos —dije—. ¿Tiene una pistola, Peluca de Plata?

—Sabe que no voy a irme. Lo sabe perfectamente. Por favor, márchese de aquí cuanto antes.

Me acerqué más, casi apretándome contra ella.

—¿Se va a quedar aquí después de dejarme en libertad? ¿Va a esperar a que vuelva ese asesino para decirle que lo siente mucho? ¿Un individuo que mata como quien aplasta a una mosca? Ni hablar. Se viene conmigo, Peluca de Plata.

—No.

—Imagínese —dije— que su apuesto marido liquidó a Regan. O suponga que lo hizo Canino, sin que Eddie lo supiera. Basta con que se imagine eso. ¿Cuánto tiempo va usted a durar, después de dejarme ir?

—Canino no me da miedo. Sigo siendo la mujer de su jefe.

—Eddie es un blandengue —rugí—. Canino no necesitaría ni una cucharilla para acabar con él. Se lo comería como el gato al canario. Un completo blandengue. Una mujer como usted solo se cuela por un tipo como él porque es un blandengue.

—¡Váyase! —me escupió casi.

—De acuerdo. —Giré en redondo, alejándome de ella y, por la puerta abierta a medias, llegué a un vestíbulo a oscuras. La chica vino detrás de mí corriendo y me abrió la puerta principal. Miró fuera, a la húmeda oscuridad, y escuchó. Luego me hizo gestos para que saliera.

—Adiós —dijo en voz muy baja—. Buena suerte en todo, pero no olvide una cosa. Eddie no mató a Rusty Regan. Lo encontrará vivo y con buena salud cuando decida reaparecer.

Me incliné sobre ella y la empujé contra la pared con mi cuerpo. Con la boca le tocaba la cara. Le hablé en esa posición.

—No hay prisa. Todo esto se preparó de antemano, se ensayó hasta el último detalle, se cronometró hasta la fracción de segundo. Igual que un programa de radio. No hay ninguna prisa. Béseme, Peluca de Plata.

Su rostro, junto a mi boca, era como hielo. Alzó las manos, me tomó la cabeza y me besó con fuerza en los labios. También sus labios eran como hielo.

Crucé la puerta, que se cerró detrás de mí sin ruido alguno. La lluvia entraba en el porche empujada por el viento, pero no estaba tan fría como sus labios.

29

El garaje vecino se hallaba a oscuras. Crucé el camino de grava y un trozo de césped empapado. Por la carretera corrían riachuelos que iban a desaguar en la cuneta del otro lado. Me había quedado sin sombrero. Debió de caérseme en el garaje. Canino no se había molestado en devolvérmelo. No pensaba que fuese a necesitarlo. Me lo imaginé conduciendo con desenvoltura bajo la lluvia, de regreso a la casa, solo ya, después de haber dejado al flaco y malhumorado Art y al sedán, probablemente robado, en algún sitio seguro. Peluca de Plata quería a Eddie Mars y estaba escondida para protegerlo. De manera que contaba con encontrarla allí cuando regresase, esperando tranquilamente junto a la lámpara, el whisky intacto y a mí atado al sofá. Llevaría las cosas de la chica al automóvil y recorrería cuidadosamente toda la casa para asegurarse de que no dejaba nada comprometedor. Luego le diría que saliera y que le esperase. La chica no oiría ningún disparo. A poca distancia una cachiporra puede ser tan eficaz como un arma de fuego. Después le contaría que me había dejado atado, pero que terminaría por soltarme al cabo de algún tiempo. Pensaría que la chica era así de estúpida. Encantador, el señor Canino.

Llevaba abierta la gabardina por delante y no me la podía abrochar, debido a las esposas. Los faldones aleteaban contra mis piernas como las alas de un pájaro grande y muy cansado. Llegué a la carretera principal. Los automóviles pasaban envueltos en remolinos de agua iluminados por los faros. El ruido áspero de los neumáticos se desvanecía rápidamente. Encontré mi descapotable donde lo había dejado, los dos neumáticos reparados y montados, para poder llevárselo si era necesario. Pensaban en todo. Entré y me incliné de lado por debajo del volante y aparté la solapa de cuero que ocultaba el compartimento. Recogí la otra pistola, me la guardé en un bolsillo de la gabardina y emprendí el camino de vuelta. Habitaba en un mundo pequeño, cerrado, negro. Un mundo privado, solo para Canino y para mí.

Los faros de su coche casi estuvieron a punto de descubrirme antes de que alcanzase el garaje. Canino abandonó a toda velocidad la carretera principal y tuve que deslizarme por el talud hasta la cuneta empapada y ocultarme allí respirando agua. El coche pasó a mi lado sin disminuir la velocidad. Alcé la cabeza y oí el raspar de los neumáticos al meterse por el camino de grava. El motor se apagó, luego las luces y una portezuela se cerró de golpe. No oí cerrarse la puerta de la casa, pero unos flecos de luz se filtraron por entre el grupo de árboles, como si se hubiera levantado la persiana de una ventana o encendido la lámpara del vestíbulo.

Regresé a la empapada zona de hierba y la crucé como pude, chapoteando. El coche estaba entre la casa y yo, y la pistola la llevaba lo más hacia el lado derecho que me era posible sin arrancarme de raíz el brazo izquierdo. El coche estaba a oscuras, vacío, tibio. El agua gorgoteaba agradablemente en el radiador. Miré por la ventanilla. Las llaves colgaban del salpicadero. Canino estaba muy seguro de sí. Di la vuelta alrededor del coche, avancé con cuidado por la grava hasta la ventana más cercana y escuché. No se oía voz alguna, ningún sonido a excepción del rápido retumbar de las gotas de lluvia que golpeaban los codos de metal al extremo de los canalones. Seguí escuchando. Nada de gritos, todo muy tranquilo y refinado. Canino le estaría hablando con su ronroneo habitual y ella le estaría contando que me había dejado marchar y que yo había prometido darles tiempo para desaparecer. Canino no creería en mi palabra, como tampoco creía yo en la suya. De manera que no seguiría allí mucho tiempo. Se pondría de inmediato en camino y se llevaría a la chica. Todo lo que tenía que hacer era esperar a que saliera.

Pero eso era lo que no podía hacer. Me cambié la pistola a la mano izquierda y me incliné para recoger un puñado de grava que arrojé contra el enrejado de la ventana. Lo hice francamente mal. Fueron muy pocas las piedras que llegaron hasta el cristal, pero su impacto resultó tan audible como el estallido de una presa.

Corrí hacia el coche y me situé sobre el estribo de manera que no me vieran desde la casa. Todas las luces se apagaron al instante. Nada más. Me agazapé sin hacer ruido y esperé. Nada de nada. Canino era demasiado cauteloso.

Me enderecé y entré en el coche de espaldas; busqué a tientas la llave de contacto y la giré. Luego busqué con el pie, pero el mando del arranque tenía que estar en el salpicadero. Lo encontré finalmente, tiré de él y empezó a girar. El motor, todavía caliente, prendió al instante con un ronroneo suavemente satisfecho. Salí y me agazapé de nuevo junto a las ruedas traseras.

Tiritaba ya, pero sabía que a Canino no le habría gustado aquella última iniciativa mía. Necesitaba el coche más que ninguna otra cosa. Una ventana a oscuras fue abriéndose centímetro a centímetro: tan solo algún cambio de luz sobre el cristal me permitió advertir que se estaba moviendo. De allí salieron unas llamas bruscamente, junto con los rugidos casi simultáneos de tres disparos. Se rompieron algunos cristales del cupé. Lancé un grito de dolor. El grito se transformó en gemido quejumbroso. El gemido pasó a húmedo gorgoteo, ahogado por la sangre. Hice que el gorgoteo terminara de manera escalofriante, con un jadeo entrecortado. Fue un trabajo de profesional. A mí me gustó. A Canino mucho más. Le oí reír, lanzar una sonora carcajada, algo muy distinto de sus habituales ronroneos.

Luego silencio durante unos momentos, a excepción del ruido de la lluvia y de la tranquila vibración del motor del coche. Finalmente se abrió muy despacio la puerta de la casa, creando una oscuridad más profunda que la negrura de la noche. Una figura apareció en ella cautelosamente, con algo blanco alrededor de la garganta. Era el cuello del vestido de la chica. Salió al porche rígida, convertida en mujer de madera. Advertí el fulgor pálido de su peluca plateada. Canino salió agazapándose metódicamente detrás de ella. Lo hacía con una perfección tal que casi resultaba divertido.

La chica bajó los escalones y pude ver la pálida rigidez de su rostro. Se dirigió hacia el coche. Todo un baluarte para defender a Canino, en el caso de que yo estuviera todavía en condiciones de hacerle frente. Oí su voz que hablaba entre el susurro de la lluvia, diciendo despacio, sin entonación alguna:

—No veo nada, Lash. Los cristales están empañados.

Canino lanzó un gruñido ininteligible y el cuerpo de la muchacha se contrajo bruscamente, como si él la hubiera empujado con el cañón de la pistola. Avanzó de nuevo, acercándose al coche sin luces. Detrás vi ya a Canino: su sombrero, un lado de la cara, la silueta del hombro. La muchacha se paró en seco y gritó. Un hermoso alarido, agudo y penetrante, que me sacudió como un gancho de izquierda.

—¡Ya lo veo! —gritó—. A través de la ventanilla. ¡Detrás del volante, Lash!

Canino se tragó el anzuelo con toda la energía de que era capaz. La apartó con violencia y saltó hacia delante, alzando la mano. Tres nuevas llamaradas rasgaron la oscuridad. Nuevas roturas de cristales. Un proyectil atravesó el coche y se estrelló en un árbol cerca de donde estaba yo. Una bala rebotada se perdió, gimiendo, en la distancia. Pero el motor siguió funcionando tranquilamente.

Canino estaba casi en el suelo, agazapado en la oscuridad, su rostro parecía una informe masa gris que se recomponía lentamente después de la luz deslumbrante de los disparos. Si era un revólver lo que había usado, quizá estuviera vacío. Pero tal vez no. Aunque había disparado seis veces no se podía descartar que hubiese recargado el arma dentro de la casa. Deseé que lo hubiera hecho. No lo quería con una pistola vacía. Pero podía tratarse de una automática.

—¿Ya has terminado? —dije.

Se volvió hacia mí como un torbellino. Quizá hubiera estado bien permitirle disparar una o dos veces más, exactamente como lo hubiese hecho un caballero de la vieja escuela. Pero aún tenía el arma levantada y yo no podía esperar más. No lo bastante para comportarme como un caballero de la antigua escuela. Disparé cuatro veces contra él, el Colt golpeándome las costillas. A él le saltó el arma de la mano como si alguien le hubiera dado una patada. Se llevó las dos manos al estómago y oí el ruido que hicieron al chocar contra el cuerpo. Cayó así, directamente hacia delante, sujetándose el vientre con sus manos poderosas. Cayó de bruces sobre la grava húmeda. Y ya no salió de él ningún otro ruido.

Peluca de Plata tampoco emitió sonido alguno. Permaneció completamente inmóvil, con la lluvia arremolinándose a su alrededor. Sin que hiciera ninguna falta, pegué una patada a la pistola de Canino. Luego fui a buscarla, me incliné de lado y la recogí. Eso me dejó muy cerca de la chica, que me dirigió la palabra con aire taciturno, como si hablara sola:

—Temía que hubiera decidido volver.

—No suelo faltar a mis citas —dije—. Ya le expliqué que todo estaba preparado de antemano.

Empecé a reír como un poseso. Luego la chica se inclinó sobre Canino, tocándolo. Y al cabo de un momento se incorporó con una llavecita que colgaba de una cadena muy fina.

—¿Era necesario matarlo? —preguntó con amargura.

Dejé de reír tan bruscamente como había empezado. La chica se colocó detrás de mí y abrió las esposas.

—Sí —dije con voz suave—. Supongo que sí.

30

Era otro día y el sol brillaba de nuevo.

El capitán Gregory, del Departamento de Personas Desaparecidas, contempló con aire fatigado, por la ventana de su despacho, el piso superior del Palacio de Justicia, blanco y limpio después de la lluvia. Luego se volvió pesadamente en su sillón giratorio, aplastó el tabaco de la pipa con un pulgar chamuscado por el fuego y me contempló sombríamente.

—De manera que se ha metido en otro lío.

—Ah, ya está al corriente.

—Es cierto que me paso aquí todo el día engordando el trasero y no doy la impresión de tener dos dedos de frente, pero le sorprendería enterarse de todo lo que oigo. Supongo que acabar con el tal Canino estuvo bien, pero no creo que los chicos de Homicidios le den una medalla.

—Ha muerto mucha gente a mi alrededor —dije—. Antes o después tenía que llegarme el turno.

Sonrió con paciencia.

—¿Quién le dijo que la chica que estaba allí era la mujer de Eddie Mars?

Se lo expliqué. Escuchó con atención y bostezó, tapándose una boca llena de dientes de oro con la palma de una mano tan grande como una bandeja.

—Como es lógico, opina que deberíamos haberla encontrado.

—Es una deducción acertada.

—Quizá lo sabía —dijo—. Quizá pensaba que si Eddie y su ramera querían jugar a un jueguecito como ese, sería inteligente (o al menos todo lo inteligente que soy capaz de ser) dejarles creer que se estaban saliendo con la suya. Aunque quizá opine usted que les he dejado campar por sus respetos por razones más personales. —Extendió su mano gigantesca y frotó el pulgar contra el índice y el corazón.

—No —dije—. Realmente no pensé eso. Ni siquiera cuando Eddie dio la impresión de estar al corriente de nuestra conversación del otro día.

Gregory alzó las cejas como si alzarlas le supusiera un esfuerzo, como si fuera un truco que había practicado poco en los últimos tiempos. La frente se le llenó de surcos y, cuando volvió a bajar las cejas, los surcos se transformaron en líneas blancas que luego fueron enrojeciendo mientras yo las contemplaba.

—Soy policía —dijo—. Un policía corriente y moliente. Razonablemente honesto. Todo lo honesto que cabe esperar de un hombre que vive en un mundo donde eso ya no se lleva. Esa es la razón fundamental de que le haya pedido que viniera hoy a verme. Me gustaría que lo creyera. Dado que soy policía me gusta que triunfe la justicia. No me importaría que tipos ostentosos y bien vestidos como Eddie Mars se estropearan esas manos tan bien cuidadas en la cantera de Folsom, junto a los pobres desgraciados de los barrios bajos a los que echaron el guante en su primer golpe y no han vuelto a tener una oportunidad desde entonces. No me importaría nada. Usted y yo hemos vivido demasiado para creer que llegue a verlo. No en esta ciudad, ni en ninguna ciudad que sea la mitad de grande que esta, ni en ninguna parte de nuestros Estados Unidos, tan grandes, tan verdes y tan hermosos. Sencillamente no es esa la manera que tenemos de gobernar este país.

No dije nada. El capitán Gregory lanzó una nube de

humo con un brusco movimiento hacia atrás de la cabeza, contempló la boquilla de su pipa y continuó:

—Pero eso no quiere decir que yo piense que Eddie Mars acabara con Regan ni que tuviera razones para hacerlo ni que lo hubiera hecho aunque las tuviera. Supuse, sencillamente, que quizá sabía algo, y que quizá antes o después ese algo acabaría por salir a la luz. Esconder a su mujer en Realito fue una cosa infantil, pero es la clase de reacción infantil que los monos listos consideran que es una manifestación de inteligencia. A Eddie lo tuve aquí anoche, después de que el fiscal del distrito terminara con él. Lo reconoció todo. Dijo que sabía que Canino era un tipo solvente en materia de protección y que lo había contratado para eso. Ni sabía ni quería saber nada de sus aficiones. No conocía a Harry Jones. No conocía a Joe Brody. Conocía a Geiger, claro está, pero asegura que no estaba al tanto de su tinglado. Imagino que usted ya ha oído todo eso.

—Sí.

—Actuó de manera muy inteligente en Realito, Marlowe. Hizo bien al no intentar ocultar lo sucedido. Ahora ya contamos con un archivo de proyectiles no identificados. Algún día quizá use usted otra vez esa arma. Y entonces tendrá problemas.

—Pero actué de manera inteligente —dije, mirándolo socarronamente.

Vació la pipa golpeándola y se quedó mirándola, pensativo.

—¿Qué ha pasado con la chica? —preguntó, sin alzar la vista.

—No lo sé. La dejaron marchar. Hicimos nuestras declaraciones tres veces, para Wilde, para el despacho del sheriff y para la Brigada de Homicidios. Y después se fue. No la he visto desde entonces, ni creo que la vuelva a ver.

—Parece una buena chica, dicen. No es probable que esté metida en asuntos sucios.

—Parece una buena chica —repetí yo.

El capitán Gregory suspiró y se despeinó el pelo ratonil.

—Una cosa más —dijo, casi con amabilidad—. Usted también parece buena persona, pero es demasiado violento. Si realmente quiere ayudar a la familia Sternwood..., déjelos en paz.

—Creo que tiene razón, capitán.

—¿Qué tal se encuentra?

—Estupendamente —dije—. Me he pasado casi toda la noche de pie en distintos trozos de alfombra, permitiendo que me gritaran. Antes de eso me zurraron de lo lindo y acabé empapado hasta los huesos. Estoy en perfectas condiciones.

—¿Qué demonios esperaba, hermano?

—Nada. —Me puse en pie, le sonreí y me dirigí hacia la puerta. Cuando casi había llegado, Gregory se aclaró la garganta de repente y dijo, con aspereza en la voz:

—No he hecho más que malgastar aliento, ¿no es cierto? Todavía sigue pensando que puede encontrar a Regan.

Me volví y lo miré de hito en hito.

—No, no creo que pueda encontrar a Regan. Ni siquiera lo voy a intentar. ¿Le parece bien?

Hizo un lento gesto de asentimiento con la cabeza. Luego se encogió de hombros.

—No sé por qué demonios he dicho eso. Buena suerte, Marlowe. Venga a verme cuando quiera.

—Gracias, capitán.

Salí del ayuntamiento, recogí mi coche en el aparcamiento y me volví a casa, al Hobart Arms. Me tumbé en la cama después de quitarme la chaqueta, miré al techo, escuché el ruido del tráfico en la calle y observé cómo el sol avanzaba lentamente por lo alto de la pared. Intenté dormir, pero el sueño no acudió a la cita. Me levanté, me tomé un whisky, aunque no era el momento de hacerlo, y volví a tumbarme. Seguía sin poder dormir. El cerebro me hacía tictac como un reloj. Me senté en el borde de la cama, llené una pipa y dije en voz alta:

—Ese viejo pajarraco sabe algo.

La pipa me supo a lejía. Prescindí de ella y volví a tumbarme. Mi cabeza empezó a dejarse invadir por oleadas de falsos recuerdos, en los que me parecía hacer lo mismo una y otra vez, ir a los mismos sitios, encontrarme con las mismas personas, decirles las mismas frases, una y otra vez, y sin embargo, todo era siempre igual de real, como algo que sucediera de verdad y por vez primera. Conducía a mucha velocidad bajo la lluvia, con Peluca de Plata en un rincón del coche, sin decir nada, de manera que cuando llegábamos a Los Ángeles parecíamos de nuevo completos desconocidos. Me apeaba en un *drugstore* abierto las veinticuatro horas del día y telefoneaba a Bernie Ohls para decirle que había matado a un individuo en Realito y que iba camino de la casa de Wilde con la mujer de Eddie Mars, que me había visto hacerlo. Conducía el coche por las calles silenciosas, abrillantadas por la lluvia, de Lafayette Park, hasta llegar a la *porte-cochère* de la gran casa de madera de Wilde, y la luz del porche ya estaba encendida, porque Ohls había telefoneado para decir que íbamos de camino. Me hallaba en el despacho de Wilde y el fiscal estaba detrás de su escritorio con un batín floreado y una expresión dura y tensa, mientras un cigarro veteado iba y venía de los dedos a la glacial sonrisa de los labios. También intervenían Ohls y un individuo del despacho del sheriff delgado y gris y con aire académico, cuyo aspecto y palabras eran más de profesor de ciencias económicas que de policía. Yo les contaba la historia, ellos escuchaban en silencio y Peluca de Plata permanecía en la sombra, las manos cruzadas sobre el regazo, sin mirar a nadie. Se hacían abundantes llamadas telefónicas. Había dos funcionarios de la Brigada de Homicidios que me miraban como si fuese un animal extraño que se hubiera escapado de un circo ambulante. Volvía a conducir, con uno de ellos a mi lado, al edificio Fulwider. Estábamos en la habitación donde Harry Jones seguía en la silla, detrás de la mesa, mostrando la retorcida rigidez de su rostro y donde aún era perceptible un olor agridulce. Había un forense, muy joven y fornido, con hirsutos pelos rojos en el cuello y un encargado de tomar huellas dactilares que iba de aquí para allá y al que yo le decía que no se olvidara del pestillo del montante. (Encontró en él la huella del pulgar de Canino, la única que había dejado, para apoyar mi relato, el asesino vestido de marrón.)

Después volvía a casa de Wilde, y firmaba una declaración escrita a máquina que su secretaria había preparado en otra habitación. Luego se abría la puerta, entraba Eddie Mars y en su rostro aparecía de repente una sonrisa al ver a Peluca de Plata, y decía «Hola, cielo», aunque ella no lo miraba ni respondía a su saludo. Un Eddie Mars descansado y alegre, con traje oscuro y bufanda blanca con flecos colgando por fuera del abrigo de tweed. Luego ya se habían ido, se había marchado todo el mundo de la habitación, excepto Wilde y yo, y el fiscal estaba diciendo con frialdad y enojo en la voz:

—Esta es la última vez, Marlowe. La próxima vez que nos haga una jugarreta lo echaré a los leones, y me dará lo mismo que se le rompa a alguien el corazón.

Así se repetía todo, una y otra vez, tumbado en la cama, mientras veía cómo la mancha de sol bajaba por la esquina de la pared. Luego sonó el teléfono, y era Norris, el mayordomo de los Sternwood, con su habitual voz distante.

—¿Señor Marlowe? Después de telefonear sin éxito a su despacho, me he tomado la libertad de intentar localizarlo en su domicilio.

—Estuve fuera casi toda la noche —dije—. No he pasado por el despacho.

—Comprendo, señor. El general quisiera verlo hoy por la mañana, si le resulta conveniente.

—Dentro de media hora, más o menos —dije—. ¿Qué tal está?

—En cama, señor, pero no demasiado mal.

—Espere hasta que me vea —dije antes de colgar.

Me afeité y me cambié de ropa; cuando ya estaba abriendo la puerta volví sobre mis pasos, busqué el pequeño revólver de Carmen con cachas de nácar y me lo metí en el bolsillo. La luz del sol era tan brillante que parecía bailar. Llegué a casa de los Sternwood en veinte minutos y me situé con el coche bajo el arco en la puerta lateral. El reloj marcaba las once y cuarto. En los árboles ornamentales, los pájaros cantaban como locos después de la lluvia, y las terrazas donde crecía el césped estaban tan verdes como la bandera de Irlanda. Daba la impresión de que acababan de terminar toda la finca diez minutos antes. Toqué el timbre. Tan solo habían pasado cinco días desde que lo tocara por primera vez. A mí me parecía un año.

Me abrió una doncella que me condujo por un pasillo al vestíbulo principal y me dejó allí, diciendo que el señor Norris bajaría enseguida. El gran vestíbulo tenía el mismo aspecto de siempre. El retrato sobre la repisa de la chimenea conservaba los mismos negros ojos ardientes y el caballero de la vidriera seguía sin desatar del árbol a la doncella desnuda.

Al cabo de unos minutos apareció Norris, y tampoco él había cambiado. Los ojos intensamente azules eran tan distantes como siempre, la piel entre gris y rosada tenía aspecto saludable y descansado, y todo él se movía como si fuera veinte años más joven. Era yo el que sentía el paso del tiempo.

Subimos por la escalera de baldosas y torcimos en dirección opuesta a las habitaciones de Vivian. A cada paso que dábamos la casa parecía hacerse más grande y silenciosa. Llegamos a una sólida puerta antigua que parecía sacada de una iglesia. Norris la abrió suavemente y miró dentro. Luego se hizo a un lado y entré y me dispuse a atravesar lo que me pareció algo así como medio kilómetro de alfombra hasta una enorme cama con dosel, semejante al lecho mortuorio de Enrique VIII.

El general Sternwood estaba recostado sobre varias almohadas, las manos exangües cruzadas por encima del blancor de la sábana y grises en contraste con ella. Los ojos negros seguían tan poco dispuestos a rendirse como siempre, pero el resto de la cara parecía la de un cadáver.

—Siéntese, señor Marlowe. —Su voz sonaba cansada y un poco incómoda.

Acerqué una silla a la cama y me senté. Todas las ventanas estaban herméticamente cerradas. A aquella hora el sol no daba en la habitación. Los toldos impedían que entrara desde el cielo cualquier resplandor. El aire tenía el ligero olor dulzón de la vejez.

El general me contempló en silencio durante más de un minuto. Luego movió una mano como para demostrarse que aún podía hacerlo y a continuación volvió a ponerla sobre la otra.

—No le pedí que buscara a mi yerno, señor Marlowe —dijo con voz apagada.

—Pero quería que lo hiciera.

—No se lo pedí. Supone usted demasiado. De ordinario pido lo que quiero.

No dije nada.

—Se le ha pagado —continuó fríamente—. El dinero carece de importancia de todos modos. Me parece, sencillamente, que ha traicionado mi confianza, de manera involuntaria, sin duda.

A continuación cerró los ojos.

—¿Era ese el único motivo por el que quería verme? —pregunté.

Abrió los ojos de nuevo, muy despacio, como si los párpados estuvieran hechos de plomo.

—Supongo que le ha disgustado mi observación —dijo.

Negué con la cabeza.

—Tiene usted una ascendencia sobre mí, general. Una ventaja de la que no quisiera en absoluto privarle, ni en su más mínima parte. No es mucho, considerando lo que tiene que aguantar. A mí me puede decir lo que se le antoje y jamás se me ocurrirá enfadarme. Me gustaría que me permitiera devolverle el dinero. Quizá no signifique nada para usted. Pero puede significar algo para mí.

—¿Qué significa para usted?

—Significa que no acepto que se me pague por un trabajo poco satisfactorio. Eso es todo.

—¿Hace usted muchos trabajos poco satisfactorios?

—Algunos. Es algo que le pasa a todo el mundo.

—¿Por qué fue a ver al capitán Gregory?

Me recosté y pasé un brazo por detrás del respaldo. Estudié el rostro de mi interlocutor. No me reveló nada. Y yo carecía de respuesta para su pregunta; al menos, de respuesta satisfactoria.

—Estaba convencido —dije— de que me entregó usted los pagarés de Geiger a manera de prueba, y de que temía que Regan hubiera participado en el intento de chantaje. No sabía nada de Regan en aquel momento. Solo al hablar con el capitán Gregory me di cuenta de que, con toda probabilidad, Regan no era ese tipo de persona.

—Eso no es en absoluto una respuesta a mi pregunta.

Hice un gesto de asentimiento.

—No, en absoluto. Supongo que no me gusta admitir que me fié de una corazonada. El día que estuve aquí, después de dejarle a usted en el invernadero de las orquídeas, la señora Regan me hizo llamar. Pareció dar por supuesto que se me contrataba para buscar a su marido y dio a entender que no le gustaba la idea. Me informó, sin embargo, de que «ciertas personas habían encontrado» su coche en un garaje privado. Aquellas «personas» solo podía ser la policía. De manera que la policía debía de saber algo. Y el Departamento de Personas Desaparecidas, el departamento que se ocupara del caso. No sabía si usted había presentado una denuncia, por supuesto, ni si lo había hecho alguna otra persona, o si habían encontrado el coche al denunciar alguien que estaba abandonado en un garaje. Pero conozco a los policías, y sé que si sabían todo eso, irían un poco más lejos, dado sobre todo que el chófer de ustedes tenía antecedentes penales. Ignoraba hasta dónde serían capaces de llegar. Eso hizo que empezase a pensar en el Departamento de Personas Desaparecidas. Y lo que me convenció fue el comportamiento del señor Wilde la noche que tuvimos una reunión en su casa relacionada con Geiger y todo lo demás. Nos quedamos solos durante un minuto y me preguntó si usted me había contado que buscaba a Regan. Respondí que usted me había dicho que le gustaría saber dónde estaba y si se encontraba bien. Wilde se mordió el labio y cambió de expresión. Supe entonces con tanta claridad como si lo hubiera dicho que con «buscando a Regan» se refería a utilizar la maquinaria de la policía para hacerlo. Incluso entonces traté de enfrentarme con el capitán Gregory de manera que yo no tuviera que decirle nada que él no supiera ya.

—¿Y permitió que el capitán Gregory pensara que yo le había contratado para encontrar a Rusty?

—Sí. Imagino que lo hice…, cuando estuve seguro de que el caso era suyo.

El general cerró los ojos. Los párpados le temblaron un poco. No los abrió para hablar.

—¿Y eso lo considera usted ético?

—Sí —dije—. Desde luego.

Los ojos se abrieron de nuevo. Su penetrante negrura, de manera sorprendente, destacaba de repente en aquel rostro muerto.

—Quizá no lo entiendo —dijo.

—Puede que no. El jefe del Departamento de Personas Desaparecidas no es hablador. No estaría en ese despacho si lo fuera. Es un tipo muy listo y cauteloso que procura, con gran éxito en un primer momento, dar la impresión de que solo es otro infeliz más, de mediana edad, completamente harto de lo que hace. Yo, cuando trabajo, no juego a los palillos chinos. Siempre interviene un elemento importante de farol. Le diga lo que le diga a un policía, lo más probable es que el policía no lo tenga en cuenta. Y en el caso de este policía en particular, iba a dar más o menos lo mismo lo que yo le dijera. Cuando se contrata a un sujeto de mi profesión no se está contratando a alguien para limpiar ventanas; alguien a quien se le enseñan ocho y se le dice: «Cuando hayas acabado con esas habrás terminado». Usted no sabe por dónde voy a tener que pasar ni por encima o por debajo de qué para hacer el trabajo que me ha encargado. Hago las cosas a mi manera. Y las hago lo mejor que sé para protegerlo a usted; puede que me salte unas cuantas reglas, pero me las salto en favor suyo. El cliente es lo más importante, a no ser que sea deshonesto. Incluso en ese caso lo único que hago es renunciar al trabajo y cerrar la boca. Después de todo usted no me dijo que no fuese a ver al capitán Gregory.

—Eso hubiera sido bastante difícil —dijo el general con una débil sonrisa.

—Bien, ¿qué es lo que he hecho mal? Norris, su mayordomo, parecía pensar que con Geiger eliminado el caso estaba cerrado. Yo no lo veo así. La manera de actuar de Geiger me pareció desconcertante y todavía me lo sigue pareciendo. No soy Sherlock Holmes ni Philo Vance. No es lo mío repetir investigaciones que la policía ha hecho ya, ni encontrar una plumilla rota y construir un caso a partir de ahí. Si cree usted que hay alguien trabajando como detective que se gana la vida haciendo eso, no sabe mucho de la policía. No son cosas como esa las que pasan por alto si es que hay algo que pasan por alto. Estoy más bien diciendo que con frecuencia no pasan nada por alto si verdaderamente se les permite trabajar. Pero en el caso de que algo se les escape, es probable que se trate de algo menos preciso y más vago, como el hecho de que una persona como Geiger mande las pruebas que tiene de una deuda y pida a alguien que pague como un caballero; Geiger, un individuo metido en un tinglado muy turbio, en una situación vulnerable, protegido por un mafioso y disfrutando al menos de una protección que consiste en no ser molestado por algunos miembros de la policía. ¿Por qué hizo lo que hizo? Porque quería descubrir si había algo que le creaba a usted dificultades. Si así era, le pagaría. Si no, no le haría caso y esperaría nuevas iniciativas. Pero sí había algo que le creaba a usted dificultades. Regan. Tenía miedo de que no fuera lo que parecía ser, que se hubiera quedado en su casa una temporada y se hubiera mostrado amable con usted solo para descubrir cómo jugar ventajosamente con su dinero.

El general empezó a decir algo pero le interrumpí.

—Incluso aunque a usted no le importase el dinero. Ni sus hijas. Más o menos las ha dado por perdidas. El verdadero problema es que todavía tiene demasiado orgullo para dejar que lo tomen por tonto…, y Regan le caía realmente bien.

Se produjo un silencio. Luego el general dijo con voz pausada:

—Habla demasiado, Marlowe. ¿He de entender que todavía está tratando de resolver este rompecabezas?

—No. He abandonado. Personas con autoridad me han sugerido que lo deje. Los chicos de la policía piensan que soy demasiado bruto. Por eso pienso que debo devolverle el dinero, porque, según mi criterio, no he terminado el trabajo que me encargó.

El general sonrió.

—No abandone nada —dijo—. Le pagaré mil dólares más para encontrar a Rusty. No hace falta que vuelva. Ni siquiera necesito saber dónde está. Todo el mundo tiene derecho a vivir su propia vida. No le reprocho que dejara plantada a mi hija, ni siquiera que se marchase tan de repente. Es probable que fuera un impulso repentino. Solo quiero saber si está a gusto dondequiera que esté. Quiero saberlo de él directamente, y en el caso de que necesitara dinero, también estoy dispuesto a proporcionárselo. ¿Soy suficientemente claro?

—Sí, mi general —dije.

Descansó durante unos momentos, relajado sobre la

cama, con los ojos cerrados y los párpados oscurecidos, la boca tensa y exangüe. Estaba cansado. Prácticamente agotado. Abrió los ojos de nuevo y trató de sonreírme.

—Supongo que soy un pobre viejo sentimental —dijo—. Lo menos parecido a un soldado. Le tomé cariño a ese muchacho. Me parecía una buena persona. Supongo que me envanezco demasiado de mi capacidad para juzgar al prójimo. Encuéntremelo, Marlowe. Solo tiene que encontrarlo.

—Lo intentaré —dije—. Ahora será mejor que descanse usted un poco. Le he puesto la cabeza como un bombo.

Me levanté rápidamente, atravesé la amplia habitación y salí. El anciano había vuelto a cerrar los ojos antes de que yo abriera la puerta. Las manos descansaban sin vida sobre la sábana. Tenía más aspecto de muerto que la mayoría de los difuntos. Cerré la puerta sin hacer ruido, recorrí el pasillo y descendí las escaleras.

31

El mayordomo se presentó con mi sombrero. Me lo puse y dije:

—¿Cómo cree usted que se encuentra?

—No tan débil como parece, señor.

—Si lo estuviera, habría que pensar en preparar el funeral. ¿Qué tenía ese tal Regan que le causó tanta impresión?

El mayordomo me miró desapasionadamente y, sin embargo, con una extraña falta de expresión.

—Juventud, señor —dijo—. Y la fibra del militar.

—Como en su caso —dije.

—Si se me permite decirlo, señor, tampoco a usted le falta esa fibra.

—Gracias. ¿Qué tal están las señoras esta mañana?

Se encogió de hombros cortésmente.

—Exactamente lo que yo pensaba —dije, y Norris procedió a abrirme la puerta.

Me detuve en el escalón de la entrada y contemplé el panorama de terrazas con césped, árboles recortados y arriates que llegaban hasta las altas verjas de metal al fondo de los jardines. Vi a Carmen a mitad de la pendiente, sentada en un banco de piedra, con la cabeza entre las manos y aspecto triste y solitario.

Descendí por las escaleras de ladrillo rojo que llevaban de terraza en terraza. La hija menor del general no me oyó hasta que estuve casi a su lado. Se puso en pie de un salto y se dio la vuelta como un felino. Llevaba los mismos pantalones de color azul pálido que cuando la vi por primera vez. Sus cabellos rubios formaban la misma onda leonada. Estaba muy pálida. Al mirarme le aparecieron manchas rojas en las mejillas. Sus ojos tenían el color de la pizarra.

—¿Aburrida? —pregunté.

Sonrió despacio, con bastante timidez; luego asintió rápidamente.

—¿No está enfadado conmigo? —susurró después.

—Creía que era usted la que estaba enfadada conmigo.

Alzó el pulgar y dejó escapar una risita.

—No lo estoy.

Cuando soltaba esas risitas dejaba de gustarme. Miré alrededor. Una diana colgaba de un árbol a unos diez metros de distancia, con varios dardos clavados. Y tres o cuatro más en el banco de piedra donde había estado sentada.

—Tratándose de personas con tanto dinero, usted y su hermana no parecen divertirse demasiado —dije.

Me miró desde debajo de sus largas pestañas. Era la mirada destinada a lograr que me pusiera patas arriba.

—¿Le gusta lanzar dardos? —pregunté.

—Sí.

—Eso me recuerda algo. —Miré hacia la casa. Avanzando unos pasos conseguí quedar oculto detrás de un árbol. Saqué del bolsillo el pequeño revólver con cachas de nácar—. Le he traído su artillería. Limpia y cargada. Hágame caso y no dispare contra nadie a no ser que consiga afinar más la puntería. ¿Recuerda?

Palideció y se le cayó de la boca aquel pulgar que parecía un dedo más. Primero me miró a mí y luego al arma que tenía en la mano. Había fascinación en sus ojos.

—Sí —dijo, asintiendo además con la cabeza. Luego, añadió de repente—: Enséñeme a disparar.

—¿Cómo?

240

—Enséñeme a disparar. Me gustaría mucho.

—¿Aquí? Es ilegal.

Se acercó a mí, me quitó el revólver de la mano y acarició la culata. Luego se lo guardó rápidamente en un bolsillo del pantalón, con un movimiento que tuvo algo de furtivo, y miró a su alrededor.

—Ya sé dónde —me informó confidencialmente—. Abajo, junto a uno de los antiguos pozos de petróleo. —Señaló con el dedo colina abajo—. ¿Me enseñará?

Escudriñé sus ojos azul pizarra. Hubiera conseguido lo mismo estudiando dos tapones de botella.

—De acuerdo. Devuélvame el revólver hasta que vea si el sitio es adecuado.

La pequeña de las Sternwood sonrió, hizo un mohín, y luego me devolvió el arma con aire pícaro, como si me estuviera dando la llave de su dormitorio. Subimos por los escalones de ladrillo y dimos la vuelta a la casa para llegar hasta mi coche. Los jardines parecían desiertos. La luz del sol resultaba tan vacua como la sonrisa de un jefe de camareros. Subimos al automóvil y por la avenida que quedaba un poco hundida entre los jardines abandonamos la propiedad.

—¿Dónde está Vivian? —pregunté.

—No se ha levantado aún —me respondió con otra risita.

Descendimos por la colina a través de calles tranquilas, opulentas, con la superficie recién lavada por la lluvia, después torcimos hacia el este hasta La Brea y finalmente hacia el sur. Tardamos unos diez minutos en llegar al sitio que Carmen buscaba.

—Aquí. —Se asomó por la ventanilla y señaló con el dedo.

Era una estrecha pista de tierra, no mucho más que un camino, semejante a la entrada de algún rancho en las estribaciones de la sierra. Una barrera ancha, dividida en cinco secciones, estaba recogida junto a un tocón, y parecía llevar años sin que nadie la desplegara. Eucaliptos muy altos bordeaban el camino, marcado por profundas rodadas. Lo habían utilizado camiones. Ahora estaba vacío y soleado, pero todavía sin polvo. La lluvia había sido demasiado intensa y reciente. Fui siguiendo las rodadas y, curiosamente, el ruido del tráfico ciudadano se hizo muy pronto casi remoto, como si ya no estuviésemos en la ciudad, sino muy lejos, en una tierra de ensueño. Finalmente divisamos el balancín inmóvil, manchado de petróleo, de una achaparrada torre de taladrar, asomando por encima de una rama. Vi el viejo cable de hierro oxidado que unía aquel balancín con otra media docena. Los balancines no se movían; probablemente llevaban más de un año sin trabajar. Los pozos ya no bombeaban petróleo. Había un montón de tubos oxidados, una plataforma de carga —caída por un extremo— y media docena de barriles vacíos en desordenada confusión. Y el agua estancada, manchada de petróleo, de un antiguo sumidero, que lanzaba reflejos irisados bajo la luz del sol.

—¿Van a hacer un parque con todo esto? —pregunté.

Carmen bajó la barbilla y me miró con ojos brillantes.

—Ya va siendo hora. El olor de ese sumidero envenenaría a un rebaño de cabras. ¿Es este el sitio que usted decía?

—Sí. ¿Le gusta?

—Precioso. —Aparqué el coche junto a la plataforma de carga. Nos apeamos. Me detuve a escuchar. El ruido del tráfico era una remota telaraña de sonidos, como un zumbido de abejas. Aquel lugar era tan solitario como un cementerio. Incluso después de la lluvia los altos eucaliptos seguían pareciendo polvorientos. La verdad es que siempre parecen polvorientos. Una rama rota por el viento había ido a caer sobre el borde del sumidero y las hojas planas, que parecían retazos de cuero, se balanceaban en el agua.

Di la vuelta alrededor del sumidero y miré dentro de la cabina de bombeo. Había algunos trastos dentro, pero nada que indicara alguna actividad reciente. En el exterior, una gran rueda de giro hecha de madera estaba apoyada contra la pared. Daba la impresión de ser el sitio adecuado.

Regresé al coche. Carmen seguía junto a él, arreglándose el pelo y alzándolo para que le diera el sol.

—Deme —dijo, y extendió la mano.

Saqué el revólver y se lo entregué. Luego me incliné y recogí una lata oxidada.

—Ahora tómeselo con calma —dije—. Dispone de cinco proyectiles. Voy a colocar esta lata en la abertura cuadrada que hay en el centro de la gran rueda de madera. ¿Lo ve? —Se lo indiqué con el dedo. Carmen inclinó la cabeza, encantada—. Son unos diez metros. No empiece a disparar hasta que vuelva junto a usted. ¿De acuerdo?

—De acuerdo —respondió ella con una risita.

Di la vuelta en torno al sumidero y coloqué la lata en el centro de la rueda de madera. Era un blanco perfecto. Si no acertaba con la lata, que era lo más probable, daría al menos en la rueda. Eso bastaría para frenar por completo un proyectil pequeño. Pero no acertaría ni siquiera con eso.

Regresé hacia ella evitando el agua estancada. Cuando me hallaba a unos tres metros, al borde del sumidero, me mostró todos sus afilados dientecitos, sacó la pistola y empezó a emitir un sonido silbante.

Me detuve en seco, con el agua del sumidero, estancada y maloliente, a la espalda.

—Quédate ahí, hijo de puta —me conminó.

El revólver me apuntaba al pecho. La mano de Carmen parecía muy segura. El sonido que emitía su boca se hizo más silbante, y su rostro volvió a tener aspecto de calavera. Avejentada, deteriorada, transformada en animal, y en un animal muy poco agradable.

Me reí de ella y eché a andar en dirección suya. Vi cómo su dedo índice se tensaba sobre el gatillo y cómo la última falange palidecía. Estaba a unos dos metros cuando empezó a disparar.

El sonido del revólver fue como una palmada violenta, pero sin cuerpo, un frágil chasquido bajo la luz del sol. Me detuve de nuevo y le sonreí.

Disparó dos veces más, muy deprisa. No creo que ninguno de los disparos hubiera fallado el blanco. En el pequeño revólver solo había sitio para cinco proyectiles. Había disparado cuatro. Corrí hacia ella.

No deseaba recibir el último fogonazo en la cara, de manera que me incliné bruscamente hacia un lado. Siguió apuntándome con la mayor atención, sin perder la calma. Creo que sentí un poco el cálido aliento de la pólvora al estallar.

Me enderecé.

—Vaya —dije—. De todos modos es usted encantadora.

La mano que sostenía el revólver vacío empezó a temblar violentamente. El arma se le cayó. También los labios empezaron a temblarle. Todo el rostro se le descompuso. Luego la cabeza se le torció hacia la oreja izquierda y le apareció espuma por la boca. Su respiración se transformó en un gemido. Vaciló.

La sujeté cuando ya caía. Había perdido el conocimiento. Conseguí separarle las mandíbulas y le introduje un pañuelo hecho un rebujo. Necesité toda mi fuerza para conseguirlo. La cogí en brazos y la llevé al coche. Luego regresé a por el revólver y me lo guardé en el bolsillo. Me coloqué detrás del volante, retrocedí para dar la vuelta y regresé por donde habíamos venido: el camino de tierra con las rodadas, la barrera recogida junto al tocón, y después colina arriba hasta la residencia de los Sternwood.

Carmen permaneció inmóvil, acurrucada en un rincón del coche. Estábamos ya dentro de la propiedad cuando empezó a dar señales de vida. Luego se le abrieron los ojos de repente, dilatados y enloquecidos. Se irguió por completo.

—¿Qué ha sucedido? —jadeó.

—Nada. ¿Por qué?

—Sí que ha sucedido algo —dijo con una risita—. Me lo he hecho encima.

—Es lo que les pasa siempre —respondí.

Me miró con repentina perplejidad de enferma y empezó a gemir.

32

La doncella de ojos amables y cara de caballo me llevó hasta el salón gris y blanco del piso alto con cortinas de color marfil que se derramaban desmesuradamente sobre el suelo y una alfombra blanca que cubría toda la habitación. *Boudoir* de estrella de la pantalla o lugar de encanto y seducción, resultaba tan artificial como una pata de palo. En aquel momento estaba vacío. La puerta se cerró detrás de mí con la forzada suavidad de una puerta de hospital. Junto a la *chaise-longue* había una mesa de desayuno con ruedas. La vajilla de plata resplandecía. Había cenizas de cigarrillo en la taza de café. Me senté y esperé.

Me pareció que pasaba mucho tiempo hasta que la puerta se abrió de nuevo y entró Vivian. Llevaba un pijama de andar por casa de color blanco ostra, adornado con tiras de piel blanca, y tan amplio y suelto como la espuma de un mar de verano sobre la playa de alguna isla tan pequeña como selecta.

Pasó a mi lado con largas zancadas elásticas y fue a sentarse en el borde de la *chaise-longue*, con un cigarrillo en la comisura de la boca. Se había pintado de color rojo cobre las uñas enteras, sin dejar medias lunas.

—De manera que no eres más que una bestia —dijo con mucha tranquilidad, mirándome fijamente—. Una bestia sin conciencia y de la peor calaña. Anoche mataste a un hombre. Da lo mismo cómo lo he sabido. El caso es que me he enterado. Y ahora tienes que venir aquí y asustar a mi hermana hasta el punto de provocarle un ataque.

No respondí. Vivian empezó a sentirse incómoda. Se trasladó a un sillón de poca altura y apoyó la cabeza en un cojín blanco colocado en el respaldo y también contra la pared. Luego lanzó hacia lo alto una bocanada de humo gris pálido y observó cómo flotaba en dirección al techo y se deshacía en volutas que se distinguían del aire durante unos instantes pero que enseguida se desvanecían y no eran nada. A continuación, muy despacio, bajó los ojos y me miró con frialdad y dureza.

—No te entiendo —dijo—. Estoy más que contenta de que uno de los dos no perdiera la cabeza la otra noche. Ya es bastante cruz tener a un contrabandista en mi pasado. ¿Por qué no dices algo, por el amor del cielo?

—¿Qué tal está?

—¿Carmen? Perfectamente, supongo. Dormida como un tronco. Siempre se duerme. ¿Qué le has hecho?

—Nada en absoluto. Salí de la casa después de hablar con tu padre y vi a Carmen en el jardín. Había estado tirando dardos contra un blanco en un árbol. Bajé a reunirme con ella porque tenía algo que le pertenecía. Un revólver casi de juguete que Owen Taylor le regaló en una ocasión. Tu hermana se presentó con él en el apartamento de Brody la otra noche, cuando lo mataron. Tuve que quitárselo. No lo había mencionado, de manera que quizá no lo sabías.

Los ojos negros de los Sternwood se dilataron, vaciándose. Le había llegado a Vivian el turno de no decir nada.

—Se puso muy contenta al recuperar el revólver y me pidió que le enseñara a disparar; de paso me enseñaría los antiguos pozos de petróleo, colina abajo, con los que tu familia hizo parte de su dinero. Así que fuimos allí; el sitio era bastante repulsivo, todo metal oxidado, maderas viejas, pozos silenciosos y sumideros grasientos llenos de desechos. Quizá eso la afectó. Supongo que tú también has estado allí. Es un sitio inquietante.

—Sí…, sí que lo es. —Su voz era apenas audible y le faltaba el aliento.

—Fuimos allí y coloqué una lata en una rueda de madera para que disparase contra ella. Pero lo que tuvo fue una crisis. A mí me pareció un ataque epiléptico de poca importancia.

—Sí. —La misma voz inaudible—. Los padece de vez en cuando. ¿Era esa la única razón para hablar conmigo?

—Imagino que no querrás decirme qué es lo que utiliza Eddie Mars para presionarte.

—Nada en absoluto. Y estoy empezando a cansarme un poco de esa pregunta —dijo con frialdad.

—¿Conoces a un sujeto llamado Canino?

Pensativa, frunció las delicadas cejas negras.

—Vagamente. Me parece recordar ese apellido.

—Es el matarife de Eddie Mars. Un tipo de mucho cuidado, decían. Supongo que sí. Sin el poquito de ayuda que me prestó cierta señora, yo estaría ahora donde él…, en el depósito de cadáveres.

—Se diría que las señoras… —Se detuvo en seco y palideció—. No soy capaz de bromear acerca de eso —añadió con sencillez.

—No estoy bromeando, y si parece que hablo sin llegar a ningún sitio, solo lo parece, porque no es cierto. Todo encaja…, absolutamente todo. Geiger y sus inteligentes trucos para hacer chantaje, Brody y sus fotos, Eddie Mars y sus mesas de ruleta, Canino y la chica con la que Rusty Regan nunca se escapó. Todo encaja perfectamente.

—Mucho me temo que ni siquiera entiendo de qué estás hablando.

—Suponiendo que seas capaz de entenderlo…, sería más o menos así. Geiger enganchó a tu hermana, cosa no demasiado difícil, consiguió algunos pagarés suyos y trató de chantajear amablemente a tu padre con ellos. Eddie Mars estaba detrás de Geiger, protegiéndolo y utilizándolo. Tu padre, en lugar de pagar, me mandó llamar, lo que demostró que no tenía miedo. Eso era lo que Eddie Mars quería saber. Disponía de algo con que presionarte y quería saber si también le iba a servir con el general. De ser así, podía recoger una buena cantidad de dinero en poco tiempo. Si no, tendría que esperar a que heredaras tu parte de la fortuna familiar, y conformarse mientras tanto con el dinero suelto que pudiera quitarte en la ruleta. A Geiger lo mató Owen Taylor, que estaba enamorado de la loca de tu hermana y no le gustaban los juegos a los que Geiger se dedicaba con ella. Eso no tenía ningún valor para Eddie, que andaba metido en otro juego de más envergadura, del que Geiger no sabía nada, ni tampoco Brody, ni nadie, excepto Eddie y tú y un tipo de mucho cuidado llamado Canino. Tu marido desapareció y Eddie, consciente de que todo el mundo estaba al tanto de sus malas relaciones con Regan, escondió a su mujer en Realito y contrató a Canino para que cuidara de ella, dando así la impresión de que se había fugado con Regan. Incluso llevó el coche de tu marido al garaje de la casa donde Mona Mars había estado viviendo. Aunque todo eso parece un poco absurdo si solo se trataba de impedir que Eddie se hiciera sospechoso de haber matado a tu marido o de haber contratado a alguien para hacerlo. Pero Eddie no tiene un pelo de tonto. Tenía otro motivo, en realidad. Estaba apostando por un millón de dólares, céntimo más o menos. Sabía adónde había ido a parar Regan y el porqué, y no quería que la policía lo descubriese. Quería que dispusieran de una razón para la desaparición de Regan que les resultase satisfactoria. ¿Te estoy aburriendo?

—Me cansas —dijo Vivian con una voz sin vida, exhausta—. ¡No sabes hasta qué punto me cansas!

—Lo siento. No estoy diciendo estupideces para parecer inteligente. Esta mañana tu padre me ha ofrecido mil dólares por encontrar a Regan. Eso es mucho dinero para mí, pero no lo puedo hacer.

La boca se le abrió de golpe. Su respiración se hizo tensa y difícil.

—Dame un cigarrillo —dijo con dificultad—. ¿Por qué?

En la garganta se le notaba el latido de una vena.

Le di un pitillo, encendí una cerilla y se la sostuve. Se llenó los pulmones de humo, lo expulsó a retazos y luego pareció que el cigarrillo se le olvidaba entre los dedos. Nunca llegó a darle otra chupada.

—Resulta que el Departamento de Personas Desaparecidas no ha sido capaz de encontrarlo —dije—. No debe de ser tan fácil. Lo que ellos no han podido hacer no es fácil que lo haga yo.

—Ah. —Hubo una sombra de alivio en su voz.

—Esa es una razón. Los responsables de Personas Desaparecidas piensan que se esfumó porque quiso, que bajó el telón, que es como ellos lo dicen. No creen que Eddie Mars acabara con él.

—¿Quién ha dicho que alguien haya acabado con él?

—A eso es a lo que vamos a llegar —dije.

Por un momento su rostro pareció desintegrarse, convertirse en un conjunto de rasgos sin forma ni control. Su boca parecía el preludio de un grito. Pero solo durante un instante. La sangre de los Sternwood tenía que haberle proporcionado algo más que ojos negros y temeridad.

Me puse en pie, le quité el pitillo que tenía entre los dedos y lo aplasté en un cenicero. Luego me saqué del bolsillo el revólver de Carmen y lo coloqué cuidadosamente, con exagerada delicadeza, sobre su rodilla, cubierta de satén blanco. Lo dejé allí en equilibrio y retrocedí con la cabeza inclinada hacia un lado, como un escaparatista que valora el efecto de otra vuelta más de la bufanda alrededor del cuello de un maniquí.

Me volví a sentar. Vivian no se movió. Sus ojos descendieron milímetro a milímetro hasta tropezarse con el revólver.

—Es inofensivo —dije—. No hay ninguna bala en el tambor. Tu hermana disparó todos los proyectiles. Contra mí.

El latido de la garganta se le desbocó. Trató de decir algo pero no encontró la voz. Tragó con dificultad.

—Desde una distancia de metro y medio o dos metros —dije—. Una criaturita encantadora, ¿no es cierto? Lástima que el revólver solo estuviera cargado con cartuchos de fogueo. —Sonreí desagradablemente—. Tenía un presentimiento sobre lo que haría…, si se le presentaba la oportunidad.

Consiguió que le volviera la voz, aunque de muy lejos.

—Eres un ser horrible —dijo—. Espantoso.

—Claro. Tú eres su hermana mayor. ¿Qué es lo que vas a hacer?

—No puedes probar nada.

—¿No puedo probar nada de qué?

—De que disparó contra ti. Has dicho que estabas con ella en los pozos, los dos solos. No puedes probar una sola palabra de lo que dices.

—Ah, eso —dije—. Ni se me había ocurrido intentarlo. Estaba pensando en otra ocasión…, cuando los cartuchos de ese revólver sí tenían proyectiles de verdad.

Sus ojos eran pozos de oscuridad, mucho más vacíos que la oscuridad misma.

—Estaba pensando en el día en que Regan desapareció —dije—. A última hora de la tarde. Cuando bajó con Carmen a esos viejos pozos para enseñarle a disparar y puso una lata en algún sitio y le dijo que probara y se quedó a su lado mientras tu hermana disparaba. Pero Carmen no disparó contra la lata. Giró el revólver y disparó contra Regan, de la misma manera que hoy ha tratado de disparar contra mí y por la misma razón.

Vivian se movió un poco y el revólver se le cayó de la rodilla al suelo. Fue uno de los ruidos más fuertes que he oído nunca. Los ojos de mi interlocutora no se apartaron de mi rostro.

—¡Carmen! ¡Dios misericordioso, Carmen!… ¿Por qué? —Su voz era un prolongado susurro de dolor.

—¿De verdad tengo que explicarte por qué disparó contra mí?

—Sí. —Sus ojos eran todavía terribles—. Mucho me temo que sí.

—Anteanoche, cuando llegué a mi casa, me la encontré allí. Había engatusado al encargado para que la dejase pasar. Estaba en la cama, desnuda. La eché tirándole de la oreja. Imagino que quizá Regan hizo lo mismo en alguna ocasión. Pero a Carmen no se le puede hacer eso.

Vivian apretó los labios e hizo un intento desganado de humedecérselos, lo que, durante un breve instante, la convirtió en una niña asustada. Después endureció la curva de las mejillas y alzó lentamente una mano como si fuera un instrumento artificial, movido por alambres, y los dedos se cerraron lenta y rígidamente alrededor de la piel blanca del cuello del pijama, tensándola contra la garganta. Finalmente se quedó inmóvil, mirándome con fijeza.

—Dinero —dijo con voz ronca—. Supongo que quieres dinero.

—¿Cuánto dinero? —Me esforcé por no hablar desdeñosamente.

—¿Quince mil dólares?

Asentí con la cabeza.

—Eso sería más o menos lo adecuado. La suma habitual. Lo que Regan tenía en el bolsillo cuando Carmen disparó contra él. Lo que probablemente recibió Canino por deshacerse del cadáver cuando fuiste a pedir ayuda a Eddie Mars. Aunque poco más que calderilla comparado con lo que Eddie espera recibir cualquier día de estos, ¿no es cierto?

—¡Hijo de puta! —dijo ella.

—Claro. Soy un tipo muy listo. Carezco de sentimientos y de escrúpulos. Lo único que me mueve es el ansia de dinero. Soy tan avaricioso que por veinticinco dólares al día y gastos, sobre todo gasolina y whisky, pienso por mi cuenta, en la medida de mis posibilidades, arriesgo mi futuro, me expongo al odio de la policía y de Eddie Mars y de sus compinches, esquivo balas, encajo cachiporrazos y a continuación digo «muchísimas gracias, si tiene usted algún otro problema espero que se acuerde de mí, le voy a dejar una de mis tarjetas por si acaso surgiera algo». Hago todo eso por veinticinco pavos al día..., y tal vez también para proteger el poco orgullo que le queda a un anciano enfermo cuando piensa que su sangre no es un veneno y que, aunque sus dos hijas sean un poco alocadas, como sucede con tantas chicas de buena familia en los días que corren, no son ni unas pervertidas ni unas asesinas. Y eso me convierte en hijo de puta. De acuerdo. Me tiene sin cuidado. Eso me lo ha llamado gente de las características y de los tamaños más diversos, incluida tu dulce hermana. Incluso me llamó cosas peores por no meterme en la cama con ella. He recibido quinientos dólares de tu padre, que yo no le pedí, pero que puede permitirse darme. Conseguiría otros mil por encontrar al señor Rusty Regan, si fuese capaz. Ahora tú me ofreces quince mil. Esto me convierte en un pez gordo. Con quince mil podría ser propietario de una casa, tener coche nuevo y cuatro trajes. Podría incluso irme de vacaciones sin preocuparme por perder algún caso. Eso está muy bien. Pero ¿para qué me ofreces esa cantidad? ¿Puedo seguir siendo hijo de puta o debo convertirme en caballero, como ese borracho inconsciente en su coche la otra noche?

Vivian permaneció tan silenciosa como una estatua.

—De acuerdo —continué sin gran entusiasmo—. ¿Harás el favor de llevártela? ¿A algún sitio muy lejos de aquí donde sepan tratar a gente como ella y mantengan fuera de su alcance pistolas y cuchillos y bebedizos extraños? Quién sabe, ¡hasta es posible que consiga curarse! No sería la primera vez.

La señora Regan se levantó y se dirigió despacio hacia las ventanas. Las cortinas descansaban a sus pies en pesados pliegues de color marfil. Se detuvo entre ellos y miró hacia el exterior, hacia las tranquilas estribaciones de la sierra. Inmóvil, fundiéndose casi con las cortinas, con los brazos caídos a lo largo del cuerpo y las manos completamente inertes. Luego se volvió, cruzó la habitación y pasó a mi lado sin mirarme. Cuando estaba detrás de mí, respiró con dificultad y empezó a hablar.

—Está en el sumidero —dijo—. Una horrible cosa en descomposición. Hice exactamente lo que has dicho. Fui a ver a Eddie Mars. Carmen volvió a casa y me lo contó, como una niña pequeña. No es una persona normal. Me di cuenta de que la policía se lo sacaría todo. Y de que al cabo de poco tiempo incluso ella presumiría de lo que había hecho. Y si papá se enteraba, llamaría al instante a la policía y les contaría todo. Y esa misma noche se moriría. No era porque se fuese a morir, sino por lo que iba a estar pensando antes. Rusty no era mala persona, más bien todo lo contrario, supongo, pero yo no le quería. Sencillamente no significaba nada para mí, en cualquier sentido, ni vivo ni muerto, comparado con evitar que papá se enterase.

—De manera que has dejado que siga campando a sus anchas —dije—, y metiéndose en líos.

—Intentaba ganar tiempo. Solo ganar tiempo. Me equivoqué, por supuesto. Pensé que quizá era posible que olvidara. He oído que olvidan lo que sucede cuando tienen esos ataques. Quizá lo haya olvidado. Sabía que Eddie Mars iba a chuparme hasta la última gota de sangre, pero me daba igual. Necesitaba ayuda y solo podía conseguirla de alguien como él… Ha habido ocasiones en las que apenas lograba creérmelo yo misma. Y otras en las que tenía que emborracharme lo más deprisa posible, a cualquier hora del día. Emborracharme a velocidad de vértigo.

—Te vas a llevar a Carmen —dije—. Y lo vas a hacer a velocidad de vértigo.

Aún estaba de espaldas a mí.

—¿Y tú? —preguntó, amablemente ya.

—¿Yo? Nada. Me marcho. Te doy tres días. Si te has ido para entonces, de acuerdo. En caso contrario, lo sacaré todo a relucir y no pienses que no tengo intención de hacerlo.

Se volvió de repente.

—No sé qué decirte. No sé por dónde empezar.

—Ya. No esperes ni un minuto más. Sácala de aquí y asegúrate de que no la pierdes de vista ni un instante. ¿Lo prometes?

—Prometido. Eddie…

—Olvídate de Eddie. Iré a verlo cuando haya descansado un poco. De Eddie me ocupo yo.

—Tratará de matarte.

—Bien —dije—. Su mejor esbirro no pudo. Me arriesgaré con los demás. ¿Lo sabe Norris?

—No lo dirá nunca.

—Tenía la impresión de que estaba al tanto.

Me alejé de ella lo más deprisa que pude y bajé por la escalera de baldosas al vestíbulo principal. No vi a nadie al salir. Encontré mi sombrero yo solo. En el exterior, los jardines llenos de sol tenían un no sé qué de embrujados, como si ojos enloquecidos me observaran desde detrás de los arbustos, como si la luz misma del sol tuviera un algo misterioso. Entré en mi coche y descendí colina abajo.

¿Qué más te daba dónde hubieras ido a dar con tus huesos una vez muerto? ¿Qué más te daba si era en un sucio sumidero o en una torre de mármol o en la cima de una montaña? Estabas muerto, dormías el sueño eterno y esas cosas no te molestaban ya. Petróleo y agua te daban lo mismo que viento y aire. Dormías sencillamente el sueño eterno sin que te importara la manera cruel que tuviste de morir ni el que cayeras entre desechos. Yo mismo era parte ya de aquellos desechos. Mucho más que Rusty Regan. Pero en el caso del anciano no tenía por qué ser así. Podía descansar tranquilo en su cama con dosel, con las manos exangües cruzadas sobre la sábana, esperando. Su corazón no era ya más que un vago murmullo incierto. Y sus pensamientos tan grises como cenizas y al cabo de no mucho tiempo también él, como Rusty Regan, pasaría a dormir el sueño eterno.

De camino hacia el centro entré en un bar y me tomé dos whiskies dobles. No me hicieron ningún bien. Solo sirvieron para hacerme pensar en Peluca de Plata, a quien nunca volví a ver.

EXTRA

Asesino bajo la lluvia

1

Estábamos sentados en una habitación del Berglund. Yo estaba en un costado de la cama, y Dravec en la butaca. La habitación era la mía.

La lluvia golpeaba con fuerza las ventanas. Estaban cerradas herméticamente, hacía calor, y yo tenía un pequeño ventilador funcionando encima de la mesa. El aire le daba a Dravec en lo alto de la cara, levantaba su espeso pelo negro, movía las cerdas más largas del grueso sendero que era la ceja que le atravesaba el rostro en una línea continua. Tenía toda la pinta de un matón que ha pillado pasta.

Me enseñó algunos de sus dientes de oro y dijo:

—¿Qué sabe usted de mí?

Lo dijo dándose importancia, como si cualquiera que estuviese mínimamente enterado tuviera que saber un montón de cosas sobre él.

—Nada —dije yo—. Que yo sepa, está limpio.

Levantó una mano grande y peluda y la miró fijamente durante un momento.

—No me entiende. Me envía aquí un tipo que se llama M'Gee. Violets M'Gee.

—Estupendo. ¿Cómo está Violets últimamente?

Violets era un poli de Homicidios de la oficina del sheriff.

Él miró su enorme mano y frunció el ceño.

—No, sigue sin entenderme. Tengo un trabajo para usted.

—Ya no salgo mucho por ahí —dije—. Ando un poco delicado de salud.

Paseó la mirada por la habitación, faroleando un poco, como un hombre que no es observador por naturaleza.

—A lo mejor es por dinero —dijo.

—A lo mejor es por eso —dije yo.

Llevaba puesta una gabardina de ante con cinturón. Se la abrió con gesto descuidado y sacó una cartera que no llegaba a ser tan grande como una bala de heno. Sobresalían billetes de ella en todos los ángulos. Cuando se golpeó la rodilla con ella, hizo un sonido pastoso que era un placer para el oído. La agitó para sacar dinero, seleccionó unos cuantos billetes del montón, volvió a embutir el resto, arrojó la cartera al suelo y la dejó allí tirada, ordenó cinco billetes de cien como si fuera una mano de póquer y los colocó en la mesa, bajo la base del ventilador.

Aquello había sido mucho trabajo. Le hizo gruñir.

—Tengo montones de pasta —dijo.

—Ya lo veo. ¿Qué tengo que hacer para ganarla, si me la gano?

—Ya me va conociendo mejor, ¿eh?

—Un poco mejor.

Saqué un sobre de un bolsillo interior y le leí en voz alta algo que llevaba escrito en el dorso.

—«Dravec, Anton o Tony. Ha trabajado en una fundición de acero, como camionero y en trabajos de fuerza en general. Tuvo una metedura de pata y lo encerraron. Dejó su ciudad, vino al Oeste. Trabajó en un rancho de aguacates en El Seguro. Acabó teniendo rancho propio. Llegó a lo más alto cuando estalló el boom del petróleo en El Seguro. Se hizo rico. Perdió mucha pasta comprando parcelas de otros granjeros. Aún le queda mucha. Nacido en Serbia, un metro ochenta, ciento ocho kilos, una hija, no se sabe que haya estado casado. Sin antecedentes policiales de importancia. Nada en absoluto desde lo de Pittsburgh.»

Encendí una pipa.

—Caray —dijo él—. ¿De dónde ha sacado todo eso?

—Contactos. ¿De qué se trata?

Recogió la cartera del suelo y hurgó durante un rato en su interior con un par de dedos cuadrados y la lengua asomándole entre los gruesos labios. Por fin sacó una tarjeta parda y estrecha y unos papeles arrugados. Lo empujó hacia mí.

La tarjeta tenía letras de oro, un trabajo muy delicado. Decía: «Harold Hardwicke Steiner», y en una esquina, en letras muy pequeñas, «Libros raros y ediciones de lujo». Ni dirección ni número de teléfono.

Los papeles blancos, tres en total, eran simples pagarés por valor de mil dólares cada uno, firmados «Carmen Dravec» con una letra desordenada y como de tonta.

Se lo devolví todo y dije:

—¿Chantaje?

Negó lentamente con la cabeza y en su cara apareció algo amable que antes no estaba allí.

—Es mi niña, Carmen. Ese Steiner la acosa. Ella va constantemente a su garito, a pasarlo bien. Supongo que él se acuesta con ella. No me gusta.

Asentí.

—¿Y los pagarés?

—El dinero no me importa nada. Ella juega con él. Eso da lo mismo. Le vuelven loca los hombres. Vaya a decirle a ese Steiner que deje en paz a Carmen. O le rompo el cuello con mis manos. ¿Está claro?

Todo esto lo dijo de corrido, jadeando. Los ojos se le pusieron pequeños, redondos y furiosos. Casi le rechinaban los dientes.

—¿Por qué me envía a mí a decírselo? —pregunté—. ¿Por qué no se lo dice usted mismo?

—¡Podría ponerme furioso y matar al muy…! —chilló.

Saqué una cerilla del bolsillo y hurgué en la ceniza suelta en la cazoleta de mi pipa. Lo miré detenidamente durante un momento, mientras le daba forma a una idea.

—De eso nada, es que le da miedo hacerlo —dije.

Levantó los dos puños a la vez. Los mantuvo a la altura de los hombros y los agitó, grandes nudos de hueso y músculo. Los bajó lentamente, emitió un profundo suspiro de sinceridad y dijo:

—Sí, me da miedo. No sé qué hacer con ella. Un tío nuevo cada vez, y siempre chorizos. Hace algún tiempo le pagué cinco mil a un tipo llamado Joe Marty para que la dejara en paz. Todavía está enfadada conmigo.

Miré hacia la ventana, observé cómo la lluvia chocaba contra ella, se extendía y se deslizaba hacia abajo en una gruesa ola, como gelatina fundida. Aunque estábamos en otoño, era demasiado pronto para ese tipo de lluvia.

—Untarlos de pasta no le servirá de nada —dije—. Puede pasarse toda la vida haciéndolo. Así que ha pensado que le gustaría que yo me pusiera serio con este, con Steiner.

—¡Dígale que le romperé el cuello!

—Yo no me molestaría —dije—. Conozco a Steiner. Yo mismo le partiría el cuello de su parte, si eso sirviera de algo.

Se inclinó hacia delante y me cogió la mano. Sus ojos se volvieron infantiles. Una lágrima gris flotaba en cada uno.

—Escuche. M'Gee dice que es usted buena gente. Le voy a decir algo que no le he dicho nunca a nadie. Carmen… no es hija mía. La recogí en Smoky, una niñita tirada en la calle. No tenía a nadie. Supongo que se podría decir que la robé, ¿eh?

—Esa impresión da —dije, y tuve que luchar para soltar mi mano de la suya. Le devolví la sensibilidad frotándomela con la otra mano. El tío tenía una presa capaz de romper un poste de teléfonos.

—Entonces me reformé —dijo con tristeza, pero con ternura—. Vine aquí y me porté bien. Ella va creciendo. Yo la amo.

—Ajá. Es natural —dije yo.

—No me entiende. Quiero casarme con ella.

Lo miré fijamente.

—Al hacerse mayor se volverá más sensata. Tal vez se case conmigo, ¿eh?

Su voz me imploraba, como si aquello dependiera de mí.

—¿Alguna vez se lo ha propuesto?

—No me atrevo —dijo humildemente.

—¿Cree que a ella le gusta ese Steiner?

Asintió.

—Pero eso no significa nada —añadió.

Eso me lo creí. Me levanté de la cama, abrí una ventana y dejé que la lluvia me diera en la cara unos segundos.

—Vamos a dejar las cosas claras —dije, bajando de nuevo la ventana y volviendo a la cama—. Puedo quitarle a Steiner de encima. Es fácil. Pero no sé qué va a conseguir con eso.

Intentó agarrarme la mano de nuevo, pero esta vez fui más rápido que él.

—Ha entrado aquí haciéndose el duro, alardeando de pasta —seguí diciendo—. Se marcha más blando. Y no por nada que yo haya dicho. Usted ya lo sabía. No soy Dorothy Dix, y solo soy puritano a ratos. Pero le quitaré a Steiner de la chepa, si de verdad quiere que lo haga.

Se puso en pie torpemente, balanceó el sombrero y me miró los pies.

—Quítemelo de la chepa, como usted dice. Además, él no es de su tipo.

—Puede que le duela la chepa un poco.

—No pasa nada. Para eso está —dijo.

Se abrochó los botones, depositó el sombrero sobre su enorme y peluda cabeza y se puso en marcha. Cerró la puerta con cuidado, como si saliera de la habitación de un enfermo.

Me pareció que estaba tan loco como una pareja de ratones bailarines, pero me cayó bien.

Guardé sus papiros en lugar seguro, me preparé una generosa copa y me senté en la butaca, que todavía conservaba su calor.

Mientras jugaba con mi copa, me pregunté si Dravec tenía alguna idea de a qué se dedicaba Steiner.

Steiner tenía una colección de libros porno, raros y medio raros, que prestaba hasta por diez dólares diarios... a la gente adecuada.

2

Al día siguiente llovió sin parar. A última hora de la tarde yo estaba sentado en un Chrysler azul de dos plazas, aparcado en diagonal en el bulevar, al otro lado de la calle enfrente de una tienda de fachada estrecha, sobre la cual había un letrero de neón verde que en letras caligráficas decía: «H. H. Steiner».

La lluvia rebotaba en las aceras hasta la altura de las rodillas, llenaba los canalones, y unos polis enormes con impermeables que brillaban como cañones de fusil se lo pasaban en grande transportando nenas con medias de seda y bonitas botitas de goma a través de los peores sitios, con abundante manoseo.

La lluvia tamborileaba en el capó del Chrysler, golpeaba y arañaba la tensa lona de la capota, se colaba por los sitios abotonados y formaba un charco en el suelo para que yo pudiera meter los pies en él.

Yo tenía una buena petaca de whisky escocés. La usé con la frecuencia suficiente para mantener el interés.

Steiner hacía negocio, incluso con aquel tiempo; puede que especialmente con aquel tiempo. Delante de su tienda se paraban coches muy elegantes, y gente muy elegante entraba sigilosamente y después salía sigilosamente con paquetes envueltos bajo el brazo. Por supuesto, es posible que fueran a comprar libros raros y ediciones de lujo.

A las cinco y media, un chico lleno de granos con una

cazadora de cuero salió de la tienda y subió al trote rápido la cuesta de la calle lateral. Volvió con un bonito cupé crema y gris. Steiner salió y se metió en el cupé. Vestía una gabardina de cuero verde oscuro, un cigarrillo en boquilla de ámbar, y no llevaba sombrero. A aquella distancia no le pude ver el ojo de cristal, pero yo sabía que tenía uno. El chico de la cazadora sostuvo un paraguas sobre él mientras cruzaba la acera. Después lo cerró y se lo dio al ocupante del cupé.

Steiner condujo hacia el oeste por el bulevar. Yo conduje hacia el oeste por el bulevar. Pasada la zona comercial, en Pepper Canyon, torció hacia el norte y yo le seguí con facilidad a una manzana de distancia. Estaba bastante seguro de que iba a su casa, que era lo natural.

Salió de Pepper Drive, tomó una pista curva de cemento mojado llamada La Verne Terrace, y la subió casi hasta arriba del todo. Era una carretera estrecha, con un terraplén alto a un lado y unas cuantas casas de tipo cabaña, bien espaciadas, en la empinada pendiente del otro lado. Los tejados no sobrepasaban mucho el nivel de la carretera. Las fachadas estaban ocultas por matorrales. Árboles chorreantes goteaban por todo el paisaje.

La guarida de Steiner tenía delante un seto cuadrado de boj más alto que las ventanas. La entrada era una especie de laberinto, y la puerta de la casa no se veía desde la carretera. Steiner metió su cupé gris y crema en un pequeño garaje, lo cerró con llave, atravesó el laberinto con el paraguas alzado, y en la casa se encendió la luz.

Mientras él hacía eso, yo le había adelantado y llegado hasta lo alto de la colina. Allí di la vuelta, volví hacia abajo y aparqué delante de la casa anterior a la suya por arriba. Parecía que estaba cerrada o vacía, pero no había carteles. Celebré una conferencia con mi petaca de escocés y después me quedé simplemente sentado.

A las seis y cuarto, unas luces se movieron colina arriba. Para entonces estaba ya bastante oscuro. Un coche se detuvo delante del seto de Steiner. De él salió una chica alta y delgada con impermeable. A través del seto se filtraba suficiente luz para que yo viera que era morena y posiblemente guapa.

Llegaron voces arrastradas por la lluvia y se cerró una puerta. Salí del Chrysler y caminé cuesta abajo. Apliqué un lápiz-linterna al coche. Era un Packard descapotable de color marrón o castaño. La licencia estaba a nombre de Carmen Dravec, Lucerne Avenue, 3596. Volví a mi trasto.

Una hora pesada y lenta pasó arrastrándose. No llegaron más coches, ni cuesta arriba ni cuesta abajo. Parecía una zona muy tranquila.

Entonces, un único relámpago de luz blanca e intensa salió de la casa de Steiner, como un rayo de verano. Al caer de nuevo la oscuridad, un chillido fino y tintineante se filtró a través de las tinieblas y resonó débilmente entre los árboles mojados. Yo ya había salido del Chrysler y emprendido la marcha antes de que se extinguiera el último eco.

No era un grito de miedo. Tenía el tono de un susto medio agradable, un acento de borrachera y un toque de pura idiotez.

La mansión Steiner estaba en absoluto silencio cuando yo me metí por la abertura del seto, me escabullí por el recodo que ocultaba la puerta de entrada y levanté la mano para llamar a la puerta.

En aquel preciso instante, como si alguien hubiera estado esperándolo, sonaron tres tiros muy seguidos en el interior. Después hubo un largo y ronco suspiro, un golpe sordo, pasos rápidos que se alejaban hacia la parte posterior de la casa.

Perdí tiempo cargando con el hombro contra la puerta sin tomar suficiente carrerilla. Salí rebotado como si me hubiera coceado una mula del ejército.

La puerta daba a un sendero estrecho, como un puentecito que venía del terraplén de la carretera. No había porche lateral, ni había modo de llegar a las ventanas en caso de apuro. No había manera de llegar a la parte de atrás, salvo a través de la casa o subiendo un largo tramo de escaleras que llegaban a la puerta trasera desde el callejón de abajo. En aquellas escaleras se oía ahora un estrépito de pasos.

Aquello me dio impulso y volví a cargar contra la puerta con todo el cuerpo, de los pies para arriba. Cedió por la parte de la cerradura y bajé a trompicones dos peldaños, entrando en una habitación grande, en penumbra y abarrotada. En aquel momento no vi casi nada de lo que había en la pieza. La atravesé como pude hacia la parte trasera de la casa.

Estaba bastante seguro de que allí estaba la muerte.

Un coche retumbó en la calle de abajo cuando yo llegaba al porche trasero. Se alejó a toda velocidad, sin luces. No había nada que hacer. Volví a la sala de estar.

3

Aquella habitación ocupaba toda la parte delantera de la casa y tenía un techo bajo con vigas y los muros pintados de marrón. Había tapices colgando por todas las paredes. Libros que llenaban estanterías bajas. Había una alfombra gruesa y tirando a rosa, sobre la que caía algo de luz de dos lámparas de pie con pantallas de color verde claro. En medio de la alfombra había un escritorio grande y bajo, y un sillón negro con un cojín de raso amarillo. Encima del escritorio había un montón de libros.

En una especie de estrado, cerca de la pared de un extremo, había un sillón de teca con brazos y respaldo alto. Sentada en el sillón, sobre un chal rojo con flecos, había una chica de pelo oscuro.

Estaba sentada muy derecha, con las manos en los brazos del sillón, las rodillas muy juntas, el cuerpo tieso y rígido, la barbilla alzada.

Parecía no tener conciencia de lo que estaba ocurriendo,

pero no tenía la postura de una persona inconsciente. Tenía una postura como de estar haciendo algo muy importante y sacándole mucho partido.

De su boca salía una especie de risita sibilante que no le cambiaba la expresión ni le movía los labios. Parecía que no me veía.

Llevaba puesto un par de pendientes largos de jade, y aparte de eso estaba completamente desnuda.

Desvié la mirada de ella y miré al otro extremo de la habitación.

Steiner estaba tendido de espaldas en el suelo, más allá del borde de la alfombra rosa y delante de una cosa que parecía un pequeño tótem. La cosa tenía una boca redonda y abierta, por la que asomaba el objetivo de una cámara. El objetivo parecía apuntar a la chica del sillón de teca.

En el suelo, junto a la mano estirada de Steiner, que sobresalía de una ancha manga de seda, había un flash. El cordón del flash pasaba por detrás de la cosa que parecía un tótem.

Steiner llevaba zapatos chinos con gruesas suelas de fieltro blanco. Las piernas estaban enfundadas en unos pantalones de raso negro, y la parte superior en una chaqueta china bordada. Casi toda la parte delantera era sangre. Su ojo de cristal brillaba intensamente, y era lo más vivo que había en él. Por lo que se veía, ninguno de los tres disparos había fallado.

El flash había sido el relámpago que yo había visto filtrarse fuera de la casa, y el gritito mezclado con risa tonta había sido la reacción de la chica drogada y desnuda. Los tres disparos habían sido idea de algún otro para acentuar debidamente los acontecimientos. Seguramente, idea del chico que había bajado con tanta prisa los escalones de atrás.

Me pareció que había algo de lógica en su punto de vista. En aquel momento se me ocurrió que sería buena idea cerrar la puerta delantera y asegurarla con la cadenita. La cerradura había quedado inutilizada por mi violenta entrada.

En un extremo del escritorio, sobre una bandeja de laca roja, había un par de copas finas y moradas. También un frasco barrigudo de algo marrón. Las copas olían a éter y láudano, una mezcla que yo no había probado nunca, pero que parecía encajar bastante bien con la escena.

Encontré la ropa de la chica en un diván que había en el rincón, recogí un vestido marrón de manga larga para empezar y me acerqué a ella. También ella olía a éter, a más de un metro de distancia.

La risita sibilante continuaba, y por la barbilla le resbalaba un poco de espuma. La abofeteé, no muy fuerte. No quería sacarla del trance en el que estaba, fuera el que fuese, para que le diera un ataque y se pusiera a chillar.

—Vamos —dije en tono alegre—. Sea buena y vístase.

—Ve-vete al infi-fierno —dijo, sin ninguna emoción apreciable.

La abofeteé un poco más. Las bofetadas le daban lo mismo, así que me puse a la faena de ponerle el vestido.

También el vestido le daba igual. Dejó que yo le levantara los brazos, pero extendió del todo los dedos, como si aquello fuera una monería. Me obligó a hacer un montón de maniobras con las mangas. Por fin conseguí colocarle el vestido. Recogí sus medias y sus zapatos y después la puse en pie.

—Vamos a dar un paseo —dije—. Vamos a dar un bonito paseo.

Paseamos. En algunos momentos sus pendientes me golpeaban el pecho, y en otros momentos parecíamos una pareja de bailarines de adagio abriéndose de piernas. Caminamos hasta el cadáver de Steiner y volvimos. Ella no hizo ni caso de Steiner y su reluciente ojo de cristal.

Le pareció divertidísimo no poder andar y trató de decírmelo, pero no consiguió más que balbucear. Le apoyé el brazo en el diván mientras yo hacía una pelota con su ropa interior y me la metía en un profundo bolsillo de mi gabardina, guardándome su bolso de mano en el otro profundo bolsillo.

Me acerqué al escritorio de Steiner y encontré un pequeño cuaderno azul escrito en clave que me pareció interesante. También me lo guardé.

Después intenté abrir la parte posterior de la cámara que había en el tótem para sacar la placa, pero no encontré el cierre a la primera. Me estaba poniendo nervioso, y pensé que si volvía más tarde a buscarla y me topaba con la policía, podría inventarme una excusa mejor que cualquier explicación que pudiera dar si me pillaban allí en aquel momento.

Volví con la chica y le puse su impermeable, eché un vistazo por si quedaban por allí más cosas suyas, limpié un montón de huellas dactilares mías que probablemente no había dejado y al menos algunas de las que la señorita Dravec tenía que haber dejado. Abrí la puerta y apagué las dos lámparas.

La rodeé otra vez con mi brazo izquierdo, salimos a trompicones a la lluvia y entramos atropelladamente en su Packard. No me hacía mucha gracia dejar allí mi tartana, pero no quedaba más remedio. Su coche tenía las llaves puestas. Nos pusimos en marcha colina abajo.

Durante el camino a Lucerne Avenue no ocurrió nada, aparte de que Carmen dejó de balbucear y soltar risitas y se puso a roncar. No pude apartarle la cabeza de mi hombro. Era la única manera de que no la pusiera en mi regazo. Tuve que conducir despacio y el camino era largo, todo derecho hasta el límite oeste de la ciudad.

La residencia de Dravec era una casa de ladrillo, grande y anticuada, en un terreno extenso con una tapia alrededor. Un sendero de cemento gris pasaba por unos portones de hierro y subía una cuesta entre jardines y macizos de flores, hasta una gran puerta principal con estrechos paneles de cristal emplomado a cada lado. Detrás de los paneles había una luz tenue, como si no hubiera prácticamente nadie en casa.

Empujé la cabeza de Carmen contra un rincón, desparramé sus pertenencias sobre el asiento y salí del coche.

Una doncella abrió la puerta. Dijo que el señor Dravec no estaba y que no sabía dónde se encontraba. En el centro, seguramente. Tenía un rostro amable, alargado y amarillento, la nariz también larga, nada de barbilla y ojos grandes y húmedos. Parecía un bonito caballo viejo, jubilado en los prados tras muchos años de servicio, y daba la impresión de que se ocuparía bien de Carmen.

Señalé el Packard y gruñí:

—Será mejor que la meta en la cama. Tiene suerte de que no la encerremos en una celda. Mira que ir conduciendo, con la tajada que lleva.

La mujer sonrió con tristeza y yo me marché.

Tuve que andar cinco manzanas bajo la lluvia antes de que me dejaran entrar en el vestíbulo de una estrecha casa de apartamentos para llamar por teléfono. Y después dejar pasar otros veinticinco minutos a que llegara un taxi. Mientras esperaba, empecé a preocuparme por lo que había dejado sin hacer.

Todavía tenía que sacar la placa impresionada de la cámara de Steiner.

4

Despedí el taxi en Pepper Drive, delante de una casa en la que había bastante gente, y subí andando la cuesta en curva de La Verne Terrace hasta la casa de Steiner, detrás de sus matorrales.

Nada parecía haber cambiado. Entré por la abertura del seto, abrí la puerta con un suave empujón y olí humo de cigarrillo.

Aquel olor no estaba allí antes. Había habido una complicada combinación de olores, incluyendo el picante vestigio de pólvora sin humo, pero el humo de cigarrillo no había destacado en la mezcla.

Cerré la puerta, hinqué una rodilla en tierra y escuché conteniendo la respiración. No oí nada más que el sonido de la lluvia en el tejado. Probé a proyectar el rayo de mi linterna-lápiz a lo largo del suelo. Nadie me disparó.

Me incorporé, encontré el interruptor colgante de una de las lámparas y encendí la luz en la habitación.

Lo primero que noté fue que en la pared faltaba un par de tapices. No los había contado, pero los espacios en los que habían colgado me llamaron la atención.

Después vi que el cadáver de Steiner ya no estaba delante de la cosa que parecía un tótem con el ojo de una cámara en la boca. En el suelo, más allá del borde de la alfombra roja, alguien había extendido otra sobre el lugar que había ocupado el cuerpo de Steiner. No me hizo falta levantarla para saber por qué la habían puesto allí.

Encendí un cigarrillo y me quedé de pie en medio de la habitación mal iluminada, pensando en ello. Al cabo de un rato me acerqué a la cámara del tótem. Esta vez encontré el cierre. No había portaplacas dentro de la cámara.

Mi mano se dirigió al teléfono de color morado que había sobre el escritorio bajo de Steiner, pero no llegó a cogerlo.

Crucé hasta el pequeño pasillo que había detrás de la sala de estar y husmeé en una alcoba muy recargada, que más parecía el cuarto de una mujer que el de un hombre. La cama tenía una colcha larga adornada con volantes. Levanté el borde y alumbré con la linterna debajo de la cama.

Steiner no estaba debajo de la cama. No estaba en ninguna parte de la casa. Alguien se lo había llevado. Mal podía haberse ido por sí solo.

No había sido la poli, porque en ese caso todavía habría alguien allí. Solo había pasado una hora y media desde que Carmen y yo salimos de la casa. Y ni rastro del barullo que habrían dejado los fotógrafos y tomadores de huellas de la policía.

Volví al cuarto de estar, empujé con el pie el flash metiéndolo detrás del tótem, apagué la lámpara, salí de la casa, me metí en mi empapado coche y le di al carburador para hacerlo volver a la vida.

Me parecía de perlas que alguien quisiera mantener en secreto el asesinato de Steiner durante algún tiempo. Eso me daba la oportunidad de ver si podía contarlo dejando fuera el tema de Carmen desnuda y la foto.

Eran más de las diez cuando volví al Berglund, aparqué mi carromato y subí a mi apartamento. Me metí bajo la ducha y después me puse un pijama y me preparé un pelotazo de ponche caliente. Miré el teléfono un par de veces, pensando en llamar para ver si Dravec había vuelto ya a casa, aunque podría ser buena idea dejarle en paz hasta el día siguiente.

Llené una pipa y me senté con mi ponche caliente y el cuaderno azul de Steiner. Estaba en clave, pero la disposición de las entradas y las sangrías de las hojas dejaban claro que era una lista de nombres y direcciones. Había más de cuatrocientas cincuenta. Si aquella era la lista de pardillos de Steiner, el tío tenía una mina de oro… y eso dejando aparte la cuestión del chantaje.

Cualquiera de los nombres de la lista tenía posibilidades de ser el asesino. No envidiaba el trabajo que iban a tener los polis cuando se la entregara.

Bebí demasiado whisky tratando de descifrar la clave. A eso de la medianoche me fui a la cama y soñé con un hombre con chaqueta china, con toda la parte delantera ensangrentada, que perseguía a una chica desnuda con pendientes largos de jade, mientras yo intentaba fotografiar la escena con una cámara que no tenía placa.

5

Violets M'Gee me llamó por la mañana, antes de que me hubiera vestido pero después de que le hubiera echado un vistazo al periódico sin encontrar nada acerca de Steiner. Su voz tenía el alegre sonido de un hombre que ha dormido bien y no debe demasiado dinero.

—Bueno, ¿qué tal, chico?

Le dije que estaba bien aunque tenía algunos problemas con el libro de lectura de tercer curso. Se rió con aire un poco ausente, y después su voz se volvió demasiado natural.

—Ese tío, Dravec, que mandé a verte... ¿has hecho ya algo por él?

—Llovía demasiado —respondí, como si aquello fuera una respuesta.

—Ajá. Parece ser un tipo al que le ocurren cosas. Un coche de su propiedad está lavándose en las olas frente al muelle de pesca de Lido.

No dije nada. Apreté el teléfono con fuerza.

—Sí —prosiguió M'Gee muy animado—. Un bonito Cadillac nuevo, que se ha puesto perdido de arena y agua de mar. Ah, se me olvidaba. Hay un hombre dentro.

Dejé salir mi aliento despacio, muy despacio.

—¿Dravec? —susurré.

—No, un chico joven. Aún no se lo he dicho a Dravec. Está debajo de la marquesina. ¿Quieres bajar a verlo conmigo?

Le dije que me gustaría.

—Date prisa. Estaré en mi guarida —dijo M'Gee, y colgó.

Afeitado, vestido y casi sin desayunar, llegué al Edificio del Condado en media hora, más o menos. Encontré a M'Gee mirando una pared amarilla y sentado ante un pequeño escritorio del mismo color en el que no había nada, aparte del sombrero de M'Gee y uno de los pies de M'Gee. Quitó ambas cosas de encima del escritorio, bajamos al aparcamiento oficial y nos metimos en un pequeño sedán negro.

Había parado de llover durante la noche, y la mañana estaba toda azul y dorada. Flotaba en el aire energía suficiente para que la vida te pareciera simple y agradable, si no tenías demasiadas cosas en la cabeza. Yo las tenía.

Había cuarenta y ocho kilómetros hasta Lido, los dieciséis primeros a través del tráfico urbano. M'Gee los hizo en tres cuartos de hora. Al cabo de ese tiempo frenamos derrapando delante de un arco de estuco, detrás del cual se extendía un largo muelle negro. Levanté los pies del suelo del coche y nos apeamos.

Nos encontramos con unos cuantos coches y bastante gente delante del arco. Un motorista de la policía impedía que la gente se acercara al muelle. M'Gee le enseñó una estrella de bronce y echamos a andar en medio de un olor intenso que ni siquiera dos días de lluvia habían conseguido quitar.

—Ahí está, en el remolcador —dijo M'Gee.

Un remolcador bajo y negro aguardaba agazapado al final del muelle. En su cubierta, delante de la cabina del timón, había algo grande, verde y niquelado. Varios hombres estaban de pie a su alrededor.

Bajamos por unos escalones resbaladizos a la cubierta del remolcador.

M'Gee saludó a un agente de uniforme caqui y a otro hombre vestido de paisano. Los tres tripulantes del remolcador se retiraron hacia la cabina del timón y apoyaron en ella la espalda, sin dejar de observarnos.

Miramos el coche. El parachoques delantero estaba abollado, al igual que un faro y la cubierta del radiador. La pintura y el niquelado estaban rayados por la arena, y la tapicería estaba empapada y negra. Aparte de eso, el coche no estaba nada mal. Era un cacharro grande, en dos tonos de verde, con una franja de color vino y rebordes del mismo color.

M'Gee y yo miramos adentro, en la parte de delante. Un chico delgado, de cabello oscuro, que había sido atractivo, estaba enroscado alrededor de la barra del volante, con la cabeza en un ángulo raro con el resto del cuerpo. Tenía la cara de un blanco azulado. En los ojos subsistía un leve brillo apagado bajo los párpados caídos. Tenía arena en la boca abierta. Había manchas de sangre en un costado de la cabeza, que el agua del mar no había limpiado del todo.

M'Gee retrocedió despacio, hizo un ruido con la garganta y empezó a mascar un par de caramelos contra el mal aliento con aroma de violetas, que era a lo que debía su apodo.

—¿Qué ha pasado? —preguntó tranquilamente.

El agente de uniforme señaló el extremo del muelle. La sucia barandilla blanca, hecha de listones de cinco por diez, estaba rota y dejaba un amplio espacio, y la madera partida se veía amarilla y brillante.

—Cayó por ahí. Debió de embestir con bastante fuerza. Por aquí dejó de llover pronto, a eso de las nueve, y la madera rota está seca por dentro. Eso quiere decir que pasó después de que dejara de llover. Eso es todo lo que sabemos, aparte de que cayó cuando había agua suficiente para no aplastarse más: por lo menos a mitad de la marea, diría yo. O sea, justo después de que parara de llover. Apareció bajo el agua cuando los chicos vinieron a pescar esta mañana. Utilizamos el remolcador para sacarlo. Entonces encontramos al muerto.

El otro poli rascó la cubierta con la punta del zapato. M'Gee me miró de reojo con sus ojillos de zorro. Yo me quedé inexpresivo y no dije nada.

—El chico estaría borracho —dijo M'Gee suavemente—. Exhibiéndose bajo la lluvia. Seguro que le encantaba conducir. Sí, borracho como una cuba.

—De borracho, nada —dijo el policía de paisano—. El acelerador de mano estaba a medio bajar, y al tío le han dado un cachiporrazo en la sien. Si quiere mi opinión, yo diría que es asesinato.

M'Gee lo miró educadamente, y después al hombre de uniforme.

—¿Y usted qué cree?

—Para mí que es un suicidio. Tiene el cuello roto y podría haberse dado en la cabeza al caer. Y la mano podría haber

274

bajado sin querer el acelerador. Aunque también me inclino por el asesinato.

M'Gee asintió y dijo:

—¿Lo han registrado? ¿Saben quién es?

Los dos agentes me miraron primero a mí y después a la tripulación del remolcador.

—Vale. Pasemos por alto esa parte —dijo M'Gee—. Yo ya sé quién es.

Un hombre bajito con gafas, cara de cansancio y un maletín negro vino despacio por el muelle y bajó los resbaladizos escalones. Localizó un sitio de la cubierta que estaba bastante limpio y dejó en él su maletín. Se quitó el sombrero, se frotó la nuca y sonrió con aire de fatiga.

—Buenos días, doctor. Ahí tiene a su paciente —le dijo M'Gee—. Se zambulló desde el muelle anoche. Eso es lo único que sabemos de momento.

El forense estudió detenidamente al difunto. Le pasó los dedos por la cabeza, la movió un poquito, palpó las costillas. Levantó una mano inerte y le miró las uñas. La dejó caer, retrocedió y recogió de nuevo su maletín.

—Hace unas doce horas —dijo—. Fractura de cuello, desde luego. No creo que haya tragado agua. Será mejor sacarlo de ahí antes de que empiece a ponerse rígido. Les diré el resto cuando lo tenga en una mesa.

Saludó con la cabeza, volvió a subir los escalones y se marchó por el muelle. Una ambulancia se estaba colocando marcha atrás junto al arco de estuco, en la cabecera del muelle.

Los dos agentes gruñeron, tiraron para sacar al muerto del coche y lo dejaron tendido en la cubierta, en el lado del coche que no daba a la playa.

—Vámonos —me dijo M'Gee—. Aquí termina esta parte del espectáculo.

Nos despedimos, y M'Gee les dijo a los agentes que mantuvieran la boca cerrada hasta que tuvieran noticias suyas.

Volvimos a recorrer el muelle, nos metimos en el pequeño sedán negro y regresamos a la ciudad por una carretera blanca que la lluvia había dejado limpia, pasando por ondulantes colinas bajas de arena blanca-amarillenta, con terraplenes cubiertos de musgo. Unas cuantas gaviotas revoloteaban y se lanzaban en picado sobre algo que había en el agua. Mar adentro, en el horizonte, un par de yates blancos parecían suspendidos en el cielo.

Dejamos atrás unos cuantos kilómetros sin decirnos nada. Por fin, M'Gee me hizo un gesto con la barbilla y dijo:

—¿Se te ocurre algo?

—No me atosigues —dije yo—. No había visto nunca a ese tío. ¿Quién es?

—Maldita sea, yo creía que me lo ibas a decir tú.

—No me atosigues, Violets.

Gruñó, se encogió de hombros y nos medio salimos de la carretera, entrando en la arena suelta.

—Era el chófer de Dravec. Un chico llamado Carl Owen. ¿Que cómo lo sé? Lo tuvimos en chirona hace un año por violar la ley Mann. Se llevó a la calentorra de la hija de Dravec a Yuma. Dravec fue a por ellos, los trajo de vuelta e hizo meter al chico en la pecera. Entonces la chica se le echó encima, y a la mañana siguiente el viejo vino corriendo a suplicar que lo soltáramos. Dijo que el chico tenía la intención de casarse con ella, solo que ella no quiso. Y qué demonios, lo puso de nuevo a trabajar para él, y ahí seguía desde entonces. ¿Qué te parece eso?

—Parece muy típico de Dravec —dije.

—Sí… pero puede que el chaval reincidiera.

M'Gee tenía el pelo plateado, la barbilla nudosa y una boquita de labios salientes que parecía hecha para besar bebés. Le miré la cara de soslayo y de pronto capté su idea. Me eché a reír.

—¿Crees que Dravec pudo matarlo? —pregunté.

—¿Por qué no? El chaval le vuelve a tirar los tejos a la

chica y Dravec le sacude demasiado fuerte. Es un tiarrón y podría partirle el cuello a uno sin dificultad. Entonces se asusta. Lleva el coche a Lido bajo la lluvia y deja que se deslice por el extremo del muelle. Piensa que no se notará. A lo mejor no piensa nada de nada. Solo está hecho un lío.

—No puede ser más fácil —dije—. Y ya, lo único que tenía que hacer era volver a casa andando cuarenta y cinco kilómetros bajo la lluvia.

—Eso, búrlate de mí.

—Lo mató Dravec, qué duda cabe —dije—. Pero fue jugando a saltar el potro. Dravec se le cayó encima.

—De acuerdo, amigo. Algún día querrás tú jugar con mi ratoncito.

—Escucha, Violets —dije, ya en serio—. Si el chico fue asesinado, y todavía no estás seguro de que así sea, el crimen no es del estilo de Dravec. Podría matar a un hombre en un ataque de furia, pero lo dejaría ahí tirado. No montaría todo ese tinglado.

Caminamos de un lado a otro de la carretera mientras M'Gee se lo pensaba.

—Vaya un amigo —se lamentó—. Se me ocurre una teoría estupenda y mira lo que has hecho con ella. Ojalá no te hubiera traído. Vete al infierno. De todos modos, voy a ir a por Dravec.

—Claro —coincidí—. Tendrás que hacerlo. Pero Dravec no mató a ese chico. En el fondo es demasiado blando para tratar de encubrirlo.

Era mediodía cuando llegamos a la ciudad. Yo no había cenado nada más que whisky la noche anterior, y había desayunado muy poco por la mañana. Me bajé en el bulevar y dejé que M'Gee fuera solo a ver a Dravec.

Me interesaba lo que le había ocurrido a Carl Owen; pero no me parecía nada interesante la idea de que Dravec pudiera haberlo matado.

Comí en la barra de un bar y miré por encima un periódico de la tarde. No esperaba encontrar nada sobre Steiner, y no lo encontré.

Después de comer, anduve seis manzanas por el bulevar para echar un vistazo a la tienda de Steiner.

6

Era un local dividido en dos; la otra mitad estaba ocupada por una joyería de venta a plazos. El joyero estaba de pie a la entrada: un judío corpulento, de pelo blanco y ojos negros, que llevaba en la mano unos nueve quilates de diamante. Una leve sonrisa de enterado curvó sus labios cuando pasé a su lado para entrar en la tienda de Steiner.

Una gruesa alfombra azul cubría el suelo del establecimiento de pared a pared. Había butacas de cuero azul, con ceniceros de pie a los lados. Colocadas sobre unas mesas estrechas había unas cuantas colecciones de libros encuadernados en piel. El resto de la mercancía estaba en vitrinas de cristal. Un tabique de madera con una sola puerta separaba la tienda de la trastienda, y en el rincón junto a la puerta había una mujer sentada detrás de un pequeño escritorio con un flexo encima.

Se levantó y vino hacia mí, balanceando unos muslos prietos dentro de un vestido ajustado, hecho de algún tejido negro que no reflejaba nada de luz. Era rubia ceniza, con ojos verdosos bajo unas pestañas muy recargadas. Grandes pendientes de azabache en los lóbulos de las orejas. Detrás de ellas, el pelo ondeaba con fluidez. Llevaba las uñas plateadas.

Me dedicó lo que para ella sería una sonrisa de bienvenida, pero que a mí me pareció una mueca nerviosa.

—¿Desea algo?

Me eché el sombrero sobre los ojos y titubeé.

—¿Está Steiner? —dije.

—Hoy no va a venir. ¿Puedo enseñarle…?

278

—Vengo a vender —dije—. Es algo que él quería desde hace mucho tiempo.

Las uñas plateadas tocaron el pelo por encima de una oreja.

—Ah, un vendedor… Bueno, pues venga mañana.

—¿Está enfermo? Podría ir a su casa —sugerí esperanzado—. Va a querer ver lo que tengo.

Aquello la sobresaltó. Tuvo que esforzarse un instante para recuperar el aliento. Pero su voz, cuando salió, era bastante tranquila.

—Eso no… no serviría de nada. Ha salido de la ciudad.

Asentí, me mostré adecuadamente decepcionado, me toqué el sombrero y estaba empezando a dar media vuelta cuando el chico con granos de la noche anterior asomó la cabeza por la puerta del tabique. La volvió a meter en cuanto me vio, pero me dio tiempo a distinguir detrás de él, en el suelo de la trastienda, unas cuantas cajas de libros amontonadas.

Las cajas eran pequeñas y estaban abiertas y llenas de cualquier manera. Un hombre con un mono nuevecito andaba alborotando con ellas. Estaban trasladando parte de la mercancía de Steiner.

Salí del local, caminé hasta la esquina y me metí por el callejón. Detrás de la tienda de Steiner había una camioneta negra con laterales de tela metálica. No tenía ningún rótulo. A través de la tela metálica se veían cajas y, mientras yo miraba, el hombre del mono salió con otra y la cargó.

Volví al bulevar. A media manzana, un muchacho con cara de pillo leía una revista en un taxi Green Top aparcado. Le enseñé algo de dinero y dije:

—¿Qué tal se te da seguir a otro coche?

Me miró de arriba abajo, abrió la puerta del coche y encajó la revista detrás del espejo retrovisor.

—Es mi especialidad, jefe —dijo alegremente.

Nos metimos hasta un extremo del callejón y aguardamos junto a una boca de incendios.

Había aproximadamente una docena de cajas en la camioneta cuando el hombre del mono nuevecito subió a la parte delantera y puso en marcha el motor. Salió disparado callejón abajo y torció a la izquierda en la calle del fondo. Mi conductor hizo lo mismo. La camioneta fue hacia el norte hasta llegar a Garfield, y allí torció al este. Iba muy deprisa y en Garfield había mucho tráfico. El taxista la seguía desde demasiado lejos.

Se lo estaba diciendo cuando la camioneta volvió a torcer al norte, saliéndose de Garfield. La calle por la que dobló se llamaba Brittany. Cuando llegamos a Brittany, había desaparecido, ni rastro de ella.

El chico con cara de pillo que me conducía hizo sonidos consoladores a través de la mampara de cristal del taxi, y subimos por Brittany a cinco por hora buscando la camioneta detrás de las matas. Yo me negaba a dejarme consolar.

Dos manzanas más arriba, Brittany tiraba un poco al este y confluía con la siguiente calle, Randall Place, en una lengua de tierra en la que había un edificio blanco de apartamentos cuya fachada principal daba a Randall Place y cuya entrada al garaje del sótano daba a Brittany, una planta más abajo. Estábamos pasando por allí y mi conductor me decía que la camioneta no podía estar muy lejos, cuando la vi en el garaje.

Dimos la vuelta a la manzana hasta la puerta principal del edificio de apartamentos y yo me bajé y entré en el vestíbulo.

No había centralita telefónica. Había un escritorio que habían empujado contra la pared, como si ya no se usara. Encima del escritorio había nombres en una serie de buzones dorados.

El nombre correspondiente al apartamento 405 era Joseph Marty. Joe Marty se llamaba el hombre que había estado tonteando con Carmen Dravec hasta que su papá le dio cinco mil dólares para que se largara a tontear con alguna otra chica. Podía tratarse del mismo Joe Marty.

Bajé unas escaleras y empujé una puerta con un panel de

vidrio alambrado que daba a la penumbra de un garaje. El hombre del mono nuevecito estaba cargando cajas en el ascensor automático.

Me situé cerca de él, encendí un cigarrillo y me quedé mirándole. No le hizo mucha gracia, pero no dijo nada. Al cabo de un rato dije:

—Cuidado con el peso, compañero. Solo aguanta media tonelada. ¿Adónde va eso?

—A Marty, en el 405 —dijo él, y al instante pareció arrepentido de haberlo dicho.

—Bien —le dije—. Parece un buen montón de lectura.

Volví a subir la escalera, salí del edificio y me metí de nuevo en el Green Top.

Volvimos al centro, al edificio donde tengo la oficina. Le di al taxista demasiado dinero, y él me dio una tarjeta sucia que yo tiré a la escupidera de latón que había junto a los ascensores.

Dravec estaba apoyado en la pared de la puerta de mi oficina.

7

Después de la lluvia, el día era cálido y luminoso, pero él seguía llevando puesta la gabardina de ante con cinturón. La tenía abierta por delante, igual que la chaqueta y el chaleco de debajo. Llevaba la corbata por encima del hombro. La cara parecía una máscara de masilla gris con un rastrojo negro en la parte inferior.

Tenía un aspecto lamentable.

Abrí la puerta, le palmeé la espalda, le di un empujoncito para que pasara y lo instalé en un sillón. Respiraba ruidosamente, pero no dijo nada. Saqué del escritorio una botella de whisky de centeno y escancié un par de copas. Se bebió las dos sin decir palabra. Después se desplomó en el sillón, parpadeó, gimió y sacó de un bolsillo interior un sobre blanco cuadrado. Lo puso sobre el escritorio y dejó encima su mano grande y peluda.

—Siento lo de Carl —dije—. He estado con M'Gee esta mañana.

Me dirigió una mirada vacía. Al cabo de un rato dijo:

—Sí. Carl era un buen chico. No le he hablado mucho de él.

Aguardé, mirando el sobre que tenía bajo la mano. Él también lo miró.

—Tengo que dejar que lo vea —murmuró.

Lo empujó lentamente sobre el escritorio y levantó la mano como si con aquel movimiento estuviera renunciando a casi todo lo que hace que la vida merezca la pena. Dos lágrimas afloraron en sus ojos y se deslizaron por sus mejillas sin afeitar.

Cogí el sobre cuadrado y lo miré. Iba dirigido a él, a su casa, con pulcras letras de imprenta escritas a pluma, y llevaba un sello de «Entrega especial». Lo abrí y miré la reluciente fotografía que había dentro.

Carmen Dravec sentada en el sillón de teca de Steiner, ataviada con sus pendientes de jade. Sus ojos parecían más enloquecidos, si eso era posible, que como yo los había visto. Miré el dorso de la foto, vi que estaba en blanco y la dejé boca abajo en mi escritorio.

—Cuéntemelo —dije con cuidado.

Dravec se limpió las lágrimas de la cara con una manga, apoyó las manos en el escritorio y se miró las uñas sucias. Los dedos temblaban sobre el tablero.

—Un hombre me llamó —dijo con voz muerta—. Diez mil por la placa y las copias. Hay que cerrar el trato esta noche, o le pasarán la foto a algún periódico sensacionalista.

—Eso es un farol —dije—. Un periódico sensacionalista no podría utilizar la foto, excepto para respaldar una historia. ¿Cuál es la historia?

Levantó los ojos lentamente, como si pesaran mucho.

—Eso no es todo. El tipo dice que hay un lío gordo. Que más vale que me dé prisa, o veré a mi hija en el calabozo.

—¿Cuál es la historia? —volví a preguntar, mientras llenaba mi pipa—. ¿Qué dice Carmen?

Meneó su enorme e hirsuta cabeza.

—No le he preguntado. No he tenido valor. Pobre niña. Sin nada de ropa… No, no he tenido valor… Usted aún no ha hecho nada con Steiner, supongo.

—No ha hecho falta —dije—. Alguien se me adelantó.

Se me quedó mirando con la boca abierta, sin comprender. Era evidente que no sabía nada de lo ocurrido la noche anterior.

—¿Salió Carmen anoche? —pregunté con precaución.

Seguía mirándome con la boca abierta, buscando a tientas en su mente.

—No. Está enferma. Estaba enferma en la cama cuando yo llegué a casa. No salió para nada… ¿Qué ha querido decir… con lo de Steiner?

Eché mano a la botella de whisky y serví una copa para cada uno. Después encendí la pipa.

—Steiner ha muerto —dije—. Alguien se hartó de sus trucos y lo llenó de agujeros. Anoche, cuando llovía.

—Caray —dijo admirado—. ¿Estaba usted allí?

Negué con la cabeza.

—Yo no. Carmen sí que estaba. Ese es el lío al que se refería su hombre. No fue ella la que disparó, eso desde luego.

El rostro de Dravec se puso rojo y furioso. Cerró los puños. Su respiración sonaba ronca y había una visible palpitación en los lados del cuello.

—¡Eso no es verdad! Está enferma. No salió para nada. ¡Estaba en cama enferma cuando yo llegué!

—Eso ya me lo ha dicho —dije yo—. Pero eso no es verdad. Yo llevé a Carmen a su casa. La doncella lo sabe, pero está procurando ser leal. Carmen estaba en casa de Steiner y

283

yo estaba vigilando fuera. Hubo disparos y alguien salió huyendo. Yo no lo vi. Carmen estaba demasiado borracha para verlo. Por eso está enferma.

Sus ojos intentaron enfocar mi cara, pero estaban erráticos y vacíos, como si detrás de ellos se hubiera apagado la luz. Se agarró a los brazos del sillón. Sus grandes nudillos se tensaron y se pusieron blancos.

—Ella no me lo dijo —susurró—. No me dijo nada. A mí, que haría cualquier cosa por ella.

No había emoción en su voz; solo el mortal agotamiento de la desesperación.

Empujó el sillón un poco hacia atrás.

—Iré a por la pasta —dijo—. Los diez mil. Puede que el tío no hable.

Y entonces se derrumbó. Su enorme y tosca cabeza cayó sobre el escritorio y los sollozos estremecieron todo su cuerpo. Me puse en pie, pasé al otro lado del escritorio y le palmeé la espalda, y seguí dándole palmaditas sin decir nada. Al cabo de un rato levantó el rostro cubierto de lágrimas y me agarró la mano.

—Caray, es usted un buen tío —sollozó.

—No sabe usted ni la mitad.

Liberé mi mano de un tirón, cogí una copa, se la puse en la zarpa, le ayudé a levantarla y a beberla. Después le quité de la mano la copa vacía y la dejé sobre el escritorio. Volví a sentarme.

—Tiene usted que recomponerse —le dije muy serio—. La policía aún no sabe lo de Steiner. Yo llevé a Carmen a casa y he mantenido la boca cerrada. Quería darles una oportunidad a usted y a Carmen. Eso me pone en una situación difícil. Usted tiene que cumplir su parte.

Asintió despacio, con pesadez.

—Sí, haré lo que usted diga. Lo que usted diga.

—Consiga el dinero —dije—. Téngalo preparado para cuando llamen. Se me ocurre una idea y es posible que no tenga que utilizarlo. Pero no es momento de hacerse el listo. Consiga el dinero, quédese quieto y mantenga la boca cerrada. El resto déjemelo a mí. ¿Puede hacer eso?

—Sí —dijo—. Caray, es usted un buen tío.

—No hable con Carmen —le dije—. Cuanto menos recuerde al pasársele la borrachera, mejor. Esta foto… —toqué el dorso de la foto sobre el escritorio— demuestra que alguien estaba trabajando con Steiner. Tenemos que atraparlo, y deprisa… aunque le cueste diez mil dólares.

Se puso en pie despacio.

—Eso no importa. No es más que dinero. Voy a por él. Después iré a casa. Hágalo usted a su manera. Yo haré lo que me diga.

Me agarró otra vez la mano, me la estrechó y salió pausadamente de la oficina. Oí sus pesados pasos arrastrándose por el pasillo.

Me bebí un par de copas a toda prisa y me lavé la cara.

8

Conduje mi Chrysler despacio por la subida de La Verne Terrace, hacia la casa de Steiner.

A la luz del día, pude ver la empinada cuesta de la colina y el tramo de escalones de madera por donde había escapado el asesino. La calle de abajo era casi tan estrecha como un callejón. Dos casas pequeñas daban a ella, no muy cerca de la de Steiner. Con el ruido que hacía la lluvia al caer, era muy dudoso que alguno de sus ocupantes hubiera oído los disparos.

La casa de Steiner tenía un aspecto apacible bajo el sol de la tarde. Las ripias sin pintar del tejado todavía estaban húmedas a causa de la lluvia. Los árboles del otro lado de la calle tenían hojas nuevas. No había coches aparcados.

Algo se movió detrás de la cuadrada espesura del seto de boj que tapaba la puerta principal de Steiner.

Carmen Dravec, con una chaqueta a cuadros verdes y blancos y sin sombrero, salió por la abertura, se detuvo bruscamente y me miró con ojos enloquecidos, como si no hubiera oído el coche. Volvió a meterse rápidamente detrás del seto. Yo seguí conduciendo y aparqué delante de la casa vacía.

Salí y me dirigí allí andando. A la luz del sol me pareció un acto expuesto y peligroso.

Pasé a través del seto y encontré a la chica, muy tiesa y callada, apoyada en la puerta medio abierta de la casa. Se llevó lentamente una mano a la boca, y sus dientes mordisquearon un pulgar de aspecto raro, que parecía un dedo de más. Bajo sus ojos asustados había intensas sombras de color morado oscuro.

Sin decir nada, la empujé hacia atrás para que entrara en la casa y cerré la puerta. Una vez dentro, nos quedamos mirándonos el uno al otro. Ella bajó la mano despacio e intentó sonreír. Después, toda expresión desapareció de su rostro pálido, que parecía tan inteligente como el fondo de una caja de zapatos.

Infundí amabilidad en mi voz y dije:

—Tranquilícese. Está con un amigo. Siéntese en ese sillón, junto al escritorio. Soy amigo de su padre. No tenga miedo.

Fue a sentarse en el cojín amarillo del sillón negro, ante el escritorio de Steiner.

A la luz del día, el sitio parecía decadente y descolorido. Todavía apestaba a éter.

Carmen se lamió las comisuras de la boca con la punta de una lengua blanquecina. Ahora sus ojos oscuros parecían más estúpidos y aturdidos que asustados. Le di vueltas a un cigarrillo entre los dedos y aparté unos cuantos libros para sentarme en el borde del escritorio. Lo encendí, di un par de caladas y después pregunté:

—¿Qué está haciendo aquí?

Pellizcó la tela de su chaqueta y no respondió. Lo intenté de nuevo.

—¿Cuánto recuerda de lo de anoche?

A eso sí que respondió.

—¿Recordar qué? Anoche estuve enferma… en casa.

Su voz era un sonido cauteloso y ronco que apenas si llegaba a mis oídos.

—Antes de eso —dije—. Antes de que yo la llevara a casa. Aquí.

Un lento rubor fue subiendo desde su cuello, y los ojos se le agrandaron.

—¿Fue… fue usted? —jadeó, y empezó otra vez a morderse su curioso pulgar.

—Sí, fui yo. ¿Cuánto sigue recordando?

—¿Es usted de la policía? —dijo.

—No. Ya le he dicho que soy amigo de su padre.

—¿No es de la policía?

—No.

Por fin lo asimiló. Dejó escapar un largo suspiro.

—¿Qué… qué quiere?

—¿Quién lo mató?

Sus hombros se estremecieron dentro de la chaqueta a cuadros, pero no hubo grandes cambios en su cara. Los ojos se fueron volviendo evasivos poco a poco.

—¿Quién… quién más lo sabe?

—¿Lo de Steiner? No lo sé. La policía no, porque habría alguien aquí. Tal vez Marty.

Fue solo un palo de ciego, pero le arrancó un grito brusco y agudo.

—¡Marty!

Los dos nos quedamos callados un momento. Yo chupaba mi cigarrillo y ella se mordía el pulgar.

—No se pase de lista —dije—. ¿Lo mató Marty?

Su barbilla bajó un par de centímetros.

—Sí.

—¿Por qué lo hizo?

—No… no lo sé. —Estaba como atontada.

—¿Le ha visto mucho últimamente?

Apretó las manos.

—Solo una o dos veces.

—¿Sabe dónde vive?

—¡Sí! —Más que decírmelo, me lo escupió.

—¿Qué pasa? Creía que le gustaba Marty.

—¡Le odio! —dijo casi gritando.

—Entonces, le gustaría que le dieran lo suyo. —Aquello no lo captó. Tuve que explicárselo—. Quiero decir: ¿está dispuesta a decirle a la policía que fue Marty?

Un pánico repentino llameó en sus ojos.

—Si yo me encargo primero del tema de la foto desnuda —dije para tranquilizarla.

Soltó una risita tonta. Aquello me produjo una sensación desagradable. Si hubiera chillado, o se hubiera puesto blanca, o incluso si se hubiera desmayado, habría sido bastante natural. Pero no hizo más que soltar risitas.

Empecé a detestar su mera visión. Me ponía malo solo con mirarla.

Siguió con sus risitas, que correteaban por la habitación como ratas. Poco a poco se fueron volviendo histéricas. Me bajé del escritorio, di un paso hacia ella y la abofeteé.

—Igual que anoche —dije.

Las risitas pararon de golpe y comenzó otra vez a succionarse el pulgar. Por lo visto, mis bofetadas seguían sin importarle. Me senté otra vez en el extremo del escritorio.

—Ha venido aquí a buscar la placa… la de la foto con el traje de recién nacida —dije.

Su barbilla subió y bajó de nuevo.

—Demasiado tarde. Ya la busqué yo anoche, y no estaba. Probablemente la tendrá Marty. ¿No me engaña al decirme eso de Marty?

Negó vigorosamente con la cabeza. Se levantó despacio del sillón. Tenía los ojos medio cerrados, negros como endrinas y tan poco profundos como una concha de ostra.

—Tengo que irme —dijo, como si nos hubiéramos estado tomando una taza de té.

Fue hasta la puerta y estaba extendiendo el brazo para abrirla cuando llegó un coche por la cuesta y se detuvo delante de la casa. Alguien salió del vehículo.

Ella se volvió y me miró aterrorizada.

La puerta se abrió con naturalidad y un hombre nos miró desde ella.

9

Era un hombre con cara de cuchillo, traje marrón y sombrero negro de fieltro. El puño de su manga izquierda estaba doblado y sujeto a la chaqueta con un gran imperdible negro.

Se quitó el sombrero, cerró la puerta empujándola con el hombro, miró a Carmen con una sonrisa agradable. Tenía el pelo negro, cortado al rape, y el cráneo huesudo. La ropa le sentaba muy bien. No parecía violento.

—Soy Guy Slade —dijo—. Perdonen que haya entrado sin llamar. El timbre no funciona. ¿Está Steiner?

No había tocado el timbre. Carmen lo miró con los ojos en blanco, después me miró a mí, y después volvió a mirar a Slade. Se lamió los labios, pero no dijo nada. Hablé yo.

—Steiner no está aquí, señor Slade. No sabemos dónde está.

Asintió y se tocó la larga mandíbula con el ala del sombrero.

—¿Son ustedes amigos suyos?

—Solo hemos venido a por un libro —dije, devolviéndole su sonrisa—. La puerta estaba medio abierta. Llamamos y después entramos. Igual que usted.

—Ya veo —dijo Slade, pensativo—. Está muy claro.

Yo no dije nada. Carmen no dijo nada. Se había quedado absorta mirándole la manga vacía.

—Un libro, ¿eh? —siguió diciendo Slade. Lo dijo de una

manera que me reveló bastante. Estaba enterado del chanchullo de Steiner, seguramente.

Me moví hacia la puerta.

—Solo que usted no llamó a la puerta —dije.

Sonrió, ligeramente embarazado.

—Es verdad. Tendría que haber llamado. Lo siento.

—Bueno, ya nos íbamos —dije como si tal cosa, cogiendo a Carmen del brazo.

—¿Algún recado... por si vuelve Steiner? —preguntó Slade con suavidad.

—No queremos molestarle.

—Es una pena —dijo, con demasiada intención.

Solté el brazo de Carmen y di un paso lento separándome de ella. Slade todavía tenía el sombrero en la mano. No se movió. Sus ojos hundidos titilaban agradablemente.

Abrí de nuevo la puerta. Slade habló:

—La chica puede irse. Pero me gustaría charlar un poquito con usted.

Lo miré fijamente, procurando parecer muy inexpresivo.

—Un gracioso, ¿eh? —dijo Slade en tono amable.

Carmen hizo un ruido repentino a mi lado y salió corriendo por la puerta. Un instante después oí sus pasos bajando la cuesta. No había visto su coche, pero supuse que estaría por allí cerca.

—¿Qué demonios...? —empecé a decir.

—Ahórrese eso —interrumpió Slade fríamente—. Aquí pasa algo raro, y voy a averiguar qué es.

Empezó a andar de un lado a otro de la habitación despreocupadamente, demasiado despreocupadamente. Tenía el ceño fruncido y no me prestaba mucha atención. Aquello me dio que pensar. Eché un rápido vistazo por la ventana, pero no vi nada más que la capota de su coche por encima del seto.

Slade encontró el frasco barrigudo y las dos finas copas moradas sobre el escritorio. Olió una de las copas. Una sonrisa de asco arrugó sus finos labios.

—Chulo asqueroso —dijo sin entonación.

Miró los libros que había sobre el escritorio, tocó uno o dos, pasó al otro lado del escritorio y se paró ante la cosa que parecía un tótem. Se la quedó mirando. Después, su mirada bajó al suelo, a la alfombrilla que habían colocado en el sitio donde había estado el cadáver de Steiner. Apartó la alfombra con el pie y se puso tenso de golpe, mirando hacia abajo.

Era una buena actuación… y si no lo era, Slade poseía un olfato que me habría venido muy bien en mi oficio. Todavía no estaba seguro de cuál de las dos cosas era, pero me estaba haciendo pensar mucho.

Se agachó despacio, poniendo una rodilla en el suelo. El escritorio le ocultaba parcialmente de mi vista.

Saqué un revólver de la sobaquera, puse las dos manos a la espalda y me apoyé en la pared.

Hubo una exclamación brusca y cortante, y Slade se puso en pie de un salto. Su brazo se movió como un rayo, y una Luger larga y negra se acopló expertamente a él. No me moví. Slade sostuvo la Luger con sus dedos largos y pálidos, sin apuntarme a mí, sin apuntar a nada en particular.

—Sangre —dijo en voz baja, muy serio, con sus ojos hundidos más negros y duros que antes—. Hay sangre ahí en el suelo, debajo de una alfombra. Mucha sangre.

Le sonreí.

—Ya la había visto —dije—. Es sangre vieja. Sangre seca.

Se deslizó de costado al sillón negro situado detrás del escritorio de Steiner y se acercó el teléfono rastrillándolo con la Luger. Miró ceñudo el teléfono y después me miró ceñudo a mí.

—Creo que habrá que llamar a la poli —dijo.

—Por mí, vale.

Los ojos de Slade eran estrechos y duros como el azabache. No le gustó que yo estuviera de acuerdo con él. Se le había descascarillado la capa de barniz, dejando un tipo duro y bien vestido con una Luger. Y parecía muy capaz de usarla.

—A ver, ¿quién demonios es usted? —gruñó.

—Un sabueso. El nombre no importa. La chica es mi cliente. Steiner la ha estado acosando con un chantaje guarro. Hemos venido a hablar con él. Pero no está.

—Y entraron como si tal cosa, ¿eh?

—Exacto. ¿Qué pasa? ¿Cree que hemos matado a Steiner, señor Slade?

Sonrió un poquito, muy levemente, pero no dijo nada.

—¿O cree que Steiner ha matado a alguien y ha huido? —sugerí.

—Steiner no ha matado a nadie —dijo Slade—. Steiner tenía menos agallas que un gato enfermo.

—Por aquí no se ve a nadie, ¿no? —dije—. A lo mejor Steiner tenía pollo para cenar, y le gusta matar a sus pollos en el salón.

—No lo pillo. No capto su juego.

Sonreí otra vez.

—Adelante, llame a sus amigos de comisaría. Pero no le va a gustar su reacción.

Se lo pensó sin mover ni un músculo, apretando los labios contra los dientes.

—¿Por qué no? —preguntó por fin, en tono cauteloso.

—Le conozco, señor Slade —dije—. Lleva usted el club Aladdin, en los Palisades. Toda clase de juegos, luces suaves, vestidos de noche y cenas frías, por si fuera poco. Conoce a Steiner lo bastante como para entrar en su casa sin llamar. El negocio de Steiner necesitaba algo de protección de vez en cuando. Podría ser usted.

El dedo de Slade se tensó en la Luger, y después se relajó. Dejó la Luger en el escritorio, pero mantuvo la mano sobre ella. Su boca se convirtió en una mueca dura y blanca.

—Alguien se ha cargado a Steiner —dijo con suavidad. Su voz y su expresión parecían pertenecer a dos personas diferentes—. No se ha presentado en la tienda hoy. No contestaba el teléfono. He venido a ver qué pasaba.

—Me alegra saber que no se lo ha cargado usted —dije.

La Luger se alzó de nuevo y tomó por blanco mi pecho.

—Bájela, Slade —dije—. Todavía no sabe lo suficiente para liarse a tiros. He tenido que acostumbrarme a la idea de que no estoy hecho a prueba de balas. Bájela. Le voy a decir una cosa… por si acaso no la sabe. Hoy, alguien se ha llevado de la tienda los libros de Steiner… los libros con los que hacía su auténtico negocio.

Slade dejó su pistola sobre el escritorio por segunda vez. Se echó hacia atrás y forzó su cara para que adoptase una expresión amable.

—Le escucho —dijo.

—Yo también creo que alguien se ha cargado a Steiner —dije—. Creo que esa sangre es suya. El que hayan trasladado los libros de la tienda de Steiner nos da un motivo para que se llevaran su cadáver de aquí. Alguien se está haciendo con su negocio y no quiere que encuentren a Steiner hasta que esté todo a punto. Quien lo haya hecho debería haber limpiado la sangre. No la limpió.

Slade escuchaba en silencio. Las cúspides de sus cejas formaban ángulos agudos que contrastaban con la piel blanca de su frente acostumbrada a los interiores.

Seguí hablando:

—Matar a Steiner para quedarse con su negocio es una jugada idiota, y no estoy seguro de que haya ocurrido así. Pero sí que estoy seguro de que quien se haya llevado los libros sabe lo que ha pasado, y de que la rubia de la tienda está muerta de miedo por algún motivo.

—¿Algo más? —preguntó Slade en tono llano.

—Por ahora, no. Hay un asunto de chismorreo escandaloso que quiero investigar. Si llego a alguna parte, puede que se lo diga. Entonces podría meter baza.

—Sería mejor ahora —dijo Slade. Y entonces, apretó los dientes contra los labios y dio dos silbidos agudos.

Di un bote. Fuera se abrió un coche. Se oyeron pasos.

Saqué el revólver de detrás de mi cuerpo. La cara de Slade

se contrajo y su mano se lanzó a por la Luger que tenía delante, buscando la culata.

—¡No la toque! —dije.

Se puso en pie, rígido, con la mano en la pistola pero sin la pistola en la mano. Pasé rápidamente a su lado para llegar al pasillo y me volví justo cuando dos hombres entraban en la habitación.

Uno tenía el pelo rojo y corto, la cara blanca y arrugada, los ojos inestables. El otro era sin duda un boxeador; un chico atractivo, si dejábamos aparte la nariz aplastada y una oreja tan gorda como un bocadillo de carne.

Ninguno de los recién llegados tenía un arma a la vista. Se detuvieron y se quedaron a la expectativa.

Yo me quedé detrás de Slade, en el umbral de la puerta. Slade se inclinaba sobre el escritorio delante de mí, sin mover ni un dedo.

La boca del boxeador se abrió al máximo para gruñir, mostrando unos dientes blancos y afilados. El pelirrojo parecía tembloroso y asustado.

Slade tenía muchas agallas. Con voz suave y baja, pero muy clara, dijo:

—Este chulo ha matado a Steiner, chicos. ¡A por él!

El pelirrojo se sujetó el labio inferior con los dientes y echó mano a algo que llevaba bajo el brazo izquierdo. No llegó a alcanzarlo. Yo estaba preparado y muy atento. Aunque me dolió mucho hacerlo, le pegué un tiro en el hombro derecho. El revólver hizo un gran estruendo en la habitación cerrada. Me pareció que se había tenido que oír en toda la ciudad. El pelirrojo cayó al suelo y allí se retorció y pataleó como si le hubiera disparado en la barriga.

El boxeador no se movió. Probablemente sabía que no era lo bastante rápido de pegada. Slade agarró su Luger y empezó a volverse. Di un paso adelante y le propiné un revés detrás de la oreja. Cayó inerte sobre el escritorio y la Luger se disparó contra una hilera de libros.

Slade no me oyó decir:

—Me sienta fatal pegarle a un manco por la espalda, Slade. Y no me entusiasman las exhibiciones. Usted me ha obligado.

El boxeador me sonrió y dijo:

—De acuerdo, amigo. ¿Y ahora, qué?

—Me gustaría salir de aquí, si es posible sin pegar más tiros. O podemos quedarnos a esperar a la poli. A mí me da lo mismo.

Se lo pensó con calma. El pelirrojo soltaba gemidos en el suelo. Slade estaba completamente inmóvil.

El boxeador levantó las manos despacio y las cruzó detrás de la nuca. Dijo fríamente:

—No sé de qué va esto, pero me importa un comino dónde vayas y lo que hagas cuando llegues allí. Y este no me parece el sitio adecuado para una fiesta de plomo. Ahueca.

—Un chico listo. Eres más sensato que tu jefe.

Caminé de costado rodeando el escritorio, y seguí así hasta alcanzar la puerta abierta. El boxeador fue girando lentamente, dándome la cara, manteniendo las manos detrás de la cabeza. En su rostro había una sonrisa perversa, pero casi afable.

Me escurrí a través de la puerta, salí rápidamente por la abertura del seto y eché a correr cuesta arriba, medio esperando que volara plomo detrás de mí. No llegó nada.

Salté al interior del Chrysler, subí a toda velocidad hasta la cresta de la colina y me alejé de aquel vecindario.

10

Eran más de las cinco cuando frené enfrente del edificio de apartamentos de Randall Place. Ya había unas cuantas luces encendidas y las radios vociferaban una algarabía de programas diferentes. Subí en el ascensor automático hasta el cuarto piso. El apartamento 405 estaba al final de un largo pasillo enmoquetado en verde y con paredes color marfil. Una brisa fresca soplaba a lo largo del corredor, procedente de las puertas abiertas que daban a la escalera de incendios.

Al lado de la puerta marcada con el 405 había un pequeño timbre color marfil. Lo apreté.

Al cabo de mucho tiempo, un hombre abrió la puerta aproximadamente un palmo. Era un hombre delgado, patilargo, con ojos castaños oscuros en una cara muy morena. Los pelos como alambres empezaban a crecer bastante atrás, dejando una gran cantidad de frente morena en forma de cúpula. Sus ojos castaños me sondearon de un modo impersonal.

—¿Steiner? —dije.

No hubo ni un cambio en la cara del hombre. Sacó un cigarrillo de detrás de la puerta y lo colocó despacio entre los apretados labios morenos. Una bocanada de humo vino hacia mí, y detrás de ella llegaron palabras dichas con voz tranquila, sin apresuramientos, sin inflexiones:

—¿Qué ha dicho?

—Steiner. Harold Hardwicke Steiner. El de los libros.

El hombre asintió. Consideró mi comentario sin prisas. Miró la punta de su cigarrillo y dijo:

—Me parece que lo conozco. Pero no viene por aquí. ¿Quién lo anda buscando?

Sonreí. No le gustó.

—¿Es usted Marty? —pregunté.

El rostro moreno se endureció.

—¿Por qué? ¿Se trae algún negocio, o solo está de cachondeo?

Moví un pie con naturalidad, lo suficiente para que él no pudiera cerrar la puerta de golpe.

—Usted tiene los libros —dije—. Yo tengo la lista de pardillos. ¿Qué tal si lo hablamos?

Marty no apartaba los ojos de mi cara. Su mano derecha volvió a meterse detrás del panel de la puerta, y por la postura del hombro me dio la impresión de que estaba moviendo la mano. Se oyó un ruido débil en la habitación detrás de él, muy débil. Una anilla de cortina chocó levemente con una barra.

Entonces abrió del todo la puerta.

—¿Por qué no? Si cree que tiene algo… —dijo con frialdad.

Entré en la habitación pasando junto a él. Era una estancia alegre, con buenos muebles y no demasiados. En la pared del fondo, un balcón con balaustrada de piedra daba a los pies de las colinas, que empezaban a ponerse púrpuras con el atardecer. Cerca del balcón había una puerta cerrada. En la misma pared, pero más cerca, había otra puerta con cortinas corridas, que colgaban de una barra de latón por debajo del dintel.

Me senté en un sofá pegado a la pared que no tenía puertas. Marty cerró la de entrada y caminó de lado hasta un escritorio alto de roble, tachonado de clavos cuadrados. Apoyada en la hoja abatible del escritorio había una cigarrera de cedro con bisagras doradas. Marty la cogió sin quitarme los ojos de encima y la llevó a una mesita baja situada al lado de una butaca, donde se sentó.

Dejé el sombrero a mi lado, me desabroché el botón superior de la chaqueta y sonreí a Marty.

—Bueno, le escucho —dijo él.

Apagó su cigarrillo, levantó la tapa de la cigarrera y sacó un par de puros gordos.

—¿Un cigarro? —propuso con naturalidad, arrojándome uno.

Alcé la mano para cogerlo y quedé como un imbécil. Marty dejó caer el otro puro en la caja y levantó rapidísimamente la mano con un revólver.

Miré el revólver educadamente. Era un Colt negro de la policía, un 38. Por el momento, yo no tenía ningún argumento en contra de él.

—Póngase de pie un momento —dijo Marty—. Acérquese unos dos metros. Y mientras lo hace, procure agarrar un poco de aire. —Su voz era elaboradamente natural.

Yo estaba furioso por dentro, pero le sonreí y dije:

—Es usted el segundo individuo que me encuentro hoy que cree que con un arma en la mano se tiene al mundo cogido por el rabo. Apártela y hablemos.

Las cejas de Marty se juntaron y adelantó un poco la barbilla. Sus ojos castaños parecían vagamente preocupados.

Nos observamos el uno al otro. No miré el zapato negro y puntiagudo que asomaba por debajo de las cortinas en la puerta de mi izquierda.

Marty vestía un traje azul oscuro, camisa azul y corbata negra. Su cara morena parecía sombría por encima de aquellos colores oscuros. Habló con suavidad, arrastrando las palabras.

—No me malinterprete. No soy un tipo violento; solo precavido. No tengo ni puñetera idea de quién es usted. Por lo que yo sé, podría ser un asesino.

—Pues no pone demasiado cuidado —dije—. El trabajito de los libros fue una chapuza.

Respiró hondo y dejó salir el aire en silencio. Después se echó hacia atrás, cruzó sus largas piernas y apoyó el Colt en una rodilla.

—No vaya a creer que no usaré esto si tengo que hacerlo. ¿Qué tiene que contarme?

—Dígale a su amiga, la de los zapatos puntiagudos, que salga de ahí detrás —dije—. Se estará cansando de contener la respiración.

Sin volver la cabeza, Marty llamó:

—Ven aquí, Agnes.

Las cortinas de la puerta se descorrieron y la rubia de ojos verdes de la tienda de Steiner se unió a nosotros en la habitación. No me sorprendió mucho verla allí. Me miró con furia.

—Sabía perfectamente que usted iba a traer problemas

—me dijo irritada—. Le dije a Joe que se anduviera con cuidado.

—Déjate de rollos —le cortó Marty—. Joe se anda con mucho cuidado. Enciende alguna luz, que pueda ver lo suficiente para pegarle un tiro a este tío, si las cosas se ponen así.

La rubia encendió una gran lámpara de pie con pantalla roja y cuadrada. Se sentó debajo, en una gran butaca de terciopelo, y mantuvo fija en su cara una sonrisa de sufrimiento. Estaba asustada hasta el borde del agotamiento.

Me acordé del puro que tenía en la mano y me lo metí en la boca. El Colt de Marty me apuntó sin un temblor mientras yo sacaba cerillas y lo encendía.

Exhalé el humo y dije a través de la humareda:

—La lista de pardillos que le decía está en clave. Así que todavía no he podido leer los nombres, pero hay unos quinientos. Usted tiene doce cajas de libros, pongamos que unos trescientos. Tiene que haber otros tantos prestados. Digamos que en total son quinientos, tirando por lo bajo. Si la lista es buena y se mueve, y si usted puede ir colocando todos los libros, eso sería un cuarto de millón en alquileres. Pongamos una cuota de alquiler baja, digamos que un dólar. Es muy barato, pero digamos que un dólar. Eso es mucho dinero en estos tiempos. Bastante para liquidar a alguien por él.

La rubia soltó un chillido penetrante:

—¡Está usted loco si cree…!

—¡A callar! —le gritó Marty.

La rubia se mordió la lengua y echó atrás la cabeza, apoyándola en el respaldo de su butaca. Su cara se veía torturada por la tensión.

—No es un negocio para gualtrapas —seguí diciéndoles—. Hay que ganarse la confianza del cliente, y conservarla. Personalmente, opino que la cuestión chantaje es un error. Yo prescindiría de todo eso.

La mirada castaña oscura de Marty se clavó fríamente en mi rostro.

—Es usted un tío muy gracioso —dijo arrastrando las sílabas—. ¿Quién tiene ese negocio tan estupendo?

—Lo tiene usted —dije—. Casi.

Marty no dijo nada.

—Mató a Steiner para hacerse con él —dije—. Anoche, mientras llovía. El tiempo era ideal para pegar tiros. Lo malo es que él no estaba solo cuando ocurrió. O bien usted no se dio cuenta, o se asustó. Salió huyendo. Pero tuvo agallas suficientes para regresar y esconder el cadáver en alguna parte… para así poder arreglar lo de los libros antes de que se descubriera el pastel.

La rubia emitió un sonido ahogado y después volvió la cabeza y se quedó mirando la pared. Sus uñas plateadas se clavaron en las palmas. Los dientes mordieron con fuerza el labio.

Marty ni siquiera pestañeó. Ni se movió él ni se movió el Colt que tenía en la mano. Su rostro moreno estaba tan duro como una talla de madera.

—Tío, tú sí que le echas agallas —dijo por fin en voz baja—. Qué suerte tienes de que yo no haya matado a Steiner.

Le sonreí sin mucha alegría.

—Aun así, es posible que le cuelguen por ello —dije.

La voz de Marty era un sonido seco y crujiente.

—¿Crees que vas a poder cargármelo a mí?

—Desde luego.

—¿Y cómo?

—Hay una persona que dirá que fue así.

Marty empezó a maldecir.

—¡La muy…! ¡Sería capaz! ¡Maldita sea la tía!

No dije nada. Le dejé que lo fuera rumiando. Su rostro se serenó poco a poco, y dejó el Colt sobre la mesa, manteniendo la mano cerca de él.

—No hablas como los liantes que yo conozco —dijo despacio, con los ojos brillando fijamente entre los oscuros párpados entornados—. Y no veo ningún poli por aquí. ¿Qué vas buscando?

Di una calada a mi cigarro y le miré la mano del revólver.

—La placa que había en la cámara de Steiner. Y todas las copias que se hayan hecho. Ahora mismo. Las tiene usted… porque solo así habría podido saber quién estaba allí anoche.

Marty torció un poco la cabeza para mirar a Agnes. Esta seguía de cara a la pared y sus uñas seguían apuñalándole las palmas. Marty volvió a mirarme.

—Tío, estás metiendo la pata hasta el corvejón —me dijo.

Negué con la cabeza.

—No. Y es una tontería que intente ganar tiempo, Marty. Le pueden empapelar por la muerte con mucha facilidad. Es de cajón. Si la chica tiene que contar su historia, las fotos no importarán. Pero no quiere contarla.

—¿Eres detective? —preguntó.

—Sí.

—¿Cómo me has localizado?

—Tenía que presionar a Steiner. Él estaba presionando a Dravec. Dravec chorrea dinero. A usted mismo le llegó algo. Seguí los libros desde la tienda de Steiner hasta aquí. El resto fue fácil, en cuanto oí la historia de la chica.

—¿Ella dice que yo maté a Steiner?

Asentí.

—Pero podría estar equivocada.

Marty suspiró.

—Me la tiene jurada —dijo— porque le di puerta. Me pagaron por ello, pero lo habría hecho de todos modos. Está demasiado majara para mí.

—Las fotos, Marty —dije.

Se levantó despacio, bajó la mirada hacia el Colt, se lo guardó en un bolsillo. Alzó lentamente la mano hacia el bolsillo del pecho.

Alguien tocó el timbre de la puerta y continuó haciéndolo durante un rato.

A Marty aquello no le gustó nada. Su labio inferior se introdujo bajo los dientes, y se le arquearon hacia abajo los extremos de las cejas. Todo su rostro se endureció.

El timbre seguía sonando sin parar.

La rubia se puso en pie rápidamente. La tensión nerviosa envejecía y afeaba su cara.

Sin dejar de vigilarme, Marty abrió de golpe un cajoncito del escritorio alto y sacó de él una automática pequeña, de cachas blancas. Se la extendió a la rubia. Ella se le acercó y la cogió con titubeos, sin que le hiciera mucha gracia.

—Siéntate al lado del sabueso —dijo con voz ronca—. Apúntale con la pistola. Si hace algo raro, le metes cuatro tiros.

La rubia se sentó, a casi un metro de mí, en el lado más apartado de la puerta. Apuntó la pistola a mi pierna. No me gustó nada la expresión alterada de sus ojos verdes.

El timbre de la puerta dejó de sonar, y alguien empezó a repicar en la madera con golpes rápidos, ligeros e impacientes. Marty cruzó la habitación hasta la puerta. Se metió la mano derecha en el bolsillo de la chaqueta y la abrió con la mano izquierda, en un movimiento rápido.

Carmen Dravec lo empujó hacia atrás con el cañón de un pequeño revólver que le puso en su cara morena.

Marty retrocedió, apartándose de ella con suavidad y presteza. Tenía la boca abierta y una expresión de pánico en el rostro. Conocía muy bien a Carmen.

Carmen cerró la puerta y siguió embistiendo con su pequeño revólver. No miraba a nadie más que a Marty, no parecía ver nada más que a Marty. Su rostro tenía una expresión como de sonada.

La rubia se estremeció de pies a cabeza y alzó la automática de cachas blancas para apuntar a Carmen. Yo estiré la mano y le agarré la suya, cerré los dedos rápidamente, puse el seguro con el pulgar y dejé el dedo puesto. Hubo un breve forcejeo, al que ni Marty ni Carmen prestaron ninguna atención, y me hice con la pistola.

La rubia respiró hondo y clavó la mirada en Carmen Dravec. Carmen miró a Marty con ojos de sonada y dijo:

—Quiero mis fotos.

Marty tragó saliva y trató de sonreír.

—Pues claro, nena, pues claro —dijo con una voz plana y apocada que no se asemejaba en nada a la voz que había utilizado para hablarme a mí.

Carmen parecía casi tan enloquecida como cuando estaba sentada en el sillón de Steiner. Pero esta vez controlaba su voz y sus músculos.

—Has matado a Hal Steiner —dijo.

—¡Un momento, Carmen! —grité.

Carmen ni me miró. La rubia volvió a la carga a toda prisa, agachó la cabeza hacia mí como si fuera a darme un cabezazo, e hincó los dientes en mi mano derecha, la que empuñaba su pistola.

Grité un poco más. Tampoco le importó a nadie.

Marty dijo:

—Escucha, pequeña, yo no...

La rubia sacó los dientes de mi mano y me escupió mi propia sangre. Después se lanzó a por mi pierna y trató de mordérmela. Le aticé un ligero golpe en la cabeza con el cañón de la pistola e intenté ponerme en pie. Ella se escurrió por mis piernas y me rodeó los tobillos con los brazos. Volví a caer en el sofá. La rubia tenía esa fuerza que dan la locura y el miedo.

Marty hizo un intento de agarrar el arma de Carmen con la mano izquierda y falló. El pequeño revólver hizo un ruido sordo y pesado, aunque no demasiado fuerte. Una bala pasó rozando a Marty y rompió el cristal de una de las puertas abiertas del balcón.

Marty se quedó otra vez absolutamente inmóvil. Era como si todos sus músculos se hubieran declarado en huelga.

—¡Agáchate y derríbala, idiota! —le grité.

A continuación, volví a atizarle a la rubia en la cabeza, mucho más fuerte, y rodó a mis pies. Me desembaracé de ella y me aparté.

Marty y Carmen seguían frente a frente, como un par de imágenes reflejadas.

Algo muy grande y muy pesado golpeó la puerta por fuera, y la madera se rajó en diagonal de arriba abajo.

Aquello hizo que Marty volviera a la vida. Sacó el Colt del bolsillo y saltó hacia atrás. Yo le disparé al hombro derecho y fallé, por no querer herirle de gravedad. La cosa pesada volvió a golpear la puerta, con un estrépito que pareció sacudir el edificio entero.

Solté la pequeña automática y saqué mi propio revólver, mientras Dravec entraba arrastrando la puerta destrozada.

Tenía la mirada enloquecida, estaba ciego de rabia, frenético. Sus ojos inyectados en sangre echaban llamas, y había espuma en sus labios.

Sin mirarme siquiera, me dio un golpe tremendo en un lado de la cabeza. Caí contra la pared, entre el extremo del sofá y la puerta rota.

Estaba sacudiendo la cabeza y procurando despejarme de nuevo cuando Marty empezó a disparar.

Algo separó la chaqueta de Dravec de su espalda, como si una bala le hubiera atravesado. Se tambaleó, se enderezó al instante y embistió como un toro.

Apunté con mi revólver y disparé al cuerpo de Marty. Le dio una sacudida, pero el Colt que tenía en la mano siguió saltando y rugiendo. Entonces Dravec se interpuso entre nosotros y Carmen fue apartada a un lado como una hoja seca, y ya no hubo nada más que hacer.

Las balas de Marty no detuvieron a Dravec. Nada podía detenerlo. Aunque hubiera estado muerto, habría alcanzado a Marty de todos modos.

Lo agarró por el cuello mientras Marty le tiraba su revólver vacío a la cara. Rebotó como una pelota de goma. Marty soltó un chillido agudo, y Dravec lo agarró del cuello y lo levantó del suelo.

Durante un instante, las manos morenas de Marty trataron de aferrarse a las muñecas del hombretón. Algo se partió con un chasquido, y las manos de Marty cayeron inertes. Hubo otro chasquido, más apagado. Justo antes de que Dravec soltara el cuello de Marty, vi que la cara de este se había puesto morada, casi negra. Me acordé, casi sin darle importancia, de que algunas veces, cuando a un hombre se le rompe el cuello, se traga la lengua antes de morir.

Entonces Marty cayó en un rincón y Dravec empezó a retroceder, apartándose de él. Retrocedía como cuando uno pierde el equilibrio y no es capaz de mantener los pies por debajo del centro de gravedad. Y después, su corpachón se inclinó hacia atrás y cayó al suelo de espaldas, con los brazos muy extendidos.

Le salía sangre de la boca. Sus ojos se esforzaron por mirar hacia arriba, como si intentaran ver a través de la niebla.

Carmen Dravec se agachó a su lado y empezó a gemir como un animal asustado.

Se oían ruidos fuera, en el pasillo, pero nadie se asomó por la puerta abierta. Había volado demasiado plomo.

Me acerqué rápidamente a Marty, me incliné sobre él y metí la mano en su bolsillo del pecho. Saqué un sobre grueso y cuadrado, que tenía dentro algo rígido y duro. Me puse en pie con el sobre y me volví.

A lo lejos, el aullido de una sirena sonaba débilmente en el aire de la tarde, y parecía que se iba haciendo más fuerte. Un hombre de rostro pálido asomó cautelosamente por la puerta. Me arrodillé junto a Dravec.

Intentó decir algo, pero no oí las palabras. Después, la tensión desapareció de sus ojos, que quedaron ausentes e indiferentes, como los ojos de alguien que mira algo muy lejano a través de una extensa llanura.

Carmen habló con voz pétrea.

—Estaba borracho. Me obligó a decirle dónde iba. No sabía que me había seguido.

—Tú qué ibas a saber —dije sin entonación.

Me puse en pie otra vez y abrí el sobre rasgándolo. Había unas cuantas fotos y un negativo de cristal. Tiré la placa al suelo y la hice añicos a taconazos. Empecé a rasgar las fotos y dejé que los trozos cayeran revoloteando de mis manos.

—Van a publicar un montón de fotos tuyas, nena —dije—. Pero esta no la publicarán.

—No sabía que venía siguiéndome —dijo de nuevo, y empezó a morderse el pulgar.

La sirena ya sonaba con fuerza a las puertas del edificio. Se transformó en un zumbido penetrante y después calló del todo, justo cuando yo terminaba de romper las fotos.

Me quedé de pie en medio de la habitación, preguntándome por qué me había tomado la molestia. Ya no tenía ninguna importancia.

12

Apoyando el codo en el extremo de la gran mesa de nogal del despacho del inspector Isham, y sosteniendo lánguidamente un cigarrillo encendido entre sus dedos, Guy Slade dijo sin mirarme:

—Gracias por meterme en el saco, sabueso. Me gusta ver de vez en cuando a los chicos de Jefatura.

Arrugó las comisuras de la boca en una sonrisa desagradable.

Yo estaba sentado delante de la mesa, enfrente de Isham. Isham era larguirucho y gris, y llevaba gafas de pinzas. No tenía pinta, ni actuaba, ni hablaba como un policía. Violets M'Gee y un poli irlandés de ojos alegres llamado Grinnell estaban en un par de sillas de respaldo redondo apoyadas en un tabique con la parte superior de cristal, que dividía el despacho convirtiendo una parte en una sala de recepción.

—Me pareció que había encontrado esa sangre demasiado pronto —le dije a Slade—. Supongo que me equivoqué. Le pido disculpas, señor Slade.

—Sí, con eso ya es como si no hubiera ocurrido. —Se puso en pie, recogió de la mesa un bastón de rotén y un guante—. ¿Necesita algo más de mí, inspector?

—Eso es todo por esta noche, Slade. —La voz de Isham era seca, fría, sardónica.

Slade se colgó el bastón de la muñeca para abrir la puerta. Sonrió a todo el mundo antes de salir. Probablemente, lo último en que se posaron sus ojos fue en mi nuca, pero yo no le estaba mirando.

Isham habló:

—No hace falta que le diga lo que opina el Departamento de Policía de esa clase de encubrimiento de un crimen.

Yo suspiré.

—Tiros —dije—. Un muerto en el suelo. Una chica desnuda y drogada en un sillón, que no sabía lo que había pasado. Un asesino que yo no habría podido atrapar, ni ustedes tampoco… en aquel momento. Detrás de todo eso, un pobre viejo palurdo que se estaba rompiendo el corazón intentando hacer lo correcto en una situación asquerosa. Adelante, échenme las culpas. No me arrepiento.

Isham descartó todo aquello con un gesto de la mano.

—¿Quién mató a Steiner?

—La rubia se lo dirá.

—Quiero que me lo diga usted.

Me encogí de hombros.

—Si quieren que haga conjeturas… Carl Owen, el chófer de Dravec.

Isham no pareció muy sorprendido. Violets M'Gee gruñó ruidosamente.

—¿Qué le hace pensar eso? —preguntó Isham.

—Durante algún tiempo pensé que podía haber sido Marty, en parte porque lo dijo la chica. Pero eso no significaba nada. Ella no lo sabía y solo aprovechó la oportunidad para darle una puñalada a Marty. Es de las que no renuncian fácilmente a una idea. Pero Marty no se portaba como un asesino. Y un hombre tan frío como él no habría huido de esa manera. Yo todavía no había tocado la puerta cuando el asesino echó a correr.

»Por supuesto, también pensé en Slade. Pero Slade tampoco da el tipo. Va siempre con dos pistoleros, y estos habrían dado un poco de guerra. Además, Slade pareció verdaderamente sorprendido al encontrar la sangre en el suelo, esta tarde. Slade estaba compinchado con Steiner y vigilaba su negocio, pero no lo mató. No tenía ningún motivo para matarlo, y aunque lo tuviera, él no lo habría hecho de ese modo, delante de un testigo.

»Pero Carl Owen sí lo habría hecho así. En otro tiempo estuvo enamorado de la chica, y puede que nunca se le pasara del todo. Tenía posibilidades de espiarla, averiguar dónde iba y qué hacía. Acechó a Steiner, entró por la puerta de atrás, vio lo de la foto desnuda y se le cruzaron los cables. Le dio lo suyo a Steiner, y entonces le entró el pánico y salió corriendo.

—Y corrió hasta el final del muelle de Lido y siguió corriendo al acabarse el muelle —dijo Isham secamente—. ¿Ha olvidado que el chico Owen tenía un cachiporrazo en un lado de la cabeza?

—No —dije yo—. Y tampoco me olvido de que, de un modo u otro, Marty sabía lo que había en la placa fotográfica... o tenía una idea lo bastante aproximada como para hacerle ir allá a por la placa y además esconder un cadáver en el garaje de Steiner para ganar tiempo.

—Trae a Agnes Laurel, Grinnell —dijo Isham.

Grinnell se levantó con esfuerzo de su silla y recorrió todo el pasillo, hasta desaparecer por una puerta.

—Chico, menudo amigo estás hecho —dijo Violets M'Gee.

No le miré. Isham se tiró del pellejo delante de la nuez y se miró las uñas de la otra mano.

Grinnell volvió con la rubia. Esta tenía el pelo revuelto por encima del cuello del abrigo. Se había quitado de las orejas los pendientes de azabache. Se la veía cansada, pero ya no parecía asustada. Se dejó caer lentamente en el sillón donde había estado Slade, al extremo de la mesa, y cruzó delante del cuerpo las manos con las uñas plateadas.

Isham habló con voz tranquila.

—Bien, señorita Laurel. Ahora nos gustaría oír su historia.

La chica bajó la mirada hacia sus manos cruzadas y habló sin titubeos, con voz tranquila y firme.

—Conocí a Joe Marty hace unos tres meses. Supongo que hizo amistad conmigo porque yo trabajaba para Steiner. Yo creí que era porque yo le gustaba. Le conté todo lo que sabía sobre Steiner. Él ya sabía algo. Había estado viviendo del dinero que le sacó al padre de Carmen Dravec, pero ya se le había acabado y no le quedaba más que calderilla, así que andaba buscando otra cosa. Decidió que Steiner necesitaba un socio y estaba vigilándolo para ver si tenía amigos duros cubriéndole las espaldas.

»Anoche, él estaba en su coche en la calle de detrás de la casa de Steiner. Oyó los tiros, vio al chico bajar corriendo las escaleras, meterse de un salto en un sedán grande y salir a escape. Joe lo persiguió. A mitad del camino a la playa, le alcanzó y le hizo salirse de la carretera. El chico salió con un arma, pero estaba muy nervioso y Joe lo tumbó de un cachiporrazo. Mientras el chico estaba sin sentido, Joe lo registró y averiguó quién era. Cuando volvió en sí, Joe se hizo pasar por policía y el chico se derrumbó y lo contó todo. Mientras Joe se estaba preguntando qué hacer con aquello, el chico volvió a la vida, lo sacó del coche de un empujón y salió disparado otra vez. Conducía como un loco, y Joe dejó que se fuera. Volvió a casa de Steiner. Supongo que el resto ya lo saben. Cuando Joe hizo revelar la placa y vio lo que tenía, quiso pillar algo de

309

pasta rápida para que pudiéramos irnos de la ciudad antes de que la poli encontrara a Steiner. Íbamos a llevarnos algunos de los libros de Steiner y abrir una tienda en otra ciudad.

Agnes Laurel dejó de hablar. Isham tamborileó con los dedos y dijo:

—Marty se le contaba todo, ¿no?

—Ajá.

—¿Seguro que él no mató a ese Carl Owen?

—Yo no estuve allí, pero Joe no actuaba como si hubiera matado a alguien.

Isham asintió.

—Eso es todo por ahora, señorita Laurel. Vamos a querer todo esto por escrito. Tendremos que retenerla, naturalmente.

La chica se puso en pie. Grinnell se la llevó. Salió sin mirar a nadie.

—Marty no podía saber que Carl Owen había muerto —dijo Isham—. Pero estaba seguro de que el chico procuraría esconderse. Para cuando lo encontráramos, Marty ya habría desplumado a Dravec y se habría largado. Creo que la historia de la chica suena razonable.

Nadie dijo nada. Después de un momento, Isham me dijo:

—Cometió usted un grave error. No debió mencionar a Marty delante de la chica hasta estar seguro de que era su hombre. A causa de eso han muerto dos personas innecesariamente.

—Ya —dije yo—. ¿Qué tal si vuelvo atrás y lo hago otra vez?

—No se ponga chulo.

—No me pongo chulo. Estaba trabajando para Dravec y procurando evitarle unas cuantas penas. No sabía que la chica estaba tan loca, ni que a Dravec le iba a dar la ventolera. Quería las fotos. Me importaban un pimiento escorias como Steiner o Joe Marty, y me siguen importando igual de poco.

—Vale, vale —dijo Isham con impaciencia—. Esta noche no le voy a necesitar más. Ya le van a freír de sobra en la investigación. —Se puso en pie y yo hice lo mismo. Extendió la mano—. Pero eso le hará mucho más bien que mal —añadió secamente.

Se la estreché y me marché. M'Gee vino detrás de mí. Bajamos juntos en el ascensor sin hablarnos. Cuando salimos del edificio, M'Gee fue por el lado derecho de mi coche y se metió en él.

—¿Tienes un trago en tu chabola?

—En abundancia —dije yo.

—Vamos a bebernos algo.

Puse el coche en marcha y fuimos hacia el oeste por la calle Primera, metiéndonos en un largo túnel lleno de ecos. Cuando salimos, M'Gee dijo:

—La próxima vez que te envíe un cliente, espero que no te chives, chaval.

Seguimos adelante en la apacible noche, hasta el Berglund. Me sentía cansado y viejo y bastante inútil en general.

El telón

1

La primera vez que vi a Larry Batzel fue a las puertas del Sardi's. Estaba borracho en un Rolls-Royce de segunda mano y le acompañaba una rubia alta con unos ojos de los que no se olvidan. Ayudé a la chica a convencerlo de que se quitara del volante y dejara que condujera ella.

La segunda vez que lo vi no tenía ni Rolls-Royce, ni rubia, ni trabajo en el cine. No le quedaban más que temblores y un traje que necesitaba un planchado. Se acordaba de mí. Era de esa clase de borrachos.

Le invité a copas suficientes para ponerse un poco bien y le di la mitad de mis cigarrillos. Seguí viéndolo de vez en cuando, «entre película y película». Hasta le presté dinero. No sé por qué. Era un patán alto y atractivo, con ojos de vaca en los que brillaba algo de honradez e inocencia, cualidades que no encuentro a menudo en mi trabajo.

Lo gracioso es que durante la Prohibición había sido contrabandista de licor con una banda bastante dura. Nunca llegó a triunfar en el cine, y al cabo de algún tiempo dejé de encontrármelo.

Hasta que un día, cuando menos me lo esperaba, recibí un cheque por todo lo que me debía y una carta en la que me decía que estaba trabajando en las mesas (las de juego, no las del comedor) del club Dardanella y que me pasara por allí a verlo. Así supe que había vuelto a las andadas.

No fui a visitarlo, pero de algún modo me enteré de que el club pertenecía a Joe Mesarvey y de que Joe Mesarvey estaba casado con la rubia de los ojos, la que iba con Larry Batzel en el Rolls-Royce aquella noche. Aun así, no fui a verle.

Y una mañana, muy temprano, descubrí que había una figura borrosa de pie junto a mi cama, entre la cama y las ventanas. Alguien había bajado las persianas, y aquello debió de ser lo que me despertó. La figura era grande y empuñaba una pistola.

Me di la vuelta y me froté los ojos.

—De acuerdo —dije en tono amargado—. Hay doce pavos en mis pantalones y mi reloj de pulsera me costó veintisiete con cincuenta. No creo que le den nada por él.

La figura se acercó a la ventana y corrió la persiana una pulgada hacia un lado para mirar a la calle. Cuando se volvió de nuevo hacia mí vi que era Larry Batzel.

Tenía el rostro demacrado, fatigado y sin afeitar. Todavía iba vestido de etiqueta, con un abrigo cruzado de color oscuro y una rosa colgando del ojal.

Se sentó y apoyó la pistola en la rodilla un momento, pero al instante se la guardó con un gesto de desconcierto, como si no entendiera cómo había ido a parar a sus manos.

—Tienes que llevarme en tu coche a Berdoo —dijo—. Tengo que salir de la ciudad. Van a por mí.

—Vale, cuéntamelo —dije.

Me senté en la cama, tocando la alfombra con los dedos de los pies, y encendí un cigarrillo. Eran poco más de las cinco y media.

—Abrí tu cerradura con un trozo de celuloide —dijo—. Tendrías que echar el pestillo de vez en cuando. No estaba seguro de cuál era tu piso y no quería despertar a todo el edificio.

—La próxima vez, mira los buzones —dije—. Pero continúa. No estás borracho, ¿verdad?

—Ya me gustaría, pero primero tengo que largarme de aquí. Estoy como atontado. Ya no soy tan duro como antes. Supongo que habrás leído lo de la desaparición de O'Mara.

—Sí.

—Pues escucha, porque si no hablo, me volveré loco. No creo que me hayan seguido hasta aquí.

—Un trago no nos vendrá mal a ninguno de los dos —dije—. El whisky está encima de esa mesa.

Sirvió rápidamente un par de vasos y me pasó uno. Me puse un batín y unas zapatillas. El vaso de Larry repiqueteaba contra sus dientes al beber.

Dejó el vaso vacío a un lado y juntó las manos.

—Yo conocía bastante bien a Dud O'Mara. Trabajábamos juntos, pasando licor en Punta Hueneme. Hasta nos gustaba la misma chica, que ahora está casada con Joe Mesarvey. Dud se casó con cinco millones de dólares: la hija divorciada y majara del general Dade Winslow.

—Ya sé todo eso —dije.

—Ya. Pues escucha. Ella lo sacó de un tugurio como quien se lleva un cenicero de una cafetería. Pero a él no le gustaba esa vida. Supongo que seguía viendo a Mona. Y se enteró de que Joe Mesarvey y Lash Yeager tenían un negocio paralelo de coches robados. Ellos se lo cargaron.

—Porque lo dices tú —dije—. Tómate otra copa.

—No. Escúchame. Solo dos detalles: la noche en que se bajó el telón para O'Mara... no, la noche en que salió la noticia en la prensa... Mona Mesarvey desapareció también. Aunque no del todo. La escondieron en una cabaña a un par de millas de Realito, en los campos de naranjos. Al lado de un garaje perteneciente a un granuja que se llama Art Huck y se dedica a vender coches robados. Lo averigüé y seguí a Joe hasta allí.

—¿Por qué te metiste en eso? —pregunté.

—Todavía me gusta la chica. Te cuento esto porque tú te portaste bien conmigo en otros tiempos. Quizá puedas hacer algo cuando yo me haya largado. La escondieron allí para que pareciera que Dud se había fugado con ella. Como es natural, la poli no tardó nada en ir a ver a Joe después de la desaparición. Pero no encontraron a Mona. Tienen un sistema para las desapariciones y lo siguen a rajatabla.

Se levantó y se acercó de nuevo a la ventana para mirar por el borde de la persiana.

—Hay un sedán azul ahí abajo que creo haber visto antes —dijo—. Aunque puede que me equivoque. Hay muchos iguales.

Se sentó otra vez. Yo no dije nada.

—Ese sitio está en la segunda desviación del Foothill Boulevard después de pasar Realito yendo hacia el norte. No tiene pérdida. No hay más que el garaje y la casa al lado. Por ahí cerca hay una vieja fábrica de cianuro. Te cuento todo esto...

—Ese es el primer detalle —le corté—. ¿Cuál es el segundo?

—El tipo que conducía el coche de Lash Yeager se largó hace un par de semanas y se marchó al Este. Estaba sin blanca y yo le presté cincuenta pavos. Me dijo que Yeager estuvo en casa de Winslow la noche en que desapareció Dud O'Mara.

Le miré fijamente.

—Eso es muy interesante, Larry, pero no aclara gran cosa. Al fin y al cabo, tenemos un cuerpo de policía.

—Ya. Pues añade esto: anoche me emborraché y le dije a Yeager lo que sabía. Luego dejé mi trabajo en el Dardanella. Y cuando llegué a la puerta de mi casa alguien me disparó. Desde entonces ando huyendo. Y ahora, ¿me vas a llevar a Berdoo?

Me levanté. Estábamos en mayo, pero tenía frío. También Larry Batzel parecía tener frío, hasta con el abrigo puesto.

—Pues claro —dije—. Pero tómatelo con calma. Será mucho más seguro esperar un poco. Toma otro trago. Además, no sabes con seguridad si ellos mataron a O'Mara.

—Si se enteró de lo de los coches robados, y estando

Mona casada con Joe Mesarvey, tenían que matarlo. Era esa clase de tío.

Me levanté y me dirigí al cuarto de baño. Larry se acercó otra vez a la ventana.

—Aún sigue ahí —dijo por encima del hombro—. Podrían pegarte un tiro por ir conmigo.

—Eso no me haría ninguna gracia —dije.

—Eres un buen tipo, Carmady. Va a llover. No me gustaría nada que me enterraran en medio de la lluvia. ¿Y a ti?

—Hablas demasiado —dije, entrando en el cuarto de baño.

Esa fue la última vez que hablé con él.

2

Le oí dar vueltas por la habitación mientras yo me afeitaba, pero, como es natural, dejé de oírlo al meterme en la ducha. Cuando salí, él ya no estaba. Corrí a mirar en la cocina. No estaba allí. Agarré un albornoz y salí al rellano de la escalera. Estaba vacío, con excepción de los periódicos apoyados en las puertas cerradas y de un lechero que se encaminaba a la escalera de atrás con su cesto de alambre lleno de botellas.

—¡Eh! —le grité al lechero—. ¿Ha visto pasar a un hombre que salía de aquí?

Se volvió a mirarme desde la esquina y abrió la boca para responder. Era un chico bien parecido, con dientes muy grandes y blancos. Recuerdo bien sus dientes porque los estaba mirando cuando sonaron los disparos.

No sonaron ni muy cerca ni muy lejos. Me pareció que el ruido venía de la parte de atrás de la casa, junto a los garajes o en el callejón. Primero sonaron dos tiros secos y muy seguidos y luego la metralleta, una ráfaga de cinco o seis disparos, lo suficiente para un buen ametrallador. Y por último, el ruido del coche que se alejaba.

El lechero cerró la boca como si estuviera accionada por un resorte. Me miró con los ojos muy abiertos y sin expresión. Luego dejó sus botellas con mucho cuidado sobre el último escalón y se apoyó en la pared.

—Eso parecían disparos —dijo.

Todo esto sucedió en un par de segundos, pero a mí me pareció media hora. Volví a entrar en mi piso, me vestí de cualquier manera, agarré unas cuantas cosas de encima del escritorio y salí corriendo a la escalera. Ya no quedaba allí ni el lechero. Una sirena sonaba por alguna parte. Por una puerta asomó una cabeza calva y con resaca que dio un resoplido.

Bajé por la escalera de atrás.

En el vestíbulo de la planta baja había dos o tres personas. Salí por la puerta trasera. Los garajes estaban en dos hileras, una enfrente de la otra con un espacio de cemento en medio y dos más en el extremo, dejando espacio suficiente para salir al callejón. Un par de críos estaban saltando una valla a tres casas de distancia.

Larry Batzel estaba tendido de bruces, con el sombrero a un metro de la cabeza y una mano extendida, a un palmo de una automática grande y negra. Tenía los tobillos cruzados, como si hubiera girado al caer. La sangre le corría espesa por un lado de la cabeza, entre los cabellos rubios, sobre todo en la nuca. También había un espeso charco en el cemento del patio.

Dos polis de un coche patrulla, el repartidor de leche y un hombre con jersey marrón y mono sin peto estaban inclinados sobre él. El hombre del mono era el conserje de la finca.

Llegué hasta ellos casi en el mismo instante en que los dos chavales que saltaban la valla pisaban el suelo. El lechero me miró con una expresión extraña y tensa. Uno de los polis se incorporó y dijo:

—¿Alguno de ustedes lo conoce? Todavía le queda media cara.

No me hablaba a mí. El lechero negó con la cabeza y continuó mirándome con el rabillo del ojo. El conserje dijo:

—No es inquilino de esta casa. Puede que estuviera de visita. Aunque es muy pronto para hacer visitas, ¿no creen?

—Va vestido de fiesta. Usted conocerá esta cueva mejor que yo —dijo el policía en tono duro, sacando un cuaderno.

El otro poli se incorporó también, meneó la cabeza y se dirigió hacia la casa, con el conserje caminando a su lado.

El poli del cuaderno me señaló con un pulgar y dijo con rudeza:

—Usted ha sido el primero en llegar después de esos dos. ¿Tiene algo que decir?

Miré al lechero. A Larry Batzel ya le daba lo mismo y uno tiene que ganarse la vida. Además, no era asunto para contárselo a un patrullero.

—Oí los tiros y vine corriendo —dije.

El policía se conformó con aquella respuesta. El lechero levantó la mirada hacia el cielo nublado y no dijo nada.

Al cabo de un rato regresé a mi piso y terminé de vestirme. Al recoger el sombrero, que estaba en la mesa de la ventana, junto a la botella de whisky, vi un capullo de rosa sobre un papel escrito.

Era una nota y decía:

> Eres un buen tipo, pero creo que me voy a ir solo. Si tienes ocasión, dale esta rosa a Mona. LARRY

Me guardé todo en la cartera y me tomé un trago para darme fuerzas.

3

Aquella tarde, a eso de las tres, me encontraba en el vestíbulo principal de la mansión Winslow, esperando a que regresara el mayordomo.

Me había pasado la mayor parte del día sin acercarme a

mi oficina ni a mi casa y sin toparme con ningún agente de Homicidios. Era solo cuestión de tiempo que me localizaran, pero antes quería hablar con general Dade Winslow, y este no se dejaba ver con facilidad.

A mi alrededor colgaban numerosos cuadros al óleo, en su mayoría retratos. Había un par de estatuas y varias armaduras oscurecidas por el tiempo sobre pedestales de madera oscura. Muy por encima de la enorme chimenea de mármol colgaba una vitrina con dos estandartes de caballería acribillados a balazos —o comidos por las polillas—, cruzados sobre el retrato de un hombre delgado y de aspecto ágil, con barba y bigote negros y vestido con un uniforme de los tiempos de la guerra con México. Debía de tratarse del padre del general Dade Winslow. El general era bastante anciano, pero no podía ser tan viejo.

Por fin regresó el mayordomo, diciendo que el general Winslow se encontraba en el invernadero de orquídeas y que tuviera la bondad de seguirle.

Salimos por las puertas correderas del fondo y atravesamos varios jardines hasta llegar a un gran pabellón de cristal, situado muy por detrás de los garajes. El mayordomo abrió la puerta, que daba a una especie de antesala, y la cerró en cuanto entramos. Hacía bastante calor. Entonces abrió la puerta interior y supe lo que era calor de verdad.

El aire era puro vapor. El agua goteaba por las paredes y el techo del invernadero. En la media luz, enormes plantas tropicales extendían sus ramas y brotes por todas partes, emitiendo un olor casi tan intoxicante como el del alcohol hirviendo.

El mayordomo, que era viejo y delgado, muy tieso y con el pelo blanco, fue apartando las ramas de las plantas para que yo pasara, y así llegamos a un claro en medio de la espesura. Una gran alfombra turca de color rojizo se extendía sobre las baldosas hexagonales. En medio de la alfombra había un hombre muy viejo sentado en una silla de ruedas, con una manta de viaje envolviéndole el cuerpo, que nos miraba llegar.

Lo único vivo en su rostro eran los ojos. Ojos negros, hundidos, brillantes, intocables. El resto de la cara era una plomiza máscara de muerte: sienes hundidas, nariz afilada, orejas con los lóbulos vueltos hacia fuera, una boca que era una fina ranura blanca. El cráneo conservaba unos cuantos mechones dispersos de pelo blanco.

El mayordomo anunció:

—El señor Carmady, general.

El anciano me miró. Al cabo de un rato, una voz cascada y regañona dijo:

—Ponga una silla para el señor Carmady.

El mayordomo arrastró una silla de mimbre y me senté en ella, dejando el sombrero en el suelo. El mayordomo lo recogió.

—Brandy —dijo el general—. ¿Cómo le gusta el brandy, caballero?

—De todas las maneras —dije yo.

Soltó un bufido. El mayordomo se esfumó. El general me miraba fijamente, con ojos que no pestañeaban. Bufó de nuevo.

—Yo siempre lo tomo con champán —dijo—. Un tercio de brandy y el champán encima. Y el champán tan frío como el valle Forge. Más frío, si puede ser.

Emitió un ruido que podría haberse tomado por una risita.

—No es que yo haya estado en el valle Forge —dijo—. No lo he pasado tan mal. Puede usted fumar, caballero.

Le di las gracias y le dije que de momento no tenía ganas de fumar. Saqué un pañuelo y me sequé la cara.

—Quítese la gabardina, caballero. Dud siempre se la quitaba. Las orquídeas necesitan calor, señor Carmady…, lo mismo que los viejos achacosos.

Me quité la gabardina que llevaba puesta. Me había parecido que iba a llover. Larry Batzel había dicho que iba a llover.

—Dud es mi yerno, Dudley O'Mara. Creo que usted tenía algo que decirme sobre él.

—Son solo habladurías —dije—. Y no quiero meterme en esto sin su autorización, general Winslow.

Los ojos de basilisco se clavaron en mí.

—Usted es un detective privado. Supongo que querrá que le paguen.

—Me dedico a eso —dije—, pero eso no significa que tengan que pagarme cada vez que respiro. Se trata solo de algo que oí. Puede que usted quiera comunicárselo personalmente al Departamento de Personas Desaparecidas.

—Ya veo —dijo—. Alguna clase de escándalo.

El mayordomo regresó antes de que yo pudiera responder. Hizo rodar un carrito de té a través de la jungla, lo colocó junto a mi codo y me preparó un brandy con soda. Luego se retiró.

Di un sorbo a la bebida.

—Parece que había una chica —dije—. Se conocían desde antes de que él conociera a su hija. Ahora está casada con un bandido. Parece que…

—Estoy enterado de todo eso —me cortó—. Y me importa un comino. Lo que quiero saber es dónde está y si está bien. Si es feliz.

Le miré con los ojos saliéndoseme de las órbitas. Al cabo de un momento dije con voz débil:

—Tal vez pueda encontrar a la chica, o quizá puedan encontrarla los chicos de azul con lo que yo les cuente.

Tiró del borde de su manta y movió la cabeza aproximadamente una pulgada. Supuse que estaba asintiendo. Luego dijo muy despacio:

—Es posible que esté hablando más de lo que conviene a mi salud, pero quiero dejar clara una cosa. Soy un inválido. Tengo inutilizadas las dos piernas y la parte inferior del vientre. Apenas como ni duermo. Soy una lata para mí mismo y un fastidio insufrible para todos los demás. Por eso echo de menos a Dud. Él pasaba mucho tiempo conmigo. Solo Dios sabe por qué.

—Bueno… —empecé.

—A callar. Usted es muy joven para mí, así que puedo ser grosero. Dud se largó sin ni siquiera despedirse de mí. Eso no era propio de él. Un día salió en su coche y nadie ha sabido nada de él desde entonces. Si se hartó de la tonta de mi hija y de su mocoso malcriado, si quería a otra mujer, pues muy bien. Pero le dio el pronto y se marchó sin despedirse de mí, y ahora se arrepiente. Por eso no recibo noticias suyas. Encuéntrelo y dígale que lo entiendo. Eso es todo… a menos que necesite dinero. En tal caso, puede pedirme lo que quiera.

Sus mejillas plomizas habían adquirido un imperceptible tono rosado. Sus ojos negros brillaban más que antes, si tal cosa era posible. Se echó hacia atrás muy despacio y cerró los ojos.

Me bebí un trago bien largo y dije:

—Suponga que está en apuros. Por ejemplo, a causa del marido de la chica, que es Joe Mesarvey.

Abrió los ojos y parpadeó.

—No conoce a O'Mara —dijo—. Es el otro tipo el que estaría en apuros.

—Muy bien. ¿Les cuento a los del Departamento dónde me han dicho que está esa chica?

—Desde luego que no. Hasta ahora no han hecho nada. Pues que sigan haciéndolo. Encuéntrelo usted. Le pagaré mil dólares… aunque solo tenga que cruzar la calle. Dígale que por aquí todo va bien. Que el viejo va aguantando y le manda recuerdos. Eso es todo.

No pude decírselo. De pronto, me resultó imposible decirle nada de lo que me había contado Larry Batzel, ni de lo que le había ocurrido a Larry, ni nada de nada. Me terminé mi copa, me levanté y volví a ponerme la gabardina.

—Es demasiado dinero para ese trabajo, general Winslow —dije—. Ya hablaremos de eso más adelante. ¿Tengo su autorización para actuar en su nombre a mi manera?

El general apretó un timbre de su silla de ruedas.

—Usted dígale eso —insistió—. Quiero saber si él está bien y quiero que él sepa que yo estoy bien. Y eso es todo... a menos que necesite dinero. Ahora tendrá que disculparme. Estoy cansado.

Cerró los ojos. Atravesé de nuevo la jungla. El mayordomo me aguardaba en la puerta con mi sombrero.

Respiré un poco de aire fresco y dije:

—El general desea que hable con la señora O'Mara.

4

Esta otra habitación tenía una alfombra blanca de pared a pared. En las numerosas ventanas, cortinas color marfil de altura incalculable caían descuidadamente sobre la alfombra blanca. Las ventanas daban a las oscuras laderas de las colinas, y también el aire estaba oscuro al otro lado del cristal. Aún no había empezado a llover, pero se notaba la presión en la atmósfera.

La señora O'Mara se encontraba tendida en un diván blanco. Se había quitado las sandalias y tenía las piernas enfundadas en unas medias de malla de las que ya no se llevan. Era alta y morena, con un mohín en la boca. Atractiva, pero sin llegar a ser hermosa.

—¿Se puede saber qué desea de mí? —dijo—. Ya se sabe todo. Se sabe demasiado, maldita sea. Pero yo no le conozco a usted. ¿O sí?

—Lo dudo mucho —dije yo—. Solo soy un detective privado con un asunto de poca monta.

Ella echó mano a un vaso en el que yo no me había fijado, aunque debí haberlo buscado desde el primer momento habida cuenta de su manera de hablar y del hecho de que tuviera las sandalias quitadas. Bebió con aire lánguido, haciendo brillar un anillo.

—Le conocí en un garito —dijo, con una risa aguda—.

Era un contrabandista de licor guapísimo, con mucho pelo rizado y sonrisa de irlandés. Total, que me casé con él. Por aburrimiento. En cuanto a él, el negocio del contrabando empezaba a resultar poco seguro..., eso suponiendo que no existieran otros atractivos.

Aguardó a que yo dijera que sí que existían, pero haciendo como que no le importaba mucho si lo decía o no. Me limité a decir:

—¿No le vio marcharse el día que desapareció?

—No. Casi nunca le veía salir, ni tampoco volver a casa. Así estaban las cosas.

Bebió un poco más de su vaso. Yo gruñí.

—Hum. Pero no se peleaban, claro. —Esta clase de gente nunca se pelea.

—Hay muchas maneras de pelearse, señor Carmady.

—Sí. Me gusta que diga eso. Desde luego, usted sabía lo de la chica.

—Me alegra poder ser franca con el viejo detective de la familia. Sí, sabía lo de la chica.

Se enroscó un mechón de pelo negro detrás de la oreja.

—¿Lo sabía desde antes de que él desapareciera?

—Desde luego.

—¿Cómo?

—Es usted bastante directo, ¿no? Contactos, como se suele decir. Soy una vieja asidua de los garitos golfos. ¿O es que no lo sabía?

—¿Conoce a la gente del Dardanella?

—He ido por allí. —No parecía escandalizada, ni siquiera sorprendida—. De hecho, se podría decir que viví allí una semana. Allí fue donde conocí a Dudley O'Mara.

—Ya. Su padre se casó bastante mayor, ¿no?

El color desapareció de sus mejillas. Yo quería ponerla furiosa, pero no había nada que hacer. Sonrió y el color reapareció. Hizo sonar una campanilla con un cordón que bajaba hasta los cojines de plumón de su diván.

—Muy mayor —dijo—. Pero eso a usted no le importa.

—Pues no —dije.

Entró una doncella de aspecto recatado, que preparó dos copas en una mesita lateral. Le dio una a la señora O'Mara, dejó la otra a mi lado y volvió a marcharse, exhibiendo un buen par de piernas bajo una falda corta.

La señora O'Mara aguardó a que se cerrara la puerta y entonces dijo:

—Todo este asunto ha puesto a papá de los nervios. Ojalá Dud le escribiera o le telegrafiara, o algo por el estilo.

Hablé despacio:

—Es un hombre viejo, muy viejo, inválido, con un pie en la tumba. Solo un fino hilo de interés lo mantenía atado a la vida. Ese hilo se ha roto y a nadie le importa un pepino. Él procura actuar como si a él tampoco le importara. Yo no llamaría a eso estar de los nervios. Lo llamaría un magnífico despliegue de fortaleza intestinal.

—Muy galante —dijo, con unos ojos que eran como puñales—. Pero no ha tocado usted su bebida.

—Tengo que irme —dije—. Gracias de todos modos.

Extendió una mano fina y de buen color y yo me incliné para tocarla. De repente, retumbó un trueno más allá de las montañas que la sobresaltó. Una ráfaga de aire sacudió las ventanas.

Bajé al vestíbulo por una escalera alicatada y el mayordomo surgió de entre las sombras para abrirme la puerta.

Contemplé desde lo alto una serie de terrazas decoradas con macizos de flores y árboles importados. Al fondo se alzaba una alta verja metálica, rematada con puntas de lanza doradas, y por dentro un seto de dos metros. Un sendero hundido serpenteaba hasta el portalón de entrada y la caseta de guardia que había en la parte de dentro.

Más allá de la finca, la ladera de la colina descendía hacia la ciudad y los viejos pozos petrolíferos de La Brea, parte de los cuales se han transformado en un parque mientras que el resto es una franja de terreno baldío y vallado. Todavía se mantenían en pie algunas de las torres de madera. De ahí procedía la fortuna de la familia Winslow. Después, la familia se había ido apartando de los pozos, huyendo colina arriba hasta alejarse lo suficiente del hedor de los colectores, pero no tan lejos como para no poder mirar por las ventanas y ver lo que les había hecho ricos.

Bajé por una escalinata de ladrillo que atravesaba las terrazas cubiertas de césped. En una de ellas, un chaval de diez u once años, pálido y de pelo moreno, lanzaba dardos contra una diana colgada de un árbol. Me acerqué a él.

—¿Eres tú el joven O'Mara? —pregunté.

Se apoyó en un banco de piedra, con cuatro dardos en las manos, y me miró con unos ojos fríos y viejos, de color pizarra.

—Soy Dade Winslow Trevillyan —dijo muy serio.

—Entonces ¿Dudley O'Mara no es tu padre?

—Pues claro que no —su voz estaba cargada de desprecio—. ¿Quién es usted?

—Soy un detective. Voy a encontrar a tu…, quiero decir al señor O'Mara.

Aquello no contribuyó lo más mínimo a estrechar nuestros lazos. Para él, un detective no era nada. En las montañas retumbaban los truenos como una manada de elefantes jugando a «tú la llevas». Se me ocurrió otra idea.

—Apuesto a que no eres capaz de meter cuatro de cinco en la diana a diez metros.

Su cara se animó de golpe.

—¿Con estos?

—Ajá.

—¿Cuánto apuesta? —saltó.

—Pues… un dólar.

Corrió hacia la diana, desprendió los dardos clavados, regresó y tomó posición junto al banco.

—Eso no son diez metros —dije.

Me dirigió una mirada feroz y retrocedió unos pasos. Yo sonreí, pero enseguida se me borró la sonrisa.

Su manita se movió con tal rapidez que apenas si pude seguirla con la vista. Cinco dardos se clavaron en el centro dorado de la diana en menos de cinco segundos. Me miró con gesto de triunfo.

—Caramba, es usted muy bueno, señor Trevillyan —gruñí, sacando mi dólar.

Lo agarró con su manita como una trucha mordiendo un anzuelo y lo hizo desaparecer en un abrir y cerrar de ojos.

—Eso no es nada —soltó una risita—. Tendría que verme en la galería de tiro al blanco que hay detrás de los garajes. ¿Quiere que vayamos allí y apostemos algo más?

Volví la mirada hacia lo alto de la cuesta y vi parte de un edificio blanco y bajo, construido de espaldas al terraplén.

—Bueno, hoy no —dije—. Quizá la próxima vez que venga por aquí. Así que Dud O'Mara no es tu padre. De todas maneras, si lo encuentro, ¿a ti te parecería bien?

Encogió sus delgados y angulosos hombros, envueltos en un jersey marrón.

—Pues claro. Pero ¿qué puede hacer usted que la policía no pueda?

—Buena pregunta —dije, alejándome.

Bajé siguiendo la tapia de ladrillo hasta el fondo de las terrazas y luego seguí el seto hasta la garita de entrada. A través del seto se veían retazos de la calle. Cuando estaba a mitad de camino de la caseta de guardia vi el sedán azul en la puerta. Era un coche pequeño y bonito, de suelo bajo, muy limpio, más ligero que un coche de policía pero aproximadamente del mismo tamaño. Más allá se veía mi deportivo, aguardando bajo un árbol.

Me quedé parado, mirando el sedán desde detrás del seto. Pude ver a través del parabrisas el humo de un cigarrillo que alguien fumaba dentro del coche. Me volví de espaldas al seto y miré hacia lo alto de la colina.

El chaval Trevillyan se había perdido de vista. Seguramente habría ido a guardar mi dólar en alguna parte, aunque un dólar no debía de significar gran cosa para él.

Me agaché y desenfundé la Luger del 7,65 que llevaba aquel día. Me la metí con el cañón hacia abajo en el calcetín izquierdo, hasta dentro del zapato. De aquella manera podía andar, siempre y cuando no pretendiera ir muy rápido. Me acerqué a las puertas.

Estas estaban siempre cerradas y nadie entraba sin que lo identificaran desde la casa. El vigilante, un tipo enorme con un revólver bajo el brazo, salió a recibirme y me abrió un portillo a un lado de los portalones. Me quedé un minuto hablando con él a través de los barrotes, mientras observaba el sedán.

Todo parecía en orden. Me pareció que había dos hombres en el coche. Estaba a unos treinta metros de distancia, a la sombra de la tapia del otro lado. Era una calle muy estrecha, sin aceras. No tenía que andar mucho para llegar a mi deportivo.

Caminé un poco rígido sobre el oscuro pavimento, entré en mi coche y metí rápidamente la mano en un pequeño compartimento de la parte delantera del asiento, donde guardo un arma de repuesto. Era un Colt de los que usa la policía. Lo deslicé en la sobaquera y puse el coche en marcha.

Solté el freno y arranqué. De pronto, la lluvia empezó a caer en grandes gotas y el cielo se puso tan negro como la boina de Carrie Nation, aunque no tan negro como para impedirme ver que el sedán se ponía en marcha detrás de mí.

Accioné el limpiaparabrisas y aceleré rápidamente hasta setenta por hora. Llevaba recorridas unas ocho manzanas cuando hicieron sonar la sirena. Aquello me hizo picar. Era una calle tranquila, mortalmente tranquila. Reduje velocidad y me acerqué al encintado. El sedán se deslizó a mi lado y yo me quedé mirando el negro cañón de una metralleta que asomaba por la ventanilla de la puerta trasera.

Detrás de la metralleta había una cara estrecha con los ojos enrojecidos y la boca apretada. Por encima del sonido de la lluvia, del limpiaparabrisas y de los dos motores, una voz dijo:

—Sube aquí con nosotros. Y pórtate bien o ya sabes.

No eran policías. Pero ya no importaba. Apagué el motor, dejé caer las llaves del coche al suelo y salí, quedándome de pie en el estribo. El hombre que iba al volante del sedán ni me miró. El que iba detrás abrió la puerta con el pie y se deslizó sobre el asiento hacia el fondo del coche, sosteniendo la metralleta con verdadero estilo.

Me metí en el sedán.

—Muy bien, Louie. Regístrale.

El conductor dejó el volante, salió del coche y se situó detrás de mí. Me sacó el Colt de debajo del brazo y me palpó las caderas, los bolsillos y la línea del cinturón.

—Limpio —dijo, volviendo a entrar en la parte delantera del automóvil.

El hombre de la metralleta estiró la mano izquierda y cogió el Colt que le entregó el conductor. Luego colocó la metralleta en el suelo del coche y extendió una alfombrilla marrón por encima. Se apoyó de nuevo en el rincón, tranquilo y relajado, sosteniendo el Colt sobre la rodilla.

—Vale, Louie. En marcha.

5

Rodamos lenta y suavemente, con la lluvia repiqueteando sobre la capota y corriendo en regueros por las ventanillas de los lados. Recorrimos calles que serpenteaban por las colinas, entre fincas que ocupaban hectáreas y cuyas viviendas eran lejanos conjuntos de frontones mojados detrás de árboles borrosos.

Un fuerte olor a humo de tabaco flotó bajo mi nariz y el hombre de los ojos rojizos preguntó:

—¿Qué coño te contó?

—Poca cosa —respondí—. Que Mona desapareció de la ciudad la noche que los periódicos dieron la noticia. El viejo Winslow ya lo sabía.

—No tenía que escarbar mucho para averiguar eso —dijo Ojos Rojos—. A la poli no le costó nada enterarse. ¿Qué más?

—Dijo que le habían disparado. Quería que yo le sacara de la ciudad. En el último momento, decidió irse solo. No sé por qué.

—Desembucha, fisgón —dijo Ojos Rojos con sequedad—. Es tu única salida.

—Eso es todo lo que hay —dije, mirando la lluvia por la ventanilla.

—¿Investigas el caso para el viejo?

—No. Es un tacaño.

Ojos Rojos se echó a reír. La pistola que llevaba en el zapato me parecía muy pesada, inestable y demasiado lejana.

—A lo mejor, eso es todo lo que hay que saber sobre O'Mara —dije.

El hombre del asiento delantero volvió la cabeza y gruñó:

—¿Dónde coño dijiste que estaba esa calle?

—En lo alto de Beverly Glen, idiota. En Mulholland Avenue.

—¿Esa? Joder, el pavimento está hecho una mierda.

—La pavimentaremos con el fisgón —dijo Ojos Rojos.

Las mansiones se iban haciendo más escasas y los retoños de roble se adueñaban de las laderas.

—No eres mal tipo —dijo Ojos Rojos—. Solo un poco tacaño, lo mismo que el viejo. ¿No captas la idea? Queremos saber *todo* lo que dijo, y lo vamos a saber aunque tengamos que hacerte pedacitos.

—Vete a la mierda —dije—. De todos modos, no me ibais a creer.

—Ponnos a prueba. Para nosotros, esto no es más que un trabajo. Lo hacemos y seguimos nuestro camino.

—Debe de ser un trabajo agradable —dije—. Mientras dure.

—Un día, tus gracias te van a costar caras, amigo.

—Ya me pasó. Hace mucho, cuando vosotros todavía estábais en el reformatorio. Y todavía sigo cayendo mal a la gente.

Ojos Rojos se echó a reír de nuevo. No parecía un fanfarrón.

—Que nosotros sepamos, la poli no tiene nada contra ti. Esta mañana no te dio por ponerte gracioso, ¿a que no?

—Si digo que sí, me liquidas ahora mismo. Pues vale.

—¿Qué te parece una propina de mil pavos por olvidarte del asunto?

—Tampoco os lo ibais a creer.

—Sí que nos lo creeríamos. Esa es la idea. Nosotros hacemos nuestro trabajo y seguimos nuestro camino. Somos una organización. Pero tú vives aquí, estás a gusto y tienes un negocio. Jugarás limpio.

—Claro —dije—. Jugaría limpio.

—Nosotros no —dijo Ojos Rojos con mucha suavidad—. Pero nunca liquidamos a tíos legales. Es malo para el negocio.

Se recostó en su rincón, con el revólver sobre la rodilla derecha, y metió la mano libre en un bolsillo interior. Abrió sobre su regazo una gran cartera cobriza y sacó de ella dos billetes, que empujó doblados sobre el asiento. La cartera regresó a donde había salido.

—Son tuyos —dijo muy serio—. Si metes la pata, no durarás ni veinticuatro horas.

Recogí los billetes. Dos de quinientos. Me los guardé en la chaqueta.

—Claro —dije—. Entonces ya no sería un tío legal, ¿verdad?

—Piénsatelo bien, sabueso.

Nos sonreímos el uno al otro, como un par de buenos chicos que se abren camino en un mundo duro y hostil. Luego Ojos Rojos volvió la cabeza de golpe.

—Vale, Louie. Olvídate de lo de Mulholland y para.

El coche estaba a la mitad de una larga curva que rodeaba la colina. La lluvia caía por la ladera en oleadas grises. No se distinguía ni cielo ni horizonte. En un cuarto de milla a la redonda no se veía nada vivo, aparte de nuestro coche.

El conductor se arrimó a la orilla del terraplén y apagó el motor. Encendió un cigarrillo y apoyó un brazo en el respaldo del asiento.

Me sonrió. Tenía una sonrisa tan agradable como la de un caimán.

—Vamos a tomar un trago para celebrarlo —dijo Ojos Rojos—. Ya me gustaría a mí ganarme uno de los grandes con tanta facilidad, solo por atarme la nariz a la barbilla.

—Tú no tienes barbilla —dijo Louie, sin dejar de sonreír.

Ojos Rojos dejó el Colt en el asiento y sacó de un bolsillo una petaca de cuarto de litro. Parecía buen material, etiqueta verde, embotellado en fábrica. Desenroscó el tapón con los dientes, olfateó el licor y se relamió los labios.

—Esto no es de garrafón —dijo—. La casa invita. Empínala.

Estiró el brazo desde su lado del asiento y me pasó la petaca. Podría haberle agarrado de la muñeca, pero estaba Louie y mi tobillo quedaba muy lejos.

Respiré con toda la fuerza de mis pulmones, me acerqué la petaca a los labios y olí con precaución. Por detrás del olor picante del bourbon se notaba otro muy débil, un olor a frutas que si hubiéramos estado en otra parte no habría significado nada para mí. Pero de pronto, sin ninguna razón en particular, me acordé de algo que había dicho Larry Batzel, algo así como «Al este de Realito, hacia las montañas, cerca de la vieja fábrica de cianuro». Cianuro. Aquella era la palabra.

Al llevarme la botella a la boca sentí una súbita tensión en las sienes. Sentí cómo se me arrugaba la piel y cómo se enfriaba el aire. Empiné bien la botella y tomé un largo trago. Alegre y confiado. Me entró en la boca aproximadamente media cucharadita de licor, y ni eso se quedó allí.

Tosí con fuerza y me doblé hacia delante, presa de violentas arcadas. Ojos Rojos se echó a reír.

—No me digas que te mareas con un solo trago, amigo.

Dejé caer la botella y me doblé más hacia el asiento, con náuseas cada vez más violentas. Corrí las piernas hacia la izquierda, con la izquierda por debajo, y me dejé caer sobre ellas, con los brazos inertes. Ya tenía la pistola.

Disparé por debajo del brazo izquierdo, casi sin mirar. No llegó a tocar el Colt, excepto para hacerlo caer del asiento. Con aquel tiro bastó. Le oí derrumbarse. Disparé otra vez, ahora hacia arriba, donde debería haber estado Louie.

Louie no estaba allí. Se había agachado tras el asiento delantero. No hacía ningún ruido. El coche, el paisaje entero, todo estaba en silencio. Hasta la lluvia parecía completamente silenciosa en aquel momento.

Aún no había tenido tiempo de mirar a Ojos Rojos, pero este no estaba haciendo nada. Dejé caer la Luger y agarré la metralleta de debajo de la alfombrilla. La sujeté por la empuñadura y me la encajé bien en el hombro. Louie seguía sin emitir un solo sonido.

—Escucha, Louie —dije en voz baja—. Tengo la tartamuda. ¿Qué me dices?

Un disparo atravesó el asiento, aunque Louie sabía que eso no iba a servirle de nada. La bala dejó una marca en forma de estrella en el cristal irrompible. Más silencio. Louie dijo con voz pastosa.

—Tengo aquí una granada. ¿La quieres?

—Tira de la anilla y sostén la granada —dije—. Nos apañará a los dos.

—¡Mierda! —exclamó Louie con furia—. ¿Lo has liquidado? No tengo ninguna granada.

Entonces miré a Ojos Rojos. Parecía muy cómodo, apoyado hacia atrás en el rincón del asiento. Ahora parecía que tenía tres ojos, uno de ellos aún más rojo que los otros dos. Para haber disparado por debajo del brazo aquello era casi como para sentirse orgulloso. Había salido demasiado bien.

—Sí, Louie, lo he liquidado —dije—. ¿Cómo quedamos?

Ahora podía oírle resoplar, y la lluvia había dejado de ser silenciosa.

—Sal del coche —gruñó—, y yo me largo.

—Sal tú, Louie, y me largo yo.

—Joder, no puedo ir andando desde aquí, tío.

—No tendrás que andar, Louie, yo enviaré un coche a buscarte.

—Joder, yo no he hecho nada. Yo solo conducía.

—Entonces te acusarán de conducción temeraria. Podréis arreglarlo… tú y tu organización. Sal antes de que descorche la metralleta.

Sonó el chasquido de un picaporte y unos pies pisaron el estribo y luego la carretera. Me enderecé bruscamente con la ametralladora. Louie estaba en la carretera bajo la lluvia, con las manos vacías y la sonrisa de caimán todavía en la cara.

Me agaché junto a los pies pulcramente calzados del muerto, recogí mi Colt y la Luger y dejé en el suelo del coche la pesada metralleta de seis kilos. Saqué unas esposas del bolsillo y me acerqué a Louie, que se dio la vuelta con un gesto de amargura y puso las manos a la espalda.

—No tienes nada contra mí —se lamentó—: Y estoy respaldado.

Le puse las esposas y lo registré por si llevaba armas, poniendo mucho más cuidado que él al registrarme a mí. Tenía otra, además de la que había dejado en el coche.

Saqué a Ojos Rojos a rastras del vehículo y dejé que se las apañara solo sobre la carretera mojada. Empezó a sangrar otra vez, pero estaba muerto y bien muerto. Louie lo miró con amargura.

—Era un tío listo —dijo—. Diferente. Le gustaban los trucos. Hola, tío listo.

Saqué la llave de las esposas y abrí una, tiré de ella hacia abajo y la cerré en torno a la muñeca del cadáver.

A Louie se le desorbitaron los ojos de horror y le desapareció todo rastro de sonrisa.

—¡Joder! —gimió—. ¡Me cago en...! ¡Joder! ¿No irás a dejarme así, amigo?

—Adiós, Louie —dije—. El que liquidasteis esta mañana era amigo mío.

—¡Me cago en...! —gimió Louie.

Me metí en el sedán, lo puse en marcha, conduje hasta un sitio donde se pudiera dar la vuelta y regresé cuesta abajo, volviendo a pasar junto a él. Estaba rígido como un árbol quemado, con la cara blanca como la nieve, y el muerto a sus pies, con una mano alzada, encadenada a la de Louie. En los ojos de este se reflejaba el horror de mil pesadillas.

Lo dejé allí, bajo la lluvia.

Estaba oscureciendo bastante deprisa. Paré el sedán a un par de manzanas de donde estaba mi coche, lo cerré bien y metí las llaves en el filtro de aceite. Subí a mi deportivo y regresé al centro.

Llamé a la Brigada de Homicidios desde una cabina, pregunté por un tal Grinnell, le conté en pocas palabras lo sucedido y le expliqué dónde encontrar a Louie y el sedán. Le dije que creía que aquellos eran los asesinos que habían ametrallado a Larry Batzel. No le hablé para nada de Dud O'Mara.

—Buen trabajo —dijo Grinnell con una voz extraña—. Pero más vale que vengas para acá a toda prisa. Hay una orden de busca y captura contra ti por algo que ha declarado un lechero que telefoneó hace una hora.

—Estoy hecho polvo —dije—. Tengo que comer algo. Evita que lo digan por la radio y llegaré en cuanto pueda.

—Más vale que vengas, muchacho. Lo siento, pero más te vale.

Colgué y me alejé de la zona sin entretenerme. Había

que arreglar aquello. O lo arreglaba o yo sí que estaba arreglado.

Comí cerca del Plaza y me puse en camino hacia Realito.

6

A eso de las ocho divisé dos farolas amarillentas que brillaban muy altas en medio de la lluvia y un borroso letrero colgado sobre la carretera que decía: «Bienvenidos a Realito».

Casas prefabricadas en la calle principal, un conjunto apretado de tiendas, las luces de la farmacia de la esquina tras los cristales esmerilados, un cúmulo de coches congregados como moscas delante de una diminuta sala de cine, un banco con las luces apagadas en otra esquina y un puñado de hombres esperando enfrente, bajo la lluvia. Eso era Realito. Seguí adelante. Los campos baldíos me rodearon de nuevo.

Había dejado atrás la tierra de naranjos; no quedaba nada más que los campos sin labrar, las colinas achaparradas y la lluvia.

Más que una milla, me pareció que tuve que recorrer tres hasta que vi una desviación, y en ella una luz difusa, como la de una casa con las persianas bajadas. Y en aquel preciso instante se me pinchó el neumático delantero izquierdo, soltando un silbido irritado. Aquello me encantó. Después le sucedió exactamente lo mismo a la rueda posterior derecha.

Me paré casi en la misma intersección. Aquello sí que estaba bien. Salí del coche, me subí el cuello de la gabardina, saqué una linterna y vi una buena cantidad de tachuelas galvanizadas de las más gruesas, con cabezas tan grandes como monedas de diez centavos. La base plana y brillante de una de ellas me lanzaba destellos desde un neumático.

Dos ruedas pinchadas y una sola de repuesto. Agaché la cabeza y eché a andar hacia la difusa luz que se veía en lo alto del camino secundario.

Era el lugar que buscaba. La luz salía por una claraboya en el tejado inclinado del garaje. La puerta principal, grande y de doble hoja, estaba cerrada, pero por las junturas se veía una luz blanca e intensa. Apunté con la linterna hacia lo alto y leí: «Art Huck - Reparaciones y acondicionamiento de coches».

Más allá del garaje se alzaba una casa, algo apartada del camino embarrado, del que la separaba una pequeña arboleda. También en ella había luces. Delante del porche de madera vi un pequeño cupé con la capota echada.

Lo primero era arreglar los neumáticos, si es que era posible. Aquella gente no me conocía y la noche no estaba como para darse un paseo a pie.

Apagué la linterna y golpeé con ella la puerta. La luz de dentro se apagó. Me quedé allí plantado, lamiéndome la lluvia del labio superior, con la linterna en la mano izquierda y la derecha metida por dentro de la gabardina. Llevaba otra vez la Luger bajo el brazo.

Una voz habló a través de la puerta, y no parecía de muy buen humor.

—¿Qué quiere? ¿Quién es?

—Abra —dije—. Estoy en la carretera, con dos ruedas pinchadas y un solo repuesto. Necesito ayuda.

—Ya hemos cerrado, amigo. Realito está a una milla hacia el oeste.

Empecé a patear la puerta. Oí palabrotas dentro y luego otra voz, mucho más suave.

—Un listillo, ¿eh? Ábrele, Art.

Chirrió un cerrojo y una hoja de la puerta se abrió hacia dentro. Encendí de nuevo la linterna e iluminé un rostro demacrado. Entonces un brazo se movió y de un golpe me arrancó la linterna de la mano. Al extremo del brazo había una pistola que me apuntaba.

Me agaché a buscar la linterna y me quedé quieto. No intenté sacar mi arma.

—Deje de jugar, amigo. Podría hacerse daño.

La linterna brillaba sobre el barro. La agarré y me incorporé con ella en la mano. Se encendió la luz en el interior del garaje, recortando la silueta de un hombre alto vestido con un mono. Retrocedió hacia dentro sin dejar de apuntarme.

—Entre y cierre la puerta.

Hice lo que me decía.

—El extremo del camino está todo lleno de tachuelas —dije—. Pensé que querían animar el negocio.

—¿Es tonto o qué? Hoy asaltaron un banco en Realito.

—No soy de por aquí —dije, acordándome del grupo de hombres reunido bajo la lluvia, delante del banco.

—Vale, vale. Pues eso ha pasado, y dicen que los atracadores están escondidos en alguna parte de las colinas. Seguramente usted haya pisado las tachuelas que ellos tiraron.

—Eso parece —dije, mirando al otro hombre que había en el garaje.

Era bajo, corpulento, de rostro moreno y frío y ojos castaños y fríos. Llevaba un abrigo de cuero marrón con cinturón. Su sombrero marrón estaba airosamente ladeado y estaba seco. Tenía las manos en los bolsillos y parecía aburrido.

Flotaba en el aire un olor dulzón y picante a pintura de piroxilina. En un rincón había un sedán grande, con una pistola de pintar apoyada en el guardabarros. Era un Buick casi nuevo. No le hacía falta la pintura que le estaban dando.

El hombre del mono se guardó la pistola en un bolsillo lateral y miró al hombre moreno. Este, a su vez, me miró a mí y dijo con suavidad:

—¿De dónde es usted, forastero?

—De Seattle —respondí.

—¿Se dirige al oeste..., a la gran ciudad? —tenía una voz suave, suave y seca como el roce del cuero muy usado.

—Sí. ¿Queda muy lejos?

—Unas cuarenta millas. Con este tiempo se hace más largo. Ha venido por el camino más largo, ¿no? ¿Por Tahoe y Lone Pine?

—Por Tahoe, no —dije—. Por Reno y Carson City.

—Sigue siendo el camino más largo —Una sonrisa fugaz brilló en los labios castaños—. Coge un gato y saca sus llantas, Art.

—Mira, Lash… —gruñó el hombre del mono, pero se interrumpió como si le hubieran rebanado la garganta de oreja a oreja.

Habría podido jurar que le vi temblar. Hubo un silencio mortal. El hombre moreno no movió ni un músculo. Algo empezó a asomar en sus ojos, pero entonces bajó la mirada, casi con timidez. Su voz seguía teniendo el mismo sonido suave, de roce seco.

—Coge dos gatos, Art. Tiene dos ruedas pinchadas.

El hombre demacrado tragó saliva. Luego se acercó a un rincón y se puso un impermeable y una gorra. Agarró una llave de neumáticos y un gato de mano e hizo rodar otro con ruedas hasta la puerta.

—Abajo en la carretera, ¿no?

—Sí. Si tiene usted mucho trabajo, podemos usar la rueda de repuesto —dije.

—No tiene mucho trabajo —dijo el hombre moreno, mirándose las uñas.

Art salió con sus herramientas. La puerta se cerró de nuevo. Miré el Buick, pero no miré a Lash Yeager. Sabía que era Lash Yeager. No podía haber dos hombres llamados Lash que anduvieran por aquel garaje. No lo miré porque habría tenido que mirarlo por encima del cadáver despatarrado de Larry Batzel y se me habría notado en la cara. Al menos, durante un momento.

También él miró el Buick.

—Solo había que arreglar un arañazo —dijo en tono lento y pesado—. Pero el dueño tiene pasta y el conductor necesitaba unos pavos. Ya sabe cómo es esto.

—Claro.

Transcurrieron diez minutos como si pasaran de puntillas. Fueron minutos largos y pesados. Luego se oyeron pasos fuera y la puerta se abrió de un empujón. La luz cayó sobre los trazos de lluvia, convirtiéndolos en hilos de plata. Con gesto huraño, Art hizo rodar hacia dentro dos neumáticos embarrados, cerró la puerta de una patada y dejó que uno de los neumáticos cayera de plano. La lluvia y el aire fresco le habían devuelto el valor. Me miró con furia.

—Seattle —rugió—. ¡Y una mierda, Seattle!

El hombre moreno encendió un cigarrillo como si no hubiera oído nada. Art se despojó de su impermeable y sujetó mi neumático en un soporte, lo atacó con furia, desprendió la llanta y la parcheó en un abrir y cerrar de ojos. Caminó enfurruñado hacia la pared más próxima a mí y agarró una bomba de aire, inyectó en la llanta aire suficiente para ponerla tensa y la levantó con las dos manos para sumergirla en una pila de agua.

No me di cuenta de nada, su trabajo de equipo fue muy bueno. No se habían mirado el uno al otro desde que entró Art con mis neumáticos.

Art lanzó descuidadamente al aire la llanta inflada, la recogió con las manos abiertas, la examinó con el ceño fruncido junto a la pila de agua, dio un paso con rapidez y me la encasquetó por la cabeza y los hombros.

Saltó como un rayo detrás de mí, apoyó su peso en la llanta y la hizo bajar, apretándome bien el pecho y los brazos. Aún podía mover las manos, pero no podía ni acercarlas a la pistola.

El hombre moreno sacó la mano derecha del bolsillo y empezó a lanzar al aire un cilindro hecho con monedas envueltas en un papel. Lo arrojaba y lo recogía en la palma de la mano mientras avanzaba con soltura.

Empujé con fuerza hacia atrás y, de pronto, lancé todo mi peso hacia delante. Con igual prontitud, Art soltó la llanta y me pegó un rodillazo por detrás.

Me desplomé, pero no llegué a sentir el contacto con el

suelo. El puño cargado con el tubo de monedas me acertó en plena caída. Perfectamente calculado, con la fuerza justa y con mi propio peso ayudándolo.

Me desvanecí como una mota de polvo en una corriente de aire.

7

Me pareció que había una mujer y que estaba sentada junto a una lámpara. La luz me daba en la cara, así que cerré de nuevo los ojos y procuré mirarla a través de las pestañas. Era una rubia tan platino que la cabeza le brillaba como un frutero de plata.

Vestía un traje de viaje verde, de corte masculino, con una blusa de cuello blanco y ancho que le caía sobre las solapas. A sus pies tenía un bolso reluciente y anguloso. Estaba fumando y junto a su codo tenía un vaso largo con una bebida de color claro.

Abrí más los ojos y dije:

—Hola.

Sus ojos eran los ojos que yo recordaba de haberlos visto a la puerta del Sardi's, en un Rolls-Royce de segunda mano. Ojos muy azules, muy suaves, encantadores. No eran los ojos de una aventurera que rondaba a los chicos del dinero fácil.

—¿Cómo se encuentra? —También su voz era suave y encantadora.

—Fenomenal —dije—. Solo que alguien ha construido una gasolinera en mi mandíbula.

—¿Qué esperaba, señor Carmady? ¿Orquídeas?

—Conque sabe mi nombre.

—Ha dormido mucho. Tuvieron tiempo de sobra para registrarle los bolsillos. Le han hecho de todo menos embalsamarle.

—Seguro que sí —dije.

Podía moverme un poco, pero no mucho. Tenía las muñecas esposadas a la espalda. Aquello tenía un toque de justicia poética. De las esposas partía una cuerda que me llegaba a los tobillos, los ataba y luego se perdía de vista por el extremo del sofá; debía de estar atada a alguna otra parte. Me encontraba casi tan indefenso como si estuviera metido en un ataúd atornillado.

—¿Qué hora es?

Se miró la pulsera de soslayo, a través de la espiral de humo de su cigarrillo.

—Las diez y diecisiete. ¿Tiene una cita?

—¿Es esta la casa de al lado del garaje? ¿Dónde están los muchachos? ¿Cavando una tumba?

—No se preocupe, Carmady. Ya volverán.

—Si no tiene la llave de estas pulseras, podría darme un sorbito de ese vaso.

Se puso en pie y se me acercó, con el vaso largo y ambarino en la mano. Se inclinó sobre mí. Tenía un aliento delicado. Torcí el cuello hacia arriba y bebí del vaso.

—Espero que no le hagan daño —dijo en tono distante, retrocediendo—. Detesto los asesinatos.

—¿Y es usted la mujer de Joe Mesarvey? Qué vergüenza. Deme un poco más de zumo.

Me dio un poco más. La sangre empezó a circular por mi cuerpo.

—Creo que me gusta usted —dijo—. Aunque tiene la cara que parece un parachoques.

—Aproveche la ocasión —dije—. No durará mucho con tan buen aspecto.

Miró rápidamente a nuestro alrededor y me pareció que escuchaba. Una de las dos puertas estaba entreabierta. Miró hacia allá y creí verla palidecer. Pero solo se oía el sonido de la lluvia.

Se sentó de nuevo junto a la lámpara.

—¿Por qué vino aquí a meter las narices? —preguntó despacio y mirando al suelo.

La alfombra era a cuadros rojos y pardos. El papel de las paredes tenía pintados pinos de color verde brillante y las cortinas eran azules. El mobiliario, o lo poco que yo podía ver de él, parecía salido de uno de esos sitios que se anuncian en los asientos de los autobuses.

—Tenía una rosa para usted —dije—. De parte de Larry Batzel.

Ella cogió algo de la mesa y lo hizo girar lentamente. Era la rosa enana que Larry había dejado para ella.

—La recibí —dijo con voz tranquila—. También había una nota, pero no me la dejaron ver. ¿Era para mí?

—No, para mí. La dejó en mi mesa antes de salir a que lo mataran.

Su rostro se descompuso como las imágenes que se ven en una pesadilla. La boca y los ojos eran agujeros negros. No emitió ni un sonido. Al cabo de un momento el rostro recuperó sus líneas tranquilas y armoniosas.

—Eso tampoco me lo habían dicho —declaró en voz baja.

—Lo acribillaron a tiros —dije con cuidado— porque descubrió lo que Joe y Lash Yeager hicieron con Dud O'Mara. Lo borraron del mapa.

Aquello no le afectó lo más mínimo.

—Joe no le hizo nada a Dud O'Mara —dijo tranquilamente—. Llevo dos años sin ver a Dud. Fue solo un invento de los periódicos, lo de que Dud y yo nos veíamos.

—Los periódicos no dijeron nada de eso —dije yo.

—Pues fue un invento de quien fuera que lo dijera. Joe está en Chicago. Se fue ayer en avión para vender su negocio. Si se cierra el trato, Lash y yo iremos a reunirnos con él. Joe no es ningún asesino.

La miré fijamente.

Sus ojos se sobresaltaron de nuevo.

—¿Está Larry… está…?

—Está muerto —dije—. Fue un trabajo profesional, con metralleta. No lo iban a hacer ellos en persona.

Se mordió un labio y durante un momento lo mantuvo bien apretado entre los dientes. Se podía oír su respiración lenta y dificultosa. Aplastó el cigarrillo en un cenicero y se puso en pie.

—¡Joe no lo hizo! —estalló—. ¡Me consta que no fue él! Él... —Se detuvo en seco, me fulminó con la mirada, se tocó el pelo y, de pronto, se lo arrancó. Era una peluca. Su verdadero pelo lo llevaba corto como el de un chico, con mechas amarillas y blanquecinas y más oscuro en las raíces. Ni así lograba estar fea.

Conseguí emitir una especie de risa.

—Solo ha venido aquí a mudar, ¿no es así, Peluca de Plata? Y yo que creía que la tenían aquí escondida... para que pareciera que se había fugado con Dud O'Mara.

Seguía mirándome con furia, como si no hubiera oído ni una palabra de lo que yo decía. Luego caminó a grandes zancadas hasta un espejo de pared, se colocó de nuevo la peluca, se la enderezó, se volvió y me hizo frente.

—Joe no ha matado a nadie —repitió, en voz baja y tensa—. Es un granuja..., pero no esa clase de granuja. Sabe tanto como yo sobre el paradero de Dud O'Mara. Y yo no sé nada.

—O sea, que se cansó de la ricachona y se las piró —dije en tono aburrido.

Se acercó más a mí, con los blancos dedos apoyados en las caderas y brillando a la luz de la lámpara. Su cabeza, muy por encima de mí, estaba casi en sombras. La lluvia tamborileaba. Sentía la mandíbula hinchada y caliente, y el nervio que recorría el maxilar me dolía, me dolía...

—Lash se ha llevado el único coche que había aquí —dijo en voz baja—. Si corto las cuerdas, ¿podrá llegar andando a Realito?

—Pues claro. Y después, ¿qué?

—Nunca me he mezclado en un asesinato y no pienso mezclarme ahora. Jamás.

Salió de la habitación a toda prisa y regresó con un cuchillo largo de cocina. Cortó la cuerda que me ataba los tobillos, la retiró, cortó el nudo que la sujetaba a las esposas. Se detuvo una vez para escuchar, pero no era más que la lluvia, como antes.

Rodé hasta quedar sentado y me puse en pie. Tenía los pies dormidos, pero eso se pasaría pronto. Podría andar, incluso correr, si era necesario.

—Lash tiene la llave de las esposas —dijo con voz apagada.

—Vámonos —dije—. ¿Tiene un arma?

—No, yo no voy. Lárguese pronto. Pueden volver en cualquier momento. Solo están sacando unas cosas del garaje.

Me acerqué a ella.

—¿Se va a quedar aquí después de dejarme escapar? ¿Va a esperar a ese asesino? Está loca. Vamos, Peluca de Plata, tiene que venir conmigo.

—No.

—Suponga que fue él quien mató a O'Mara —dije—. Entonces también mató a Larry. Tiene que ser así.

—Joe nunca ha matado a nadie.

—Bueno, suponga que lo hizo Yeager.

—Está mintiendo, Carmady. Pretende asustarme. Márchese. No me da miedo Lash Yeager. Soy la mujer de su jefe.

—Joe Mesarvey es una mierda —rugí—. Y las chicas como usted siempre se pringan por tipos que son una mierda. Andando.

—¡Márchese! —dijo con rabia.

—Muy bien.

Le di la espalda y eché a andar hacia la puerta. Ella me adelantó casi corriendo, pasó al vestíbulo, abrió la puerta y echó una mirada hacia la húmeda oscuridad. Me hizo señas de que podía salir.

—Adiós —susurró—. Espero que encuentre a Dud.

Y que descubra quién mató a Larry. Pero puede estar seguro de que no fue Joe.

Me acerqué mucho a ella, casi hasta empujarla contra la pared con mi cuerpo.

—Estás loca, Peluca de Plata. Adiós.

Alzó las manos con rapidez y me las puso en la cara. Estaban frías como el hielo. Me dio un beso rápido en la boca, con los labios helados.

—Lárgate, tío duro. Ya nos veremos algún día. Puede que en el cielo.

Salí por la puerta, bajé los oscuros y resbaladizos escalones de madera del porche, atravesé una zona de grava, rodeé otra de césped y la pequeña arboleda, salí al camino y descendí por él hasta el Foothill Boulevard. La lluvia me acariciaba la cara con dedos de hielo, que no estaban tan fríos como los de ella.

El deportivo, con la capota echada, seguía donde yo lo había dejado, inclinado hacia un lado. El extremo izquierdo del eje delantero se apoyaba en el borde del asfalto. La rueda de repuesto y una rueda sin neumático estaban tiradas en la cuneta.

Seguramente lo habrían registrado, pero aún tenía esperanzas. Entré en el coche arrastrándome de espaldas, me di un golpe en la cabeza con el eje del volante y me contorsioné para meter las manos esposadas en el compartimento secreto para las armas. Mis dedos tocaron un cañón. Aún estaba allí.

Saqué el revólver, salí como pude del coche, lo agarré por el extremo correcto y lo miré.

Lo sujeté apretado contra la espalda para protegerlo un poco de la lluvia y emprendí el camino de vuelta a la casa.

8

Me encontraba a mitad de camino cuando el coche regresó. Sus faros estuvieron a punto de enfocarme cuando giró con rapidez para salir de la carretera. Me tiré a la cuneta, metí la nariz en el barro y me puse a rezar.

El coche pasó de largo zumbando. Oí el roce de sus neumáticos sobre la grava húmeda de delante de la casa. El motor se apagó y las luces también. Sonó un portazo. No oí la puerta de la casa, pero capté un leve resplandor a través de los árboles cuando se abrió.

Me puse en pie y seguí caminando. Llegué junto al coche, un cupé pequeño, bastante viejo. Llevaba el revólver al costado, tirando hacia la cadera tanto como me permitían las esposas.

El cupé estaba vacío. El agua burbujeaba en el radiador. Escuché y no oí ningún ruido procedente de la casa. Ni voces airadas, ni pelea. Solo el pesado bong-bong-bong de las gotas de lluvia al caer sobre los ángulos inferiores de los canalones de desagüe.

Yeager estaba en la casa. Ella me había dejado escapar y Yeager estaba allí con ella. Lo más probable era que ella no le dijera nada. Se limitaría a quedarse quieta, mirándolo. Era la mujer de su jefe. Con aquello mataría a Yeager de miedo.

Yeager no se quedaría mucho tiempo, pero no la dejaría allí, ni viva ni muerta. Se pondría en marcha y la llevaría con él. Lo que le ocurriera a la chica más adelante era otra cuestión.

Lo único que tenía que hacer yo era esperar a que saliera. No lo hice.

Me pasé el revólver a la mano izquierda y me agaché a coger un poco de grava. La arrojé contra la ventana delantera. Fue un esfuerzo inútil. Llegó poquísima grava al cristal.

Regresé corriendo al cupé, abrí la puerta y vi que tenía las llaves puestas. Me senté en el estribo, sujetándome contra el marco de la puerta.

Las luces de la casa se habían apagado, pero aquello era todo. No salía ningún ruido de ella. No es peloteo: Yeager era muy listo.

Extendí el pie hasta el arranque y luego forcé una mano para hacer girar la llave de contacto. El motor estaba caliente y arrancó al instante, ronroneando suavemente sobre el ritmo de la lluvia.

Salí y me arrastré por el suelo hasta la parte trasera del coche, agazapándome allí.

El ruido del motor le puso en acción. No podía quedarse allí sin coche.

Una ventana oscura se abrió una pulgada, apenas lo suficiente para arrancar un reflejo en el cristal. Por la rendija salieron llamaradas, una rápida serie de tres tiros. Una ventanilla del cupé se rompió.

Grité y dejé que el grito se extinguiera con un gemido gorgoteante. Me estaba convirtiendo en un experto en esta clase de cosas. Rematé el gemido con un jadeo ahogado. Estaba listo, acabado. Me has dado. Buen tiro, Yeager.

Dentro de la casa, un hombre se echó a reír. Después se hizo de nuevo el silencio, aparte de la lluvia y el tranquilo ronroneo del motor del cupé.

Entonces la puerta de la casa se abrió centímetro a centímetro. Una figura apareció en el umbral. La chica salió al porche, rígida. Se distinguía el blanco del cuello de la blusa y un poco de la peluca, pero no mucho. Bajó los escalones como si fuera una estatua de madera. Vi a Yeager que se protegía detrás de ella.

Empezó a caminar sobre la grava. Habló despacio, sin ninguna entonación.

—No veo nada, Lash. Las ventanas están todas tapadas.

Dio una ligera sacudida, como si la hubieran empujado con un revólver, y siguió andando. Yeager no dijo nada. Ahora podía verlo detrás del hombro de ella. Le veía el sombrero y parte de la cara, pero aquel no era un blanco contra el que se pudiera disparar con las manos esposadas.

La mujer se detuvo otra vez y su voz sonó horrorizada.

—¡Está detrás del volante! —chilló—. ¡Ha caído!

Yeager se lo tragó. La empujó a un lado y empezó a disparar de nuevo. Saltaron más cristales por todas partes. Una bala pegó en un árbol a mi lado. En alguna parte gimió un grillo. El motor seguía ronroneando.

Yeager estaba encorvado, agazapado contra un fondo negro. Su rostro era una masa gris sin forma que parecía irse recuperando muy despacio del resplandor de los disparos. Su propio fuego le había cegado durante un segundo. Con aquello bastó.

Le metí cuatro tiros, con el tembloroso Colt en las costillas.

Intentó volverse y el arma se le escapó de la mano. Trató de agarrarla en el aire, pero de pronto sus dos manos volaron hacia el estómago y allí se quedaron. Se sentó en la grava mojada y sus fuertes jadeos dominaron todos los demás sonidos de aquella noche pasada por agua.

Lo vi caer de costado muy despacio, sin apartar las manos del estómago. Cesaron los jadeos.

Debió transcurrir un siglo hasta que Peluca de Plata me llamó. Un instante después estaba a mi lado, cogiéndome del brazo.

—¡Apaga el motor! —le grité—. Y sácale del bolsillo la llave de estas malditas esposas.

—Me… menudo idiota —balbuceó—. ¿Por qué has vuelto?

9

El capitán Al Roof, del Departamento de Personas Desaparecidas, se balanceó en su asiento y miró por la ventana. Afuera lucía el sol. Era el día siguiente y la lluvia había cesado mucho antes.

—Está usted metiendo la pata a fondo, hermano —dijo en tono poco amistoso—. Dud O'Mara simplemente bajó el telón. Ninguno de esos tipos se lo cargó. El asesinato de Batzel no tiene nada que ver con eso. Han localizado a Mesarvey en Chicago y parece limpio. El pringado que dejó usted amarrado al muerto no tiene ni idea de para quién estaban trabajando. Nuestros muchachos lo han interrogado lo suficiente como para estar seguros de ello.

—Seguro que sí —dije—. Yo mismo he estado toda la noche metido en el ajo y tampoco podría decirles gran cosa.

Me miró despacio con sus ojos grandes, tristes y cansados.

—Supongo que lo de matar a Yeager estuvo justificado. Y al de la metralleta, dadas las circunstancias. Además, yo no soy de Homicidios. No encuentro ninguna relación entre todo esto y O'Mara. A lo mejor usted sí.

A lo mejor podía, pero lo cierto era que aún no la había encontrado.

—No —dije—. Supongo que no.

Llené mi pipa y la encendí. Después de una noche sin dormir, me supo amarga.

—¿Eso es todo lo que le preocupa?

—Me preguntaba por qué no encontraron ustedes a la chica en Realito. No les habría resultado muy difícil.

—Simplemente, no la encontramos. Deberíamos haberlo hecho, lo reconozco, pero no lo hicimos. ¿Algo más?

Soplé el humo por encima de su mesa.

—Estoy buscando a O'Mara porque el general me lo pidió. De nada sirvió que le dijera que ustedes harían todo lo que se pudiera hacer. Podía permitirse pagar a un hombre para que dedicara todo su tiempo al asunto. Supongo que está usted resentido por eso.

Aquello no le hizo gracia.

—En absoluto, que haga lo que quiera con su dinero. Los que están resentidos con usted son los de detrás de la puerta con el letrero que dice «Brigada de Homicidios».

Plantó los pies de golpe en el suelo y apoyó los codos en la mesa.

—O'Mara llevaba encima quince de los grandes. Es un montón de pasta, pero a O'Mara le gustaba llevar mucho dinero. Así podía sacarlo para que todos sus amigotes lo vieran. Lo que pasa es que ellos no se creían que fuera dinero de verdad. Su mujer dice que sí que lo era. Ahora bien, en cualquier otro tipo que no fuera un ex contrabandista forrado de pasta eso podría indicar una intención de desaparecer. Pero en O'Mara no. Siempre llevaba grandes cantidades.

Se metió un cigarro entre los dientes y lo prendió con una cerilla. Gesticuló con un dedo muy grande.

—¿Entiende?

Le dije que entendía.

—Muy bien. O'Mara llevaba quince de los grandes, y un tipo que baja el telón solo puede mantenerse oculto mientras le dure la pasta. Quince de los grandes es un buen fajo. Yo mismo podría desaparecer si tuviera toda esa suma. Pero en cuanto se le acabe, lo pillaremos. Cobrará un cheque, firmará un recibo, pedirá crédito en un hotel o una tienda, dará referencias, escribirá o recibirá cartas. Estará en otra ciudad y usará otro nombre, pero seguirá teniendo las mismas tendencias. De un modo u otro, tiene que volver a entrar en el sistema fiscal. Ningún hombre tiene amigos en todas partes; y aunque los tuviera, no todos se van a mantener callados para siempre, ¿o sí?

—Pues no —dije.

—Se marchó lejos de aquí —continuó Roof—, pero no hizo preparativos, aparte de llevarse los quince mil. Ni equipaje, ni reservas de tren, avión o barco, ni taxi; ni coche de alquiler para salir de la ciudad. Todo eso lo hemos investigado. Encontramos su propio coche a una docena de manzanas de su casa, pero eso no significa nada. Tenía amigos que le llevarían a cientos de millas de aquí y mantendrían la boca callada aunque se ofreciera una recompensa. Pero los tenía aquí, no en todas partes. Nada de amigos nuevos.

—Pero ustedes lo encontrarán.

—Cuando tenga hambre.

—Eso puede tardar un año o dos. Y el general Winslow

puede que no llegue a finales de este. Es una cuestión de sentimientos, no de que el caso aún siga abierto cuando usted se retire.

—De los sentimientos ocúpese usted, hermano.

Movió los ojos, y con ellos se movieron las espesas cejas rojizas. Yo no le caía bien. Aquel día no le caía bien a nadie del Departamento de Policía.

—Me gustaría hacerlo —dije, poniéndome en pie—. Y puede que llegue muy lejos para satisfacer esos sentimientos.

—Claro —dijo Roof, que de repente se había quedado pensativo—. Bueno, Winslow es un personaje importante. Si puedo hacer algo, hágamelo saber.

—Podría averiguar quién mandó ametrallar a Larry Batzel —dije—. Aunque no exista ninguna relación.

—Lo haremos con mucho gusto —dijo con una risotada, esparciendo ceniza por toda la mesa—. Usted dedíquese a cepillarse a todo el que pueda decir algo y nosotros nos encargamos del resto. Nos encanta trabajar de esa manera.

—Fue en defensa propia —gruñí—. No pude evitarlo.

—Seguro. A tomar viento, hermano. Estoy ocupado.

Pero sus ojos grandes y tristes me hicieron un guiño cuando me iba.

10

Era una mañana azul y dorada, y después de la lluvia, los pájaros cantaban como locos en los árboles ornamentales de la mansión Winslow.

El vigilante me dejó entrar por el portillo y yo subí por el sendero hasta la última terraza y me detuve ante la enorme puerta tallada de estilo italiano. Antes de tocar el timbre miré hacia abajo y vi al chico Trevillyan sentado en su banco de piedra, con la cabeza entre las manos, mirando al infinito.

Bajé a su encuentro por el sendero de ladrillo.

—¿No tiras dardos hoy, hijo?

—No. ¿Lo ha encontrado?

—¿A tu padre? No, pequeño, aún no.

Meneó la cabeza y se le hincharon las narices de rabia.

—No es mi padre, ya se lo dije. Y no me hable como si fuera un crío de cuatro años. Mi padre es... está en Florida o algo así.

—Bueno, pues aún no lo he encontrado, sea quien sea tu padre —dije.

—¿Quién le machacó la mandíbula? —preguntó, mirándome con interés.

—Oh, un tipo con un rollo de monedas en la mano.

—¿Monedas?

—Sí, dan tan buen resultado como unos nudillos de acero. Pruébalo alguna vez, pero no conmigo —dije sonriendo.

—No lo encontrará —dijo con amargura, sin dejar de mirarme la mandíbula—. Me refiero a él, al marido de mi madre.

—Apuesto a que lo encuentro.

—¿Cuánto se apuesta?

—Más dinero del que llevas en los bolsillos.

Dio una patada furiosa al borde de un ladrillo rojo del sendero. Su voz seguía sonando malhumorada, pero algo más suave. Sus ojos hacían cálculos.

—¿Quiere hacer otra apuesta? Venga a la galería de tiro. Le apuesto un dólar a que acierto ocho de diez.

Me volví a mirar hacia la casa. Nadie parecía estar impaciente por recibirme.

—Bueno —dije—. Pero tendremos que darnos prisa. Vamos allá.

Pasamos bajo las ventanas de una fachada de la casa. Al fondo se veía la parte alta del invernadero de orquídeas, asomando por encima de unos árboles. Delante de los garajes un hombre pulcramente uniformado sacaba brillo a los cromados de un enorme coche. Pasamos de largo, hasta llegar al edificio blanco y bajo que se alzaba junto al terraplén.

El chico sacó una llave, abrió la puerta y entramos en una atmósfera cerrada que aún olía a humo de pólvora. El muchacho echó el seguro al picaporte interior de la puerta.

—Yo primero —dijo animadamente.

El recinto tenía el aspecto de una caseta de tiro al blanco pequeña, de las de playa. Había un mostrador con un rifle de repetición del 22 y una larga y estilizada pistola de tiro al blanco. Las dos armas estaban bien engrasadas, pero tenían polvo. Al otro lado del mostrador, a unos diez metros, había un tabique de aspecto sólido, que llegaba a la altura de la cintura y atravesaba todo el recinto de lado a lado. Y detrás, una sencilla instalación de cilindros de barro, patos y dos dianas redondas y blancas, con círculos negros y manchas de balas de plomo.

Los cilindros de barro estaban ordenados en fila en el centro. En el techo había un gran tragaluz y una hilera de focos con pantalla.

El chico tiró de un cordón que había en la pared, y una gruesa persiana de lona se corrió, tapando el tragaluz. Encendió los focos y entonces sí que dio la impresión de que estábamos en una caseta de tiro al blanco de playa.

Cogió el rifle y lo cargó rápidamente con cartuchos del 22 corto que sacó de una caja de cartón.

—¿Un dólar a que tiro ocho de los diez tubos?

—Dispara —dije, poniendo mi dinero sobre el mostrador.

Disparó casi sin apuntar y demasiado deprisa, con ganas de exhibirse. Falló tres de los tiros. Aun así, no estuvo nada mal. Arrojó el rifle sobre el mostrador.

—Vaya a colocar más. Esta vez no cuenta. No estaba preparado.

—No te gusta perder dinero, ¿eh, hijo? Colócalos tú mismo. Es tu galería.

Su enjuto rostro se enfureció y se le puso la voz chillona.

—¡Hágalo usted! Yo tengo que relajarme, ¿no entiende? Tengo que relajarme.

Me encogí de hombros, levanté la trampilla del mostrador y eché a andar junto a la pared encalada. Tuve que encogerme para pasar entre la pared y el extremo del tabique. A mi espalda, el chico montó con un chasquido el rifle, que había vuelto a cargar.

—¡Baja eso! —rugí—. No apuntes nunca un arma habiendo alguien delante de ti.

Bajó el rifle, con expresión ofendida.

Me agaché a recoger unos cuantos cilindros de barro de una gran caja con serrín que había en el suelo. Sacudí el serrín que tenían adherido y empecé a incorporarme.

Me detuve justo cuando mi sombrero asomaba por encima de la barrera. Solo la punta del sombrero. Nunca he sabido por qué me detuve. Puro instinto.

El rifle soltó un estampido y la bala de plomo se incrustó en la diana que tenía casi a la altura. El sombrero saltó levemente sobre mi cabeza, como si un mirlo hubiera intentado arrebatármelo para hacer un nido.

Un encanto de criatura. Siempre con trucos, como Ojos Rojos. Dejé caer los cilindros, agarré el sombrero por el ala y lo levanté unas pulgadas por encima de mi cabeza. El rifle volvió a disparar y un nuevo impacto resonó en la diana.

Me dejé caer a plomo en el suelo de tablas, entre los cilindros.

Una puerta se abrió y se cerró. Eso fue todo. Nada más. El intenso resplandor de los faros caía de lleno sobre mí. El sol penetraba por los bordes de la persiana del tragaluz. En el blanco más cercano había dos nuevas marcas brillantes, y en mi sombrero cuatro agujeritos redondos, dos a cada lado.

Me arrastré hasta el extremo de la barrera y eché un vistazo al otro lado. El chico se había largado. Sobre el mostrador se veían los cañones de las dos armas.

Me levanté y regresé pegado a la pared. Apagué las luces, giré el picaporte de la puerta y salí. El chófer de los Winslow silbaba mientras seguía sacando brillo delante de los garajes.

Apreté el sombrero en la mano y recorrí la fachada de la casa buscando al chico. No lo vi. Toqué el timbre de la puerta principal. Pregunté por la señora O'Mara. Esta vez, no permití que el mayordomo me cogiera el sombrero.

11

Llevaba puesta una cosa de color ostra, con piel blanca en los puños, el cuello y el borde inferior. Tenía una mesita de desayuno con ruedas al lado de su butaca y estaba esparciendo ceniza sobre la platería.

La doncella de aspecto recatado y piernas bonitas vino a retirar la mesita y cerró la gran puerta blanca. Me senté.

La señora O'Mara echó la cabeza hacia atrás para apoyarla en un cojín y adoptó una pose de fatiga. El contorno de su cuello se veía distante y frío. Me dirigió una mirada fría y dura, cargada de disgusto.

—Ayer parecía usted bastante humano —dijo—. Pero ya veo que es un bruto como todos los demás. Un vulgar policía brutal.

—He venido a preguntarle acerca de Lash Yeager —dije.

Ni siquiera intentó disimular su disgusto.

—¿Y por qué se le ha ocurrido preguntarme a mí?

—Bueno…, si vivió una semana en el club Dardanella… —Agité mi arrugado sombrero.

Ella tenía la mirada fija en su cigarrillo.

—Pues sí, creo que lo conocí. Me suena ese nombre tan raro.

—Todos estos bestias tienen nombres por el estilo —dije—. Parece que Larry Batzel…, supongo que ha leído en los periódicos lo que le ocurrió…, había sido amigo de Dud O'Mara. Ayer no le dije nada de él. Es posible que cometiera un error.

Una vena empezó a latir en su cuello. Habló en voz baja.

—Tengo la sensación de que se va usted a poner muy insolente, hasta el punto de tener que hacer que lo echen.

—No me echará antes de que diga lo que tengo que decir. Parece que el chófer del señor Yeager..., además de nombres raros estos bestias también tienen chóferes..., le dijo a Larry Batzel que el señor Yeager vino para acá la noche que desapareció O'Mara.

De algo tenía que servirle la sangre militar de su familia. No movió ni un músculo. Se quedó como congelada.

Me levanté, le quité el cigarrillo de entre los dedos petrificados y lo aplasté en un cenicero de jade blanco. Con mucho cuidado coloqué mi sombrero sobre su blanca rodilla de raso. Me volví a sentar.

Al cabo de un rato, sus ojos se movieron. Giraron hacia abajo y miraron el sombrero. Su rostro se ruborizó muy lentamente, formando dos brillantes manchas en ambas mejillas. Forcejeó con la lengua y los labios.

—Ya sé que no es una maravilla de sombrero —dije—. No se lo estoy regalando. Solo quiero que mire los agujeros de bala.

Una de sus manos cobró vida y agarró el sombrero. Los ojos echaban llamas.

Desarrugó la copa del sombrero, miró los agujeros y se estremeció.

—¿Yeager? —preguntó con una voz casi inaudible. Era un vestigio de voz, una voz de anciana.

—Yeager no utilizaría un rifle del 22 para tiro al blanco, señora O'Mara —dije muy despacio.

La llama de sus ojos se apagó y quedaron convertidos en pozos de tinieblas, mucho más vacíos que la simple oscuridad.

—Usted es su madre —dije—. ¿Qué piensa hacer al respecto?

—¡Santo Dios! ¡Dade! ¡Le ha... le ha disparado!

—Dos veces —dije.

—Pero ¿por qué?..., ¿por qué?

—Usted se piensa que soy un listillo, señora O'Mara. Un fanfarrón más del otro lado de la calle. Si lo fuera, todo sería muy fácil. Pero no soy nada de eso, se lo aseguro. ¿Tengo que decirle por qué me disparó?

No dijo nada, pero asintió despacio. Su rostro era como una máscara.

—Yo diría que no pudo evitarlo —dije—. Para empezar, no quería que yo encontrara a su padrastro. Por otra parte, es un chaval al que le gusta mucho el dinero. Eso parece poca cosa, pero forma parte del conjunto. Iba a perder un dólar que apostó conmigo al tiro. Parece poca cosa, pero vive en un mundo pequeño. Pero lo principal, desde luego, es que es un pequeño maníaco sádico, que se vuelve loco por disparar.

—¡Cómo se atreve! —estalló. Pero aquello no significaba nada. Ella misma lo olvidó al instante.

—¿Que cómo me atrevo? Pues claro que me atrevo. Pero no nos molestemos en deducir por qué me disparó a mí. No soy el primero, ¿verdad que no? Usted sabía de lo que yo estaba hablando, o si no, no habría supuesto que lo hizo a propósito.

No se movió ni dijo nada. Yo respiré hondo.

—Así que hablemos de por qué le disparó a Dud O'Mara —dije.

Si me había creído que esta vez iba a chillar me llevé un buen chasco. Había heredado del viejo del invernadero algo más que la estatura, el pelo oscuro y los ojos temerarios.

Replegó los labios e intentó lamérselos, y por un instante, aquello la hizo parecer una niña asustada. Los contornos de sus mejillas se hicieron más marcados. Una mano se le levantó, como si fuera la mano de un títere movida por hilos, agarró el borde de piel blanca del cuello y lo estrujó hasta que los nudillos adoptaron el aspecto de huesos blanqueados. Después se limitó a mirarme fijamente.

El sombrero resbaló de su rodilla al suelo sin que ella se

moviera. El ruido que hizo al caer fue uno de los más fuertes que he oído en mi vida.

—Dinero —dijo con un seco graznido—. Naturalmente, quiere dinero.

—¿Y cuánto dinero quiero?

—Quince mil dólares.

Asentí con el cuello rígido, como un supervisor de grandes almacenes que intentara ver por la nuca.

—Eso sería bastante correcto. La tarifa establecida. Más o menos, lo que él llevaba en los bolsillos y lo mismo que cobró Yeager por deshacerse del cuerpo.

—Es usted… jodidamente listo —dijo en un tono horrible—. Me gustaría matarlo con mis propias manos.

Intenté sonreír.

—Así soy yo. Listo y sin pizca de sentimientos. Lo que sucedió fue algo así: el chico pilló a O'Mara en el mismo sitio que a mí y utilizando el mismo truco. No creo que lo tuviera planeado. Odiaba a su padrastro, pero seguramente no había planeado matarlo.

—Sí que lo odiaba —dijo ella.

—Así que ahí los tenemos, en la pequeña galería de tiro, y O'Mara está muerto en el suelo, detrás de la barrera, donde no se le ve. Por supuesto, aquí los tiros no llaman la atención para nada. Y hay muy poca sangre, habiendo recibido el tiro en la cabeza y con una bala de poco calibre. De manera que el chico sale, cierra la puerta con llave y se esconde. Pero al cabo de un rato tiene que contárselo a alguien. No tiene más remedio. Y se lo cuenta a usted. Usted es su madre. ¿A quién se lo iba a contar si no?

—Sí —suspiró—. Eso fue lo que hizo.

Sus ojos habían dejado de odiarme.

—Primero se le ocurrió decir que había sido un accidente, y eso habría salido bien de no ser por un detalle. El chico no es normal, y usted lo sabe, el general lo sabe, los sirvientes lo saben. Y tiene que haber más gente que lo sepa. Y a la policía, aunque usted crea que son todos idiotas, se le da muy bien tratar con subnormales. ¡Tienen que tratar con tantos! Yo creo que el chico habría hablado. Incluso creo que, después de algún tiempo, se habría jactado de ello.

—Continúe —dijo.

—Usted no podía correr ese riesgo —dije—. Por su hijo y por el viejo enfermo del invernadero. Antes que correr ese riesgo, estaba dispuesta a hacer cualquier barbaridad criminal. Y la hizo. Conocía a Yeager y le pagó para que se deshiciera del cadáver. Eso fue todo… aparte de esconder a esa chica, Mona Mesarvey, para que pareciera una desaparición voluntaria y deliberada.

—Se lo llevó después de que oscureciera, en el propio coche de Dud —dijo con voz hueca.

Me agaché y recogí mi sombrero del suelo.

—¿Qué hay de la servidumbre?

—Norris, el mayordomo, lo sabe. Pero se dejaría matar en el potro antes que hablar.

—Ya. Y ahora ya sabe por qué liquidaron a Larry Batzel y por qué me llevaron a mí a dar un paseo, ¿verdad?

—Chantaje —dijo—. Aún no había empezado, pero lo veía venir. Habría pagado lo que me pidieran, y él lo sabía.

—Poco a poco, año tras año, habría sacado fácilmente un cuarto de millón. No creo que Joe Mesarvey estuviera metido en el asunto. Me consta que la chica no lo estaba.

No dijo nada. Seguía con los ojos clavados en mi cara.

—¿Por qué demonios no le quitó las armas? —gruñí.

—Es peor de lo que usted cree. Eso habría dado lugar a otra cosa peor. Yo misma… casi le tengo miedo.

—Lléveselo de aquí —dije—. Apártelo del viejo. Es lo bastante joven para poder curarse si lo pone en buenas manos. Lléveselo a Europa. Lo más lejos que pueda, y cuanto antes. El general se moriría de golpe si supiera lo que ha salido de su sangre.

Se incorporó a duras penas y arrastró los pies hasta la ventana. Allí se quedó inmóvil, casi fundida con las gruesas cortinas blancas. Las manos le colgaban a los costados, igualmente inertes.

Al cabo de un rato se volvió y pasó de largo junto a mí. Cuando estuvo a mis espaldas contuvo el aliento y dejó escapar un único sollozo.

—Fue algo vil. Lo más vil que he hecho en la vida. Pero lo volvería a hacer. Papá no, él lo habría confesado desde el primer momento y, como usted dice, eso lo habría matado.

—Lléveselo —insistí—. Está escondido por ahí fuera. Cree que me ha matado y se ha escondido en alguna parte como un animal. Búsquelo. No puede controlarse.

—Le he ofrecido dinero —dijo, todavía a mis espaldas—. Eso ha estado muy mal. No amaba a Dudley O'Mara, y también eso estaba muy mal. No sé cómo darle las gracias. No sé qué hacer.

—Olvídelo —dije—. Solo soy un viejo caballo de tiro. Concéntrese en el chico.

—Se lo prometo. Adiós, señor Carmady.

No nos dimos la mano. Bajé la escalera y, como de costumbre, el mayordomo me estaba aguardando en la puerta. Su cara era todo cortesía.

—¿No desea ver hoy al general, señor?

—Hoy no, Norris.

No vi al chico por el jardín. Salí por el portillo, me metí en mi Ford de alquiler y conduje cuesta abajo, hasta dejar atrás los viejos pozos de petróleo.

Alrededor de algunos de ellos, aunque no se veían desde la calle, todavía había sumideros llenos de agua estancada cubierta de espuma aceitosa.

Debían de tener tres o cuatro metros de profundidad, tal vez más. En su interior podía haber las cosas más espantosas. Tal vez en uno de ellos…

Me alegraba de haber matado a Yeager.

De camino al centro me detuve en un bar a tomar un par de copas. No me sirvieron de nada.

Lo único que consiguieron fue hacerme pensar en Peluca de Plata. Y nunca la he vuelto a ver.

Índice